hanserblau

»Eine atmosphärische Schauerromanlektüre.«
*Die Presse am Sonntag*

»Ich erreichte Lockwood Manor an einem warmen, sonnigen Tag, doch konnte ich nicht behaupten, dass das Wetter dem Anwesen etwas besonders Einladendes verlieh.«

Auf Lockwood Manor fühlt sich die junge Hetty Cartwright alles andere als sicher. Die ausgestopften Tiere, die sie aus London mitgebracht hat, scheinen sich nachts durch das Haus zu bewegen, und in den düsteren, halb verlassenen Korridoren des Hauses wird Hetty von fremden Augen verfolgt.

Ihre einzige Vertraute ist Lucy Lockwood, die Tochter des Hauses, die von dunklen Gedanken und schrecklichen Ängsten heimgesucht wird. Doch woher kommen Lucys Albträume? Weiß sie etwas über das Haus, das sie nicht auszusprechen wagt? Während Hetty und Lucy sich näherkommen, dringen sie immer weiter in die geheimnisvolle Vergangenheit von Lockwood Manor vor.

Jane Healey

# DIE STUMMEN WÄCHTER VON LOCKWOOD MANOR

Roman

Aus dem Englischen von
Susanne Keller

hanserblau

Die englische Originalausgabe erschien 2020 unter dem Titel
*The Animals at Lockwood Manor* bei Mantle in London.

Ungekürzte Taschenbuchausgabe
1. Auflage 2022
Veröffentlicht bei hanserblau
in der Carl Hanser Verlag GmbH & Co. KG, München

Umschlag: ZERO Werbeagentur, München,
nach einem Entwurf von ZERO Werbeagentur, München
Motive: © PixxWerk®, München unter Verwendung
von Motiven von Shutterstock.com
Satz im Verlag
Druck und Bindung: GGP Media GmbH, Pößneck
Printed in Germany
ISBN 978-3-446-27289-7

MIX
Papier aus verantwortungsvollen Quellen
FSC® C014496

# PROLOG

*Große Häuser darf man keinen Moment aus den Augen lassen, sie sind schwer zu beherrschen, sagte meine Mutter immer zu mir, mit angespanntem Blick und gequältem Gesichtsausdruck, um gleich darauf aus dem Raum zu eilen, auf der Suche nach der Haushälterin oder dem Butler oder einem Dienstmädchen, und sich haarklein berichten zu lassen, wie es um die entfernten Winkel des Hauses bestellt war. Lockwood Manor hatte vier Stockwerke, sechs Treppenhäuser und zweiundneunzig Zimmer, und sie wollte zu jedem Zeitpunkt ganz genau wissen, was in jedem von ihnen vor sich ging.*

*Das Nicht-Wissen war, was ihr am meisten Sorgen bereitete, aber sie hatte auch viele sehr handfeste Befürchtungen: Schimmel, der sich ungestört hinter großen Möbelstücken ausbreitete, morsche Fensterrahmen, die eine unheilvolle Zugluft hineinließen, Mäuse, die an Sofas nagten und sich dort häuslich einrichteten, lose Dielen, wo Nägel sich durch Hitze oder Kälte verselbstständigt hatten, elektrische Drähte, die Funken sprühten, Vögel, die im Schrank eines vergessenen Dienstbotenzimmers nisteten und die Wände mit ihren Krallen bearbeiteten, Feuchtigkeit, die durch eine undichte Stelle in der Dachverkleidung eindrang, ein Teppich, an dem sich hungrige Motten gütlich taten, zischelnde Rohrleitungen, die zu bersten drohten, ein Schlickschwall, der dem Keller gefährlich nahe kam.*

*Meine Großmutter dagegen, die in einer Zeit aufgewachsen war, als jede einzelne Tätigkeit im Haus einem bestimmten Dienstboten zugewiesen war und das Klingeln nach dem Nachmittagstee eine ganze Armee in Gang setzte, schrieb das alles dem Unvermögen der Angestellten zu. Sie waren arbeits-*

*scheu, nachlässig und neigten zum Stehlen, verbrachten ihre Zeit damit, zu faulenzen, Tagträumen nachzuhängen und allen möglichen Unfug anzustellen. Sie besaß eine stattliche Kollektion an hellen Handschuhen, die sorgfältig von ihrer Zofe gebügelt wurden und mit denen sie, wann immer es ihr gefiel, mit dem Zeigefinger über Kaminsimse oder Regale fuhr und umgehend die Haushälterin herbeizitierte, wenn sie auch nur den Hauch eines Stäubchens entdeckte. Denn meine Großmutter gehörte noch einer Generation an, in der die Dame des Hauses sich nicht dazu herabließ, mit irgendeinem Bediensteten außer der Haushälterin zu sprechen, sodass die Ärmste ständig alles stehen und liegen lassen musste, um durch die Dienstbotenkorridore des Hauses zu hasten und wie aus dem Nichts vor Lady Lockwood zu erscheinen.*

*Die Angestellten waren also durchaus erleichtert, als meine Mutter und meine Großmutter vor einigen Monaten bei einem Autounfall ums Leben kamen, und ich konnte es ihnen nicht verdenken – mir war bewusst, welch strenges Regiment die beiden Frauen geführt hatten. Aber auch die ehrlichen Tränen bei ihrem Begräbnis waren mir nicht entgangen und ich wusste, dass sie den Angestellten nicht gleichgültig gewesen waren. Ich schwor mir, mir nicht die Gewohnheit meiner Familie zu eigen zu machen, Unmögliches von den Bediensteten zu verlangen, und schlüpfte doch widerstrebend in die Rolle meiner Mutter und meiner Großmutter – immer ein waches Auge auf das Haus zu haben, ihm ständig die volle Aufmerksamkeit zu widmen –, wie in die Pelzmäntel, die sie mir ebenfalls hinterlassen hatten: kratzige, klobige Dinger, die noch die Klauen und Zähne der Tiere zeigten, die für ihre Herstellung gehäutet worden waren, und in denen ich in Unförmigkeit versank.*

*Seit meiner Kindheit litt ich an nervösen Zuständen und einer überbordenden Fantasie, die mich kaum schlafen ließ. Es war meine Lieblingsgouvernante, jene, die mir auch noch Schlaflieder sang, als ich eigentlich schon einige Jahre zu alt dafür war, die mir beigebracht hatte, wie ich dennoch in den Schlaf finden konnte: Ich solle mir vorstellen, sagte sie, dass ich durch Lockwood Manor gehe, einen Raum nach dem anderen durchquere und die Zimmer wie Schafe zähle – und ehe ich auch nur mit einem Stockwerk fertig wäre, wäre ich eingeschlafen. Die Methode funktionierte, ganz, wie sie gesagt hatte, doch sie konnte nichts gegen die grauenvollen Albträume ausrichten, die mich überfielen, sobald ich schlief – Träume, in denen ich von einem wilden Tier gejagt wurde und in denen ich manchmal verzweifelt die endlosen Gänge meines Zuhauses nach einem blauen Zimmer absuchte, in dem, wie ich wusste, eine schreckliche Kreatur eingesperrt war und mit den Krallen an den Wänden scharrte, was mich beim Aufwachen jedes Mal aufs Neue verwunderte, wusste ich doch, dass es auf Lockwood Manor keinen solchen Raum gab.*

*Aber nach dem Tod meiner Mutter und meiner Großmutter kam mir das Zählen nicht mehr vor wie ein Spiel oder wie ein Kniff, der mich beruhigen und zum Einschlafen bringen sollte. Es nahm eine neue, fieberhafte Dringlichkeit an. Ich konnte nicht einschlafen, bevor ich nicht im Geiste das komplette Haus durchschritten hatte, und machte ich einen Fehler – vergaß ich etwa die Vorratskammer oder das Badezimmer im zweiten Stock, in dem das Waschbecken herausgerissen war, oder das Schlafzimmer der Haushälterin mit seinen engen Dachschrägen –, so war ich gezwungen, mit wild klopfendem Herzen wieder ganz von vorn zu beginnen, während mir Schweiß über den Rücken lief und auf der Haut juckte.*

*Auch wenn es völlig verrückt war, dachte ich mitunter sogar, dass, wenn ich mich nicht richtig konzentrierte, wenn es mir nicht gelang, alle Räume zu zählen und sie ihm Kopf zu behalten, sich alle Befürchtungen meiner Mutter bewahrheiten würden, ja, schlimmer noch, dass die Ecken des Hauses auseinanderdriften und die Mauern bersten und zu Staub zerfallen könnten; dass etwas geschehen könnte, das so grauenvoll war, dass es sich jenseits meiner Vorstellungskraft befand.*

*In Lockwood gab es zu viele leere Räume. Sie waren einfach da, starrten still vor sich hin und warteten darauf, dass meine Fantasie sie mit Horrorgestalten bevölkerte – mit Gespenstern und Schatten und anderen unheimlichen, umhergeisternden Wesen. Und manches Mal war schon das furchterregend genug, was bereits vorhanden war: zurückgelassene Stühle, der wuchtige Umriss eines leeren Kleiderschranks, ein Bild, das von allein von der Wand fiel und auf dem Boden zerbrach, ein Vorhang, den ein verirrter Windstoß aufbauschte, eine flackernde Glühbirne, die eine Botschaft aus dem Jenseits zu übermitteln schien. In verlassenen Zimmern ist Raum für verborgene Gestalten – Herumtreiber, Eindringlinge, Geister. Und wenn genug Platz ist, seinen Gedanken freien Lauf zu lassen, kann man sich vorstellen, dass geliebte Menschen gar nicht tot sind, sondern nur in einem abgelegenen Raum warten, von dem man gar nicht mehr wusste, dass es ihn gibt, und das Verlangen, nach ihnen zu suchen und immer und immer wieder die Flure und Zimmer zu durchstreifen, bis man sie endlich gefunden hat, wird übermächtig.*

*Doch nun erschien eine Atempause am Horizont, denn nicht mehr lange und das Haus würde nicht mehr leerstehen, und ich und mein Vater und die Dienstboten – nicht, dass wir noch viele hatten, denn wir hatten unsere liebe Not damit, sie zu halten – würden bald Gesellschaft bekommen. Es war August, und Lastwagen aus London waren auf dem Weg, um Evakuierte zu uns zu bringen, die in den Mauern von Lockwood Manor Schutz suchten. Bald würden hier neue Bewohner Quartier beziehen – mit ihren Federn, Pelzen, Schnäbeln, Hufen, Halskrausen und Kragen, Klauen und Krallen –, und wenn die Räume erst wieder bewohnt wurden, wenn sie wieder einen Zweck erfüllten und in ihnen drangvolle Enge herrschte, dann würden ich und das Haus wieder Ruhe finden. Keine verlassenen Zimmer mehr, in denen jeder Schritt widerhallte, keine nervösen Zustände mehr, keine Geister mehr. Da war ich ganz sicher.*

## KAPITEL 1

Die Säugetiere wurden evakuiert. Als Erste waren die Füchse in ihrem Schaukasten dran, in dem der Staub so hoch lag, dass er wie Fell wirkte. Dann kamen der Jaguar mit seinen gefletschten Zähnen, die Sammlung von Hermelinen, die der um Originalität bemühte Tierpräparator liebevoll in Pose gesetzt hatte, das Gehäuse mit dem Schnabeltier, das seines eigenartigen Äußeren wegen anfangs als Scherzattrappe durchgegangen war, der Schädel des Amerikanischen Mastodons, das man aufgrund seiner großen Nasenhöhle früher für einen Zyklopen gehalten hatte, gefolgt von dem tintenschwarzen Panther, der eigentlich ein schwarz pigmentierter Leopard aus Java und mein Liebling war, seit ich das Museum als Kind besucht hatte. Mit großer Sorgfalt hatte ich ihn in Sackleinen gehüllt und gründlich verschnürt, damit er die Reise nach Norden heil überstand, und ihm dann sanft über die breite Nase gestrichen, als wollte ich uns beiden Mut zusprechen.

Die Tiere und die Fossilien, die Präparate dieses großartigen Museums, würden über das ganze Land verteilt, jede Abteilung an einen anderen Ort, um sie vor der Gefahr deutscher Bomben auf London zu schützen. Die Säugetiere wurden nach Lockwood Manor ausgelagert, und ich sollte sie als stellvertretende Abteilungsleiterin begleiten, eine Position, die ich einer Reihe rasch aufeinanderfolgenden Beförderungen zu verdanken hatte, nachdem zwei höherrangige Mitarbeiter sich freiwillig zum Kriegsdienst gemeldet hatten. Dort würde ich dann die Verantwortung tragen, als De-facto-Direktorin meines eigenen kleinen Museums.

Noch vor einem Jahr hätte ich es nicht für möglich gehalten, jemals einen solchen Posten zu bekleiden, denn mir war eines dieser Missgeschicke passiert, die auf einen Schlag alles zunichtemachen können, was man sich mühselig aufgebaut hat. Eines Spätnachmittags hatte ich mich in einer der Werkstätten unterhalb der Ausstellungsräume aufgehalten, um einige verblasste Etiketten für eine Nagetier-Kollektion zu erneuern, die ein herausragender Evolutionstheoretiker auf seinen Reisen zusammengetragen hatte und die daher von ebenso historischer wie wissenschaftlicher Bedeutung war. Daneben hatte ich mir das letzte existierende Fossil einer ausgestorbenen Pferderasse zurechtgelegt, das ich reinigen wollte, wenn ich mit den Etiketten fertig war. An jenem Tag hatte ich das Mittagessen ausgelassen, was allerdings nichts Außergewöhnliches war – oft genug war ich so in meine Arbeit vertieft, dass ich vergaß, meine mitgebrachten Sandwiches zu essen –, und ich trug alte, ausgeleierte Schuhe, weil mein normales Paar beim Besohlen war.

Ich hatte frische Tinte geholt und war ausgerutscht. Mein Bein knickte ein, mein Schuh glitt auf dem über viele Jahre hinweg von unzähligen Füßen blank polierten Holzboden aus, und im nächsten Moment riss ich das Fossil mitsamt den Nagetierkästen zu Boden und knallte mit der Stirn an die Tischkante. Ob und welche Art von Verletzung ich mir zugezogen hatte, kümmerte mich nicht im Geringsten. Ich starrte mit blankem Entsetzen auf das Durcheinander aus Präparaten und Etiketten – Letztere hatte ich aus den Kästen geholt, um sie aus der Nähe studieren zu können, und nun waren sie von ihrem jeweiligen Objekt getrennt, sodass die Sammlung praktisch wertlos geworden war. Daneben, in tausend Stücke zersprungen, lag das Fossil. Außer mir war noch ein Säugetier-Kollege namens John Vaughan im Raum, der Letzte, den ich mir in einer derart peinlichen Situation als Zeuge gewünscht hätte, weil er nichts mehr liebte, als ständig in abfälligem Ton zweideutige Kommentare über die Tatsache von sich zu geben, dass ich eine Frau war, und der nun die Szene mit höhnischem Grinsen verfolgt hatte.

Das Schlimmste an meinem Unfall, wie mir Dr. Farthing, der Direktor der Abteilung, in unserer Unterredung am nächsten Tag ins Gedächtnis rief – und in der Art, wie er das Wort *Unfall* sagte, seine Zweifel daran verdeutlichte –, war jedoch, dass sich für den darauffolgenden Tag ein Besucher aus Amerika angekündigt hatte, der ebenjenes Fossil untersuchen wollte, das ich zerbrochen hatte. Ein Wissenschaftler, der nicht weniger vermögend war als all die hochwohlgeborenen Wissenschaftler des Viktorianischen Zeitalters und den das Museum als Gönner hatte gewinnen wollen.

An jenem Tag war ich mit einem Rüffel davongekommen – man hätte mich auch schwerlich hinauswerfen können, da das Museum Teil der öffentlichen Verwaltung war –, doch auch wenn meine Arbeit bis auf die katastrophalen Ereignisse an jenem Nachmittag stets beispielhaft gewesen war, wusste ich, dass damit jede noch so kleine Chance auf eine Beförderung dahin war. Es lag nur am Ausbruch des Krieges, daran, dass Dr. Farthing sich als Freiwilliger meldete, und der voraussichtlichen Einberufung der Mehrheit der männlichen Museumsmitarbeiter, dass ich mich als stellvertretende Abteilungsleiterin der evakuierten Sammlung wiederfand (und dazu kam die Tatsache, dass mein Gehalt niedriger war, weil ich eine Frau war, und die öffentliche Hand erpichter denn je darauf war, Mittel einzusparen). Doch wie Mr Vaughan mich persönlich ins Bild setzte, ehe er uns verließ, um wie schon seine Vorfahren im letzten Krieg in der Marine zu dienen, würden sich die Dinge nach dem Krieg wieder ändern: *Im Handumdrehen finden Sie sich dann bei den Freiwilligen wieder, warten Sie nur ab*, waren seine genauen Worte, womit er meinte, *bei den anderen Frauen.* Unter den festangestellten Mitarbeitern gab es nur eine Handvoll weibliches Personal, und ich und Helen Winters waren die einzigen, die höhere Positionen innehatten. Die übrigen Frauen, die für das Museum arbeiteten – die das Präparieren von Exponaten vorbereiteten und uns beim Aufstellen unterstützten, die katalogisierten, kopierten und forschten, die reisten und sammelten und für unzählige kleine Neuentdeckungen sorgten –, waren entweder ›inoffizielle Mitarbeiterinnen‹ und wurden mit einem Stundenlohn von einem Schilling abgespeist oder unbezahlte Freiwillige.

Meine Stelle als Direktorin der Sammlung, die auf Lockwood Manor vorübergehend Obdach finden sollte, war also nicht nur eine einmalige Chance für eine Vertreterin meines Geschlechts, sondern auch eine wichtige Gelegenheit, mich für die Zeit nach dem Krieg zu beweisen, wenn die Männer wieder auf ihre früheren Positionen zurückströmten.

Die Pläne für die Evakuierung der Säugetiersammlung lagen fertig in der Schublade, seit es erste Kriegs-Gerüchte gegeben hatte, sogar schon, als ich meine Stelle vor Jahren angetreten hatte, und wir hatten Wochen damit verbracht, alles in Kisten zu verpacken, die die Arbeiter dann auf die Lastwagen luden. Aber das Museum war zu groß, um alles zu evakuieren, und so mussten wir festlegen, welche Tiere, getrockneten Pflanzen, Steine, Vögel und Insekten auf die Reise gehen sollten und welche ihrem Schicksal überlassen blieben. Im Museum spielten wir andauernd Gott: Wir versahen die Dinge mit Namen und Klassifizierungen und gaben der Natur eine von uns erdachte Ordnung – Familie, Art, Gattung –, und nun war es an uns zu entscheiden, welche unserer Objekte es wert waren, gerettet zu werden.

Obwohl die für Lockwood Manor bestimmte Auswahl sich eigentlich auf Säugetiere beschränken sollte, mogelten sich nach und nach auch andere Kreaturen in die Auslagerungspläne und auf die Lastwagen. Das Telefon stand nicht still vor Anrufen von Geologen und Ornithologen, die bereits evakuiert worden waren: Ob wir noch die Vitrine aus Raum 204 unterbringen könnten, ob noch Platz sei für die Kiste mit den nord- und südamerikanischen Nestern und die Straußeneier-Sammlung, für den Meteoritenklumpen, der beim Umzug vergessen worden war, oder den ausgestopften Papagei der ebenso verehrten wie spendenfreudigen Lady Soundso? In der letzten Woche wurden immer noch Objekte auf irgendwelchen Fluren und in lange nicht mehr betretenen Räumen entdeckt, die eilig mit der Hand den fein säuberlich getippten Listen hinzugefügt wurden, die wir zuvor erstellt hatten. Und im allerletzten Augenblick stellten wir fest, dass wir noch einen Laster übrig hatten, sodass die Arbeiter in aller Eile noch Ausstellungsstücke aus der Eingangshalle herbeischleppten, die alles andere als seltene Exemplare waren – die Füchse, die Wiesel, zwei Tiger, ein Eisbär, ein Wolf, ein Löwe und sogar eine ganz gewöhnliche Wanderratte.

Wie schnell sich die Räume leerten. Ich hatte erwartet, dass mir beim Anblick, wie dem Museum seine Bewohner entrissen wurden, angst und bange würde vor dem, was uns bevorstand, dass die nackten Räume aussehen würden, als hätten Grabräuber die Gelegenheit genutzt, um über das Gebäude herzufallen, aber ehrlich gesagt war ich so dankbar dafür, die Tiere fortbringen zu dürfen und immer noch Angestellte des Museums und Teil der einzigen glücklichen Familie zu sein, die ich je gekannt hatte, dass ich eigentlich nur Vorfreude empfand.

Außerhalb des Museums wusste niemand, dass ich fortging, denn es gab niemanden, dem ich es hätte erzählen können – mal abgesehen von meiner Zimmerwirtin, der es herzlich gleichgültig war, wohin ich aufbrach. Sie interessierte nur, dass sie einen neuen Mieter finden musste.

Ich hatte einmal Familie. Ich war noch ganz klein, als meine Eltern mich adoptierten, und es waren die einzigen Eltern, die ich kannte. Sie waren einigermaßen wohlhabend, und alt. Ihre drei Söhne waren im Burenkrieg gefallen, und ich war vermutlich als eine Art Ersatz gedacht. Aber ich enttäuschte sie, war eine Enttäuschung für meine Mutter.

*Nach allem, was ich für sie getan habe,* pflegte sie guten Freundinnen beim Tee oder am Telefon zu klagen. *So ein mürrisches Kind, und immer mit der Nase im Buch, das undankbare Ding.*

Wie hatte ein Kind zu sein, wie eine Mutter? Diese Fragen stellte ich mir allerdings erst viel später, und ich finde es immer noch befremdlich, darüber nachzusinnen. Meine Mutter war immer streng und unzufrieden mit mir, und in meiner Kindheit wurde ich oft bestraft. Aber müssen Kinder nicht bestraft werden, damit sie ihr Verhalten bessern, damit sie lernen, sich ordentlich zu benehmen, vor allem Waisen wie ich? *Wir wissen rein gar nichts über deine richtigen Eltern,* sagte eine Kinderfrau einmal zu mir (denn wie alle Kinder aus gutsituiertem Hause wurde ich von Kinderfrauen aufgezogen, einige nett, andere weniger), *umso mehr müssen wir darauf achten, alle eventuellen Einflüsse auszumerzen.* Das war dieselbe Kinderfrau, die mich auf dem Boden schlafen ließ, weil mein Bett ihrer Meinung nach viel zu weich war, die nichts davon hielt, dass Kinder zu Mittag aßen, weil sie dann als Erwachsene zu Zügellosigkeit neigen würden, und bei der ich Bibelverse abschreiben musste, bis ich einen Krampf in der Hand bekam.

Die Räume, in denen die Kinderfrauen mich betreuten, waren abseits vom Rest des Hauses, und so kam es, dass meine Mutter gelegentlich zu vergessen schien, dass ich überhaupt da war – aber vielleicht stimmte das auch nicht, vielleicht waren es nur Märchenfantasien eines Kindes, denn wie kann man vergessen, dass man ein Kind adoptiert hat?

Einmal, als meine Kinderfrau krank geworden war, hatte meine Mutter vergessen, dass ich Mahlzeiten brauchte, und herrschte mich an, als ich heimlich zwei Äpfel stahl, weil mir vor Hunger ganz schwindelig war. Und wenn sie mich doch einmal bemerkte, schimpfte sie oft, dass mein Gesicht so *verdrießlich* und *kränklich* und *hässlich* sei – dabei war es einfach nur ein blasses Gesicht, das nicht oft lächelte –, und schlug mir zur Strafe mit dem Feuerhaken gegen die Beine. Sie verglich mich oft mit ihren eigenen Söhnen. *Ich hätte dich auch dort lassen können, ich hätte dich nicht adoptieren müssen*, und noch jahrzehntelang später konnte ich hören, wie sie dann sagte, *also reiß dich gefälligst zusammen.*

Ich erinnerte mich an einen Anruf meiner Mutter, als ich in Oxford Zoologie studierte, und daran, wie begeistert sie anfangs schien. *Wie ich höre, hast du bei Professor Lyle besonderes Interesse geweckt*, sagte sie. *Ja, er hat mich sehr bei meiner Arbeit zur Fortbewegung bei Säugetieren unterstützt*, antwortete ich arglos. *Oh, du dummes Ding*, meinte sie schließlich nach einem Augenblick völliger Stille. *Als dein Vater und ich zugestimmt haben, dass du zur Universität gehst, war das nur unter der Bedingung, dass du dir dort einen Mann suchst, und sei er auch von noch so bescheidenem Stand. Ich will von diesen Albernheiten nichts mehr hören. Du kannst mich wieder anrufen, wenn du verlobt bist*, hatte sie gesagt und aufgelegt.

Als mein Vater an Altersschwäche starb, kam ich noch einmal nach Hause, um sie zu besuchen. Nach der Beerdigung und nachdem ich ihr erzählt hatte, dass ich gern eines Tages für ein Museum arbeiten würde, meinte sie, ich sei durch und durch boshaft. Sie verbot mir, meinen Doppelnamen zu tragen, sie würde mich ab sofort verleugnen. *Ich will nicht, dass dich irgendjemand mit mir in Verbindung bringt. Von jetzt an bist du Miss Cartwright*, sagte sie und spuckte das ›Miss‹ mit gehässigem Zischen aus. Seither war ich also Miss Cartwright, und auch wenn ich es gern zu *Professor* Cartwright gebracht hätte, hatte ich doch mehr erreicht, als ich mir je hätte träumen lassen.

Ich war erwachsen geworden und hatte einen starken Gerechtigkeitssinn entwickelt, ein ausgeprägtes Gefühl für Richtig und Falsch. Ich war entschlossen, mich nicht von meiner Kindheit unterkriegen zu lassen, von der ich vermutete, dass sie im Vergleich zu anderen eher unglücklich gewesen war. Auch wenn ich die Liebe noch nicht gefunden hatte und mich oftmals einsam fühlte oder manchmal den Waschraum aufsuchen musste, um zu weinen, wenn es zu einem unangenehmen Zusammenstoß mit einem Vorgesetzten oder Kollegen wie Mr Vaughan gekommen war, spornte mich diese Ablehnung nur noch mehr an, ihnen das Gegenteil zu beweisen. Ich war unendlich stolz auf meine Arbeit im Museum – jedenfalls bis zu jenem unglücklichen Zwischenfall – und hoffte inständig, mein Einsatz in Lockwood würde das Vertrauen in mich wieder vollständig wiederherstellen.

Ich würde mir von einem dummen Missgeschick nicht alles zunichtemachen lassen, schwor ich mir, als ich mich am Tag vor der Abreise in meinem Büro noch einmal davon überzeugte, dass ich auch nichts vergessen hatte, und legte mir den Mantel über den Arm. Ich war keineswegs das nichtsnutzige Ding, für das meine Mutter mich hielt, und meine Zeit draußen auf dem Land würde zeigen, was in mir steckte.

Als ich den Namen Lockwood Manor zum ersten Mal hörte, dachte ich an einen Ort wie aus einem Brontë-Roman – weite, raue Moorlandschaften und ein düsteres Haus voller Geheimnisse und schwelender Leidenschaft. Doch in den Grafschaften um London gab es kein Moor, und das Haus gehörte einem Major, der den forschen Briefen seiner Sekretärin zufolge *für die Modernisierung des Anwesens keine Kosten gescheut hatte.* Hätte ich meiner Mutter erzählt, wohin ich aufbrach, hätte sie unweigerlich Major Lord Lockwood im *Who's Who* nachgeschlagen und später von ihren Freunden erfahren, dass er seit Kurzem verwitwet war, woraufhin sie im sehnlichsten Wunsch, er könne ein Auge auf mich werfen, bestimmt keine ruhige Minute mehr gehabt hätte. Ich hatte ein Foto von ihm in einer Zeitung gesehen, nachdem ich eine Bibliothekarin gefragt hatte, ob sie etwas über die Geschichte des Herrenhauses finden könnte: Er wirkte braungebrannt und schien für sein Alter gut in Form zu sein, und ihm zu Füßen lag ein Rudel magerer Jagdhunde. In dem Artikel war von seinen Kapitalanlagen und den Gewinnen aus dem Imperium seiner Waffenfabriken die Rede. Aber mich interessierte nur, dass er uns Platz für das Museum zugesagt und außerdem versprochen hatte, mir für die Dauer des Krieges Unterkunft zu gewähren und die zwei anderen Mitarbeiter des Museums – Helen Winters und David Brennan, der damit rechnete, jeden Moment eingezogen zu werden –, die mich zunächst begleiten und unterstützen sollten, bis alle Tiere an ihrem Platz waren, vorübergehend ebenfalls in seinem Haus unterzubringen. Außerdem war uns zugesichert worden, uns im gesamten Gebäude frei bewegen zu können, bei Bedarf doch bitte die Hilfe des Hauspersonals in Anspruch zu nehmen und auf Mitglieder seines alten Regiments, die bereits im Ruhestand und daher zu alt waren, um eingezogen zu werden, als Wachen zurückzugreifen. Der herrliche Grundbesitz, der das Haus umgab, die *Ländereien*, bildeten nur das Tüpfelchen auf dem i.

Eine Kadenz aus Knipsen und Klicken hallte durch das Museum, als der Aufseher die Lichter ausschaltete, doch das machte mir keine Angst – ich hatte noch nie Angst vor der Dunkelheit gehabt. Die Fenster waren mit Brettern vernagelt worden, aber es war noch nicht stockfinster, es drang immer noch ein wenig Tageslicht durch die Ritzen. Ich betrachtete die riesenhaften Umrisse des Mammutskeletts, die in dem schwachen Licht aus etwas Dunklerem und Schwererem zu bestehen schienen als aus Luft, eine aus dem Nachmittag gestanzte Silhouette. Es war zu groß, um evakuiert zu werden, und würde mit Sandsäcken und allerlei schwerem Material gesichert werden, in der Hoffnung, dass es noch intakt war, wenn der Krieg vorbei war.

Wenn der Krieg vorbei war … Würde ich mich bis dahin sehr verändert haben, fragte ich mich, und was wäre dann aus dem Museum geworden? Wie viele seiner Mauern würden noch stehen?

## KAPITEL 2

Ich erreichte Lockwood Manor mit der Art von Kopfschmerzen, die man erwarten konnte, wenn man über viele Stunden in einem Lastwagen mit schlechter Federung gesessen und sich unentwegt Sorgen um die Ladung der übrigen Fahrzeuge unseres Konvois gemacht hatte, um die Tiere, die in Sackleinen und Strick vermummt und blind hin und her schwankten, durchgerüttelt wurden und in jeder Kurve gegeneinanderprallten. Es war ein warmer, sonniger Tag, doch konnte ich nicht behaupten, dass das Wetter dem Anwesen etwas besonders Einladendes verlieh, als wir auf der gewundenen Auffahrt den Rasen vor dem Haus umrundeten. Lockwood Manor stand seit vielen Jahrhunderten an dieser Stelle, aber der Großteil des Gebäudes war im neunzehnten Jahrhundert in einer Mischung aus Gotik und Klassik im Jakobethanischen Stil errichtet worden. Die Steinmauern waren zu einem tristen Grau abgestumpft, an der Fassade bildeten schmale, niedrige Fenster eine langgezogene, einförmige Reihe, die von zwei runden Türmchen eingefasst wurde, und darüber reckte sich eine von steinernen Spitzen gekrönte, durchbrochene Balustrade gen Himmel.

Aus den Plänen, die ich zuvor studiert hatte, wusste ich, dass sich hinter der Fassade eher willkürlich angeordnete Rückgebäude verbargen, ein neuerer Anbau, der der Küche im Erdgeschoss des Ostflügels hinzugefügt worden war, aber auch – und besonders wichtig für das Museum – eine langgestreckte Galerie. Der einstöckige Bau, der sich neben einem versteckten Innenhof an der Rückseite des Westflügels nach außen stülpte, stammte noch aus der Tudorzeit und war einmal Teil eines anderen Gebäudes gewesen, das einem dieser katastrophalen Akte von Zerstörung zum Opfer gefallen war, die offenbar das Schicksal sehr alter Bauwerke in diesem Land sind. Die Lange Galerie, wie sie genannt wurde, war seit vielen Jahren nicht mehr genutzt worden und bot genügend Raum für die vielen Kisten und Vitrinen aus dem Museum, ohne dass Möbel weggeräumt oder Bewohner umquartiert werden mussten. Andere Ausstellungsstücke, allen voran die Tierpräparate, die ständiger Beobachtung bedurften, um sie vor Luftveränderungen und Ungeziefer zu bewahren, sollten im Inneren des Hauptgebäudes untergebracht werden. Dem Major und seiner Tochter würden im Erdgeschoss nur wenige Zimmer zur privaten Nutzung bleiben. Das sollte ihr Beitrag zum Krieg sein: Während die Eigentümer anderer Herrenhäuser alles für die Aufnahme evakuierter Kinder und Babys vorbereiteten, würde bei den Lockwoods eine stille Menagerie einziehen, von der nicht zu befürchten war, dass sie umherrennen, mit klebrigen Finger an Wänden entlangstreifen und uns nachts mit ihrem Geschrei wecken würde.

Ich sprang aus dem Lastwagen auf die Auffahrt und landete mit den Füßen im Kies, über mir die drei Stockwerke des Hauses, die sich auftürmten, als wollten sie mich prüfend in Augenschein nehmen. Major Lord Lockwood erschien mit seiner Hundemeute am Eingangsportal, als wäre er geradewegs aus der Fotografie entstiegen, die ich von ihm in der Zeitung gesehen hatte. Die Hunde schwärmten über die Stufen auf mich zu und stupsten mir an die Beine. Bevor der Major dazu kam, sie zurückzurufen, begann einer von ihnen zu knurren, was dem ungehorsamen Tier augenblicklich einen Stockschlag auf den Rücken einhandelte. Ein zweiter Mann mit dem zerdrückten, faltigen Gesicht einer Bulldogge eilte in Tweedjacke die Treppe hinunter und führte die Hunde weg. Ich strich mein Kostüm glatt.

Mit nachlässigem Händedruck hieß mich der Major willkommen. »Wir hatten einen gewissen Dr. Farthing erwartet«, sagte er, »aber er ist nicht mehr im Dienst, wie ich höre.«

»Er hat sich als Freiwilliger gemeldet, ja«, antwortete ich.

»Tja.« Er klatschte in die Hände, und wir musterten einander. »Sie werden das schon machen. Kommen Sie, wir gehen hinein, die anderen haben schon mal mit dem Auspacken angefangen.«

»Dabei sollten sie doch warten, bis ich komme«, murmelte ich und folgte ihm. Das war kein vielversprechender Anfang für meine neue Rolle als Leiterin der Sammlung.

Eine Frau mit weißblondem Haar und pelzbesetzter Strickjacke stand im Eingang. Sie war ganz offensichtlich im Aufbruch begriffen und trug einen Koffer in der Hand, der zu wuchtig für ihre schmale Gestalt schien, doch es war nicht der Koffer, der mich stutzig machte – es waren die Tränenspuren in ihrem unglücklichen Gesicht und die dunklen Flecken auf ihrem Schal, die auf bereits vergossene Tränen schließen ließen. Ihr Atem stockte hörbar, als sie zur Seite trat, um uns vorbeizulassen, und während sie den Major flehentlich ansah, drehte diese Frau, die ich noch nie zuvor gesehen hatte, sich zu mir um und bedachte mich mit einem solch hasserfüllten Blick, dass mich unvermittelt ein Gefühl von Schuldbewusstsein überkam, als hätte ich ihr etwas Schreckliches angetan. Sie schniefte, die Oberlippe geschürzt, wischte sich mit einem hellen Handschuh die Tränen aus dem Gesicht, und ich machte unwillkürlich einen Schritt rückwärts. Wutschnaubend fuhr sie herum und kämpfte sich mit ihrem Gepäck die Stufen zum Vorplatz hinab.

»Nun kommen Sie schon«, mahnte der Major aus dem Dunkel der Eingangshalle und hüstelte ungeduldig.

Ich war noch ganz damit beschäftigt, das Bild von den Tränen der Frau und ihren Hass aus dem Kopf zu bekommen, als er mich von einem Raum in den nächsten führte, die mir im Vergleich zu dem Spätsommertag draußen alle düster und beengt vorkamen. Wir begannen mit Salon und Wohnzimmer links von der Eingangshalle, der auf den Rasen vor dem Haus hinausging und die Chiroptera und Insectivora beherbergen sollte, um deren Unterbringung uns andere Abteilungen gebeten hatten. Dann überquerten wir die Halle in die andere Richtung und betraten das Rauchzimmer neben dem Speisesaal, wo die Marsupialia wohnen sollten, dann wendeten wir uns nach rechts, wo wir am Ballsaal vorbeikamen, in dessen vergoldeten Spiegelwänden ich im Vorbeigehen einen Blick auf meinen überreizten Gesichtsausdruck erhaschte und der keine Museumsstücke aufnehmen würde, weil der Major hier Gesellschaften für das in der Nähe stationierte Regiment geben wollte.

Von da aus nahmen wir den westlichen Korridor, von dem das Billardzimmer, die Bibliothek, der Morgensalon, das Musikzimmer und das frühere Wohnzimmer der Mutter des Majors abgingen, gefolgt von dem Schreibkabinett, in dem die den Cetacea zugeordneten Knochen gelagert werden sollten, und meinem Büro, das vorher ebenfalls ein Salon gewesen war und das direkt neben dem Büro des Majors und seiner daran angrenzenden Privatbibliothek lag, die er mir beide nicht zeigen wollte und die zu betreten strikt untersagt war.

Neben dem Büro des Majors war der Eingang zu einem Flur, der zur Langen Galerie führte. Wie ihr Name schon vermuten ließ, bestand sie aus einem langgestreckten, breiten Gang mit Teakholzverkleidung und einer niedrigen Kassettendecke, zu dessen beiden Seiten sich ein halbes Dutzend Räume befanden, die untereinander verbunden waren, sodass in die Wände der Galerie selbst nur vier Türöffnungen geschnitten waren. Die Arbeiter schleppten Kartons und Kisten den Flur entlang, und als wir durch die Räume gingen, stellte ich befriedigt fest, wie voll sie aussahen, wie viele Objekte wir in Sicherheit hatten bringen können.

Wir verließen die Lange Galerie und gingen zurück ins Hauptgebäude und durch die Eingangshalle.

»Dr. Farthing wollte auch die *anderen* Räume sehen – um sich mit der Bauweise des Hauses und den Fluchtwegen vertraut zu machen, wenn ich mich recht erinnere. Das Hausmädchen wird mit Ihnen einen Rundgang machen«, sagte der Major und wedelte mich mit einer Handbewegung auf eine junge Frau in gestärktem Grau und Weiß zu.

Dr. Farthing war für seine Neugier bekannt und hatte sich das wahrscheinlich nur ausgedacht, um sich gründlich umsehen zu können. Schließlich hatten wir in London bereits einen Plan des Gebäudes gehabt, der nur wenige Jahre alt war, sodass größere Überraschungen kaum zu erwarten waren. Aber dennoch war ich sehr gespannt darauf, das mächtige Rückgrat eines Landsitzes sehen zu dürfen, seinen Motor, der einen ganzen Flügel des Erdgeschosses für sich beanspruchte: Küche, Spülküche, Blumenzimmer, Bürstenzimmer, Destilleriezimmer – in denen einst Salben, Tinkturen und Arzneien hergestellt worden waren –, drei Vorratskammern, Butlerzimmer, Lampenzimmer, unzählige Türen und Regale und winzige, meist fensterlose Vorräume, aber auch all die Bediensteten, die überall mit Eimern und Tüchern und Tabletts und Kisten umherliefen. Irgendwann im Verlauf der Hausführung verlor ich völlig die Orientierung und hätte nicht sagen können, ob ich nach Süden oder Norden blickte oder überhaupt noch im selben Gebäudetrakt war. Das Hausmädchen brachte mich durch dieselbe Tür in die Eingangshalle zurück, durch die ich hineingegangen war, obwohl ich hätte schwören können, dass es eine andere wäre, und dort stand immer noch der Major und unterhielt sich mit dem Mann, der die Hunde weggebracht hatte.

»Und, wie war die Tour?«, erkundigte sich der Major.

»Interessant«, antwortete ich, doch die kleine Grimasse, die er zog, sagte mir, dass es das falsche Wort war. Vielleicht verriet es zu viel von meinem Wunsch, im Haus herumzuspionieren – was man einem Dr. Farthing zweifellos durchgehen lassen konnte, aber wohl kaum einer wie mir.

»Wollen wir uns dann in den Salon begeben?«, fragte er.

Dort blieb er stehen, neben den in Tücher gehüllten Tieren, die gerade erst aus dem Lastwagen entladen worden waren und nun darauf warteten, ausgewickelt zu werden, und stemmte die Hände in die Hüften.

»Dieses Gut ist in vollem Betrieb, Mrs Cartwright – ich hoffe, dass es keine Probleme geben wird und das Museum und mein Haus in Harmonie miteinander auskommen werden«, sagte er.

Offenbar hatte ihn mein Interesse an den Räumen der Angestellten verärgert. Oder er hatte etwas zu verbergen. War das eine versteckte Warnung?

»Miss Cartwright«, korrigierte ich, »und ich bin zuversichtlich, dass es keinerlei Probleme geben wird. Ich kann Ihnen nicht sagen, wie dankbar das Museum für Ihr großzügiges Angebot ist, der wertvollsten Säugetiersammlung unseres Landes in Ihrem Haus vorübergehend Obdach zu gewähren, solange London unter Bedrohung steht, und wie die Korrespondenz zwischen dem Museum und Lockwood in den letzten beiden Jahren gezeigt hat, bin ich ganz und gar davon überzeugt, dass unsere Kooperation beispielhaft sein wird.« Vielleicht konnte ich ihn ja mit langen Wörtern und etwas Lobhudelei schwindelig reden.

»Ausgezeichnet«, sagte er, die Hände in den Taschen vergraben und mit den Augen bereits an der Tür, um mir zu entkommen. »Wenn Sie mich nun bitte entschuldigen wollen, die Haushälterin wird jeden Moment bei Ihnen sein.« Er sprach mit der aalglatten Arroganz des Landadels.

Kaum hatte er mich im Salon zurückgelassen, wurde mein Blick von etwas silbrig Glänzendem angezogen, und als ich an dem brokatbezogenen Sofa vorbeiging, machte ich eine verstörende Entdeckung. Ein abgenutztes Küchenmesser steckte eine gute Daumenbreite tief in einem mit filigraner Furnierplatte versehenen Beistelltisch. Das Missverhältnis zwischen dem schäbigen alten Messer und all dem Gold und den edlen Stoffen in diesem Zimmer, aber auch seine aufrechte Position, als würde es von einer unsichtbaren Hand gehalten, brachte mich ganz aus der Fassung, und so zog ich es ohne nachzudenken aus dem Tisch und ließ es gleich wieder fallen, sodass es scheppernd zur Seite fiel. Das Holz seines Griffs war so abgegriffen, dass es sich an meiner Handfläche ganz weich angefühlt hatte. Ich ging wieder auf die andere Seite des Sofas und rieb mir die Arme, an denen sich die Härchen aufgestellt hatten.

»Hallo-o«, rief eine angenehme Stimme von der Tür her. »Sind Sie Miss Cartwright?«

»Das bin ich, ja.«

»Lady Lockwood, aber Sie können Lucy zu mir sagen«, sagte die Frau, die hereinkam und, während ich ihr die Hand entgegenstreckte, rasch auf mich zutrat und mir einen Kuss auf die Wange gab. Ihr Parfüm war so leicht, dass es teuer sein musste, und ihr schwarzes Haar war bemerkenswert kurz geschnitten und nur wenige Zentimeter lang. Es war kürzer als ein Jungenhaarschnitt, aber so sorgfältig gekämmt und festgesteckt, als wollte sie darüber hinwegtäuschen. *Als hätte sie sich im Fieberwahn die Haare geschnitten,* dachte ich, *wie in einem Jane-Austen-Roman.* Oder hatte es einen Unfall mit den Lockenwicklern gegeben? Reiche Leute konnten es sich vermutlich leisten, exzentrisch zu sein und alberne Frisuren zu tragen. Unter ihren dunklen Augen lagen müde Ringe, die das leichte Puder, das sie verwendete, kaum verdeckte, ihre Wangen waren mit Sommersprossen übersät, ihr Kinn war eckig und ihr roter Lippenstift makellos aufgetragen. Sie gehörte zu jenen schönen Frauen, die jeder Makel noch schöner macht – eine kleine Narbe an ihrem Kinn, das linke Ohr bog sich um eine Winzigkeit weiter nach außen als das rechte –, und aus irgendeinem Grund überraschte es mich, ausgerechnet jemanden wie sie in dieser gesetzten Umgebung anzutreffen, aber da man ja nie wusste, wem man an welchem Tag zum ersten Mal begegnet, verstand ich nicht recht, weshalb sie mich derart aus dem Konzept brachte.

»Also hier ist ein Zettel mit den Essenszeiten und anderen Informationen, zur Wäsche zum Beispiel«, sagte sie, während ich noch dabei war, mich wieder zu sammeln, »und Schlüssel für die Museumsräume und die Lange Galerie. Dieser hier ist der Schlüssel zum Hauptportal – mir ist es lieb, dass Sie einen haben, für den seltenen Fall, dass niemand da ist, der Ihnen öffnet, oder ein Notfall eintritt oder sonst irgendwas.« Sie überreichte mir den großen, massiven Schlüssel, den ich zu den anderen steckte, die schwer in meiner Jackentasche lagen.

In dem Briefwechsel mit dem Major und seiner Sekretärin hatte er erwähnt, seine Tochter könne uns während unseres Aufenthalts auf Lockwood möglicherweise zur Hand gehen, doch in welcher Weise, war nicht genauer umrissen worden. Ich hatte den Eindruck gewonnen, dass sie entweder noch sehr jung oder eine dieser Grazien war, die ständig von ihrem Chauffeur von einem gesellschaftlichen Ereignis zum nächsten kutschiert wurde und deshalb nur wenig Zeit hatte. Nun sah ich, dass sie in etwa in meinem Alter war und sich offensichtlich sehr für das Museum begeisterte. Ich fragte mich, ob Lord Lockwood einfach zu den Männern gehörte, die nicht wollten, dass ihre Tochter arbeitete.

Sie sah von ihrer Liste auf und hielt inne. Ihr höfliches Lächeln verschwand und ihre Miene wurde ernst.

»Verzeihen Sie«, meinte sie, »aber als ich hereinkam, wirkten Sie für einen Augenblick ganz durcheinander … Geht es Ihnen gut?«, fragte sie und berührte mich leicht am Arm.

»Ja, doch, alles bestens.« Ich nickte bekräftigend, aber sie blickte mich immer noch unverwandt an, und ich hatte das Gefühl, etwas sagen zu müssen. »Ich hatte mich etwas im Zimmer umgesehen und wollte mich an diesem Tischchen festhalten, als mir kurz schwindelig wurde, und da hätte ich mich fast an dem Messer dort geschnitten«, erklärte ich. »Ich fürchte, ich bin manchmal schrecklich ungeschickt«, fügte ich hastig hinzu. Was würde sie bloß von mir denken? Wo ich doch unbedingt kompetent und beherrscht wirken wollte.

»Ach, du liebe Güte, was um alles in der Welt hat das denn hier zu suchen?«, rief sie verwundert aus und starrte es stirnrunzelnd an. »Sie haben sich doch hoffentlich nicht verletzt?«, fragte sie, nahm meine Hand und drehte sie prüfend um.

Ich zuckte zusammen, als ihre Finger über meine Handfläche glitten. Mit großer Ernsthaftigkeit überzeugte sie sich von meiner Unversehrtheit, und ich fühlte eine Welle von Zärtlichkeit in mir aufsteigen.

»Oh nein, mir ist nichts geschehen, ich konnte mich im letzten Moment noch fangen.« Es war völlig idiotisch, eine solche Lüge aufzutischen, aber genauso idiotisch war es gewesen, das Messer aus dem Tisch zu ziehen.

»Gott sei Dank«, sagte sie und ließ meine Hand los. »Mir ist völlig rätselhaft, was es hier zu suchen hat. Ich werde der Haushälterin Bescheid geben. Hoffentlich hat es Ihre Ankunft bei uns nicht zu sehr überschattet.«

»Nein, ganz und gar nicht«, versicherte ich. »Ich bin ja selbst schuld, wenn ich nicht achtgebe, wohin ich gehe. Ziemlich tollpatschig für jemanden, der bei der Arbeit täglich von Tieren mit scharfen Zähnen umgeben ist.« Der Witz war reichlich lahm, aber sie lachte dennoch, und ich konnte die kleinen Grübchen um ihre Mundwinkel sehen.

»Dann hoffe ich, dass Sie sich hier auf Lockwood Manor wohlfühlen werden. Es ist eine solche Ehre, die Säugetiersammlung des Museums bei uns aufnehmen zu dürfen.«

»Sie haben ein prachtvolles Haus«, sagte ich.

»Und Ihre Tiere werden es erst so richtig zum Strahlen bringen,

Miss Cartwright«, gab sie zurück und berührte kurz meinen Arm. »Also – wir haben Sie im Ostflügel untergebracht, im Roten Zimmer, wie wir es nennen. Ich hoffe, das ist Ihnen recht. Es ist ein ganz reizender, gemütlicher Raum mit Blick auf die Gärten vorm Haus. Ich habe ihn als Kind selbst ein paar Mal genutzt, wenn ich krank war, weil er näher am Zimmer meiner Amme lag, und ich kann Ihnen versichern, ich habe dort wie ein Murmeltier geschlafen.« Sie lächelte, doch ihre Lippen zitterten ein wenig.

Ich hätte ihr am liebsten gesagt, dass ich mich auch mit einem Wandschrank zufriedengeben würde und dass es nicht nötig war, sich solche Gedanken um meine Nachtruhe zu machen. Ich war es nicht gewohnt, dass sich jemand um mein Wohlergehen sorgte. Ich war an Vermieterinnen gewöhnt, die eine Grimasse schnitten und müde seufzten, wenn ich darum bat, einen tropfenden Wasserhahn zu reparieren, und sich beschwerten, dass ich beim Nachhausekommen zu viel Lärm machte.

»Nennen Sie mich doch bitte Hetty«, bat ich.

»Lucy!«, rief der Major, der in den Salon geschlendert kam. »Da bist du ja, mein Täubchen«, sagte er. »Die Köchin will den Speiseplan mit dir besprechen.«

»Vater …«

»Nun geh schon«, drängte er und machte eine Armbewegung in Richtung Tür. »Die Räume füllen sich allmählich mit Tieren«, fügte er hinzu und blickte sich mit Genugtuung um, während ich Lucy nachsah. Sie lächelte mir zu, und in ihren Augenwinkeln bildeten sich kleine Fältchen.

»Sie regen meine Tochter doch nicht etwa auf?«, wandte sich der Major an mich, kaum dass sie das Zimmer verlassen hatte. Ich begriff den veränderten Tonfall nicht. Mit einem Schlag war seine Begeisterung erloschen, und eine völlig andere Seite, hart und forschend, trat zum Vorschein.

»Ich habe nur über das Museum gesprochen …«

»Lucy ist sehr verletzlich, müssen Sie wissen. Sie sollte auf keinen Fall mit zu vielen Problemen oder Dramen belastet werden. Und nachdem sie noch dazu erst vor wenigen Monaten Mutter und Großmutter verloren hat …« Er verstummte. »Sie ist sehr sensibel, wissen Sie. Sollte es wirklich einmal irgendwelche Schwierigkeiten geben, wenden Sie sich an mich oder die Wirtschafterin, oder an Jenkins, meine rechte Hand.«

Bei Letzterem musste es sich wohl um den Mann mit dem Bulldoggengesicht handeln, dem ich zuvor in der Eingangshalle begegnet war. »Selbstverständlich«, bestätigte ich.

Wir hatten im Vorfeld damit gerechnet, dass die Unterbringung der Kollektion heikle Momente mit sich bringen würde, und viele unserer Diskussionen waren immer wieder um den allumfassenden Begriff ›Diplomatie‹ gekreist, doch ich hätte nicht gedacht, dass es auf diese Weise geschehen würde. Als wir erfuhren, dass die vormalige Lady Lockwood und ihre Schwiegermutter verstorben waren, hatte es Überlegungen gegeben, einen anderen Standort zu wählen, doch nachdem wir ein dementsprechendes, umsichtig formuliertes Schreiben an den Major geschickt hatten, hatte er darauf beharrt, dass die Sammlung trotz allem auf Lockwood Manor unterkommen sollte. Die zwei Frauen hatten ihr Leben bei einem tragischen Autounfall im Dunkeln auf einer Landstraße verloren, eine furchtbare Sache. Ich erinnerte mich, wie David – einer von der Sorte ›raubeiniger Rugbyspieler‹, die einen dann mit unerwarteter Belesenheit und enzyklopädischem Wissen auf dem Gebiet von Detektivgeschichten überraschen – berichtet hatte, er habe einen Journalistenfreund zu dem Unfall befragt, auch, ob es Verdächtige gebe, und von ihm erfahren, dass die Polizei das Ganze für einen Unfall hielte. Ich erinnere mich so gut daran, weil alle im Raum verstummten, nachdem er das gesagt hatte. Keiner von uns hatte bis dahin angenommen, dass es sich um etwas anderes als einen Unglücksfall handeln könnte. Danach war ich so sehr mit der praktischen Seite des Umzugs und mit meinen Tieren beschäftigt, dass ich kaum noch einen Gedanken daran verschwendet hatte, doch nun, da ich hier war, musste ich an die verstorbene Lady Lockwood, Lucys Mutter, denken und fragte mich, was in jener Nacht wohl passiert war.

Ein Arbeiter schleppte ein sperriges Paket an der Tür vorbei und verlangte nach Anweisungen, und ich wandte mich wieder meinen eigentlichen Aufgaben zu.

»Das ist ein Schaukasten mit Schmetterlingen, der kommt zu den anderen in den Sommersalon. So, wie wir es besprochen hatten«, sagte ich knapp. Schon in London hatte ich den Eindruck gehabt, dass es mit diesem Mann nur Ärger geben würde. Die ganze Truppe war ein wild zusammengewürfelter Haufen, denn viele Männer hatten sich bereits freiwillig zum Kriegsdienst gemeldet.

Als ich mich wieder dem Major zuwandte, war der finstere Ausdruck aus seinem Blick verschwunden. »Ich sehe schon, Miss Cartwright, Sie sind eine ausgesprochen verständige Person, und ich muss mich entschuldigen, wenn vorhin ein wenig die Pferde mit mir durchgegangen sind. Junge Frauen sind manchmal flatterhaft, wissen Sie, aber es ist offensichtlich, dass Sie eine von der vernünftigen Sorte sind. Ich kann mir vorstellen, dass Sie meiner Tochter sehr guttun werden – in den letzten Monaten hat sie nur mich und die Angestellten zur Gesellschaft gehabt und ist einsam gewesen.«

»Ich werde tun, was ich kann«, antwortete ich schließlich, nachdem ich zunächst nicht wusste, was ich erwidern sollte. Flatterhafte Frauen? Vernünftige Sorte? Ich hoffte inständig, dass hier alles ohne größere Reibereien abgehen und er sich nicht als einer dieser verbohrten Langweiler entpuppen würde, die um nichts in der Welt auf das Wort einer Frau hörten. Mir kam der etwas abwegige Gedanke, ob er wohl vorhatte, mich dafür zu bezahlen, dass ich seiner Tochter Gesellschaft leistete, oder wäre diese Dienstleistung durch das Gehalt abgedeckt, das das Museum mir zahlte?

Es spielte keine Rolle. Lucy hatte mich neugierig gemacht, ohne dass ich hätte sagen können, woran es lag, und sie hatte mich sehr viel herzlicher willkommen geheißen, als es eine meiner Vermieterinnen je getan hatte. Es schien mir eine schöne Abwechslung, unter einem Dach mit ihr und meinen Tieren und den Vitrinen aus London zu leben, anstatt in einer Pension in Kensington ein einsames und trostloses Dasein inmitten sauertöpfischer Mitbewohner zu führen.

Als Kind hatte ich die zugegebenermaßen unsinnige Angewohnheit, die Leute in meiner Umgebung mit Tieren zu vergleichen, denn die zog ich meinen Mitmenschen in aller Regel vor. Peinlicherweise war es mir immer noch nicht gelungen, diese Angewohnheit abzulegen. Es hatte nur eine Person gegeben, der ich von meiner Marotte erzählt hatte – ein Mädchen aus meiner Schule namens Constance, die mich immer an einen Mungo erinnerte und daraufhin allen anderen erzählte, dass ich sie beleidigt hätte, obwohl das gar nicht meine Absicht gewesen war. Danach wurde ich wie eine Aussätzige behandelt, was ich durch nichts in der Welt wieder hatte ungeschehen machen können. Ihr Vater hatte Lucy als Taube bezeichnet, doch bei meiner Vorliebe für Säugetiere erinnerte sie mich eher an eine Katze, ihres Zaubers und warmen Lächelns wegen – auch wenn ich natürlich wusste, dass derlei Attribute mit einer echten *Felis catus* nichts gemein hatten. Bei Lord Lockwood hingegen dachte ich an einen Königstiger mit all seiner gelassenen Autorität, oder an einen eurasischen Wolf. Mich selbst sah ich als Europäischen Dachs, der im Dunkeln vor sich hin tappte, und manchmal als Goldmulle: farblos, eigenbrötlerisch, fleißig und nicht unbedingt der Liebreiz in Person.

Ich folgte dem jungen Hausmädchen, das mich zu dem mir zugewiesenen Zimmer führte, den langen Korridor ein Stockwerk höher entlang, und spürte, wie der dichte Teppich förmlich an meinen Füßen klebte, wie hoher Schnee, in dem man nur mühsam vorankommt. Der Flur schien nicht enden zu wollen. Ich rechnete jeden

Moment damit, plötzlich an eine Spiegelwand zu stoßen, und war fast in Versuchung, sicherheitshalber die Hände ausgestreckt zu halten. Das Museum beschränkte sich ausschließlich auf das Erdgeschoss. In den oberen Etagen war nur eine Handvoll Zimmer bewohnt, die meisten der vielen Räume standen leer. Bei drei der fünf leeren Zimmer, an denen wir bisher vorbeigekommen waren, waren die Türen verschlossen, doch bei den anderen beiden warf ich einen neugierigen Blick hinein, und das Hausmädchen nannte mir deren Namen – das Gelbe Zimmer mit einem riesigen Himmelbett, dessen Vorhänge fest zugezogen waren, und auf der anderen Seite das Purpurfarbene Zimmer mit einer schwindelerregend wildgemusterten Tapete und mehreren Spiegeln, die gegenüber dem Eingang angebracht waren und mir einen Schrecken einjagten, weil ich die verwaschene Gestalt darin für einen anderen, unverhofften Gast hielt.

Im Haus erzähle man sich, sagte das Hausmädchen nervös und machte ein paar Schritte von der Tür weg, dass ein Fluch auf diesem Raum laste und Gäste, die hier geschlafen hatten, nachts eigenartige Geräusche wahrgenommen hätten.

»Ich sollte wirklich wieder in die Küche, Ma'am«, fügte sie hastig hinzu. »Es ist gerade furchtbar viel zu tun. Sie können Ihr Zimmer gar nicht verfehlen, es ist das einzige mit roter Tapete in diesem Flügel.« Mit einem Knicks eilte sie davon und verschwand in einem Alkoven, wo eine riesige Vase mit einem gewaltigen Trockenblumenstrauß die Tür zur Dienstbotentreppe verbarg, sodass die Angestellten das Stockwerk betreten und verlassen konnten, ohne einen Fuß auf die Prunktreppe zu setzen.

In den nächsten zwei Räumen waren die Fenster bereits verdunkelt, doch ich konnte im Halbschatten erkennen, dass alle Möbelstücke mitsamt den Kronleuchtern mit Laken verhüllt waren, was ihre ausladenden Formen fremdartig und bedrohlich wirken ließ. In dem Zimmer, das meinem gegenüberlag, standen zwei identische

Einzelbetten zu beiden Seiten des efeuüberwucherten Fensters. Auf dem Fensterbrett tickte laut eine Uhr, die ich noch mehrere Zimmer weit entfernt hören konnte. An mein Zimmer grenzten ein Bad und zwei weitere Räume, deren Türen geschlossen und die vermutlich leer waren, und die abgesperrten Zimmer des Erkerturms. Ich war als einzige im Ostflügel untergebracht – David und Helen würden im Westflügel wohnen, und die Suite des Majors befand sich in dem runden Erkerturm am Ende jenes langen Flurs.

Ich war keine abergläubische Person und neigte – abgesehen von meinem Hang zu Tiervergleichen – auch nicht zu irgendwelchen Fantastereien. Fakten waren mir lieber als Fiktion. Doch diese vielen unbewohnten Räume hatten etwas Beunruhigendes, als wäre ich der einzige Gast in einem Hotel oder ein Kind, das, wenn es ganz still im Haus ist, auf einmal die irrationale Angst packt, dass niemand mehr da ist und es allein zurückgelassen wurde.

Doch es gab keinen Anlass zur Besorgnis – als ich zu meinem Zimmer kam, nahm ich aus dem Augenwinkel eine Bewegung wahr. Dieses Haus war alles andere als verlassen, solange geschäftige Dienstboten ständig umherhuschten.

Ich drehte mich um. Am anderen Ende des Korridors stand jemand. Der Korridor war zu weitläufig, als dass die vielen Wandlampen ihn richtig hätten ausleuchten können, und die Gestalt war so weit entfernt, dass ich das Gesicht nicht sehen konnte oder hätte sagen können, ob es ein Mann oder eine Frau war. Dennoch wusste ich, dass dieser Jemand mich anstarrte und etwas Feindseliges, vielleicht sogar Zorniges ausstrahlte. Der Gang schien anzuschwellen und sich auszudehnen, während ich dastand und zurückstarrte, bis der Schemen schließlich nach links verschwand und eine Tür so heftig zuknallte, dass ich zusammenfuhr.

Eine wütende Gestalt, eine tränenüberströmte Frau, die mich mit unverhülltem Hass betrachtet hatte, ein Gutsherr, der mich davor warnte, seine Tochter aufzuregen, und ein angeblich verfluchtes Zimmer. Wo war ich hier nur hingekommen? Ich ging in mein Zimmer und schloss die Tür hinter mir. Jedes Zuhause, jeder Arbeitsplatz hatte unterschwellig seine ganz spezielle menschliche Färbung, Geschichten und Groll und andere Eigenheiten, und der einzige Unterschied bestand darin, dass sich hier alles vor einer prächtigen Kulisse abspielte. Ich würde mich einfach wie immer ganz auf meine Arbeit und die Tiere konzentrieren, und die lebendigen Bewohner von Lockwood Manor sollten tun, was ihnen beliebte.

## KAPITEL 3

*In den letzten Jahren ihres Lebens kränkelte meine Mutter immer mehr, und die unerklärlichen Anfälle, an denen sie seit meiner Geburt gelitten hatte, nahmen um ein Vielfaches zu. Sie misstraute allem und jedem, sah überall Feinde und deponierte im ganzen Haus Ferngläser, mit denen sie aus dem Fenster sah und die Gärtner beobachtete oder nach Besuchern Ausschau hielt, und manchmal eilte sie auf allen Etagen die Flure entlang und riss die Türen auf, als ob sie erwartete, dass dahinter jemand lauerte. Zu diesem Zeitpunkt war meine Großmutter bereits sehr gebrechlich und wollte nichts davon wissen, dass mit ihrer Schwiegertochter irgendetwas nicht stimmen könnte. Ihrer Ansicht nach war auf Lockwood Manor nur Platz für eine Verrückte, und das war ich – ungeachtet der Tatsache, dass ich nur noch gelegentlich Albträume hatte und es mir so gut ging, dass ich darüber nachdachte, Lockwood zu verlassen und nach London zu gehen. Wo ich mein eigenes Leben führen könnte, weit weg von meiner Mutter, die mich keinen Moment aus den Augen ließ.*

*Erst im Rückblick fiel mir auf, dass sich der Zustand meiner Mutter in dem Maße verschlechterte, wie sich der meine besserte, aber als sie noch am Leben war, empfand ich ihre ständige Besorgnis um mich als so erdrückend und ihr übergeschnapptes Verhalten so beängstigend, dass ich nur fort von ihr wollte und uns nichts mehr miteinander verbinden sollte als die Tatsache meiner Geburt.*

Kinder können grausam sein, *befand mein Vater, als er von meinen Plänen erfuhr.* Man gibt ihnen alles, was man hat, und dann lassen sie einen im Stich, *sagte er halb im Scherz mit übertriebenem Pathos, aber ich wusste, er wollte nicht, dass ich ging, wusste, wie sehr er mich liebte.*

*Er war es gewesen, der mir die Nachricht überbrachte, dass sie ums Leben gekommen waren. Ich hatte im Salon Radio gehört, war gerade dabei gewesen, erste Ideen zu meinen Zukunftsplänen zu Papier zu bringen, und wollte ihm nicht glauben. Sie seien bei Freunden zum Tee und bald wieder da, entgegnete ich störrisch, während mir der Stift aus der Hand rutschte und das Notizbuch auf dem Boden landete. Sie müssten jeden Moment zurück sein, sagte ich, er solle sich keine Gedanken machen, und er meinte nur,* Oh, Lucy, jetzt sind nur noch wir übrig, *und als ich die Tränen in seinen Augen sah, kam ein Klagelaut aus meiner Kehle.*

*Meine Pläne waren plötzlich bedeutungslos, vor meine Zukunftsvision schob sich ein Vorhang. Mein Vater brauchte mich, die Angestellten brauchten mich, das Haus brauchte mich. Hinzu kam, dass durch den Tod meiner Mutter und meiner Großmutter die stetige Besserung meiner Nervosität zu Ende war.*

*Ungefähr eine Woche nach dem Doppelbegräbnis und dem Grauen, das ich empfunden hatte, als ich den kleinen Sarg meiner Mutter sah und mir vorstellte, wie sie nun für immer darin eingesperrt war, hatte ich in den Spiegel gesehen, während ich mir die Haare bürstete und mir die Tränen über die Wangen liefen, und mich erinnert, dass sie mehr gute als schlechte Tage gehabt hatte, solange ich noch klein war. Und wie, je älter ich wurde, die glücklichen Tage zu seltenen Nachmittagen zusammengeschmolzen waren und in der übrigen Zeit eine andere Mutter an ihre Stelle getreten war: ein schreckhaftes, ängstliches Wesen. Ich hatte mein Spiegelbild betrachtet, die dunklen Augen und das dunkle Haar, den unverwechselbaren Höcker auf dem Nasenrücken, und war zu dem Schluss gekommen, dass ich meiner Mutter zu ähnlich sah und immer wenn ich mich im Spiegel sah, an sie denken müsse – wie sehr ich sie liebte und sie doch verlassen wollte, wie sehr ich fürchtete, eines Tages so zu werden wie sie. Also griff ich zur Schere und schnitt mir die Haare ab, bis der Boden mit Locken bedeckt war und es aussah, als hätte ich das Winterfell abgeworfen.*

*Mein Vater war starr vor Entsetzen gewesen, als ich kahlgeschoren aus meinem Zimmer kam. Er konnte es nicht ertragen, wenn ich meine nervösen Zustände hatte, vielleicht, weil sie ihn an die meiner Mutter erinnerten, und wenn es irgendwie ging, tat er meine Albträume als Hirngespinste ab.* Wir alle träumen mal schlecht, *pflegte er zu sagen,* deshalb muss man nicht gleich ein Drama daraus machen. *Doch als ich an jenem Tag aus meinem Zimmer kam und Trauer und Wahnsinn nicht zu leugnen waren, telefonierte er mit dem Arzt auf der Harley Street in London, den er immer für meine Mutter gerufen hatte, weil er das Gerede der örtlichen Ärzte fürchtete. Kurz darauf hatte man mir Beruhigungsmittel verabreicht und mich ins Bett gepackt. Der Berg von Daunendecken, der auf mich getürmt wurde, war so hoch und schwer, dass ich das Gefühl hatte, in die Erde gedrückt und regelrecht begraben zu werden.*

Aber es gab doch Kulturen, in denen sich trauernde Menschen auch die Haare schoren, *überlegte ich, während ich dalag und sich alles um mich drehte, meine Augen vom Schlafmangel brannten und das Herz in meiner Brust auf und ab sprang, als wollte es davonlaufen. War das nicht eine völlig natürliche Reaktion?*

*Es war nicht das erste Mal gewesen, dass ich mein Haar mit der Schere bearbeitet hatte. Ich hatte mir schon einmal eine dicke Strähne abgeschnitten, eines Sommers, als ich noch sehr jung war und meine Mutter das Bett hüten musste, weil sie – wie ich später erfuhr – eine Fehlgeburt erlitten hatte, und ich mich halb verwildert mit den Dorfkindern im Garten herumtrieb. Mary, die Nichte der Köchin von Lockwood, und ihr Bruder waren die Wildesten von allen, zusammen mit einem Mädchen namens Lillian, die sich wie ein Junge kleidete und ihre Mutter anbettelte, ihr auch einen Jungenhaarschnitt zu erlauben. Die Tage in jenen Sommermonaten schienen nie zu Ende zu gehen. Wir bauten uns Verstecke in den Wäldern und Hecken, aßen gestohlene unreife Äpfel, bis uns der Bauch wehtat, rissen uns die Kleider vom Leib und schwammen im See, kletterten auf Bäume und Dächer, erfanden komplizierte Sportarten mit immer neuen Regeln und spielten kichernd Küssen. Ich mach-*

*te nicht bei allen Mutproben mit – hundert Meter mit geschlossenen Augen rennen, auf die morsche Hütte mit den losen Dachziegeln klettern, vom obersten Ast der Birke springen, stachelige Rosen mit der Hand umklammern, Eier stehlen, ohne dass der Bauer etwas merkte –, aber ich war an jenem Tag dabei, als sich alle mit einer Gartenschere die Haare abschnitten, weil ich es gründlich leid war, von Mary ständig als eitle Schönheit verspottet zu werden.*

*Als ich die dicke Locke dann in der Hand hielt, hatte ich nicht gewusst, was ich damit tun sollte. Die anderen bewarfen sich gegenseitig mit ihren abgeschnittenen Haaren oder schmissen sie ins Gebüsch, aber ich traute mich nicht, sie wegzuwerfen, als wäre sie immer noch ein Teil von mir, obwohl sie nicht mehr an meinem Kopf war. Würde ich sie dort draußen wegwerfen, kämen die Vögel und würden ein Nest daraus bauen, und der Gedanke an nackte, runzelige Vogeljunge, die sich in meine Haare schmiegten, verstörte mich. Stattdessen behielt ich die Strähne in meiner Hand, bis sie ganz feucht von Schweiß wurde, und als die Abenteuer für den Tag vorüber waren, nahm ich sie mit ins Haus und legte sie in die Schublade meines kleinen Frisiertischchens.*

*Der Sommer war vorüber, als meine Mutter die vergessene Haarlocke gefunden hatte. Ich hatte ein wenig geschlafen und sie war in mein Zimmer gekommen, um mich zum Abendessen zu rufen.*

*Ich wachte auf, als sie fragte, wo meine Haarbürste sei, eine Schublade öffnete und vor Schreck so scharf die Luft einzog, dass ich im Bett hochschnellte und mich an die Bettdecke klammerte.*

*»Was ist das?«, fragte sie und hielt die Strähne mit spitzen Fingern in die Höhe, als ginge eine Gefahr von ihr aus. »Gehört die dir? Was willst du damit? Du weißt doch, dass du auf der Hut sein musst«, sagte sie mit versagender Stimme. »Sie kann damit einen Zauber über dich aussprechen, sie kann das gegen dich verwenden. Habe ich dir nicht gesagt, du sollst dich in Acht vor ihr nehmen, vor der* diablesse, *der Frau in Weiß mit den wilden Tieren?«*

*Ich hatte schon öfter von dem Gespenst, der geisterhaften Frau gehört, die meine Mutter die Teufelin nannte und von der sich verfolgt fühlte, die es ihr zufolge auf die ganze Familie abgesehen hatte. Wir hatten gerade Verstecken gespielt, als sie mir zum ersten Mal von ihr erzählte – denn so unerreichbar meine Mutter sein konnte, wenn es ihr schlecht ging, so unbeschwert war sie an guten Tagen, und dann war es, als wäre sie wieder Kind und wir Spielkameraden und nicht Mutter und Tochter. Ich hatte mir die Augen zugehalten und gezählt, während sie sich versteckte, und als ich sie suchen ging und die letzte Tür auf dem Gang öffnete, die zum Purpurfarbenen Zimmer, und dachte, dass sie auf der anderen Seite wartete und mich mit freudigem Lächeln in die Arme schließen würde, als hätte sie mich gefunden und nicht umgekehrt* – Da ist es ja, mein Mädchen, *sagte sie immer,* meine kleine Alice im Wunderland –, *da stand sie im Zimmer und war wie in Trance.*

*»Hier war es«, sagte sie. »Hier habe ich sie das erste Mal gesehen.«*

*»Wen hast du gesehen?«*

*»Die Frau in Weiß«, sagte sie mit dünner Stimme. »Als Kind habe ich von ihr geträumt, wie sie in den Sträuchern hinter unserem Haus oder im Wald darauf wartete, mich mit ihren Bestien zu jagen.« Wie zum Schutz verschränkte sie die Arme. »Sie hat mich verfolgt, und ich wünschte mir nichts mehr, als ihr zu entkommen. Dann kam dein Vater, er war meine Rettung und hat mich hierhergebracht.«*

*Wie gebannt hatte ich den Gesichtsausdruck meiner Mutter beobachtet, die zarte Freude darin, das Glück. Ich hatte mir sogar lebhaft vorstellen können, wie sie als Braut gewesen sein musste, jung und voller Hoffnung in einem fremden Land, Arm in Arm mit einem schönen Lord.*

*»An meinem Hochzeitstag führte mich mein Bräutigam durch mein neues Heim, durch Lockwood«, erzählte sie träumerisch. »Er zeigte mir jedes einzelne Zimmer, alles seins, alles meins, und draußen keine Spur von dichtem Dschungel, nur ein hübscher Rasen und dahinter der Wald. Ein Zimmer folgte auf das nächste, und dann kamen wir in dieses hier, das Purpurfarbene Zimmer, wie er es nannte, mit seinem schiefen Boden und dem Fenster, das immer im Wind klappert, und ich wandte mich nach links, und da war sie. Sie wartete auf mich. Ich habe sie gesehen.«*

*Sie hatte mich angesehen, ihr Gesicht nun eine Maske blanken Entsetzens, und ihre Hände flatterten wie gefangene Vögel in der Luft umher.*

*»Ich war ihr nicht entkommen, sie war da. Sie war mir gefolgt und jetzt ist sie hier«, hatte sie gesagt, und damit war unser Versteckspiel zu Ende. Meine Mutter zog sich in ihr Bett zurück und stand eine ganze Woche lang nicht wieder auf, und jede Nacht hörte ich, wie sie im Schlaf aufschrie, wimmerte und weinte.*

*An dem Tag, an dem sie meine Haarlocke entdeckte, kam sie zu mir, kniete sich neben mich und nahm mein Gesicht in ihre warmen Hände. »Ich will dich doch nur beschützen«, sagte sie verzweifelt. »Ich will, dass du in Sicherheit bist.«*

*Dann hastete sie aus meinem Zimmer und suchte erneut Zuflucht in ihrem Bett, wo sie sich wie in einen Kokon hüllte, als wäre sie ein Tier, das eine Jahreszeit verschlafen will, um beim Erwachen eine neue, veränderte Welt vorzufinden. Sie kam nicht zum Abendessen herunter, und ich saß auf meinem Stuhl, starrte ihren leeren Platz an und ließ die Beine hin und her schwingen.*

*»Deine Mutter hat Kopfschmerzen«, hatte mein Vater erklärt, als er kurz von den Papieren aufsah, die er zwischen den Gängen las, und meinen Blick bemerkte. »Wir essen heute ohne sie. Aber wo sie schon mal nicht da ist, können wir uns genauso gut ein bisschen Eiscreme gönnen«, fügte er hinzu und gab dem Dienstmädchen ein Zeichen.*

*Mein Vater war oft sehr beschäftigt – mit geschäftlichen Dingen, mit meiner Mutter und mit der turbulenten Beziehung, die sie führten –, aber er hatte deutlich mehr Zeit für mich als andere Väter seines Schlags und konnte liebevoll und nachsichtig sein. Er nannte mich sein Püppchen, zog mich sanft an meinen Locken und lächelte, wenn ich ihm mit kindlichem Ernst von wichtigen Dingen berichtete – von den neugeborenen Kätzchen in der Scheune oder dem Kleid, das ich Sonntagabend zum Dinner tragen wollte, oder dass ich mich an einem Blatt Papier geschnitten hatte. Er war es auch gewesen, der später darauf bestanden hatte, dass ich von einem Privatlehrer zu Hause unterrichtet wurde, anstatt die örtliche Schule zu besuchen. Er sagte, er habe doch kein Kind, damit es den ganzen Tag über mit anderen Leuten zubrachte, und dass er mich zu sehr vermissen würde, wenn er nicht hin und wieder in das*

*Schulzimmer kommen und Hallo sagen könnte, und außerdem würden die schmuddeligen Dorfkinder mich sicher nur verderben.*

*Meine Mutter sagte immer, dass ich von Eiscreme Bauchweh bekäme, und meine Großmutter sagte, ich würde davon dick werden, aber auch sie saß an jenem Abend nicht am Tisch, es waren nur mein Vater und ich, und jedem von uns wurde ein Kristallschüsselchen mit Erdbeereis serviert. Er zwinkerte und lächelte mir zu, doch ehe einer von uns auch nur zu seinem Löffel greifen und probieren konnte, klingelte das Telefon und er verließ das Esszimmer, ohne sich noch einmal umzusehen. Allein am Tisch zurückgelassen, konnte ich seine Stimme in den Telefonhörer bellen hören, nahm kleine Mundvoll Eis und versuchte, mich daran zu erfreuen, während ich zusah, wie sich Vaters Eis in Suppe verwandelte, und an meine Mutter dachte, die allein im Bett lag, das Haar wild und zerzaust auf dem Kissen. Und da begann mir tatsächlich der Bauch wehzutun, und ich legte meinen Löffel beiseite, und meine Zähne begannen vor Kälte zu klappern.*

*Ich wusste nicht, was mit dem Haar geschehen war, das ich mir nach dem Tod meiner Mutter abgeschnitten hatte. Ich war zu betäubt gewesen von meiner Trauer, um darauf zu achten, und gab mir alle Mühe, nicht weiter darüber nachzudenken oder mich zu ängstigen, als mir wieder einfiel, was meine Mutter vor langer Zeit zu mir gesagt hatte. Wenn es jemand gestohlen hatte, dann allerhöchstens Mäuse, die es durch einen Spalt in den Dielen wegschleppten und an einem verborgenen Ort horteten, oder Tauben oder Mehlschwalben, um ihre Nester auszupolstern. Außerdem war ich sicher, dass jemand vom Personal es mit dem Besen nach draußen befördert hatte, und stellte mir vor, wie die Locken im Wind tanzten, einzelne Strähnen über den Garten hinwegschwebten, Teile von mir sich überall verteilten und in Sträuchern und Bäumen hängen blieben, unsichtbar für jeden, der danach suchte.*

## KAPITEL 4

Am nächsten Morgen weckten mich seltsam markerschütternde, wilde Schreie. Ein Tier, dachte ich, obwohl die Laute aus dem Hausinneren zu kommen schienen. Ehe ich halbwegs zu mir gekommen war, war alles wieder ruhig, und ich sagte mir, dass es vermutlich nur ein Fuchs gewesen war. In meiner Pension hatte ich sie oft im Garten schreien hören.

Der Gedanke an die Tierpräparate, die unten lauerten und wie ein Gewicht an mir zogen, ließ mich nicht wieder einschlafen, also kleidete ich mich rasch an, flocht mir das Haar zu einem Zopf und steckte es hoch, weil ich mein Haar vor dem Zubettgehen nicht eingerollt hatte – da sich meinen glatten Strähnen ohnehin hartnäckig weigerten, sich zu Locken drehen zu lassen, ob nun mithilfe von Stoffstreifen oder Wicklern –, und schnappte mir Stift und Notizbuch.

Doch als ich mein Zimmer verlassen wollte, ließ sich der Türknauf nicht bewegen. Es war einer dieser altmodischen, auf Hochglanz polierten Messingknäufe, und als ich ihn zu drehen versuchte, rutschte meine Handfläche ab. Er rührte sich kein bisschen. Ich musste daran denken, wie mir in der Schule einmal ein paar Mädchen einen Streich gespielt und die Tür zum Klassenzimmer zugehalten hatten, und mich überkam das unangenehme Gefühl, dass auch hier jemand auf der anderen Seite der Tür stand, der eine starke Hand hatte und mir einen Schrecken einjagen wollte.

Ich machte einen Schritt zurück und blies die erhitzten Backen auf. Die Planerin in mir fragte sich, wie lange es wohl dauern würde, bis es jemand auffiel, dass ich nicht zum Frühstück erschien, oder bis jemand kam und mich fand. Waren Davids und Helens Zimmer nah genug, dass sie meine Rufe hören konnten? Ich müsste höchstens bis zum Abendessen warten, sagte ich mir. Oder vielleicht konnte ich ja jemanden vom Fenster aus vor dem Haus sehen und auf mich aufmerksam machen.

Misstrauisch beäugte ich meine Zimmertür.

Das Ganze war einfach lächerlich. Natürlich stand niemand vor der Tür, lediglich der Mechanismus im Schloss klemmte, gestern hatte alles noch einwandfrei funktioniert. Ich drückte das Kreuz durch und griff nach dem Türknauf, der sich mit einem Mal mühelos drehen ließ. Die Tür flog auf. Verwirrt stand ich da und kam mir albern vor.

Als ich die Tür zumachte, war mir, als hörte ich wieder einen Schrei, aber es hätte auch das Quietschen der Türangeln sein können oder etwas anderes. Die Wandleuchten waren noch ausgeschaltet, doch von der Haupttreppe her drang etwas Licht in den Flur. Langsam ging ich darauf zu und lauschte aufmerksam.

*Da!* Da war es wieder, es kam aus dem Westflügel.

Wenn man lange genug in einem Haus gewohnt hatte, hatte man einen Grundriss im Kopf und konnte die Geräusche den jeweiligen Orten zuordnen, aber dieses Gebäude war riesengroß, und der Schall trug die Geräusche anders als in normalen Häusern. Ich hatte zwar die Pläne gesehen, aber von innen fühlte es sich ganz anders an, als handelte es sich nicht um dasselbe Haus.

Ich ging an zwei geschlossenen Türen vorbei und bevor ich die nächste erreicht hatte, trat eine Gestalt auf den Flur, schrie bei meinem Anblick vor Schreck auf und ließ die Laken fallen, die sie in der Hand gehabt hatte und die sich nun zu einem bleichen Hügel türmten.

»Verzeihung, bitte verzeihen Sie, ich dachte, ich hätte etwas gehört«, stammelte ich verlegen.

»Sie haben mich zu Tode erschreckt«, sagte das Dienstmädchen leise mit zitteriger Stimme. Erst jetzt nahm ich den weißen Kragen und die Schürze wahr. Sie bückte sich nach den Laken. »Sie sollten nicht im Dunkeln im Haus umhergehen, Miss, nicht in diesem Haus – unsere Nerven liegen sowieso schon blank wegen all dem Gerede über Gespenster.« Sie drückte die Laken fest an sich.

»Soll ich dann die Lampen im Flur einschalten?«, fragte ich nach einem Moment überraschten Schweigens.

»Oh nein, Lord Lockwood ist da sehr eigen. Kein Licht vor Tagesanbruch«, erwiderte sie und eilte davon.

Als ich die Treppe herunterkam, musste ich einem zweiten Dienstmädchen ausweichen, das mit Mopp und Eimer ausgerüstet dabei war, die Eingangshalle zu wischen. Ich hatte den Eindruck, ständig in das gut geschmierte Getriebe des Hauses zu geraten, und atmete erst wieder auf, als ich meine Museumsräume betrat.

Gleich nachdem ich mein Zimmer bezogen hatte, hatte ich die Tiere und Vitrinen, die Schubladen, Kisten, Sockel und verschiedenen Behältnisse – Gläser, Flaschen und Schachteln – mit meiner Liste verglichen und alles so vorgefunden, wie es sein sollte, dennoch drängte mich die Sorge um meine Schützlinge und der Wunsch, meine Aufgabe als Direktorin korrekt zu erfüllen, dazu, alles noch einmal zu überprüfen, solange die meisten Hausbewohner noch schliefen. Erst als ich fast am Ende der Liste angekommen war, als ich nur noch die letzten Räume im unteren Westflügel durchgehen musste, stellte ich fest, dass der Jaguar nicht an seinem Platz im Billardzimmer war.

Es war noch zu früh, um Helen und David zu wecken, wenn ich nicht den Eindruck erwecken wollte, mich nach unserem Umzug quasi über Nacht in eine Tyrannin von Vorgesetzter verwandelt zu haben, also blieb mir nichts anderes übrig, als erneut durch alle

Räume zu jagen und mir Vorwürfe wegen meiner Flüchtigkeit und Nachlässigkeit zu machen. Sicherlich würde ich gleich hinter der nächsten Ecke die geduckte Gestalt des Jaguars mit dem unverwechselbar gemusterten Fell entdecken, und er würde mich mit seinen Glasaugen tadelnd ansehen. Ich suchte und suchte – sogar in den Räumen, die nicht für das Museum freigegeben waren, für den Fall, dass sich einer der Arbeiter vertan hatte –, doch so gründlich ich mich auch umsah, der Jaguar war wie vom Erdboden verschluckt, und mein Herz hämmerte wie verrückt in meiner Brust.

Im Salon hielt ich inne und musterte seine Bewohner, als könnten sie mir sagen, was hier vor sich ging. Der massige Sumatra-Tiger, dessen Fell wir in meiner Anfangszeit im Museum erhalten hatten und das mittlerweile leicht verblichen war; das seltene Okapi in seiner großen Vitrine, das die westliche Welt erst in diesem Jahrhundert entdeckt hatte und das wegen der weißen Streifen an seinen Beinen, die im Kontrast zu seinem rotbraunen Rumpf standen, auch Wald- oder Zebragiraffe genannt wurde; die Vitrine mit den Füchsen, die zu einer Familie aufgestellt worden waren, obwohl die Felle aus unterschiedlichen Gebieten im Westen des Landes stammten; der riesige Eisbär; mein schwarzer Panther; und schließlich der graue Wolf, dessen rechtes Vorderbein vor einigen Monaten von einem Kind verletzt worden war, das dagegengetreten hatte, als fühlte es sich vom dem Tier persönlich angegriffen.

Es gab keine Geschichte über die Sammlung, die ich nicht in- und auswendig kannte. Ich wusste genau, wo jedes einzelne dieser Tiere seinen Platz im Museum hatte. Ich wusste bei jedem Tier, wie der Gesichtsausdruck der Besucher sein würde, wenn sie es betrachteten, gerunzelte Stirnen, vor Entzücken geöffnete Münder, bestürzte, entsetzte, furchtsame und enttäuschte Blicke. Und ich wusste, dass der Jaguar gestern ins Billardzimmer gestellt worden war.

*Ein verschwundener Jaguar ist schließlich kein zerbrochenes Fossil,* sagte ich mir, als ich merkte, wie meine Bluse klamm vor Schweiß wurde. *Man kann ihn finden. Es gibt Hoffnung.*

Vielleicht konnte die Haushälterin mir weiterhelfen. Ich machte mich auf die Suche nach ihr und tauchte in das Reich der Dienstboten hinab. Im schummerigen Licht versuchte ich, die Küche zu finden, indem ich dem dampfigen Geruch von gemangelter Wäsche und den Stimmen folgte, die von irgendwo an mein Ohr drangen. Ich war gerade an zwei verschlossenen Türen vorbeigegangen, als ein unerwarteter Anblick mich stutzen ließ: eine dunkle, schmale Kammer, schier zum Bersten gefüllt mit einem Meer von Blumenbündeln, die dicht an dicht kopfüber herabhingen, sodass weder die Decke noch die gegenüberliegende Wand zu sehen waren. Wie ein schwerer Schleier hing der Duft der Blumen in diesem unterirdischen Wald. Beim näheren Hinsehen entdeckte ich, dass ihre Farben zu Weiß- und Pastelltönen verblasst waren und sich auf dem Boden ein dicker Blütenteppich gebildet hatte, der ebenso gut aus Schneeflocken oder Asche hätte bestehen können.

»Die Blumen von der Beerdigung«, hörte ich auf einmal eine Stimme an meinem Ellbogen sagen und erschrak. »Ich bin Dorothy«, stellte sich das Dienstmädchen vor, eine Frau mittleren Alters mit müden Augen und einem beflissenen Lächeln, und deutete auf die Kammer. »Die junge Lady Lockwood will, dass sie getrocknet und konserviert werden, um dann das Haus damit zu schmücken. Das arme Ding, sie war völlig am Boden zerstört.« Dorothy schnalzte mit der Zunge. »Die meisten sind Orchideen, exotische Blumen für die exotische Frau des Lords. Seine Mutter hätte das wohl kaum gutgeheißen, sie hätte gute englische Blumen gewählt, aber sie konnte ja keine Wünsche mehr äußern, Gott hab sie selig.« Dorothy griff nach einem Strauß, der wie ein Hochzeitsbouquet gebunden war. Mit ihren Farben, die nach Wochen in ihrem dunklen Gefängnis ganz verblichen waren, wirkten die Blüten gespenstisch – wie ausgetrocknete Zungen. »Ich glaube, das Haus vermisst sie – Heloise, meine ich, Lady Lockwood, genau wie der Lord. Man kann es irgendwie fühlen, wissen Sie? Traurig und schwierig zugleich.« Diese Dorothy war ganz offensichtlich eine dieser Frauen, die Mitmenschen ganz ungeniert die intimsten Geheimnisse anvertrauten, und weil sie den Hals immer so streckte, hatte ich sie gleich als afrikanische Schleichkatze katalogisiert. »Die Lampen in der Eingangshalle sind letzte Woche zweimal durchgebrannt, und ich schwöre, dass so gut wie jede Tür zu klemmen scheint. Wir werden wohl alle neu einhängen müssen. Lord Lockwood haben Sie ja schon kennengelernt«, sagte sie unvermittelt und beugte sich näher zu mir, sodass ich ihren Atem wahrnahm, der nach bitterem Tee roch. »Was meinen Sie? Wirkt er auf Sie wie ein untröstlicher Witwer? Also ich kann nichts dergleichen erkennen. Trauer hat ja viele Gesichter, aber ich schwöre, er war schon drüber weg, als sie gerade mal ein paar Tage im kalten Grab gelegen hatte …«

»Dorothy, würden Sie es bitte unterlassen, unsere Gäste mit Ihrem Geplapper zu belästigen?«, mahnte eine Stimme scharf. Wir drehten uns um und erblickten die Haushälterin (ihres spitzen Gesichts wegen hatte ich sie von Anfang an unwillkürlich als Sandfuchs verortet), die einen enormen Schlüsselbund in der Hand hielt und uns vorwurfsvoll ansah.

»Entschuldigen Sie«, sagte ich, als mir wieder einfiel, weshalb ich hier war, »eines meiner Objekte ist nicht an seinem Platz, und ich fragte mich, ob Sie mir vielleicht weiterhelfen könnten.«

»Der Dienstbotentrakt ist ein Labyrinth, Miss Cartwright, außerdem herrscht hier stets Hochbetrieb, wo auch schon mal kochendes Wasser über den Gang getragen wird. Bitten Sie doch das nächste Mal jemanden vom Personal, mich zu holen.«

»Natürlich, es ist nur, dass ich mir wegen des verschwundenen Jaguars Sorgen mache.«

Sie lächelte dünn. »Ich werde mich beim Personal erkundigen, ob ihn jemand gesehen hat.« Dann machte sie eine Stoßbewegung, als wolle sie mich aus dem Dienstbotentrakt befördern.

Den Vormittag über hörte ich sie immer wieder zu den Angestellten sagen, sie sollten nach einem Jaguar Ausschau halten – obwohl sie ihn manchmal stattdessen als Panther oder große Katze bezeichnete und ihr Tonfall vermuten ließ, dass sie nicht nur mich, sondern die gesamte Familie der Felidae für dämlich hielt. Die Dienstboten reagierten entsprechend amüsiert oder beteuerten ihre Unschuld.

Ich hätte gern Lucy oder den Major gefragt, doch er war an diesem Tag außer Haus, und seine Tochter war offenbar in den Gärten spazieren. Einmal ging ich durch die Hintertür hinaus, um zu sehen, ob sie vielleicht schon auf dem Rückweg war, als jemand anderes auf das Haus zukam – Jenkins, die rechte Hand des Majors, mit einem Gewehr über der Schulter.

»Entschuldigen Sie«, rief ich und wiederholte es, weil er nicht aufblickte, obwohl er nur wenige Meter entfernt war.

»Kann ich Ihnen behilflich sein?«, antwortete er mit kehliger Stimme, aus der eine gewisse Verstimmung herauszuhören war.

Mein Blick wurde magnetisch von zwei toten Kaninchen angezogen, die er in seiner Faust hielt und deren Blut auf das trockene Gras tropfte.

»Eines meiner Präparate ist verschwunden, ein Jaguar«, sagte ich und richtete den Blick wieder auf sein Gesicht.

Er sah mich ausdrucklos an.

»Sie haben ihn nicht zufällig irgendwo im Haus gesehen? Er sollte eigentlich im Billardzimmer stehen.« Ich kam mir vor wie ein kleines Mädchen, das sein Springseil verloren hat.

*»Aye«*, knurrte er nach einer Weile.

»Sie haben ihn gesehen?«, ergänzte ich hoffnungsvoll.

»Nein, das Haus ist groß«, erwiderte er knapp, als ob mir das bisher entgangen wäre. Er rückte das Gewehr zurecht und machte sich mit seiner Beute auf den Weg zur Küche.

David und Helen unterstützten mich nach Kräften, als sie aus ihren Zimmern kamen und von dem Jaguar erfuhren, aber auch drei Augenpaare konnten nichts finden, was schlicht nicht da war. Ich spürte einen Kloß in meiner Kehle, und Tränen der Enttäuschung über diesen Rückschlag traten mir in die Augen.

Ich machte mir Sorgen um meine Stellung, aber ich war von Natur aus auch äußerst pflichtbewusst und telefonierte mit London, um auszuschließen, dass wir ihn vergessen hatten, obwohl ich mir sicher war, dass ich ihn gestern hier gesehen hatte. Die Sekretärin, mit der ich sprach, klang gehetzt und sagte, man würde mich in den nächsten Tagen zurückrufen, im Moment hätte man alle Hände voll zu tun – Probleme mit dem Landhaus, in dem die Ornithologische Abteilung untergebracht war. Beim Auflegen hoffte ich, sie würde meinen verschollenen Jaguar gleich wieder vergessen oder, auch wenn es kein sehr frommer Wunsch war, der Ärger mit der anderen Sammlung würde mein Versagen überschatten.

»Machen Sie sich keine Sorgen«, tröstete mich Helen beim Mittagessen im Speisesaal. Mit ihrem niedlichen Gesicht, dem roten Haar und ihrer akkuraten, adretten Art erinnerte sie mich immer an ein aufgeregtes Eichhörnchen. Wir gehörten zu den wenigen weiblichen Angestellten des Museums, und alle Welt erwartete deshalb, dass wir beste Freundinnen wären – doch Helen hatte fast erschrocken reagiert, als ich mich mit ihr zu unterhalten versuchte. Was ihr jedoch nicht zu verdenken war, denn die Gabe der leichten, höflichen Konversation war mir nicht gegeben.

»Den anderen Abteilungen geht es sicher nicht viel besser«, fuhr sie fort. »Denen ist bestimmt ein halbes Dutzend Sachen abhandengekommen. Wir sind nun mal nicht das Militär, wir können nur unser Bestes geben, und mehr nicht.«

»Schon, aber ein *Jaguar*«, wandte ich ein. »Eine Ganzkörpermontage, fast so lang, wie ein Mensch groß ist. Wie um alles in der Welt kann der einfach so verloren gehen? Es handelt sich ja nicht um einen abgerissenen Knopf oder einen Stoß Papiere.«

»Ich weiß auch nicht wie, aber so ist es nun mal.« Sie streckte die Hand aus, als wolle sie meinen Arm tätscheln, zog sie aber gleich wieder zurück – zu unser beider Erleichterung, glaubte ich.

»Wirklich eigenartig«, meinte David und tupfte sich den Mund mit der Serviette ab. Von uns dreien kannte sich David (Braunbär, möglicherweise auch Walross) am besten in Taxidermie aus, und obwohl wir alle durchaus in der Lage waren, beschädigte Tiere zu restaurieren, war er trotz seiner Schaufelhände und fleischigen Finger bei weitem der Geschickteste von uns. »Vielleicht weiß Lord Lockwood ja etwas darüber, oder seine Tochter.«

Schon, dachte ich im Stillen, aber wenn der Jaguar nirgendwo im Haus war, wie können sie dann mehr wissen als wir? Ich behielt es für mich, schließlich wollten mich die beiden ja nur trösten.

Doch nicht nur der verschwundene Jaguar bereitete uns Sorgen, sondern auch der Zustand unserer Kollektion, denn in ihrer neuen, vorübergehenden Behausung sahen wir sie buchstäblich in einem anderen Licht. Im Museum wurden sie in staubigen Vitrinen vor gemaltem Hintergrund präsentiert, aber viele Objekte waren aus ihren Gehäusen befreit worden, weil sie einzeln handlicher waren und so leichter an ihren neuen Bestimmungsort zu bringen waren. Die unzähligen Fenster und Lampen auf Lockwood Manor offenbarten Schäden und Verwahrlosung, sogar in der schummerigen Langen Galerie waren sie nicht zu übersehen – abgewetzte Stellen, aufgeplatzte Nähte oder Verklebungen, verkratzte oder stumpf gewordene Augen, beschädigte oder morsche Schaukästen.

Als ich sie vom Ende der Galerie aus betrachtete, schien es mir, als hätten die Tiere hier schon seit einiger Zeit ausgeharrt, verlassen und vernachlässigt, stumm verwelkend; als wütete der Krieg jenseits dieser Mauern schon seit Jahren, und sie und die wenigen menschlichen Bewohner von Lockwood Manor wären die einzigen Überlebenden. Bei der Vorstellung lief mir ein Schauer über den Rücken.

# KAPITEL 5

Um so wenig wie möglich an den vermissten Jaguar zu denken, verbrachte ich den Nachmittag damit, eine sehr umfangreiche Liste mit allen notwendigen Reparaturen anzufertigen, als könnten deren Länge und Ausführlichkeit jeden Zweifel über meine berufliche Befähigung ausräumen. Danach traf ich die sechs Veteranen aus dem früheren Regiment des Majors, die wechselweise den nächtlichen Wachdienst übernehmen sollten und ein wenig irritiert schienen, als ich sie mit einiger Vehemenz darauf hinwies, wie bedeutend die Sammlung war und wie viel Sorgfalt ihr Umgang erforderte, was einen von ihnen zu der Bemerkung ›typisch Londoner‹ veranlasste, als wolle er damit andeuten, die umliegenden Grafschaften seien unbefleckt von den Schrecknissen des verpesteten Molochs London – was ich angesichts der Tatsache, dass wir gerade erst eines unserer Tiere verloren hatte, recht taktlos fand.

Als ich später unter dem wachsamen Blick des Dikdiks auf dem Regal über mir an meinem Schreibtisch saß, hörte ich, wie sich einige Dienstboten am hinteren Ausgang versammelten.

»Du meine Güte, habt ihr all die seltsam Viecher gesehen, die sie angeschleppt haben?«, sagte eine Frau ein wenig undeutlich, als müsste sie gerade eine Haarsträhne richten und hätte eine Klammer zwischen den Zähnen.

»Ein bisschen schaurig sind sie schon, aber die sind mir allemal lieber als die Evakuierten. Wenigstens brauchen ausgestopfte Tiere nicht dauernd frische Wäsche und drei Mahlzeiten am Tag.«

»Es gruselt mich jedes Mal, wenn ich irgendwo reinkomme und sie mich so komisch mit ihren Augen ansehen«, sagte die erste murrend, und ich legte meinen Füllhalter beiseite. Ich war daran gewöhnt, dass die Tiere alle möglichen Reaktionen auslösten und manche in ihrer Fremdartigkeit die Leute sogar erschreckten.

»Was wohl das Gespenst von Lockwood zu den neuen Gästen sagen wird«, murmelte eine weitere Frau verschwörerisch. Die Stimme kannte ich, es war Dorothy.

»Oh, Dorothy, ich wünschte, du würdest nicht immer wieder damit anfangen!«

»Willst du etwa behaupten, dir wäre in letzter Zeit nichts Komisches aufgefallen? Du bist noch nie aus einem Zimmer gekommen und hast auf dem Gang eine Gestalt davonschweben und sich in Luft auflösen sehen?«

»In allen diesen alten Häusern gibt es Geister«, meinte eine dritte Frau mit leicht gereiztem Schnalzen, »aber die sind harmlos.«

»Wie die Erscheinung, von der die selige Lady Lockwood immer redete? Die Frau in Weiß, von der sie glaubte, dass sie sie holen wollte?«, warf Dorothy ein.

»Ich glaube kaum, dass ein *Geist* an ihrem Unfall schuld war«, gab die andere zurück.

»Das heißt, du glaubst, dass jemand anderes daran schuld war …«, begann Dorothy, als das Klirren von Schlüsseln verriet, dass die Haushälterin nahte, und die kleine Versammlung löste sich flugs auf.

Am Abend dieses schier endlosen Tages versuchte ich, mir die Müdigkeit aus dem Gesicht zu waschen. Ich hatte mich noch nicht daran gewöhnt, wie der Spiegel mein Gesicht zu einer bizarren Grimasse verzerrte, und auch die schlangenartigen Windungen auf der wild gemusterten roten Tapete hinter meinem Rücken verstörten mich noch etwas. Das Fenster war größer als alle, die ich je in einem meiner möblierten Zimmer gehabt hatte, doch das Rot der Tapete, das dunkle Walnussholz von Tisch und Stuhl, das schwindelerregende Dessin des Orientteppichs und das hohe Bett mit der dicken Matratze verliehen dem Raum die düstere Atmosphäre einer Gruft.

Als ich im Bett lag und die Nachttischlampe ausknipsen wollte, bemerkte ich von der Tür her eine Spur blasser Blütenblätter, wie Konfettireste nach einer Parade. *Ich muss sie wohl selbst hereingetragen haben,* dachte ich und löschte das Licht. Wenn ich die Augen anstrengte, konnte ich sie noch sehen, winzige weiße Gespenster in der Dunkelheit.

Am nächsten Morgen hörte ich, wie Lucy sich in der Eingangshalle mit der Haushälterin unterhielt, und trat aus meinem Büro, um mit ihr zu sprechen.

»Ich habe gehört, dass wir Ihren Jaguar verloren haben«, begrüßte sie mich mit besorgter Miene. Ich freute mich, dass sie ›wir‹ gesagt hatte, denn ich hatte den Eindruck, dass vor allem die Haushälterin das Museum als lästigen Gast und Störenfried betrachtete.

»Ja, die Sache ist mir ein Rätsel«, begann ich, als der Major mit federndem Schritt an uns vorbeiging. »Lord Lockwood …«

»Ja, schon gehört«, schnitt er mir das Wort ab. »Wirklich verdammt schade, dass Ihnen eines der Tiere weggekommen ist. Eine Großkatze, wie? Ich bin mir sicher, die taucht schon wieder auf. Kaum verwunderlich bei all den Ecken und Winkeln in diesem Haus, Sie werden sich schon noch daran gewöhnen.«

»Gegenüber Lockwood ist das Museum in London ein regelrechter Kaninchenbau«, gab ich spitz zurück, und der Zug um seine Mundwinkel wurde hart.

Er zeigte ein dünnes Lächeln. »Nun, dann wollen wir mal wieder, ich nehme an, wir haben alle jede Menge zu tun. Miss Cartwright«, sagte er mit einem knappen Nicken und ging.

»Lucy, wie viele Dienstboten gibt es eigentlich auf Lockwood Manor?«, fragte ich, zum einen, um irgendetwas zu sagen – Small Talk war noch nie meine Stärke gewesen –, zum anderen, weil in der Nähe gerade eines der Hausmädchen mit dem Besen hantierte und mir auffiel, dass der Major uns zwar mit jedem Raum und jedem Detail im Haus vertraut gemacht, das Personal aber unerwähnt gelassen hatte, als gehörten sie zur Einrichtung.

Lucy neigte den Kopf und überlegte. »Jedes Mal, wenn ich in letzter Zeit zähle, scheinen es weniger zu werden, weil so viele uns verlassen: Es ist noch nie leicht für uns gewesen, die Leute zu halten – angeblich soll es hier spuken, wissen Sie –, aber seit dem Krieg ist alles noch viel schlimmer. Die Männer melden sich als Freiwillige und die Frauen für Kriegsarbeiten. Also, da wären die Haushälterin, der alte Offiziersbursche und Kammerdiener meines Vaters, aber der ist im Moment krank und wir glauben nicht, dass er wiederkommt, dann die Köchin, meine Zofe, die Spülhilfe, die Küchenhilfe, die neue Wäscherin, vier, nein, drei Hausmädchen, eines hat sich vor Kurzem freiwillig gemeldet, und Paul, der erst neulich als Diener bei uns angefangen hat. Und dann sind da noch das Zimmermädchen und Jenkins, obwohl er mehr ein Assistent meines Vaters ist und streng genommen nicht zu den Dienstboten zählt … Bestimmt habe ich noch jemanden vergessen.«

»Du liebe Güte, sind das viele«, staunte ich und dachte bei mir, dass ich höchstens drei oder vier von ihnen gesehen hatte – oder ich hatte nicht richtig hingeschaut und sie schlicht übersehen, wie der Major, als er sein Haus präsentiert hatte. Wäre das vermisste Objekt handlicher, hätte ich womöglich einen der Angestellten in Verdacht. Stattdessen überlegte ich, wer die Gestalt am anderen Ende des Korridors gewesen war, die ich an meinem ersten Abend gesehen hatte.

»Die Köchin sagt, Sie haben gar nicht gefrühstückt«, sagte Lucy. »Was halten Sie von Tee und ein paar Scones?«

»Das wäre ganz wunderbar.« Sie führte mich auf die von der Septembersonne beschienene Terrasse, und ich spürte, wie die Anspannung in meinen Schulter nachließ.

»Haben Sie sich schon ein wenig bei uns eingelebt – von der schrecklichen Sache mit dem Jaguar einmal abgesehen?«, erkundigte sie sich, als wir es uns bequem gemacht hatten und Tee aus feinstem Porzellan tranken. Vor uns stand eine Auswahl an köstlichen Scones und anderem Gebäck und eine Schale mit Zuckerstücken und auf Hochglanz polierten Zuckerzangen. Lucy trug ein grün geblümtes Sommerkleid, dessen Halspartie mit zarten Volants besetzt war. Meine einfache Bluse und die praktische Hose wirkten hier draußen im Sonnenlicht sicher noch grauer und langweiliger als sonst.

»Oh ja, durchaus. Es ist wirklich schön hier«, sagte ich, und sie lächelte über den Rand ihrer Tasse hinweg und setzte sie ab.

»Sie wissen ja, wo mein Zimmer ist – für den Fall, dass Sie einmal etwas brauchen? Ein Stockwerk über Ihrem, das Turmzimmer ganz am Ende vom Westflügel.« Etwas zögernd fügte sie hinzu: »Nach der Stille der letzten Monate finde ich es ganz wundervoll, dass endlich wieder Leben im Haus ist.« Die silberne Zange, mit der sie einen Zuckerwürfel umhergeschoben hatte, fiel ihr klirrend aus der Hand, und sie entschuldigte sich.

»Das Museum und ich möchten Ihnen unser aufrichtiges Beileid aussprechen«, sagte ich, obwohl es sicher unangemessen war, den Verlust ihrer Mutter und Großmutter direkt anzusprechen. Ich tat es dennoch, weil ich lieber riskieren wollte, ihr zu nahe zu treten, als ganz über die Trauer hinwegzugehen, die sie empfinden musste.

»Ich danke Ihnen. Danke, Hetty.« Ich unterdrückte den Impuls, ihre Hand zu ergreifen, aus Angst, dabei versehentlich etwas von dem kostbaren Porzellan umzustoßen. »Ich glaube, ich gewöhne mich allmählich daran«, meinte sie und tastete ein wenig zitterig nach ihrem Schlüsselbein. »Es passiert kaum noch, dass ich nach meiner Mutter rufe oder erwarte, meine Großmutter am Frühstückstisch vorzufinden – aber da ist immer noch so eine große Traurigkeit in mir. Ich muss gestehen, dass der Ausbruch des Krieges kurz danach alles schlimmer gemacht hat – und dann noch die Verdunkelungsvorhänge überall, als ob sich das Haus vor Trauer abschotten wollte und wir darin gefangen wären. Unser Hausarzt verschreibt mir immer noch ein Tonikum, damit ich schlafen kann.« Ihr Kinn begann zu beben, und ich griff umständlich um den Tisch herum, um ihr die Hand auf den Arm zu legen. Sie nahm für einen Moment meine Hand und schloss die Augen.

Ich hatte noch nie zu spontanen Mitleidsbekundungen geneigt, es lag mir nicht, jemandem, der sichtlich Kummer hatte, ohne viel Federlesen ein Taschentuch zu reichen oder ein mitfühlendes Ohr zu leihen, doch in Lucys Gegenwart hatte ich den Wunsch, ich wäre anders. Ich hatte den Wunsch, ich könnte ihr helfen, ihr ein Lächeln entlocken.

Sie drückte meine Finger und griff wieder nach ihrer Teetasse. »Ich habe völlig die Fassung verloren, als der Anruf von der Polizei kam, ich dachte, ich verliere den Verstand. Trauer löst die eigenartigsten Reaktionen in uns aus, man hält plötzlich die verrücktesten Dinge für möglich.« Sie schien noch etwas hinzufügen zu wollen, doch sie entschied sich zu lächeln, wenn auch eine Spur übertrieben. »Aber was ist mit Ihnen?«, fragte sie munter. »Haben Sie eine große Familie?«

»Nein, nur noch meine Mutter, aber ich bin adoptiert worden«, vertraute ich ihr an. Selbst im Museum wusste kaum jemand davon. Lucy hatte so etwas Verletzliches an sich, das mich dazu brachte, meine eigenen Wunden offenzulegen, und sei es nur, um mit ihr auf Augenhöhe zu sein und mich nicht wie eine Voyeurin zu fühlen. Und unser Verhältnis war schon immer – nun ja, angespannt. Ich betrachte das Museum und die Tiere als meine Familie, und alle, die dort arbeiten.«

»Oh, das mit Ihrer Mutter tut mir aufrichtig leid. Aber es klingt ganz wundervoll, wie Sie über das Museum sprechen«, sagte sie. »Und ich finde es so bewundernswert, dass man Ihnen in Ihrem Alter schon die Verantwortung für die Sammlung übertragen hat. Ich frage mich …« – sie brach ein Biskuit entzwei, zuckte mit den Schultern und entschied sich, beide Hälften zu essen – »ob Sie wohl ein bestimmtes Stück besonders ins Herz geschlossen haben?«

»Ich habe mehrere Lieblinge. Wenn Sie möchten, zeige ich sie Ihnen gern«, bot ich an, von mir selbst überrascht, denn ich war noch nie darauf versessen gewesen, Führungen zu geben. Ich zog es vor, mich an meinen Schreibtisch zu verkriechen und meine Arbeit zu machen.

»Sind Sie sicher, das würde Ihnen nichts ausmachen? Ich möchte Sie auf keinen Fall von etwas Wichtigem abhalten.«

»Aber nein. Es gibt so viel zu tun, dass eine Stunde mehr oder weniger keinen Unterschied macht. Außerdem ist es sehr viel schöner, jemandem zu zeigen, was wir haben, als durch die Gegend zu irren und nach Sachen zu suchen, die uns abhandengekommen sind«, beteuerte ich, als wollte ich uns beide davon überzeugen, dass die Angelegenheit mit dem verschwundenen Jaguar nichts weiter als eine Lappalie war.

»Wunderbar. Dann lassen Sie uns gehen, ich folge Ihnen«, sagte sie und hielt die Biskuithälften hoch, »ich habe genügend Proviant für unsere Safari.«

Ich musste lächeln. Ihr Charme hatte mich völlig in ihren Bann gezogen.

Wir begannen den Rundgang in der Langen Galerie, arbeiteten uns von Norden nach Süden vor, und während ich sie herumführte und ihr Bezeichnungen und Klassifizierung der Präparate nannte, merkte ich, wie ich wieder zu meiner gewohnten Ruhe zurückfand: Hier war alles an Ort und Stelle, alles, wie es sein sollte, und die einzigen Mysterien waren intellektueller Natur – etwa die Evolution einer bestimmten Pfote oder die Fortpflanzungsgewohnheiten einer besonders scheuen Gattung.

Ich zeigte Lucy die Schubladen mit den fragilen Fledermausskeletten, das Glas mit dem in Spiritus aufbewahrten Fötus eines zweiköpfigen Lamms, die Gürteltierhäute und den brasilianischen Babytapir und beobachtete bei jedem neuen Präparat gespannt ihre Reaktion. Ich zeigte ihr die große, aus der viktorianischen Zeit stammende Kolibri-Vitrine in einem der letzten an die Galerie angrenzenden Räume. Von weitem schien sie nur einen kleinen Strauch zu enthalten, doch beim Näherkommen erkannte man, dass jedes vermeintliche Blätterbüschel an seinen Ästen in Wirklichkeit ein in die Jahre gekommener, verblasster Kolibri war. Es waren so furchtbar viele, dass es den Betrachter bei dem grausamen Anblick fast gruseln konnte. Ich erklärte, dass unsere Methoden des Sammelns und Ausstellens sich seit der viktorianischen Zeit, die eine Vorliebe für Exzesse gehabt hatte, sehr geändert hatten. Das Tableau schien auf sie eine ähnlich verstörende Wirkung zu haben, wie es sie immer noch auf mich ausübte. Dann ging ich mit ihr zurück ins Hauptgebäude, wo ich ihr den Luchs, den Eisbären, den Königstiger und schließlich den schwarzen Panther im Salon zeigte.

»Ich liebe Katzen, deshalb kann ich Sie gut verstehen«, sagte sie. »Wie komisch, genau so einen hatten wir auch einmal.« Unschlüssig schwebte ihre Hand über dem weichen Pelz seines Kopfes.

»Wenn Sie vorsichtig sind, dürfen Sie ihn ruhig anfassen.« Ich behielt für mich, dass ich das für gewöhnlich niemals gestatten würde.

Sanft strich sie mit den Fingerspitzen zu seiner Nase hin, ihr rosafarbener Nagellack hob sich scharf von seinem mitternachtsblauen Fell ab.

»Was meinen Sie damit, Sie hatten auch einmal so einen?«, wollte ich wissen.

»Mein Vater besaß einmal einen Panther, der genauso aussah wie dieser hier. Er stand in seinem Arbeitszimmer. Als Kind habe ich mich oft dort hineingeschlichen und viele Stunden damit verbracht, darauf zu warten, bis das Sonnenlicht stark genug wurde und ich das Muster in seinem Fell erkennen konnte. Ich glaube, ich habe sogar einmal versucht, auf ihm zu reiten, aber mein Vater hat mich erwischt und mir eine Tracht Prügel verpasst. Irgendwann hatten ihn wohl die Motten zerfressen und man hat ihn weggeworfen.«

»Hat er noch andere ausgestopfte Tiere in seinem Arbeitszimmer?«

»Es gab auch mal einen Hirsch und einen Wolf, aber die sind nicht mehr da. Ich kann mich nicht mehr erinnern, was aus ihnen geworden ist, aber sie hat vermutlich das gleiche Schicksal getroffen.«

»Fell zu erhalten ist schwierig«, sagte ich.

»Ich weiß«, nickte sie. »Die Frauen in unserer Familie hatten immer schon ihre liebe Not damit, ihre Pelze vor Schäden zu bewahren. Ich habe eine ganz schöne Sammlung geerbt.« Sie strich dem Panther mit dem Finger über das Ohr. »Mein Vater brachte meiner Mutter aus London immer gern einen Pelz mit, mir auch, als ich alt genug war – Pelze zum Tragen, meine ich, nicht zum Ausstopfen.« Sie lachte auf. »Einige davon sind ein bisschen extravagant, Sie wissen schon, solche, an denen noch die Pfoten sind oder mit dem Maul als Verschluss. Aber manche sind wirklich schön, ganz weich und herrlich warm, auch wenn ich hier auf dem Land kaum Gelegenheit habe, sie zu tragen.« Sie tätschelte die gehärtete Nase des Panthers.

»Mein Täubchen«, tönte die Stimme des Majors aus einem anderen Raum.

»Verzeihung«, sagte Lucy, richtete sich auf und wischte sich die Hände an ihrem Kleid ab. »Ich sollte wohl gehen und schauen, was er braucht.« Sie blieb noch einen Moment stehen, die Hand am Türrahmen. »Danke, dass Sie mit mir Tee getrunken und mir so eine wunderbare Führung gegeben haben«, meinte sie lächelnd.

»Es war mir eine Freude«, erwiderte ich. »Wir können das gern einmal wiederholen. Es gibt noch so vieles, was ich Ihnen zeigen könnte.«

»Mit größtem Vergnügen«, stimmte sie sichtlich begeistert zu.

Wie schon bei unserer ersten Begegnung hatte ich den Eindruck, dass sie gern mit mir befreundet wäre, aber Angst vor Zurückweisung hatte, dabei hatte sie nichts dergleichen zu befürchten, denn zweifellos war ich diejenige, die sich noch viel mehr eine Freundschaft mit ihr wünschte. Ich konnte mir nicht vorstellen, dass es einer so liebenswerten und offenen Frau wie Lucy an Freunden mangelte. Geschweige denn, dass sie mit mir befreundet bleiben wollte, wenn sie mich erst richtig kennengelernt hatte – unbeholfen und wortkarg, wie ich war.

Sie winkte mir noch einmal zu, und mit derselben Hand drückte sie im Gehen behutsam die kurzen Locken an der Seite zurecht. Ich wandte mich wieder dem Panther zu. Die kleine, dunklere Stelle, an der sie ihn gegen den Strich gestreichelt hatte, war noch zu erkennen. Ich glättete sie und spürte ein eigenartiges Bedauern, die einzige Spur unserer gemeinsam verbrachten Zeit zu verwischen.

## KAPITEL 6

*Die Räume füllten sich wieder, waren nun bevölkert von allen erdenklichen Wesen und Wundern, Tieren von überall auf der Welt. Geschäftiges Treiben herrschte, während die Arbeiter vom Museum mit Klemmbrett und aufmerksamem Blick die Gänge auf und ab liefen, ihre Listen abhakten und dafür sorgten, dass alles seinen Ort fand. Wenn sie arbeiteten, fühlte ich mich ruhiger, das beständige Summen der neuen Geräusche und das Gewicht der neuen Bewohner von Lockwood entspannten mich.*

*Doch in den Nächten kehrten die Albträume zurück, und es waren jedes Mal die gleichen.*

*Im Traum stand ich in einem Zimmer von Lockwood Manor, jedes Mal in einem anderen, und konnte mich nicht erinnern, wie ich dahingekommen war. Ich war auf der Suche nach etwas, etwas Kleinem – einem jungen Hasen, der seine Mutter verloren hatte und hilflos zitternd in Sicherheit gebracht worden war, doch er war nirgends zu finden.*

*Ich wusste, woher dieser Traum kam, doch ich verstand nicht, weshalb er sich Nacht für Nacht wiederholte und weshalb er mich jedes Mal zu Tode erschreckte.*

*Als Kind, ich war vielleicht sechs Jahre alt gewesen, hatte ich im Garten einen verlassenen Junghasen gefunden – später fragte ich mich allerdings, ob er wirklich verlassen worden war oder nur im Schutz des hohen Grases darauf gewartet hatte, dass seine Mutter von der Jagd zurückkommt – und ihn in einem Karton mit ins Haus genommen. Ich hatte verkündet, mich um ihn kümmern und ihn aufziehen zu wollen.*

*Damals hatte meine Mutter die Welt noch mit freundlicheren Augen betrachtet und mich bei meinen kindlichen Spielen gewähren lassen. Sie hatte gleich einen Teller mit Möhren und einen Armvoll Stroh vom Bauern geholt, mit dem sie die Schublade auszukleiden half, die sie aus meiner Kommode gezogen hatte. Gemeinsam wachten wir über das kleine Wesen, während ich sanft mit dem Finger über seinen Rücken strich, um es zu beruhigen.*

*»Wie soll er heißen?«, fragte sie, das Kinn auf die geschlossene Hand gestützt, die Beine hinter ihr in der Luft gekreuzt.*

*Ich weiß nicht mehr, ob ich ihre Frage beantwortete oder dem Hasen je einen Namen gab, doch ich weiß noch, wie mein Vater ins Kinderzimmer kam und ich ihm aufgeregt schnatternd von meinem neuen Haustier erzählte, bis er seufzend sagte: »Gib dir keine Mühe, mein Schatz, hier im Haus wird es nicht lange am Leben bleiben. Es ist grausam von deiner Mutter, dir solche Hoffnungen zu machen.«*

*»Ich bin diejenige, die grausam ist?«, hatte meine Mutter mit einem seltsamen Lachen erwidert. »Und wieso soll es nicht überleben, wenn wir uns gut darum kümmern?«*

*Sie setzte alles daran, ihn eines Besseren zu belehren, und schlief sogar auf dem Sofa in meinem Zimmer, damit das Häschen rund um die Uhr betreut war, holte alle Arten von Laub von draußen und fragte die Gärtner und die Köchin um Rat. Zusammen verbrachten wir viele Stunden damit, es zu beobachten, ließen es im Zimmer herumlaufen, wo es vorsichtig herumhoppelte, und versuchten, mit ihm zu spielen.*

*Wenn ich jetzt an jene Woche zurückdachte, empfand ich eine enorme Zärtlichkeit für meine Mutter, für die Gutsherrin, die alles in ihrer Macht Stehende aufbot, um ein verlassenes Jungtier zu retten, und sich so viel Mühe gab, damit mein Wunsch in Erfüllung ging. Aber meine Erinnerung war auch gefärbt von der Tatsache, dass sie scheiterte und mein Vater Recht behielt.*

*Der kleine Hase war noch zu jung gewesen, um ohne seine Mutter zu überleben, und Lockwood Manor war nicht das richtige Zuhause für ein Wildtier. Eines Morgens lag er schwach und apathisch da, und auch mein kindischer Versuch, ungeschehen zu machen, dass ich ihn in den dicken Mau-*

*ern unseres Hauses gefangen gehalten hatte, indem ich ihn wieder auf der Wiese aussetzte, wo ich ihn gefunden hatte, konnte ihn nicht retten.*

*Jahre später setzte ich nun diesem Junghasen in meinen Träumen nach, rannte panisch alle Gänge im Haus auf und ab, stürzte von einem Zimmer in das nächste und folgte verzweifelt dem leisen Scharren seiner Krallen, dem zarten Entlangstreichen von Fell an Türrahmen, dem Klopfen von Pfoten auf Holzdielen. Doch Lockwood war ein Labyrinth, umso mehr, wenn ich schlief, und jede Nacht, wenn ich voller Angst meine Suche fortsetzte, war ich überzeugt davon, dass der kleine Hase in einen der Räume zurückgelaufen war, die ich schon durchsucht hatte, und ihm dort etwas Schreckliches zustoßen würde, hinter meinem Rücken, wo ich ihn nicht sehen konnte, oder in einem dunklen Winkel am anderen Ende des Hauses.*

*Und in meinen allerschlimmsten Träumen fand ich mich auf meiner Verfolgungsjagd in einem unbekannten Raum wieder, auf dessen blauer Tapete sich entsetzliche Gestalten wanden und in dem ein mit Spinnweben überzogener Kronleuchter so heftig hin und her schwang, als bräche das Haus jeden Moment auseinander, und wenn ich zu fliehen versuchte und an der Tür kratzte, war diese verriegelt, der Hase verschwunden, aus dem Kamin starrten schaurige Augen, und ich war gefangen, ganz allein, eingesperrt mit einem Ungeheuer …*

*Aus diesen Träumen erwachte ich mit einem Schrei, der mir in der Kehle steckengeblieben war, meine Hände tasteten nach einem Türknauf, nach dem samtweichen Fell oder dem warmen, zitternden Körper des kleinen Hasen, doch alles, was sie fanden, war der stumme Glanz meiner stoischen Bettlaken, und ich begann zu weinen.*

*Nach einer solchen Nacht ließ ich alle Türen offen, überprüfte zwanghaft ihre Griffe und Schlösser oder flüchtete mich nach draußen, wo ich den Morgen unter freiem Himmel mit dem Park und den umliegenden Hügeln um mich herum verbrachte. Wenn ich später wieder ins Haus ging, hielt ich einen zu Boden gefallenen Schal für den Hasen und sprang aufgeregt darauf zu, bis mir einfiel, dass hier gar kein Hase war, oder ich sah im Salon ein Buch auf einem Tisch liegen und dachte, mir lauere ein Tier auf.*

*Es war unbegreiflich, wie dieser absurde, alberne Traum mich zum Weinen und derart aus dem Gleichgewicht bringen konnte, und doch ließ sich das Gefühl, dass ich irgendetwas in diesem Haus suchte, dass dort etwas war, das ich übersah, etwas, das außerhalb meines Blickfeldes wartete, nicht einfach wegwischen wie der Schlaf aus meinen Augen. Es lag sicher daran, dass das Museum gerade erst eingezogen war, sagte ich mir. Wenn seine Anwesenheit erst selbstverständlich geworden war, würden sich meine Nerven schon beruhigen und ich würde wieder von etwas anderem träumen. Schließlich existierte das blaue Zimmer nicht, in dem ich im Traum eingesperrt war, der kleine Hase, den ich als Kind mitgenommen hatte, war seit vielen Jahren tot, und es gab nichts, was ich jetzt noch für ihn tun konnte, und ebenso wenig konnte ich die Zeiger der Uhr zurückdrehen zu jenen glücklicheren Tagen, als meine Mutter noch bei mir gewesen war.*

# KAPITEL 7

Auf Lockwood Manor schreckte ich jeden Morgen aus den eigenartigsten Albträumen hoch, die mich dann für den Rest des Tages verfolgten. Wenn ich in London Albträume hatte, ließen die sich ganz logisch erklären – ich hatte ein Objekt fallen gelassen und es war in tausend Stücke zersprungen, das Gestell für ein neues Präparat war aus unerfindlichen Gründen eingestürzt und das Tier in sich zusammengesackt wie ein viel zu großer Mantel, ich war auf einer Stufe gestolpert und eine Wolke aus Etiketten flatterte durch die Luft, während der Direktor der Säugetierabteilung mit in die Hüften gestemmten Händen am Fuße der Treppe auf mich wartete, und ich wusste, dass aus seinem Mund gleich Worte kommen würden, die das Ende meiner Laufbahn bedeuteten –, doch die Träume, die ich auf Lockwood hatte, waren völlig anderer Natur. In diesen Träumen wurde ich von einem Ungeheuer auf wulstigen Pranken über die Gänge gejagt, und mein Nachthemd flatterte wie die nutzlosen Flügel eines flugunfähigen Vogels. Das Untier war größer als ein Jagdhund, viel zu groß für ein heimisches, nicht huftragendes Säugetier, und manchmal war es gar kein wildes Tier, sondern eine Frau mit Krallen und wilden, rußverschmierten Augen, die ganz in Weiß gekleidet aus einem Spiegel kroch und eine Spur von blassen Blüten hinter sich herzog.

Oft weckte mich ein Schrei – mein eigener? Oder schrie da jemand anderes? Aus dem Schleier zwischen Schlaf und Wachen heraus war es schwer zu beurteilen. Da war auch ein markerschütterndes Knurren und Brummen, das beinahe mein Bett erzittern ließ. Zweimal war ich panisch aus dem Schlaf geschreckt und hatte meinen Schreibtischstuhl für ein lauerndes Untier gehalten.

»Ich habe hier ganz ausgezeichnet geschlafen«, bemerkte Helen an ihrem letzten Morgen – sie und David fuhren zurück nach London, nachdem sie ihre Aufgabe, die Präparate an ihrem neuen Aufbewahrungsort unterzubringen, erfolgreich abgeschlossen hatten (wenn man denn den Verlust eines dieser Exemplare erfolgreich nennen konnte) – und zerteilte methodisch einen grünen Apfel. »Ich wünschte, ich könnte noch bleiben.«

»Geht mir genauso«, pflichtete David ihr bei. Die Orangenmarmelade in seinem Mundwinkel ließ sein Lächeln übertrieben breit erscheinen.

»Ich glaube, es ist diese Ruhe hier draußen, und diese herrlich dicken Bettdecken. Ich habe es wirklich genossen, es mir für eine Weile hier auf dem Land gemütlich zu machen, anstatt mich in London davor zu fürchten, dass der Krieg so richtig losgeht.« David gab ein zustimmendes Brummen von sich. »Und was ist mit Ihnen, Hetty? Werden Sie uns vermissen?«, erkundigte sich Helen nach einem Moment der Stille.

»Oh ja«, beeilte ich mich zu sagen, verspürte jedoch nicht das Bedürfnis, ein Gespräch über Träume zu beginnen. »Und Sie haben natürlich recht, es ist wirklich sehr schön ruhig hier.«

Zu ruhig, dachte ich, als wir vom Frühstückstisch aufstanden und ich in mein Zimmer im menschenleeren Flügel in der ersten Etage zurückkehrte. War das der Grund, weshalb ich so unruhig schlief, weshalb ich mich nirgendwo auf Lockwood Manor wirklich wohlfühlte? Fehlten mir einfach das beruhigende Hintergrundgeräusch der geschäftigen Großstadt, die Laute und Gerüche meiner Mitbewohner in der Pension, das Gedränge in der Untergrundbahn und die Besuchermassen im Museum? Ich hatte mich immer für jemanden gehalten, der gut ohne die Gesellschaft anderer auskommt, doch die Vorstellung, ohne Helen und David hierzubleiben, beunruhigte mich, denn von nun an würde ich mich dem herrischen Lord Lockwood allein stellen müssen. Ohne sie würde die Sicherheit der wertvollen Sammlung ausschließlich in meinen Händen liegen. Und fühlte ich mich dieser Aufgabe denn wirklich gewachsen, fragte ich mich später, als ich mit wachsendem Unbehagen zusah, wie meine Kollegen ihre Koffer in die Eingangshalle trugen, um dort darauf zu warten, dass das Auto vorfuhr.

»Sie werden sich hoffentlich mit der ganzen Museumssache nicht zu viel zumuten, Hetty?«, fragte Helen, als sie noch einmal kurz oben auf den Stufen innehielt. Ihr freundliches Lächeln ging mir durch und durch, denn es schien zu sagen, dass sie ihre Zweifel an meiner Befähigung für diese Stellung hatte.

»Es wird alles gut gehen«, sagte ich mit Nachdruck, als wollte ich mich selbst davon überzeugen. »Passen Sie auch gut auf sich auf.«

»Und viel Glück noch mit dem Gespenst von Lockwood!«, rief David vergnügt zum Abschied, bevor er ihre beiden Koffer die Treppe hinunterhievte, was nicht eben zur Aufhellung meiner Stimmung beitrug.

Auch wenn ich nicht an Gespenster glaubte, fand ich solche scherzhaften Andeutungen genauso verstörend wie die Gespräche der Dienstboten, die ich mitbekommen hatte, denn sie deuteten darauf hin, dass hier etwas nicht stimmte. Sie ließen mich an Gestalten denken, die nachts durch die Gänge strichen, in einem Haus, das so weitläufig war, dass die Bewohner, die noch übrig waren, nicht mit Sicherheit sagen konnten, was gerade in anderen Teilen des Anwesens vor sich ging.

»Ich würde Sie gern etwas fragen, Hetty«, meinte Lucy am Nachmittag und nippte an ihrem Tee. Ihre Lippen hinterließen einen roten Abdruck am Rand der zartweißen Porzellantasse.

»Natürlich, gern.«

»Es ist Folgendes, ich weiß zurzeit nicht so recht, was ich mit mir anfangen soll. Ich hatte daran gedacht, mich beim *Women's Institute* oder beim Kriegshilfsdienst als Freiwillige zu melden, aber ich bin mir nicht sicher, was ich dort beitragen könnte, außer ihnen hier einen Versammlungsort anzubieten. Und dann fiel mir ein, dass ich Sie vielleicht mit dem Museum unterstützen könnte. Ich habe gehört, wie eines der Dienstmädchen sich beschwert hat, wie sehr ihr das Abstauben und Saubermachen bei den ausgetopften Tieren an die Nerven geht, weil sie immerzu denkt, sie wird von ihnen dabei beobachtet«, berichtete Lucy sichtlich amüsiert.

»Sie müssen die Tiere nicht abstauben, das ist Aufgabe des Museums«, sagte ich. Ich hatte beinahe das Gefühl, dass Lucy und ich inzwischen so etwas wie Freundinnen waren, obwohl uns noch eine gewisse Barriere aus höflicher Distanziertheit und unausgesprochenen Dinge trennte. Mir mit dem Museum zur Hand zu gehen, war eine ganz wundervolle Idee, weil es mir Gelegenheit geben würde, ihr noch mehr von meiner Welt zu zeigen, aber ich wollte nicht, dass sie sich verpflichtet fühlte.

»Wirklich, ich würde Ihnen zu gern helfen«, drängte sie. »Vor allem jetzt, wo David und Helen nicht mehr da sind. Bitte, sagen Sie Ja, Hetty. Außerdem kann ich dann näher bei den Tieren sein. Ich muss gestehen, dass ich mir das schon die ganze Zeit wünsche.«

»Wenn Sie sich da ganz sicher sind«, erwiderte ich, und sie nickte eifrig.

Ich zeigte Lucy, wie man die Präparate, die frei im Raum standen, mit Staubsauger, Staubwedel und Spiritus und Lappen säuberte. Und wenn wir uns jeden zweiten Tag zum Tee trafen, berichtete sie mir von ihrer Arbeit und wollte alles Mögliche über Taxidermie wissen – über die Nähte, die sie an den Tieren entdeckt hatte, und die empfindlichen Glasaugen, die für jedes Präparat von Hand bemalt wurden, den inneren Halteapparat, der aus Lehm oder aus

Gips und Draht hergestellt wurde, und die vielfältigen Methoden, die Präparate auszustopfen. Sie arbeite gern mit den Händen, sagte sie, mochte es, sich ganz auf eine Aufgabe zu konzentrieren und das Gefühl zu haben, etwas Nützliches zu tun, und ich war glücklich, meine Begeisterung für die Zoologie mit jemandem teilen zu können.

Vor allem die Typusexemplare interessierten sie, obwohl die meisten dieser Objekte sorgfältig in Schubladen verstaut waren. Ich erläuterte, dass die Sammlung hier in Lockwood etwas Besonderes war, weil es sich hier um eine Mischung aus Tieren und Kuriositäten handelte, die wir normalerweise ausstellten, und den Sammelstücken wie die Typusexemplare, die wir üblicherweise für die Öffentlichkeit nicht einsehbar aufbewahrten, wie etwa Felle, Skelette oder auch Tierteile, die zur Identifizierung einer neuen Spezies gedient hatten und nach ihrer Klassifizierung zu *dem* Referenzexemplar dieser Spezies – dem Typus – wurden, mit dem Forscher neue Funde verglichen. Aus diesem Grund war die Evakuierung unserer Tiere von derart entscheidender Bedeutung, denn in unserer Obhut befanden sich die einzigen Referenzexemplare einiger Spezies und sehr viele Typusexemplare.

»Genau genommen ist die Sammlung eine kleine Arche Noah«, meinte Lucy eines Morgens beim Frühstück.

Mittlerweile hatte ich meinen morgendlichen Ablauf perfektioniert – ich stand früh auf, erledigte einiges an Arbeit in meinem Büro und nahm dann ein spätes Frühstück mit Lucy ein. Auf diese Weise vermied ich es, auf Lord Lockwood zu treffen, der stets in aller Herrgottsfrühe aß und in dessen Gesellschaft mein Small Talk noch lahmer ausfiel als gewöhnlich.

»Ja, vielleicht«, sagte ich zögernd, »obwohl wir die Erde mit der Ausstellung nicht wiederbevölkern können und von jedem Tier ja auch nur ein Exemplar haben, nicht zwei.«

»Ja, bei näherem Hinsehen verfehlt meine Metapher ihr Ziel wirklich völlig«, sagte sie selbstkritisch und lachte.

Ich liebte Lucys Sinn für Humor und ihr tiefes, fast ein wenig männliches Lachen.

»Ich kann es immer noch kaum glauben, wenn ich in einen Salon komme, den ich von klein auf kenne, und dort lauter exotische Tiere vorfinde. Sie erscheinen hier so fehl am Platz«, sagte sie und reichte mir die Milch, ehe ich darum bitten konnte.

Ich dagegen fand es im höchsten Maße beunruhigend, dass die Tiere in ihrem neuen Zuhause *ganz und gar nicht* fehl am Platz schienen. In früheren Zeiten hatte es in herrschaftlichen Anwesen wie diesem sehr viel mehr private Sammlungen von Stopfpräparaten gegeben. Im Viktorianischen Zeitalter hatte man gar nicht genug davon bekommen können, Schätze aus dem gesamten Empire heranzuschaffen, und ich hatte das eigenartige Gefühl, als fühlte sich unsere Sammlung in alte Zeiten versetzt. Sie war nicht länger genötigt, zu Bildung und Forschung beizutragen, sondern erfüllte wieder die Funktion, einem noblen Landsitz als Trophäe zu dienen, Juwelen in der Krone eines einzelnen Aristokraten – eine Vorstellung, die mir zutiefst widerstrebte.

Doch das behielt ich für mich, es würde Lucy wohl kaum für mich einnehmen, wenn ich mich indirekt über ihren Vater mokierte. In der wenigen Zeit, die ich bisher in seiner Gesellschaft verbracht hatte – bei Mahlzeiten oder wenn wir uns im Haus begegnet waren –, hatte er nicht gerade mein Herz gewonnen. Seine geringschätzige Bemerkung zu dem verschwundenen Jaguar nahm ich ihm immer noch übel. Besonders unangenehm war für mich, dass mein Büro an dem Flur, der zur Langen Galerie führte, gleich neben seinem lag, sodass ich unfreiwillige Zeugin seiner gelegentlichen Telefonate wurde, die er hauptsächlich mit verschiedenen weiblichen Gesprächspartnern führte, die er durchweg *Darling* nannte, als wären ihm ihre Namen entfallen, und die nicht selten darin bestanden, sie in ihrem verständlicherweise verletzten Stolz zu besänftigen.

»Es ging alles viel zu schnell, das verstehst du doch, Darling, am Ende wird etwas Ernstes daraus«, hörte ich ihn am Nachmittag durch die Wand in den Hörer gurren. »Es sind erst wenige Monate vergangen, ich kann mich hier noch nicht mit einer Freundin blicken lassen, das Haus hat tausend Augen, vor allem seit dieses verdammte Frauenzimmer mit ihrer Menagerie eingezogen ist, stecken hier alle möglichen Besucher ihre Nase in Dinge, die sie nichts angehen.«

Eine kurze Pause trat ein, gefolgt von einem Lachen. »Unsinn«, fuhr er unbekümmert fort, »sei nicht albern, du weißt doch, dass ich ständig eingeladen werde und aus geschäftlichen Gründen unter Leute gehen muss. Da kann ich ja schlecht jedes Mal mit derselben auftauchen, nicht wahr? Wie sähe das denn aus, so kurz nach dem Tod meiner Frau. Und glaube nicht, dass mir nicht Sachen zu Ohren gekommen sind«, und seine Stimme schlug in einen verschlagenen, rauen Ton um, »über Besucher, die du empfängst, deine kleinen Affären.«

Wieder Stille, dann wurde eine Tür geöffnet.

»Kann man hier mal eine anständige Tasse Tee kriegen?«, rief er halb leutselig, halb scheinbar gequält in den Flur hinein und nahm wieder den Hörer zur Hand. »Du steigerst dich da in etwas hinein. Aber natürlich bekommst du eine Einladung zum Soldatenball, ich bin ja kein Unmensch. Und jetzt mach mal halblang, ich habe dir nie etwas versprochen, mein Engel.«

Ich spürte, wie sich mein Gesicht zur Grimasse verzog, und stand auf, um den Raum zu wechseln. Ich wollte nicht länger mitanhören, wie er gedankenlos Gemeinheiten von sich gab oder das Museum in völlig absurder Weise für sein eigenes Verhalten verantwortlich machte. Mit meiner Einschätzung, ihn als Königstiger zu klassifizieren, hatte ich allerdings richtiggelegen: Ich konnte sein verächtliches Grinsen und den trägen, bohrenden Blick förmlich vor mir sehen.

So lästig ihr Vater das Museum in seinem Haus fand, so sehr schien Lucy dessen Anwesenheit zu genießen, auch wenn ihre Mithilfe ihre Schattenseiten hatte. Manchmal ging ich durch die Räume und stellte fest, dass eines der kleineren Tiere verrückt worden war. Nicht dass es unbedingt einen Grund gab, sie genau an der Stelle zu lassen, wo ich sie anfangs platziert hatte. Hier gab es keine Besucher, die von sorgsam zusammengestellten unterschiedlichen Spezies oder besonders interessanten Gegensätzen profitierten, es kam lediglich darauf an, die Präparate vor Schaden zu bewahren – doch als ich einmal darauf zu sprechen kam, beteuerte Lucy, ganz spezielles Augenmerk darauf zu legen, dass alles an seinem Platz blieb. Es mussten wohl die Dienstmädchen gewesen sein, die in Gedanken beim Saubermachen etwas verstellt hatten. Ich tat es als Eigenheit unserer neuen Bleibe ab und musste das irritierende Gefühl, einen Raum zu betreten, in dem irgendetwas nicht stimmte, wohl oder übel hinnehmen – Augen, die plötzlich in einer anderen Ecke schimmerten, eine Schnauze, die hinter einer Vitrine hervorlugte, der geringelte Schwanz eines Tiers, das auf einmal zur Wand sah.

Nachdem mich an meinem dritten Samstag auf Lockwood erneut ein entsetzlicher Albtraum aus dem Schlaf gerissen hatte und mir fast das Herz stehengeblieben war, als ich danach orientierungslos durch mein Schlafzimmer stolperte und die schemenhafte Gestalt im Spiegel über der Kommode einen Moment lang für ein Gespenst hielt, befand ich, dass ich wohl schon zu lange von der Außenwelt abgeschottet war. Ich brach zu einem Spaziergang ins Dorf auf, in der Hoffnung, auf dem mit Brombeersträuchern überwucherten Weg, der von Lockwood aus dahin führte, auf andere Gedanken zu kommen.

Der Ort erinnerte mich an die Dörfer, die ich als Kind auf Tagesausflügen besucht hatte, und an seinen Bewohner war nichts Auffälliges, doch als Erwachsener fielen mir Details auf, die mir früher entgangen wären: Geschäfte, die wegen der Wirtschaftskrise geschlossen hatten, die armseligen Häuser – von den Fassaden blätterte die Farbe ab und die Schieferdächer waren nur notdürftig repariert – und die stark geflickte Kleidung der Leute, denen ich begegnete.

Die Naht am Armband meiner Uhr begann sich abzulösen, und auf der Suche nach einem Juwelier oder einem Schuster wurde ich fast von einer Frau umgerannt, die aus der Tür des Zeitungshändlers stürzte. Es war dieselbe Frau mit weißblonden Locken, die mir bei meiner Ankunft auf Lockwood mit verweintem Gesicht entgegengekommen war, und auch dieses Mal starrte sie mich beinahe hasserfüllt an.

Etwas hölzern versuchte ich es mit einem verlegenen »Verzeihung« – dass ich ihr im Weg war und offenbar auf irgendeine Weise ihr Missfallen erregte.

»Was wollen Sie hier?«, wollte sie wissen und starrte meine Kleidung mit einem solchen Ausdruck von Missbilligung an, dass ich unwillkürlich an mir herabblickte, um zu sehen, ob ich mich vielleicht auf dem Weg schmutzig gemacht hatte.

»Ich suche jemanden, der mir mein Uhrarmband wieder richtet«, sagte ich und stieß einen kleinen Schreckenslaut aus, als ihre Finger vorschnellten und mich am Handgelenk packten.

»Ein Geschenk?«, stieß sie hervor und drehte meinen Arm, um die Uhr besser sehen zu können.

»Nein«, sagte ich und entriss ihr meine Hand. »Es ist eine alte Uhr.«

»Ja, das sieht man«, bemerkte sie taktlos.

»Können Sie mir sagen, wo ich sie reparieren lassen kann?«, frage ich, um die Unterhaltung einigermaßen höflich zu beenden, und verbarg den Stein des Anstoßes hinter meinem Rücken.

»Versuchen Sie es doch beim Schuster«, gab sie kurzangebunden zurück und machte eine unbestimmte Handbewegung auf die gegenüberliegende Gasse zu. Inzwischen starrte sie meine Haare an, und ich spürte, wie meine Kopfhaut zu jucken begann.

»Danke«, sagte ich, und dann: »Entschuldigen Sie, aber ich glaube, ich weiß Ihren Namen gar nicht.«

»Mary.«

»Also dann vielen Dank, Mary«, verabschiedete ich mich leichthin, wandte mich zum Gehen und musste mich sehr beherrschen, mich nicht noch einmal umzudrehen, denn ich fürchtete, dass sie nicht aufhörte, mir hinterherzustarren. »Eigenartige Frau«, murmelte ich.

»Ah, die Lady vom Museum«, bemerkte der Schuster, als ich seine enge Werkstatt betrat. Hatte ich etwas an mir, das mich sofort als Auswärtige brandmarkte, oder lag es nur daran, dass der Ort so klein war und jeder von jedem wusste? »Eine große Ehre für uns, Sie hier zu haben«, sagte er, als ich ihm meine Uhr reichte. »Vor allem für den Herrn Lord. Seine Lordschaft ist wohlauf?«, fragte er, suchte das notwendige Werkzeug heraus und machte sich an die Arbeit.

»Ich denke schon«, gab ich vage zurück, unsicher, was ich anderes sagen sollte.

Der Schuster zog die Nase hoch und schob mit einem Finger seine Kappe weiter nach hinten. »Das glaube ich gern. Ganz der trauernde Witwer. Ich kannte seine Frau gut, oh ja. Sie kam immer selbst, wenn sie Schuhe zu reparieren hatte, obwohl sie auch jemanden hätte schicken können. Was für eine reizende Person, klar wie der junge Morgen, als sie hierherkam. Sie liebte diesen Fleck Erde, und alle liebten sie. Immerzu hat sie Gartenpartys gegeben, Feste für die Kinder, und wie viel Geld sie der Kirche gespendet hat! Er hat ihr die Fröhlichkeit ausgetrieben, er ist schuld daran, dass sie immer trauriger wurde – hat sie weggesperrt, sie an die kurze Leine gelegt. Meine Nichte hat mal im Herrenhaus gearbeitet, hat erzählt, dass Lady Lockwood ganz krank geworden ist, sich ständig verfolgt gefühlt hat, die Ärmste.« Betrübt legte er die Stirn in Falten. »Kein besonders glückliches Haus, in das Sie da geraten sind, fürchte ich, Miss.«

Als ich aus dem schummerigen Laden nach draußen trat und meine Uhr wieder am Handgelenk befestigte, sah ich Mary mit zwei anderen Frauen am Ende der Gasse stehen. Im Vorbeigehen hörte ich sie lachen. Nach ihren Mienen zu urteilen, lachten sie über mich.

Einigermaßen niedergeschlagen von meinen Begegnungen machte ich mich auf den Rückweg nach Lockwood und stieg hinab in das flache Tal. Dichtes Gras am Wegrand peitschte mir gegen die Knöchel. Das mächtige Eisentor glänzte dunkel in der Hitze, und die Sonne spiegelte sich so grell in einem der Fenster, dass ich mir die Hand vor die Augen halten musste. Kaum war ich am Pförtnerhaus vorbei und betrat mit knirschenden Schritten den Kies auf der Auffahrt, traf ein jäher, dumpfer Schlag den Zaun und ich schnappte vor Scheck nach Luft. Der Holzzaun wurde von immer neuen Stößen erschüttert, als wollte jemand zu mir durchbrechen, Knurren und Bellen waren zu hören, dann erneute Hiebe und noch mehr Gebell. Mein Herz raste, und ich schrie auf, was mich unwillkürlich an meine Träume erinnerte. Da blieb mein Blick an einem der im Schatten liegenden Fenster des Pförtnerhauses hängen, und ich sah das Gesicht eines Mannes – Jenkins vermutlich. Rasch wurde der Vorhang wieder zugezogen. Misstrauisch beäugte ich den Zaun und hoffte inständig, er war robust genug, den Hunden standzuhalten. Ich hätte den Major nur zu gern darum gebeten, seine Meute an irgendeinen anderen Ort seines Anwesens zu bringen, wo sie mir nichts anhaben konnte. Ich blickte zurück zum Herrenhaus. Die Sonne war weitergewandert, und das hell erleuchtete Fenster war wieder dunkel und von den anderen nicht zu unterscheiden.

Noch ehe ich über die Schwelle getreten war, kam mir aus dem Salon schon der blecherne Klang von aufdringlichen, wie frisch gestärkt wirkenden Stimmen aus dem Radio entgegen. Die Haushälterin hatte sich kürzlich dem allgemeinen Wunsch gebeugt, und das Radio durfte für die verschiedenen Nachrichtensendungen eingeschaltet werden, die nun durch das ganze Haus wehten und auch diejenigen, die sich nicht begierig um das Gerät versammelten, in einen Zustand der Unruhe versetzten. Einige Tage zuvor hatten wir auch den ersten Probealarm der Luftschutzsirene des Herrenhauses hinter uns gebracht, und obwohl wir alle gewarnt waren, schien ihr ohrenbetäubender Klang nicht von dieser Welt und verwandelte die herrschaftlichen Salons des Hauses in eine Kulisse unvorstellbaren Grauens.

Im Falle eines Fliegerangriffs würde uns keine Zeit bleiben, die Sammlungen des Museums in Sicherheit zu bringen, wir würden nur in die feuchten Kellerräume mitnehmen können, was wir tragen konnten. Ich musste mir ständig Szenen der Verwüstung ausmalen – wie jedes einzelne Ei, Nest, Gerippe und jeder Knochen zerbrochen dalag, wie Glasscherben der geborstenen Fensterscheiben aus dem flauschigen Fell der Säugetiere ragten –, ich dachte an umgestürzte Vitrinen und stellte mir vor, wie es die wenigen mit Spiritus gefüllten Gläser zerrissen hätte und der Boden mit stinkendem, verrottendem Material übersät wäre. In der Luft läge ein undurchdringlicher Staub aus Partikeln von Haut, Haar und Federn. Menschen und ihren Bomben würde gelingen, was geologische Kräfte in Tausenden von Jahren nicht vermocht hatten: Fossilien in Sand zu verwandeln. So viele Jahre Arbeit, so viele geduldige Hände und lange Nächte. Wir hatten unser Bestes gegeben, um die Großartigen und die Guten, die Bösartigen und die Giftigen, die Winzigen und die Großen der Tierwelt an einem Ort zu versammeln – und alles wäre zerstört. Von einem egoistischen Standpunkt aus gesehen konnte ein einziger gezielter Fliegerangriff mich meine Stelle kosten, und was wäre mein Leben ohne sie?

An jenem Abend konnte ich meine dumme Uhr nicht finden. Ich

war mir sicher, sie abgenommen und in das offene Fach meines Schreibtischs gelegt zu haben, als ich einen Brief schreiben wollte, aber da war sie nicht. Sie lag auch nicht auf dem Boden oder in einer der Schubladen. Ich hatte die Laken von meinem Bett abgezogen und alle Papiere durchforstet, die sich auf meinem Schreibtisch im Erdgeschoss türmten, und war die Museumsräume abgelaufen, um dort auf allen Tischen und Oberflächen nachzusehen, obwohl ich wusste, dass ich die Uhr noch am Arm gehabt hatte, als ich nach oben ging.

Frustriert setzte ich mich auf mein Bett und wollte die Ohrringe ablegen, aber meine Hand rutschte ab und einer fiel mit leisem Klirren zu Boden. Und es war natürlich der Anhänger aus falscher Jade, der in dem Schummerlicht meines Zimmers unmöglich zu finden sein würde. Seufzend kniete mich hin, konnte aber weder auf dem Boden noch unter dem massiven hölzernen Bettgestell etwas erkennen. Dann versuchte ich, mit den Händen nach dem Ohrring oder vielleicht sogar der verschwundenen Uhr zu tasten. Nichts. Ich beugte mich weiter unter mein Bett, streckte die Arme, so weit ich konnte, und berührte etwas mit den Fingerspitzen, das mich vor Schreck hochfahren ließ, sodass ich mit dem Kopf gegen die Bettunterseite krachte. Es fühlte sich weich an, wie Fell oder verfilztes Haar. Erneut streckte ich die Hand danach aus und zog es zu mir.

Eine Puppe aus Stroh und Leinen, etwa so groß wie meine Hand, baumelte an ihrem Haar aus hellgelber Wolle, mit Augen aus schwarzen Perlen und einem Kleid aus weißen Spitzenresten. Doch das Erschreckende war, dass drei große Nadeln in der Puppe steckten – eine in der Stirn, eine im Herzen und die dritte im Bauch.

## KAPITEL 8

Die Puppe war zu staubig, um erst vor Kurzem dort abgelegt worden zu sein, in der Absicht, mir Angst einzujagen, und ich hielt es auch für unwahrscheinlich, dass es sich um eines von Lucys alten Spielzeugen handelte. Dafür war sie zu grob gearbeitet, ohne große Sorgfalt aus Stroh und billigem Füllmaterial hergestellt, nicht aus Samt und Satin, wie es ein Kind aus einem solchen Haus sicher gewohnt war. Und das weiße Kleid – die Frau in Weiß – spielte in meinen Augen keine besondere Rolle: Es würde wohl jeden aus der Fassung bringen, so ein von Nadeln durchstochenes Ding unter seinem Bett zu finden.

Ein Blick auf die Standuhr im Flur sagte mir, dass es erst neun war, und ich beschloss, sofort bei Lucy anzuklopfen und sie nach der Puppe zu fragen, ehe mich der Mut verließ. Als ich die Tür hinter mir zuzog, merkte ich, wie meine Stimmung sich bei dem Gedanken, Lucy zu sehen, unwillkürlich aufhellte. Ich wollte gern mehr über sie erfahren, über ihre Situation in Lockwood. Es schien mir etwas ungewöhnlich, dass sie in ihrem Alter immer noch unverheiratet war und zu Hause lebte, aber sie hatte – genau wie ich – in unseren ersten persönlicheren Gesprächen abgesehen von einigen oberflächlichen Bemerkungen über unsere Familien nicht viel von sich preisgegeben. Ich wusste also nicht, ob es männliche Besucher gab oder weshalb sie noch ledig war. Ich war seltsam erleichtert, dass sie sich nicht nach meinem Liebesleben, oder dessen Nichtvorhandensein, erkundigt hatte. Wenn andere Leute danach fragten, machte ich den immer selben Witz, dass ich eine glückliche alte Jungfer war, um das Wort ins Spiel zu bringen, ehe es gegen mich verwendet werden konnte. Die wahrheitsgemäße Antwort wäre, dass ich abgesehen von einer vagen Enttäuschung, keinen Ehemann zu haben, vor allem eines fühlte: gähnende Leere, und manchmal verzweifelte Einsamkeit. Aber ich konnte ja schlecht zugeben, dass ich einsam war, nicht wahr? Das würde von nicht zu überbietender Taktlosigkeit zeugen und der jeweilige Gesprächspartner wäre nur peinlich berührt.

Mit der Puppe in der Hand tappte ich auf Strümpfen den Gang entlang und hoffte, niemandem zu begegnen und irgendwelche Erklärungen abgeben zu müssen. Die an den Wänden aufgereihten, schweren Goldrahmen der Gemälde und Drucke – Familienporträts und friedliche Landschaftsbilder, darunter eines, das den Major und seine Hunde zeigte, doch der Maler hatte die falschen Farben benutzt, sodass die Leinwand teilweise oxidiert war und einen düsteren Schlammton angenommen hatte, was Lord Lockwood einen dunklen Fleck auf dem Kinn beschert hatte – schimmerten dumpf im schwachen Licht der Flurlampen, und als ich den Westflügel betrat, machte sich leises Unbehagen in mir breit, das ich so gut ich konnte unterdrückte. Wirklich eigenartig, dachte ich, wie das Gehirn völlig irrationale Assoziationen erfand, wie meine Träume, genau auf diesem Stück Korridor gejagt zu werden, sich auf mich im Wachzustand übertrugen. Und ich ermahnte mich, dass sie nichts weiter waren als das: Träume.

Ich stieg die Wendeltreppe zu Lucys Räumen hinauf, und ehe ich es mir anders überlegen konnte, klopfte ich rasch an ihre Tür. Sie öffnete, sichtlich überrascht. Sie hatte ein marineblaues, schon leicht verblichenes Hauskleid an und trug kein Make-up. Ihre Sommersprossen tanzten ungezwungen über Nase, Wangen und Stirn, einige hatten sich sogar auf Kinn und Lippen verirrt, und ihr Haar stand zerzaust vom Kopf ab, so als hätte sie schon geschlafen.

»Oh, hallo«, sagte sie lächelnd, die Hand um die Türkante gelegt. »Alles in Ordnung?«

»Ja. Nein«, korrigierte ich mich. »Das hier habe ich unter meinem Bett gefunden.« Hastig hielt ich ihr die Puppe hin, bevor ich einen Rückzieher machen konnte. Ich hätte sie genauso gut am nächsten Morgen fragen können, dachte ich peinlich berührt. Wie unglaublich albern von mir, sie in ihrer Nachtruhe zu stören.

Stirnrunzelnd nahm sie mir die Puppe aus den Händen, offenbar erkannte sie sie wieder.

»Und die war in Ihrem Schlafzimmer?«, fragte sie nachdenklich.

»Ja.«

»Meine Mutter hat sie gemacht«, sagte sie leise und berührte die Spitze. »Es ging ihr nicht gut, und sie dachte, ich bräuchte Schutz.« Sie verstummte, als ginge ihr etwas Bestimmtes durch den Kopf, dann fuhr sie fort. »Sie hat mehrere angefertigt, die sie unter die Betten legte, in denen ich schlief, oder irgendwo in meinem Zimmer versteckte. Auf den Westindischen Inseln, wo sie aufgewachsen ist, gibt es die Sage von der *diablesse*, einer Teufelin, die immer weiß gekleidet ist und über eine Horde von Ungeheuern herrscht. Zumindest ist das die Geschichte, die sie mir immer erzählt hat, ich war nie sicher, ob sie sie nicht vielleicht erfunden hätte. Sie hatte immer solche Angst vor dieser Frau in Weiß …«, murmelte sie gedankenverloren, dann gab sie sich einen kleinen Ruck und kehrte in die Gegenwart zurück. »Es tut mir wirklich leid, Hetty, wenn Sie das Ding verstört hat.«

»Oh, nein, es hat mich nur neugierig gemacht. Es hätte ebenso gut bis morgen warten können. Entschuldigen Sie die Störung …«

»Aber Sie haben mich überhaupt nicht gestört, ich habe nur so vor mich hin getrödelt«, meinte sie mit einem kleinen schrägen Lachen und bat mich herein. »Kommen Sie, trinken wir einen Schluck zusammen.«

Ihr Zimmer war der in Erfüllung gegangene Traum eines jeden Mädchens, und ich musste mich sehr beherrschen, um nicht mit offenem Mund staunend dazustehen. Der hellrosa Teppich war so dick und flauschig, dass die Zehen buchstäblich darin versanken, und die Wände waren mit exquisiten rosa und hellroten Blumenmustern tapeziert. Ein ausladender Lüster mit Glühbirnen, goldene Wandleuchter und entzückende Lampen mit pinkfarbenen, von glänzenden Bändern durchzogenen Schirmen sorgten für die Beleuchtung. Auf kleinen Tischchen und auf dem weiß gestrichenen Kaminsims, über dem ein aufwändig verzierter Spiegel angebracht war, waren Trockenblumensträuße in Vasen verteilt. Die Matratze auf dem Himmelbett reichte mir fast bis zur Hüfte und zwischen den Pfosten waren duftige rote Vorhänge drapiert. Es gab einen rosafarbenen und einen in hellem Goldton gehaltenen Pouf, einen großzügigen Schminktisch mit Glasaufsatz und seidener Schürze, der sich förmlich unter Tiegeln und Bürsten und Parfümflakons bog, und einen Polsterstuhl mit goldenen Quasten. Die Vorhänge waren aus schwerem Samt, wie im Theater. Am besten gefiel mir die Wendeltreppe aus Metall – sie hatte so etwas Modernes, und ich fragte mich, wie es wohl oben im Dachzimmer aussehen mochte.

»Ein bisschen extravagant, nicht wahr?«, meinte sie, als sie meinen bewundernden Blick bemerkte. »In den letzten Jahren bin ich kaum aus dem Haus gekommen, entsprechend viel Zeit hatte ich, mich mit Dekorieren zu beschäftigen.«

»Es ist wunderschön«, sagte ich. »Wie aus einem Film.«

»Crème de Menthe?«, fragte sie, legte die Puppe auf einen Tisch und ging zu ihrem Getränkewagen. »Ich trinke das abends immer gern.«

»Das habe ich noch nie probiert.«

»Noch nie?«

»Ich gehe nur selten in Bars, und es gehört nicht unbedingt zu den Getränken, die man zu Hause hat, wenn man bei einer sittenstrengen Dame zur Untermiete wohnt.«

»Dann hoffe ich, dass Sie Pfefferminz mögen.« Sie goss den grünen Likör in zwei zierliche Gläser.

»Glücklicherweise ja.«

Sie reichte mir ein Glas, und ich schaute mich nach einer geeigneten Sitzgelegenheit um. Sie zog den goldenen Pouf neben ihr Bett und kletterte dann mit ihrem Glas auf die Matratze.

»Prost!«, sagte ich, und unsere Gläser berührten sich mit leisem Klirren. Ich fühlte ein Kichern in mir aufsteigen, wie Perlen im Sekt. Der Likör war so süß, dass mir die Zähne wehtaten, doch in meiner Kehle verbreitete er wohlige Wärme. »Köstlich«, befand ich und nahm einen zweiten Schluck.

»Ich bilde mir immer ein, dass Pfefferminze gesund ist, wie selbstgemachte Brühe«, erklärte sie grinsend.

»Oder Zahnpasta?«

»Genau«, bestätigte sie, und ich ließ meinem Lachen freien Lauf. Wir kicherten beide vor uns hin und nippten dabei an unseren Gläsern.

»Sie müssen verzeihen«, sagte ich, »aber hier mit Ihnen zu sitzen, wie in rosa Watte gehüllt, fühlt sich an, als wäre ich mitten in einer dieser Fantasien von Märchenprinzessinnen in ihrem Turm, die ich immer als kleines Mädchen hatte.«

»Es ist schön, mal wieder etwas damit angeben zu können. Früher haben wir dauernd Partys gegeben, aber das ist Jahre her, und seitdem hatte ich keinen Besuch mehr. Die Mädchen haben bei mir immer ihren Rausch ausgeschlafen und wir hatten es herrlich gemütlich hier.«

Das beantwortete vermutlich meine Frage, ob sie einen Verehrer hatte. Obwohl, selbst wenn sie einen hatte, würde er wohl kaum die Gelegenheit erhalten, ihr Schlafzimmer von innen zu sehen: So modern sie auch mit ihrem Kurzhaarschnitt wirken mochte, hatte ich doch unmittelbar mitbekommen, dass ihr Vater ein überaus wachsames Auge auf sie hatte, und ich konnte mir beim besten Willen nicht vorstellen, wie sie hinter seinem Rücken einen männlichen Besucher in ihre Gemächer schleuste.

»Das glaube ich gern«, erwiderte ich und drückte die Fußsohlen in den Plüscheppich. »Freuen Sie sich denn schon auf das kommende Fest?«, fragte ich in dem Versuch, ein Gesprächsthema zu finden, das der Umgebung angemessen war. Seit Tagen wurde im Haus über kaum etwas anderes gesprochen als den Ball, mit dem der Major seine ehemalige Truppe moralisch unterstützen wollte.

»Ich denke schon«, antwortete sie achselzuckend. »Ich finde es allerdings traurig, dass dieser verdammte Krieg der Anlass dafür ist. Es macht keinen Spaß, mit Soldaten zu tanzen, wenn man weiß, dass sie bald irgendwo in Europa kämpfen müssen. Aber meine Großmutter hat immer gesagt, dass es unsere Aufgabe als Frau ist, den Männern zu zeigen, wofür sie kämpfen – Zivilisation und so weiter.« Sie leerte ihr Glas und beugte sich an mir vorbei, um es auf einem der Tischchen abzustellen.

»Ich kann nicht besonders gut tanzen«, gestand ich.

»Oh, aber dann brauchen Sie unbedingt ein anständiges Kleid«, sagte sie und legte ihre Hand auf meine Schulter. »Mit dem richtigen Kleid können Sie tanzen, wie Sie wollen.« Ich konnte den Pfefferminzduft in ihrem Atem riechen, so nah war sie mir.

»Ich fürchte, keins von meinen wäre schick genug dafür.«

»Wir werden schon etwas für Sie finden.« Sie sprang vom Bett und schob die langen Vorhänge ihrer Garderobe zur Seite. »Inzwischen trage ich meistens immer dieselben Sachen, aber ich habe noch jede Menge Kleider von früher, die Ihnen bestimmt passen, und auch noch einige von meiner Mutter.« Sie zog ein langes Seidenkleid heraus. »Stehen Sie kurz auf«, bat sie und hielt es mir an.

Ich schrak regelrecht zusammen, als ihre Handrücken meine Hüften berührten. Ich hätte nicht sagen können, wann mich das letzte Mal jemand angefasst hatte. Im Museum waren Umarmungen nicht gerade an der Tagesordnung, und seit meiner Schulzeit war ich mit niemandem mehr eng befreundet gewesen. Und selbst wenn ich alle Jubeljahre einmal – auf einer Party oder irgendeiner Veranstaltung – auf Menschen traf, die herzlicheren Umgang miteinander pflegten, schien ich so etwas wie ein unsichtbares ›Rühr-mich-nicht-an‹-Schild vor mir herzutragen, das sie von mir fernhielt.

»Zu altmodisch«, befand sie, griff nach einem anderen und hielt es mir dieses Mal vor die Schultern. »Hmm, das schon eher.«

Sie ließ das blaue Kleid einfach fallen, und ich unterdrückte den Impuls, es aufzuheben, damit es nicht knitterte. Sie suchte ungefähr ein Dutzend verschiedener Kleider heraus, legte sie sich über den Arm und ließ sie vor meinen Füßen fallen. »Probieren Sie sie mal an«, drängte sie mich und füllte erneut die Gläser.

Und so begann ich zwischen endlosen Schlucken Crème de Menthe ein Kleid nach dem anderen überzuziehen – anfangs voller Hemmungen mit dem Rücken zu ihr, bis ich keine Scheu mehr hatte, mich in Unterwäsche vor ihr zu zeigen, während sie mir mit all den Schnüren und Knöpfen behilflich war, hier ein Mieder und dort einen Saum an mir zurechtzog und mich hin und her drehte. Ganz benommen fühlte ich mich von so viel Aufmerksamkeit, dem sanften Gleiten von Seide über meine Haut, dem Rascheln von Tüll um meine Knie und dem geschickten Nesteln ihrer Finger.

Schließlich fiel die Wahl auf ein blaues Abendkleid aus Seide mit weit ausgeschnittener, durchbrochener Halspartie und einer Schleife um die Taille. Ich stand vor ihrem hohen Standspiegel, drehte mich vor und zurück, stellte mich auf die Zehenspitzen, um hohe Schuhe zu simulieren, und sie hielt den Stoff an den Hüften an meinem Rücken zusammen, um zu zeigen, wie es aussehen würde, wenn es enger gemacht worden war. Es war, als würden wir tanzen.

»Können Sie es richtig sehen? Setzen Sie sich vor meinen Spiegel«, forderte sie mich auf.

Sie korrigierte den Sitz des Ausschnitts, während ich mein Spiegelbild anstarrte und mir wie eine berühmte Theaterschauspielerin vorkam. Ich hatte beinahe das Gefühl, als würden all die Parfüms und Cremes und silbernen Bürsten auf dem Tisch mir gehören und ich würde das glanzvolle Leben einer reichen Frau führen.

»Ist die aber schön«, sagte ich und strich über das filigrane Silberarmband einer bildhübschen Armbanduhr, die auf dem Frisiertisch herumlag. »Meine Uhr ist spurlos aus meinem Zimmer verschwunden, und ich kann sie nirgendwo finden.«

»In so einem großen Haus geht ständig irgendetwas verloren«, meinte sie und rückte die Träger an meinem Ausschnitt mit so leichter Hand zurecht, dass es kitzelte, »aber vielleicht sollten Sie Ihr Zimmer lieber abschließen, wenn Sie nicht da sind. Nur für alle Fälle.« Unsere Blicke trafen sich im Spiegel.

»Ja, das werde ich tun«, nickte ich, und dann zog sie mich schon wieder vom Stuhl hoch und befahl mir, mich auf den rosa Pouf in der Mitte des Zimmers zu stellen, um das Kleid abzustecken.

Stecknadeln im Mund und undeutlich vor sich hin murmelnd, begann sie mit dem Saum, den sie zunächst sorgfältig umschlug und dann feststeckte. Anschließend stand sie auf, nahm noch einen Schluck aus ihrem Glas und widmete sich dem Stoff, der an den Hüften abstand.

Ich versuchte, stockstill zu stehen, und schwankte nur ganz leicht, während sie mich umkreiste, anfasste, Maß nahm und an mir herumdrückte. Es war, als wären ihre Finger kleine Sonnen: Wo immer sie mich berührten, wurde meine Haut warm. Oder vielleicht lag es am Likör.

»Wenn ich ehrlich sein soll, Hetty«, begann sie, »dann glaube ich, ich bin ein kleines bisschen zu beschwipst, um die Änderungen wirklich ordentlich zu machen. Wir werden wohl noch eine Anprobe machen müssen, zusammen mit meiner Schneiderin, die mir bei den kniffligeren Teilen zur Hand gehen kann.«

»Ja, natürlich«, sagte ich, ergriff ihre Hand, um von dem Sitzkissen zu steigen, und verlor prompt das Gleichgewicht. So ganz nüchtern war ich wohl wirklich nicht mehr. Sie legte mir den Arm um die Taille, bis ich wieder sicher auf den Füßen stand und mich aus dem Kleid schälen konnte. Erst als ich sie dabei versehentlich mit den Armen traf, merkte ich, wie nahe wir einander waren. Sie legte die Hände um meine nackte Taille und schob mich einen Schritt von sich, und ich drehte mich um und zog mich rasch wieder an, mit vor Verlegenheit glühenden Wangen.

»Soll ich die Puppe wieder mitnehmen?«, fragte ich, als ich auf dem Weg zur Tür fast gegen einen Beistelltisch stieß und mein Blick auf sie fiel. »Ich wollte Sie damit nicht verstören.«

Sie winkte ab. »Oh nein, seien Sie unbesorgt. In diesem Haus gibt es nichts, das mich nicht an meine Mutter erinnert – bis in den letzten Winkel.«

Ich sah, wie sich ihr Mund verzog, und sagte leise: »Dann bedanke ich mich für den Likör und die nette Gesellschaft.«

»Ich danke Ihnen«, erwiderte sie und legte die Hände auf meine Schultern. »Sie haben mich auf andere Gedanken gebracht. Das sollten wir unbedingt wiederholen.«

»Das fände ich sehr schön«, sagte ich, und sie umarmte mich.

Ich verabschiedete mich und kletterte die Wendeltreppe hinunter, gewärmt und vielleicht ein klein wenig betrunken von Crème de Menthe und einem herrlich vertrauten Abend. Erst als ich vor meinem Zimmer stand, fiel mir wieder ein, dass Lucy mich gewarnt hatte, es besser abzuschließen. Mit klopfendem Herzen überprüfte ich meine Habseligkeiten, aber es fehlte nichts außer dem verflixten Ohrring, den der nächste Morgen hoffentlich ans Licht bringen würde, und der Armbanduhr, die ich vermutlich, wenn ich es recht bedachte, im oberen Badezimmer liegengelassen hatte. Auch der Jaguar war immer noch verschwunden, aber der gehörte auch nicht in mein Schlafzimmer, konstatierte ich schläfrig.

Ich schloss von innen ab und machte mich bettfertig, stolperte auch nur ganz kurz, als ich die Strümpfe wechseln wollte. Ehe ich unter die Bettdecke schlüpfte, erlaubte ich mir einen gänzlich irrationalen Blick unter das Bett – allerdings nicht, um nach dem verlorenen Ohrring zu sehen. Und was war schon dabei, wenn ich die Laken um meine Füße mit größter Sorgfalt feststeckte, sodass sie vor der Nachtluft geschützt waren? Schließlich war es September und konnte jederzeit kalt werden. Und wenn ich noch eine ganze Weile brauchte, um in den Schlaf zu finden, während ich den knarrenden Dielen im Flur lauschte und den Schatten meines massiven Kleiderschranks anstarrte, war das ausschließlich dem Crème de Menthe zu verdanken, der in grünen Schlieren die schaurigsten Bilder in meinem Kopf tanzen ließ.

## KAPITEL

# 9

Ich hätte niemals in dieses Haus kommen dürfen, *pflegte meine Mutter zu sagen, und sie sprach dabei immer von* diesem Haus, *nicht von diesem Land, obwohl sie oft genug über das Wetter klagte, das so ganz anders war als dort, wo sie als Kind zu Hause gewesen war – endlose trübe, graue Tage, kahle Bäume im Winter, eisiger Nieselregen, knapp bemessene Stunden müden Winterlichts. Ich erinnere mich, dass ich ihr oft dabei zusah, wie sie sich zurechtmachte und mir von dem stattlichen Landgut erzählte, auf dem sie aufgewachsen war – von den nachmittäglichen Gewitterregen, wie einem die Glieder vor der Hitze des Dschungels nur so pochten, von ihrem Lieblingsschwimmteich und den wild kreischenden Vögeln, die sich von den Hügeln herabschwangen und an ihrer Veranda vorübersegelten.* Und alles war grün, *sagte sie dann immer in sehnsuchtsvollem Ton,* sie behaupten, das hier sei ein grünes Land, aber das ist gelogen – es ist höchstens ein armer Verwandter, bleich und vertrocknet, mit all seinen mickerigen, kleinen Blättern. Dein Vater hatte mir versprochen, mir eine Orangerie zu bauen, *fügte sie dann finster hinzu,* und sie mit meinen Pflanzen zu füllen, aber auch das war eine Lüge, es gibt keine Orangerie, nur graue Mauern aus Stein und unendliche Zimmerfluchten mit all den Dingen, die darin versteckt sind. *Und dann verloren sich manchmal ihre Worte, und sie sah mich an, als wüsste sie auf einmal nicht mehr, wer ich war.*

Ich habe genug von diesem Haus, *war ein Satz, den sie mal bitter, mal ängstlich, aber auch ärgerlich oder verzweifelt sagte und den sie mitunter so laut herausschrie, dass er noch ein Stockwerk unter oder über ihr zu hören war, und dem sie dann etwas hinterherwarf – eine Porzellanfigur, ein Buch, ein Beistelltisch –, was die Dienstboten anschließend aufräumen oder, wenn möglich, reparieren mussten.*

Warum hast du mich hierhergebracht?, *fragte sie einmal schluchzend meinen Vater. Ich stand vor ihrer Schlafzimmertür, weil ich mich vor einem Schatten im Gang vor meinem Zimmer fürchtete und dachte, dass dort jemand lauerte. Doch noch viel mehr fürchtete ich die seelischen Qualen meiner Mutter und wagte nicht zu klopfen.*

*Dort fand mich Martha, ein Dienstmädchen, das schon für uns gearbeitet hatte, bevor ich auf die Welt kam, nahm mich bei der Hand und führte mich in die Küche, wo sie mir heiße Milch gab und mich ihr anschließend helfen ließ, in dem kleinen, engen Blumenzimmer Sträuße in Vasen zu arrangieren, und mir zeigte, wie man von den Stängeln die Blätter entfernt, die sonst im Wasser stehen würden. Martha war mir lange die liebste von allen Angestellten gewesen, zum einen, weil sie im Gegensatz zu meiner Mutter mollig und mütterlich war und es bei ihr keine unsichtbaren Drähte gab, über die man stolpern und sie so unversehens in Rage bringen konnte, zum anderen, weil sie die einzige war, die mit meiner Mutter zurechtkam und sich von deren nervösen Anfällen nicht beeindrucken ließ.*

*»Hast du sie verzaubert?«, fragte ich Martha, weil ich von einer Frau großgezogen wurde, die ständig von Magie und Zauber und Verwünschungen redete.*

*»Das ist kein Zauber«, hatte Martha lachend geantwortet. »Mein Vater hat früher Pferde trainiert. Von ihm habe ich gelernt, wie man scheue Tiere beruhigt. Aber wahrscheinlich ist es etwas, das ich an mir habe – meine Stimme oder mein Gesicht –, was sie an jemanden aus ihrer Vergangenheit erinnert, eine alte Kinderfrau vielleicht.«*

*Martha war lebensklug und stand mit beiden Beinen auf dem Boden. Wenn mir etwas Angst machte, hatte sie immer eine ganz nüchterne Erklärung dafür.*

Das Scharren, das du da hörst, ist nur der Efeu, der im Wind gegen die Fenster streicht, *sagte sie etwa, wenn ich weinend zu ihr rannte.* Das Krabbeln sind die Mäuse in der Wand, die es eilig haben, zu ihrer Familie zu kommen. *Als ich anfing, mich vor dem großen Ungeheuer zu fürchten, das mich in meinen Albträumen verfolgte – mal auf vier Beinen, mal auf sechs, mit einem riesigen pelzigen Körper und Zähnen, die scharf wie Messer waren und meine Finger mir nichts, dir nichts durchtrennen konnten –, beruhigte sie mich mit den Worten* Die Jagdhunde deines Vaters erwischen alles, was sich hier ins Haus wagt und größer als eine Ratte ist. Es gibt keine Gespenster, *sagte sie immer, wenn ich ihr von meiner Angst vor der Frau in Weiß erzählte,* die Toten sind im Himmel, wo sie tief und fest schlummern, und es war sicher der Wind oder ein Schatten oder jemand von den Dienstboten, der nur schnell die Hintertreppe hinunterwollte.

*Doch sie konnte nicht die ganze Zeit bei mir sein, weil mich zu trösten nicht ihre Aufgabe war, und so konnte sie nur hier und da mal eine Stunde erübrigen. Ich bemühte mich, mir ihre Worte zu vergegenwärtigen und mir ein Beispiel daran zu nehmen, dass das Haus auf sie nicht dieselbe Wirkung zu haben schien wie auf alle anderen hier, aber die Nächte waren lang und dunkel, und meine Fantasie kannte keine Grenzen.*

*Vor einigen Jahren war Martha zu alt geworden, um täglich die vielen Stufen hinauf- und hinunterzulaufen und all das mühselige Polieren und Saubermachen zu erledigen, das zu den Aufgaben der Dienstmädchen gehörte, und wurde Wäscherin in Lockwood. Und so verbrachte ich mit vor Hitze gerötetem Gesicht viele Stunden bei ihr in dem dampfkesselartigen Raum, in dem sie arbeitete, wo sich meine Haare in der feuchten Luft ringelten und mir am Kopf klebten und sie mir zuhörte, wie ich von meinen Wünschen und Träumen erzählte, und ich ihr zuhörte, wie sie von ihren Nichten und Neffen erzählte und davon, wie es um die alten Pferdeställe ihres Vaters bestellt war.*

*Wenn eines der Mädchen mir meine saubere Wäsche brachte, wusste ich, dass sie in Marthas rauen Händen gewesen war und sie sie gepflegt hatte, wie sie einst mich gepflegt hatte, sie sorgsam gefaltet hatte und hier ein parfümier-*

*tes Seidenpapier, dort ein Säckchen mit getrocknetem Lavendel hineingeschoben hatte. Sie glaubte nicht an übernatürliche Kräfte, aber ich tat es, und sie war meine gute Fee.*

*Aber nun war sie nicht mehr da. Nicht weil sie hatte gehen wollen, sondern weil mein Vater darauf bestanden hatte.*

*»Sie hat dich aufgeregt«, sagte er, als ich dagegen protestierte, »und wegen ihr sind deine Albträume noch schlimmer geworden. Das hier ist dein Zuhause, und ich werde niemand unter diesem Dach dulden, der dir schadet, mein Täubchen. Personal kommt und geht, aber ich habe nur diese eine Tochter.«*

*»Aber sie konnte überhaupt nichts dafür«, beteuerte ich.*

*»Die Sache ist entschieden«, sagte er mit fester Stimme und legte eine Hand auf meine Schulter. »Und außerdem wird sie langsam alt und weiß nicht mehr, was sie sagt und tut. Sie ist eine Lügnerin, und solche Leute können gefährlich werden.«*

*Martha war alles andere als gefährlich oder eine Lügnerin. Diese schreckliche Angelegenheit hatte an einem Nachmittag zwei Monate nach dem Tod meiner Mutter ihren Anfang genommen, als man sie gefunden hatte, wie sie fiebrig und sichtlich angeschlagen durch das Haus gelaufen war.*

*Sie ist erkältet, das ist alles, hatte ich dem Hausmädchen versichert, das noch nicht lange bei uns war und entgeistert zusah, wie Martha im zweiten Stock mit irrem Blick über den Gang hastete und die Dienstbotenzimmer durchsuchte, um dann eine Etage tiefer zu hetzen und auch dort durch alle Räume zu rennen.*

*»Du musst dich ausruhen«, sagte ich zu Martha, während das Mädchen loslief, um die Haushälterin zu holen.*

*Doch Martha riss sich von mir los und setzte ihre Suche fort, und als wäre sie auf einem Schiff auf hoher See, klammerte sie sich dabei an die Türrahmen, schob sich mühsam in die Zimmer und wiegte den Kopf hin und her.*

*»Was suchst du?«, fragte ich und versuchte sie zu beruhigen, wie sie es einst bei meiner Mutter getan hatte.*

*»Das blaue Zimmer«, gab sie zur Antwort. »Wo hat sie es versteckt?«*

*»Das blaue Zimmer«, wiederholte ich und spürte, wie sich mein Magen*

*zusammenzog und Schwindel mich erfasste. »Meinst du den Morgensalon?«, sagte ich. »Den mit der entenblauen Tapete? Oder vielleicht den Raum, in dem das Hausmädchen schläft?«*

*»Nein, das blaue Zimmer«, erwiderte sie gereizt und stürzte in den nächsten Raum, schüttelte den Kopf und stieß leise Flüche aus, wie ich sie noch nie aus ihrem Munde gehört hatte.*

*»Was ist in dem blauen Zimmer?«, wollte ich wissen, denn ich musste an meine schlimmen Träume denken, an die Wände mit dem Muster aus blauen Wirbeln, an das Auge, das mich aus dem Kamin heraus anstarrte, wenn ich versuchte zu entfliehen …*

*»Ihre Tochter.«*

*Mit weichen Knien folgte ich ihr in eines der ungenutzten Zimmer, in dem die Möbel mit Laken bedeckt waren. »Wessen Tochter?«*

*»Heloise, ihre kleine Tochter«, sagte sie und fuhr fort, die Wände abzutasten.*

*Sie meinte mich, ich war die Tochter und Heloise meine Mutter. »Du hast Fieber, Martha, du musst dich hinlegen«, beschwor ich sie.*

*Sie schnaubte nur verächtlich und drehte sich mit weißen Lippen zu mir um, als hätte sie meine Anwesenheit jetzt erst bemerkt. »Wo hast du es versteckt?«, fragte sie mich.*

*»Ich weiß nicht, was du meinst. Bitte, Martha.«*

*Sie hatte ihre Finger so fest in meinen Arm gebohrt, dass es wehtat. »Heloise«, sagte sie, und ich wusste, sie dachte, ich wäre meine Mutter, beide dunkel, die Gesichter einander so ähnlich. »Wo ist das blaue Zimmer, wo ist es?«*

*»Ich weiß es nicht. Ich bin nicht Heloise. Bitte, Martha«, flehte ich.*

*»Lucy?«, fragte sie dann.*

*»Ja, du bist krank, Martha, du musst dich ausruhen.«*

*»Du musst ihr helfen, du musst Heloise helfen, sie ist in Gefahr …«, stieß sie hervor, stöhnte auf und hielt sich den fieberheißen Kopf. Der Wahn hatte von ihr abgelassen.*

*Ich zog einen Stuhl herbei, damit sie sich setzen konnte, und sie sank vornüber.*

*»Warum ist sie in Gefahr?«, fragte ich hastig, denn ich konnte hören, dass sich auf dem Gang eilige Schritte näherten, doch sie gab keine Antwort.*

*Die Haushälterin erschien in der Tür, begleitet von ihren zwei Helferinnen und Jenkins, als wäre die alte Wäscherin ein wildes Tier, das in die Enge getrieben werden musste.*

*Martha wurde auf ihr Zimmer gebracht, wo der Arzt ihr etwas gab, damit sie schlafen und ihr Fieber auskurieren konnte. Am nächsten Tag war sie wieder völlig klar und wusste nichts mehr von ihrer rasenden Suche und ihren warnenden Worten, die ich – vielleicht ganz bewusst, um nicht an Mutters Angstzustände und an die berüchtigte Frau in Weiß erinnert zu werden – als Verwirrtheit abtat und die so oder so zu spät kamen.*

*Mein Vater war der Ansicht, dass Martha mich verstört hätte, und es stimmte, dass ich nach diesem Vorfall eine Woche lang die schlimmsten Albträume meines Lebens hatte – aber die konnten durch alles Mögliche ausgelöst worden sein. Wie in einem Schmelztiegel lauerten diese Träume in meinem Kopf und konnten jederzeit hochkochen. Und waren nicht erst wenige Monate vergangen, seit meine Mutter gestorben war, und war das nicht der Grund, weshalb meine Schreie das ganze Haus weckten?*

*Und selbst wenn das nicht der Grund war, hatte mein Vater kein Recht, Martha wegen eines Nachmittags im Fieberwahn zu entlassen, wenn meine Mutter und ich – jede auf ihre Weise – an so vielen Nachmittage nicht ganz bei Sinnen gewesen waren.*

*Meine Gedanken waren bei ihr, als ich in jener Nacht die Abendkleider aufhob, die Hetty und ich in einem Haufen auf dem Boden liegengelassen hatten – die Kleider meiner Mutter, die nun mir gehörten. Ich dachte daran, wie sorgfältig Martha beim Waschen mit ihnen umgegangen war und jede Paillette, jede Rüsche und jeder silberne Faden stets makellos waren.*

*Ich dachte daran, wie sie in kostbaren Stunden die Dunkelheit von mir ferngehalten und wie sie mich beschützt hatte.*

*Ich dachte daran, wie sie mich angesehen hatte, als wäre ich jemand anderes, wie angstverzerrt ihr Gesicht war, wie sie sich in meinen Arm gekrallt und geschrien hatte,* Was hast du mit ihr gemacht, Heloise, wo ist deine Tochter?, *und da sah ich wieder das Muster der blauen Wand vor meinen Augen verschwimmen, und ein unheilvolles Kribbeln lief mir den Rücken hinauf.*

## KAPITEL

# 10

Der Ballabend war gekommen und Lockwood zum Leben erwacht. Alle Böden in den Gängen und im Ballsaal waren so lange mit Bienenwachs gebohnert worden, bis sie glänzten, und das Haus ächzte unter dem Gewicht frischer Blumen in riesigen Vasen, lange Tafeln waren mit gestärkten Tischtüchern gedeckt und boten eine atemberaubende Vielfalt an feinsten Kanapees – Kuchen, Gebäck, winzige Sandwiches und Obst –, und Dienstboten balancierten Tabletts, auf denen sich mit Champagner gefüllte Kristallgläser drängten. Neben einem Butler und einem Diener, die eigens für diesen Abend engagiert worden waren, weil der Eindruck vermieden werden sollte, dass Lockwoods Personal nicht mehr vollständig war, hatten sich auf Drängen des Majors außerdem einige Dorfbewohner bereit erklärt, als zusätzliche Helfer einzuspringen. Komplettiert wurde die Dienerschaft für den Abend durch zwei der vorzeigbareren Gärtner, die weiße Handschuhe trugen, um ihre schwieligen Hände für Arbeiten im Haus tauglich zu machen. Das einzige Detail, in dem der Ball von den rauschenden Festen früherer Tage abwich, war das Fehlen von Lichtern entlang der Auffahrt – das ließen die Verdunkelungsmaßnahmen nicht zu.

Die geladenen Offiziere waren hochgewachsen und ebenfalls auf Hochglanz poliert: Die Uniformen makellos und das Gebaren selbstbewusst, durchschritten sie die Räume mit der lässigen Blasiertheit der Wohlerzogenen, plauderten während des Tanzens munter weiter und flochten gelegentlich pflichtschuldigst eine Frage ein, *Oh, Sie interessieren sich wohl nicht fürs Reiten?* (sicher nicht von ungefähr erinnerten mich viele von ihnen an hochgezüchtete Vollblutpferde) oder *Habe ich Sie nicht vor einigen Monaten bei Malcolm's gesehen?* Sie machten mich nervös, und ich ärgerte mich über mich selbst, dass es so war. Ich war nicht auf der Suche nach einem Ehemann und wusste, wer ich war und wer nicht, es gab keinen Grund, mich von ihnen einschüchtern zu lassen. Vielleicht lag es an dem Kleid, das beim Anprobieren mit Lucy wie eine zweite Haut gewesen war und sich jetzt wie eine Kostümierung anfühlte, die nicht zu mir passte.

Lucy überstrahlte alle anderen anwesenden Frauen. Sie trug ein weinrotes Seidenkleid, dessen Saum ein wenig über die modische Länge hinausging, dazu ein Cape aus schmuckem weißen Fuchspelz und diamantenbesteckte Nadeln im Haar, das gerade so weit nachgewachsen war, dass es nicht sonderbar aussah. Die Art, wie sie scheinbar achtlos ein beliebiges Kleid übergestreift hatte, als wollte sie sagen, *Ach, das alte Ding*, und es zweifellos auch so meinte, verlieh ihr nur noch mehr Charme. Sie war die mit Abstand beliebteste Tanzpartnerin, wurde von Soldat zu Soldat zu örtlichen Würdenträgern weitergereicht, sodass sie kaum dazu kam, Atem zu schöpfen, und wirbelte mit höflichem Lächeln und gelegentlichem charmanten Lachen über das Parkett, während ihr Rock ihr um die Beine schwang, als wäre der Stoff auf einmal flüssig geworden. Ich musste zugeben, dass ich sie beneidete, allerdings nicht so sehr um ihren Reichtum, denn ich war ebenfalls in wohlhabenden Verhältnissen aufgewachsen, oder um ihre Schönheit. Worum ich sie vor allem beneidete, war die Ungezwungenheit, mit der sie sich durch den Ballsaal bewegte, als wäre er nur ein Bühnenbild im Schauspiel ihres Lebens.

Ihr Vater war ein ebenso gefragter Tänzer, ließ es sich jedoch nicht nehmen, seine Tochter zwischendurch einem Jüngling mit lockigem, blondem Haar zu entreißen, und wie Vater und Tochter in

Kreisen durch den Saal wirbelten, dass die Röcke ihres Ballkleids nur so flogen, und er ihr lächelnd etwas ins Ohr flüsterte, seine Hand um ihre Taille gelegt, waren weder sein Stolz noch die Rührung der Umstehenden angesichts dieser glücklichen Szene zu leugnen.

»Mutter und Frau, mit einem Schlag verloren«, murmelte eine Dame ihrem Begleiter zu und schnalzte leise bedauernd mit der Zunge, »und das am Sonntag auf leeren Straßen – einfach unglaublich. Ein Glück, dass die Tochter an dem Tag nicht mit im Auto saß. Sie muss ihm ein großer Trost sein, noch dazu, wo sie Heloise doch so ähnlich sieht.«

»Ja, aber seine kleinen Freundinnen sind immer blond, ist dir das schon aufgefallen?«, schmunzelte der Mann verschmitzt, und die Frau bedeutete ihm, still zu sein.

Während ich an meinem Champagnerglas nippte und die perlende Flüssigkeit meine Kehle hinunterrann, spürte ich zunehmendes Unbehagen beim Betrachten der Szenerie, die sich mir bot. Die Militärkapelle spielte ein sehr altes Lied, und die Kulisse im Ballsaal – Herren in Uniform und Damen in festlichen Roben – schien sich seit der Jahrhundertwende nicht verändert zu haben (jedenfalls wenn man nicht allzu genau hinsah, denn natürlich gehörten schwere Korsetts und alberne Frisuren der Vergangenheit an, und es war ein wenig mehr nackte Haut zu sehen: hier ein Rücken oder eine glatte Schulter, dort eine straffe Wade). Hier erinnerte nichts an den Krieg – die Uniformen wirkten wie eine elegante Kostümierung, alle Gliedmaßen waren vollständig und die Gesichter unverletzt, keine Spur von Blut oder Zerstörung. Das galt für das ganze Land, das wusste ich – wir warteten darauf, dass der Krieg begann, auch wenn er schon vor über einem Monat erklärt worden war, warteten auf die ersten Bomben. Doch diese Szene fühlte sich an, als würden wir bis in alle Ewigkeit hin warten, als wären wir zu einem opulenten Standbild erstarrt.

Ich tastete mich an den Wänden des Saals zur Tür und trat auf den Gang. Als ich in der Nähe des Rauchzimmers hörte, wie mein Name in einem Gespräch erwähnt wurde, blieb ich stehen.

»... Ich weiß nicht«, sagte ein Mann und hielt inne, um an seiner Zigarette zu ziehen. »Wenn das alles ist, was das Museum in petto hat, wenn die Regierung niemand Besseren auftreiben konnte ...« Er lachte.

»Ja«, stimmte sein Gegenüber zu, »ein eigenartiges Huhn, schrecklich linkisch. Ich habe ihr lediglich eine höfliche Frage gestellt, und sie hat sich gleich bemüßigt gefühlt, mir bis ins kleinste Detail eine Vorlesung über die Klassifizierung von Säugetieren zu halten.«

Das war gelogen, dachte ich und suchte Zuflucht hinter einer großen Topfpflanze. Mein Gesicht war vor Scham und Verlegenheit tiefrot angelaufen. Dieser Langeweiler hatte mich von sich aus gefragt, was ein Säugetier zu einem Säugetier machte, und ich hatte ihm in höchstens drei knappen Sätzen geantwortet.

»Sie macht so einen *verbissenen* Eindruck. Aber das ist ja irgendwie typisch für Frauen in Männerberufen, nicht wahr?«

Weiteres Gelächter. Mit glühenden Wangen und einem Kloß im Hals drehte ich mich hastig zum Gehen und stieß zu allem Überfluss um ein Haar mit jemandem zusammen, der gerade den Flur entlangkam.

»Hoppla, immer langsam«, sagte der Mann im Frack und streckte die Hand aus, um einen Zusammenprall zu verhindern.

»Verzeihen Sie«, stammelte ich und wäre am liebsten im Boden versunken. Dann erst sah ich ihn richtig an und mir stockte der Atem. Ein kleiner Ausruf des Schreckens entfuhr meinen Lippen. Er mochte zehn Jahre älter sein als ich, war kräftig gebaut, hatte dunkles Haar und einen rötlich schimmernden Bartschatten, und zu meinem blanken Entsetzen war er kein Unbekannter.

Nachdem er den Sitz seiner Fliege korrigiert hatte, blickte er auf, und als seine Gesichtszüge sich neu geordnet hatten, war er mit einem Mal wieder ein völlig Fremder.

»Alles in Ordnung mit Ihnen, junge Dame?«, erkundigte er sich.

»Ja, alles bestens, danke«, antwortete ich mit hoher, leicht schriller Stimme, flüchtete zu dem kleinen Badezimmer am Ende des Flurs und verriegelte die Tür hinter mir. Meine Hände legten sich an das Mahagoniholz, während ich dagegensank und wieder zu Atem zu kommen versuchte. Mein Herz flatterte immer noch von den Nachwirkungen einer Kampf-oder-Flucht-Reaktion.

Etwa sechs Monate bevor ich nach Lockwood kam, hatte ich als Vertreterin des Museums eine private Fossiliensammlung in der Nähe der Küste besucht. Ich war in einem kleinen Hotel untergebracht, das mit einem örtlichen Bus zu erreichen war. In diesem Hotel hatte ich einen Mann kennengelernt, der sich Jeffrey nannte und mit dem ich den Mann im Flur verwechselt hatte.

Jeffrey und ich hatten uns beim Frühstück, beim Abendessen und beim Tee in der Lounge höflich unterhalten, und seltsamerweise – aus Gründen, die ich nicht hätte genauer benennen können – hatte ich mich bei unserer ersten Begegnung dafür entschieden, mich als Elizabeth Treadway vorzustellen, einem Namen, der mich auf unerklärliche Weise angeweht hatte. Er trug keinen Ehering, und seine Wangen waren immer voller Stoppeln, als ob sein Rasierer nicht scharf genug wäre. Er roch nach gutem Eau de Cologne und Zigarrenrauch, und seine Kleidung war von tadelloser Qualität. Ich erinnere mich nicht mehr an seine Persönlichkeit, abgesehen davon, dass er mich an einen Cockerspaniel erinnerte. Für mich zählte nur, dass er ein sanftes Wesen hatte und sich ganz offensichtlich zu mir hingezogen fühlte.

Ich glaube, ich überlegte mir erst an meinem letzten Abend, mit ihm zu schlafen. Diese sonderbare Entscheidung war wie Sodawasserblasen in mir aufgestiegen, während ich ohne besondere Absichten in dem kleinen Empfangssalon saß. Und doch – hatte ich es vielleicht von Anfang in Erwägung gezogen, oder warum hatte ich einen falschen Namen gesagt? Ich würde ihn nie wiedersehen und war es gründlich leid, noch Jungfrau zu sein und es anderen Frauen übelzunehmen, dass sie eine Erfahrung gemacht hatten, die mir bislang versagt geblieben war, denn ich war auf so bemitleidenswerte Weise unberührt, wie man nur sein konnte.

Nachdem die Entscheidung einmal gefallen war, rückte ich in der Lounge einen Hauch zu dicht an ihn heran, hing bei allem, was er sagte, förmlich an seinen Lippen, und legte ihm ein, zwei Mal die Hand auf den Arm. Er fragte, was mich an diesen Ort geführt hatte, und ich erfand auf die Schnelle eine Tante, der ich einen Besuch abstattete, oder etwas in der Art. Er sagte, er müsse am kommenden Nachmittag abreisen, und ich zeigte mich angemessen betrübt.

Ich berichtete ihm einige interessante Tatsachen über männliche Giraffen, die zu meinen Lieblingsthemen gehörten, und er tat so, als interessiere es ihn, bis er feststellte, die Getränke in der kleinen Bar in der Lounge würden reichlich abgestanden schmecken.

*Ich habe mir einen ganz ordentlichen Whisky mitgebracht, wäre doch schade, wenn ich den ganz allein trinken würde,* hatte er gesagt.

*Ach ja?* Ich rückte noch etwas näher.

*Er ist oben, in meinem Zimmer,* fügte er hinzu und verstummte.

Ich wusste nicht, ob ich mich noch ein wenig zieren sollte.

*Hätten Sie Lust, auf einen Drink mit hochzukommen?,* fragte er.

*Also gut,* antwortete ich, erleichtert, dass niemand im Raum war, der hätte mithören können.

Er erhob sich aus seinem Sessel, und ich folgte ihm auf den Flur, wo die Standuhr gerade zur vollen Stunde schlug.

Als wir an der Treppe waren, legte er mir die Hand tief auf den Rücken.

*Nach Ihnen,* sagte er, und ich spürte seinen Blick auf mir ruhen, während ich die Stufen hinaufstieg. Plötzlich fühlte ich mich machtvoll und begehrenswert. Ich war eine Sirene aus einem Film noir, beschloss ich und versuchte, in eine passende Rolle zu schlüpfen. Ich würde ein einziges Mal mit ihm schlafen und ihm dann das Herz brechen. Vor meinem geistigen Auge waren meine Fingernägel rot lackierte Krallen, an den Füßen trug ich hochhackige Schuhe, mein Rock war eng wie eine zweite Haut und mein Esprit unwiderstehlich.

Es war etwas peinlich, wie er auf dem oberen Flur umständlich um mich herumging, um mich zu seinem Zimmer zu führen, und wir beide uns alle Mühe gaben, uns nicht wie schlechte Spione andauernd verstohlen umzusehen. Er bat mich ins Zimmer, und ich ging hinein, als hätte ich so etwas schon Hunderte Male getan. In meinem Inneren jedoch zitterte ich vor meiner eigenen Courage.

Er füllte zwei Gläser mit einer knapp bemessenen Menge Whisky und leerte seines mit einem hastigen Schluck. Ich nippte an meinem, und dann nahm er es, legte die Hand an mein Kinn und drehte mein Gesicht zu sich. Er küsste mich, seine Bartstoppeln kratzten. Er zog mich an sich und drückte mich fest an sich, und zu meiner Überraschung fand ich sein Verlangen erregend.

*Sollen wir ins Bett?,* flüsterte er und machte sich an den Knöpfen meiner Bluse zu schaffen.

*Haben wir ein Prophylaktikum?,* fragte ich, denn ich hielt es für besser, das sofort zu klären. Ich mochte unerfahren sein, aber ich war nicht naiv und legte keinen Wert auf ein unerwartetes Nachspiel.

*Ja richtig, natürlich,* antwortete er, ging zu seinem Koffer und begann darin zu kramen.

Während er mir den Rücken zuwandte, leckte ich mir die Lippenstiftreste vom Mund, weil ich wusste, wie scheußlich es aussah, wenn er halb verschmiert war, und wischte mir mit dem Handrücken über die feuchte Oberlippe. Ob ich mich schon ausziehen sollte, oder sollte ich ihm das überlassen? Ich begann, mir die Bluse aufzuknöpfen, doch als er das sah, stöhnte er auf und kam zu mir, um mir behilflich zu sein.

Das Gefühl von Macht und mein Bild von mir als filmreifer Erzschurkin verließen mich in dem Moment, in dem ich keine Kleider mehr anhatte, und ich war einfach nur noch ein Körper. Da waren meine Brüste und dort seine Hände, hier meine Schenkel, meine Hüftknochen bohrten sich in seinen Rumpf, sein Atem drang keuchend an mein Ohr, und mein Kopf rutschte auf dem Kissen auf und ab, während er in mich hineinstieß. Es tat nicht weh, weil ich keine prüde Jungfer war, die sich noch nie selbst angefasst oder Lust verschafft hatte, obwohl sie schon dreißig war. Aber er fasste mich nicht da an, wo ich angefasst werden wollte, und ich führte seine Hand nicht, weil ich Angst hatte, zu enthusiastisch zu wirken. Ich ließ die Arme lose auf seinem Rücken liegen, der sich kalt und klebrig anfühlte, wie ein rohes Stück Fleisch, und ermahnte mich, in regelmäßigen Abständen mit der Hand darüberzustreichen.

*Und darum wird so ein Aufhebens gemacht?*, dachte ich missmutig, nachdem fünf Minuten auf diese Weise verstrichen waren. Da packte er mich an der Hüfte, und mir wurde ganz heiß. In meinem Bauch fing es an zu kribbeln. Seine Hand drückte in meine Haut, und mein Atem stockte für einen Moment. Ich hatte das Gefühl, mich allmählich dem Punkt zu nähern, der den Anfang des eigentlichen Vergnügens bedeuten konnte. Doch dann kam er mit einem Ächzen zum Schluss und sank keuchend auf mich. Beinahe hätte ich ihm das Haar aus der Stirn gestrichen, als wäre er ein kleiner Junge. Er befreite sich und ließ sich schwer neben mich fallen.

Was würden andere Frauen jetzt tun? Wurde erwartet, dass wir eine Zigarette miteinander rauchten, oder wäre es angebracht, eine Bemerkung über seine Leistung zu machen? *Ich sollte jetzt wohl besser gehen*, sagte ich. Ich hatte plötzlich das dringende Bedürfnis, allein zu sein.

Mit dem Rücken zu ihm streifte ich hastig Rock und Bluse über. Die Strümpfe knüllte ich in der Hand zusammen, weil ich keine Zeit damit verschwenden wollte, sie mir anzuziehen.

Ich weiß nicht mehr, was ich an der Tür noch zu ihm sagte, aber vermutlich waren es einige leicht hingeworfene Worte, die mir gar nicht ähnlich sahen. Dann verließ ich ihn, lief zu meinem Zimmer, schloss die Tür hinter mir ab und lehnte mich schwer atmend dagegen. Ich hatte mich sehenden Auges in diese Situation begeben, und dennoch fühlte ich mich billig und benutzt. Ich spürte Tränen in mir aufsteigen und fuhr mir mit der Hand über die Stirn, bis das Bedürfnis zu weinen vorüberging. Dann ließ ich mir ein Bad ein und schrubbte, bis ich mich wieder sauber fühlte.

Als sein Geruch nicht mehr auf meiner Haut war und die Wärme sich wohltuend in meinen Gliedern ausgebreitet hatte, wurde ich ruhiger. Ich stieg aus der Wanne, trocknete mich mit dem dünnen Hotelhandtuch ab und hängte es wieder über die Stange. Dabei blieb mein Blick an meinem nackten Körper im Badezimmerspiegel hängen, und ich trat näher, um mich genauer zu betrachten. Ich drehte den Oberkörper, um eine Hüfte mit der gegenüberliegenden Hand zu fassen, und packte sie genauso, wie er es kurz zuvor getan hatte, aber ich spürte nichts. Ich wog eine Brust in meiner Hand und fühlte die zarte Haut unter der Achsel. Ich holte mir den Stuhl aus dem Nebenzimmer, stellte mich vor dem Waschbecken unter die Lampe und besah im Spiegel meine Hüften und das krause Haar in der Mitte. Ich drehte mich um und sah mir über die Schulter meinen Po an und das Muttermal, das die rechte Backe zierte. Ich musste daran denken, wie ich den Leberfleck an einem ereignislosen Nachmittag entdeckt hatte, den ich mit einem Handspiegel und dem vergeblichen Versuch verbracht hatte, mein Haar in Locken zu legen. Ich wusste noch, dass ich mir vorstellte, wie mein künftiger Liebhaber den Finger darauflegen und dass es ihn erregen würde. Doch in seinem Zimmer war es zu dunkel gewesen und er hatte das Mal nicht gesehen.

Ich stieg wieder vom Stuhl und stellte ihn an seinen Platz zurück. Es fühlte sich absurd an, nackt einen Stuhl durch die Gegend zu tragen. Vielleicht fände ein Mann das erregend, überlegte ich. Im Laufe der Jahre hatte ich aus Gesprächsfetzen, die ich auf der Straße und in Bars aufgeschnappt hatte, erfahren, dass Männer die eigenartigsten Sachen anziehend fanden – nicht nur Brüste und Hintern, sondern auch Füße, Nasen, dicht behaarte Unterarme, die Art, wie eine Frau nieste, ein Parfüm, das sie an ihre Kinderfrau erinnerte, oder den Schatten von Flaum auf einer Oberlippe.

Ich setzte mich auf den Stuhl, doch es kam mir so vor, als würde ich auf jemanden warten, also ging ich zu Bett. Normalerweise trug ich immer einen Schlafanzug, aber an jenem Abend wollte ich keinen. Meine Beine unter den Laken fanden keine Ruhe, und auch die Zehen waren noch lange in Bewegung.

Es war früher Morgen und noch dunkel, als ich aus dem Schlaf schreckte und mich mit einem brennenden Gefühl von Scham in Rekordzeit anzog und meine Sachen packte. Als ich fertig war, setzte ich mich wieder auf den verwünschten Stuhl, doch dieses Mal vollständig bekleidet, mit ordentlich aufgestecktem Haar und einer dicken Schicht Puder, die jegliches Erröten überdeckte. Gott sei Dank hatte ich ihm nicht meinen richtigen Namen gesagt, dachte ich wieder und wieder, während ich mir immerfort den Rock glattstrich und auf meine Uhr sah. Sobald es hell wurde, wollte ich aufbrechen – wenn ich das Hotel früher verließ, würde das Argwohn wecken. Der Weg zum Treppenhaus führte an seinem Zimmer vorbei, und ich betete, dass ich ihm nicht begegnen möge. Wie entsetzlich peinlich wäre es, dachte ich, bei Tageslicht mit Koffer und im Mantel gesehen zu werden, und wie unerträglich wäre es, seine Augen auf mir zu fühlen, weil er nun wusste, wie ich darunter aussah.

Ich konnte zu Fuß vom Hotel zum Bahnhof gehen und in kürzester Zeit in einem Zug sitzen. Ich stellte mir vor, wie ich in einem Abteil sitzen und das Buch lesen würde, das ich mir extra für diese Reise aufgehoben hatte, und wie die Landschaft an mir vorbeifliegen und ich bald wieder in London sein würde, wo ich in der Menschenmenge um Euston herum verschwinden und im Gedränge anonymer Leiber in der Untergrundbahn abtauchen konnte. Und dann wäre ich endlich wieder in meinem kleinen Zimmer mit dem unbequemen Bett, wo rechts von mir Beth und links von mir Shirley in ihren Zimmern rumorten, mit dem Verkehrslärm, dem Geiger, der gegenüber wohnte und immer sonntagsmorgens spielte, dem Londoner Smog, dem Regendunst und den Neonlichtern, den hupenden Autos und dem Klappern von Absätzen auf dem Gehweg.

An all das musste ich denken, als ich im Badezimmer auf Lockwood Manor in meinem Ballkleid stand und am liebsten wieder im Boden versunken wäre.

Ein Klopfen an der Tür ließ mich zusammenfahren. »Einen Moment noch«, rief ich, ließ etwas Wasser über meine Handgelenke laufen und presste sie an meinen klammen Hals. Ich starrte an den blinden Flecken im Glas vorbei in den Spiegel und ordnete einige lose Strähnen. Die Locken hatten sich wie üblich bereits wieder geglättet, und ich sah aus wie ein Gespenst.

Wie albern von mir anzunehmen, dass er irgendetwas gesagt hätte, wenn er es tatsächlich gewesen wäre – Herrgott noch mal, er war wahrscheinlich ohnehin verheiratet. Ich konnte nicht fassen, dass ich mich überhaupt für die Angelegenheit schämte, denn es war ja eigentlich nichts Besonderes vorgefallen, aber es war dieser vollständige Fehlschlag, die Tatsache, dass der Sex mit ihm sich angefühlt hatte wie eine unangenehme, lästige Übung und sonst nichts – ein gewissermaßen medizinischer Vorgang –, was mich so verletzt hatte. Ich glaube, ich war davon überzeugt gewesen, dass ich nur herausfinden müsste, was mir fehlte, um die Sache mit meinem Liebesleben mit frischem Mut anzugehen. Stattdessen war ich danach zögerlicher denn je, mich an jemanden zu binden. Nicht dass die Männer scharenweise vor meiner Tür warteten, um mit mir auszugehen.

*Ich kann sehr gut für den Rest meines Lebens allein bleiben,* dachte ich, während ich im Spiegel meinen Gesichtsausdruck zu einem höflichen Lächeln korrigierte und mich im Hinausgehen bei den zwei Frauen entschuldigte, die draußen warteten. *Ich kann auch allein glücklich sein, ich werde es schon überleben. Schließlich habe ich mein ganzes Erwachsenenleben allein verbracht, und was sind schon weitere dreißig Jahre?,* sagte ich mir und machte mich auf den Weg zu meiner Sammlung sanftmütig blickender Tiere, um in ihrer tröstlichen Gesellschaft die Strapazen des Abends zu vergessen.

## KAPITEL 11

Die Lange Galerie war vor Beginn des Balls verriegelt worden, aber die anderen Räume waren weiter zugänglich, damit die Gäste in den Genuss ihrer eigenen exklusiven Ausstellung kamen, in der sie am Champagnerglas nippend umherschlendern konnten. Ich hatte kein gutes Gefühl dabei, ein Fest und das Museum miteinander zu verbinden, und als ich meine Bedenken geäußert hatte, spöttelte der Major nur, die Art Gäste, die er einlud, sei kaum die Sorte, die sich nicht zu benehmen wüsste, und außerdem – und dabei tippte er sich an die Nase, als fände er das lustig – wären dann ja auch zwei der museumseigenen Wärter im Dienst.

Mein ungutes Gefühl hatte mich offenbar nicht getrogen, denn als ich in den Salon kam, fand ich dort eine kleine Gruppe von Soldaten vor, die unmittelbar neben dem Okapi in seiner sicheren Vitrine und dem frei stehenden Eisbären herumlungerten. Der Alkohol hatte sie anscheinend übermütig gemacht, und einer der Soldaten, dessen Nase gebrochen aussah, drückte gerade seine Hand auf den Rücken des Eisbären, als wollte er sich wie auf ein Pferd in den Sattel schwingen, während ein Rothaariger mit beiden Händen heftig gegen die Vitrine mit dem Okapi schlug, dass es nur so schepperte.

»Kann ich den Herren weiterhelfen?«, rief ich durch den Raum. Als ich zu ihnen stieß, starrten sie mich wie eine Gruppe Hyänen, die sich ertappt fühlen. Nur einer von ihnen – seine kleine Augen ähnelten denen eines Wasserschweins – hob die Faust an den Kopf des Eisbären, als wolle er ihm einen leichten Schlag versetzen.

»Da gibt es einiges, bei dem du uns helfen kannst«, gab der Vitrinenboxer zurück, und zwei seiner Freunde johlten.

Ich stemmte die Hände in die Hüften, als wäre ich Lehrerin, und baute mich vor meinen ungezogenen Schützlingen auf. »Ich bin die Direktorin des Museums, das hierhin evakuiert worden ist. Wünschen Sie eine zoologische Führung zu Ihrem Champagner?«

»Nein, danke«, winkte der potenzielle Reiter ab. »Aber vielleicht können Sie mir helfen, auf das Ding hier zu kommen.« Wieder drückte er mit beiden Händen auf den Rücken des Eisbären. Ein Wunder, dass er unter der Last noch nicht zusammengebrochen war.

»Nehmen Sie augenblicklich Ihre Hände vom Eisbären«, sagte ich, und die Männer, die einen Streit witterten, begannen erneut zu grölen.

»Die hat Haare auf den Zähnen, Männer«, feixte einer.

»Das hier ist eine Party. Wir wollen nur unseren Spaß haben«, meinte der verhinderte Reiter und tätschelte den Eisbären.

»Tun Sie, was Sie nicht lassen können, wenn Ihnen der Spaß die dreihundert Pfund wert ist, die es kostet, den beschädigten Eisbären zu reparieren. Wenn Sie mir Ihre Adresse geben, damit die Versicherungsgesellschaft sich mit Ihnen in Verbindung setzen kann?«

»So ein schäbiger, ausgestopfter Bär?«, schnaubte er. »Der ist im Leben nicht so viel wert.«

»Hinzu kommt, dass das Museum Teil der öffentlichen Verwaltung ist, sodass es selbstverständlich zu offiziellen Ermittlungen kommen wird, da es im Interesse der Bürger ist, dass der Schuldige die Kosten trägt und verurteilt wird.«

»Sind Sie vielleicht langweilig, Miss«, murrte er und ließ endlich von dem Bären ab.

Mit gekreuzten Armen und strenger Miene stand ich vor ihnen, bis sie sich langsam und im Gänsemarsch aus dem Salon entfernten, nicht ohne mir finstere Blicke zuzuwerfen, weil ich ihnen den Spaß verdorben hatte. Als sie endlich gegangen waren, atmete ich tief durch, und die Spannung fiel von mir ab. Ich ging zum Eisbären und untersuchte seinen Rücken sorgfältig auf Risse oder Druckstellen. Gott sei Dank, er schien unbeschädigt. Nicht dass er so besonders wertvoll war – er gehörte zu den Objekten, die im letzten Moment noch Platz in dem zusätzlichen Lastwagen gefunden hatten, und in London hatten wir noch drei andere Exemplare.

Nachdem meine Tiere mir nicht die Zuflucht schenken konnten, die ich mir von ihnen erhofft hatte, bat ich einen der Wachleute, seine Runden in den Räumen zu machen, und wies ausdrücklich darauf hin, dass es strikt untersagt war, die Tiere anzufassen – geschweige denn auf ihnen zu reiten.

Wenn der Ball nur endlich vorbei gewesen wäre. Ich wollte, dass alle diese Leute, die die Unberührtheit des Museums verletzt hatten, endlich gingen. Ich wollte zurück auf mein Zimmer, dieses alberne Kleid ausziehen, mich gründlich ausheulen und dann meine schlechte Laune ausschlafen. Doch es war vermutlich unhöflich, einfach so von der Bildfläche zu verschwinden, also arbeitete ich mich wieder durch das Gedränge im Ballsaal und schob die schweren Verdunkelungsvorhänge zur Seite, um auf die Terrasse zu gelangen und etwas frische Luft zu schnappen. Als ich auf der Türschwelle war, sah ich vor mir etwas Helles aufblitzen, und bei genauerem Hinsehen erkannte ich, dass es Lucy war, die im Schein des Vollmonds an der Balustrade lehnte.

Ihr Anblick war das erste Erfreuliche, was mir an diesem Abend begegnet war, und ich ging zu ihr hinüber.

Lucy begrüßte mich mit einem Kuss auf die Wange und tauchte mich für einen Moment in eine Wolke ihres schweren Parfüms. Ich stellte mich neben sie, froh, in ihrer Nähe zu sein.

»Eine Zigarette?«

»Ja, gern«, sagte ich. Sie zog eine aus einem silbernen Etui in ihrem wunderschönen, perlenbestickten Täschchen. Ihre Hand war ganz kalt, als sie sie mir reichte. Ihren Pelz hatte sie irgendwo im Haus gelassen, und ihre Schlüsselbeine schimmerten, als hätte sie dort Puder aufgetragen – vielleicht stimmte das ja, taten Filmstars das nicht auch?

»Amüsieren Sie sich gut, Hetty?«

Ich lehnte mich ebenfalls an die Balustrade, um meine schmerzenden Füßen etwas zu entlasten. »Wie man's nimmt. Gerade eben musste ich eine Horde Männer aus dem Salon verscheuchen – einer von ihnen hat versucht, auf dem Eisbären zu reiten.« Ich überlegte, ob ich ihr von dem Mann erzählen sollte, mit dem ich beinahe zusammengestoßen war, und von den Gästen, die über mich geredet hatten, aber da keine der beiden Anekdoten mich in besonders guten Licht erscheinen ließen, entschied ich mich dagegen.

»Dumme Jungen«, sagte sie und verdrehte sich ein wenig, um ihren Zigarettenstummel auf dem Steinboden auszutreten, »aber wenigstens hat es noch keine Schlägerei gegeben. Wenn sich genügend junge Männer an einem Ort versammeln, kann das leicht passieren. Sie fühlen sich immer so leicht in ihrem Stolz gekränkt.«

»Das klingt fast ein wenig bedrohlich«, antwortete ich. Inzwischen kamen mir die vielen Soldaten hier viel aggressiver vor als zuvor – ihre Messingknöpfe blitzten wie metallene Augen. »Aber um Ihre Frage zu beantworten – ich möchte nicht undankbar erscheinen, aber nein, eigentlich nicht«, gestand ich. »So viel Lärm und Trubel, und obwohl ich nur ein paar Schritte getanzt habe, tun mir die Füße weh. Ich fürchte, das ist nicht mein natürliches Habitat«, seufzte ich. »Sie sind vermutlich daran gewöhnt. Nach der Saison in London ist das hier wahrscheinlich keine große Sache.«

»Sie haben da eine Wimper auf der Wange«, bemerkte Lucy leise und wischte sie so sachte ab, als wäre ihre Hand eine Feder. Ich musste blinzeln. »Und die Ballsaison in London habe ich noch nie mitgemacht. Ich war nie gesund genug, um als Debütantin eingeführt zu werden.«

»Das tut mir leid, ich hatte das einfach so angenommen.«

»Meine Großmutter war völlig außer sich deswegen«, erzählte sie und schlang sich die Arme um die Schultern. »Sie sagte immer, zu ihrer Zeit hätte man keine Party ausgelassen, selbst wenn man Scharlach hatte, und was für ein Jammer es wäre, dass ich ständig diese dummen nervösen Anfälle hätte. Hätte man mich in die Gesellschaft eingeführt, wie es sich gehört, hätte ich jetzt vielleicht schon einen netten Ehemann.« Sie lachte kurz auf und zündete sich eine neue Zigarette an, und ich dachte, wie gut es war, dass sie nicht mit einem dieser Langeweiler da drinnen verheiratet war, die ihre hübschen Frauen vor allem als Trophäen betrachteten.

Mir war nicht ganz klar, was genau sie mit nervösen Anfällen meinte, aber vermutlich war es das, was ihr Vater meinte, als er sie als ›verletzlich‹ beschrieben hatte, und es gehörte sich wohl kaum, danach zu fragen, obwohl ich wirklich gern mehr darüber erfahren hätte. Ich wollte sie besser kennenlernen, wollte, dass wir Freundinnen wurden, die Art Freundinnen, die ich bisher nur vom Hörensagen kannte, die sich alles erzählten – und es war sonderbar, dass ich es bei ihr für durchaus möglich hielt. Vielleicht musste ich ihr nur mehr aus meiner Vergangenheit erzählen, oder über die Sorgen, die ich mir um die Zukunft machte. Vielleicht musste ich nur den ersten Schritt wagen – allerdings hatte das bei anderen potenziellen Freundschaften bisher nie funktioniert.

»Das steht dir gut«, sagte sie und zupfte meinen Ausschnitt zurecht, wobei sie den Rauch seitlich aus dem Mundwinkel blies. Das Rot ihrer Lippen passte perfekt zu der Farbe ihres Kleids.

»Danke.« Sollte ich ihr sagen, wie hinreißend sie an diesem Abend aussah? Andererseits war es wohl überflüssig, das zu erwähnen.

Ich blickte zu den verdunkelten Fenstern des Herrenhauses hinauf, das vor uns emporragte und die Hälfte des Himmels verdeckte. »Es ist seltsam«, begann ich, »aber mit den vielen Leuten und der Musik wirkt das Haus heute ganz anders als sonst, als ob die Zeit uns einen Streich spielte und jeden Moment eine Frau in Korsett und Reifrock um die Ecke biegen könnte.«

»Ja«, sagte Lucy und blickte ebenfalls am Haus empor. Dann schwieg sie und fuhr sich mit der Zunge über die Lippen, als wollte sie etwas sagen, doch stattdessen schauderte sie. Sie fröstelte und rieb sich die Arme. »Das ist die erste Party seit Jahren, wissen Sie. Damals, als es meiner Mutter noch gut ging, gab es fast jeden Monat ein Fest. Und als ich noch klein war, bekam ich ein Musselinkleidchen mit Petticoat angezogen und Schleifen ins Haar, und die Kinderfrau brachte mich nach unten.« Bei der Erinnerung wurde ihr Blick träumerisch, und sie strich sich über die kurzen Locken. »Wie eine kleine Puppe wurde ich dann herumgezeigt, und manchmal hat mein Vater mich auf seine Hüfte gesetzt und allen möglichen Honoratioren vorgestellt – Lords und Ladys, sogar Prinzen«, sagte sie lächelnd und sah mich von der Seite an. Ich versuchte, mir die sagenhafte Pracht vorzustellen, in der sie ihre Kindheit verbracht hatte. »Dann habe ich ihnen immer sehr feierlich die Hand gegeben und einen feinen kleinen Knicks gemacht.« Sie ging leicht in die Knie, amüsiert über das kleine Mädchen, das sie einmal gewesen war. »Einmal durfte ich länger bleiben, und mein Vater stellte mich auf seine Füße und tanzte mit mir in der Mitte des Ballsaals. Ich war immer schrecklich eifersüchtig und weinte, wenn ich wieder nach oben musste. Meine Kinderfrauen versuchten mich zu beruhigen, und meine Mutter gab mir einen Kuss auf die Wange und sagte, *mach dir nichts draus, Darling, hier unten bei den Erwachsenen ist es furchtbar langweilig.* Aber wenn ich mich dann umdrehte und sah, wie meine strahlend schönen Eltern von Bewunderern umringt wurden, mein Vater den Arm eng um meine Mutter geschlungen hielt und sie voller Bewunderung zu ihm aufsah, dann wusste ich immer, dass sie etwas vor mir verbargen, dass da ein stilles, erwachsenes Einvernehmen zwischen ihnen war, und es hat mich fast zerrissen vor Eifersucht.« Sie runzelte die Stirn und ließ einen Fuß kreisen. »Ich war ein seltsames Kind.«

»Kinder sind missgünstige Wesen«, sagte ich nachdenklich. »Man sollte meinen, es sind alles kleine Engel, aber als Kind war ich der widerspenstigste Fratz, den man sich vorstellen kann, dickköpfig und mürrisch.«

»Tatsächlich?«, meinte sie sichtlich erfreut und sah mich prüfend an. »Das kann ich mir wirklich nicht vorstellen.«

»Sie können sich nicht vorstellen, dass ich ernst und dickköpfig bin?«, fragte ich grinsend zurück.

Sie lachte und tippte sich mit dem Daumen an die Zähne, bevor sie wieder an ihrer Zigarette zog. »Als ich endlich alt genug war, um an den Partys teilzunehmen und die ganze Nacht aufzubleiben, fanden nur noch gelegentlich welche statt und hatten ihren Reiz verloren. Wenn meine Eltern getrunken hatten, fingen sie erst immer an zu flirten und haben sich dann oft ziemlich schrecklich verhalten«, sagte sie. »Meine Mutter tanzte zum Beispiel mit einem attraktiven jungen Mann und tobte aber, wenn mein Vater eine Frau aufforderte, die jünger und hübscher war als sie. Dauernd kam es zu irgendeiner Szene, irgendeinem Streit, was immer damit endete, dass mein Vater meine Mutter nach oben schaffte und sich bei den Gästen entschuldigte.« Sie schüttelte den Kopf und fuhr mit dünner Stimme fort: »Und dann, bei der allerletzten Party, das ist ungefähr sieben Jahre her, stürzte sich meine Mutter auf eine Frau, die ganz in Weiß gekleidet war, weil sie sie für einen Geist hielt, und zerkratzte ihr das Gesicht mit den Fingernägeln.«

»Du lieber Gott«, sagte ich und legte ihr hilflos eine Hand auf die Schulter, während sie sich mit den Fingern über die Stirn strich, als wollte sie die Erinnerung vertreiben. »Das tut mir leid.«

»Schon gut.« Sie zuckte die Achseln und hustete. »Ich sollte hineingehen und mich nach meinem Pelz umsehen.«

»Ich glaube, ich bleibe noch eine Weile hier, drinnen ist es ziemlich warm«, sagte ich. Sie hatte mich nicht gebeten, sie zu begleiten, und ich vermutete, dass sie die Erinnerungen, die in unserem Gespräch wieder an die Oberfläche gekommen waren, hier draußen zurücklassen wollte.

»In Ordnung«, antwortete sie und gab mir zum Abschied einen Kuss auf die Wange.

Ich sah ihr nach, wie sie mit eleganten, leicht wiegenden Schritten und Glitzern im Haar die Terrasse überquerte. Sie war um einiges größer als ich und hatte im Gegensatz zu mir richtige weibliche Formen. Ich war nicht völlig unansehnlich – im Großen und Ganzen hielt ich mich vor allem für unauffällig –, aber aus einer unerklärlichen Anwandlung von Eitelkeit heraus hoffte ich, dass wir nebeneinander nicht wie ein allzu ungleiches Paar wirkten.

Mein Blick wanderte über das Gelände, im leichten Wind streifte mein Kleid gegen meine Beine, ein Kleid, das so sündhaft teuer war, das ich es mir mit meinem Museumsgehalt nie leisten könnte. Der Champagner wärmte meinen Magen, die kühle Nachtluft strich über meine Arme, auf denen sich die Härchen aufstellten. Das Leben hatte mir einen seltsamen Streich gespielt, als es mich ausgerechnet an die Art von Ort geführt hatte, den meine Mutter sich immer für mich vorgestellt hatte – natürlich mit dem dazugehörigen Ehegatten –, doch je länger ich mich auf Lockwood aufhielt, desto weniger beneidete ich seine Bewohner und ihr glamouröses Leben. Auch das ganze Gerede, dass ein Fluch auf dem Haus läge, kam mir immer weniger abwegig vor.

Ich ging hinunter in den Park, weg vom Haus, schlenderte um den kunstvoll angelegten Knotengarten herum und strich mit den Fingern über die stachelige Buchsbaumhecke, als ich in der Nähe eines Baums eine Bewegung wahrnahm. Im Schutz der Nacht umarmten sich zwei Gestalten, nur der Mond warf einen schmalen Lichtstreifen auf ihr mit Brillantine frisiertes Haar. Es waren zwei

Männer, die sich innig küssten. Ich war nicht völlig ahnungslos – ich wusste von den Griechen, von Oscar Wilde und seinesgleichen, dass es Männer gibt, die Männer lieben –, aber es mit eigenen Augen zu beobachten, schockierte mich.

Und wer mochte das sein? Ich war zu weit entfernt, um erkennen zu können, ob einer von ihnen oder beide Uniform trugen. Ich wandte mich ab, für den Fall, dass sie mich bemerkten – außerdem wollte ich nicht Voyeurin sein und die beiden in diesem intimen Moment stören –, und kehrte rasch auf die Terrasse zurück. Doch als ich ins Haus trat, ließ mich der Gedanke an sie nicht los. Ich sah die Männer an, an denen ich vorbeiging, und fragte mich, *du auch?* Wie fühlte es sich wohl an, wenn Bartstoppeln sich an Bartstoppeln rieben? Was *taten* sie miteinander? Auf einmal kam mir die kleinste Geste verdächtig vor, jeder freundliche Klaps auf den Rücken, jeder Arm, der sich auf die Schulter eines anderen legte. Erkannten diese Männer einander schon vom bloßen Sehen her? Gab es ein geheimes Zeichen, ein Signal?

Ich verließ den Ballsaal wieder, um in mein Büro zu gehen – den Schlüssel hatte ich in meine Handtasche gesteckt, in weiser Vorahnung, mir einen Fluchtweg offenhalten zu müssen. Als ich dort ankam, sah ich, dass die Tür daneben, die auf den kleinen Flur zur Langen Galerie führte, eine Handbreit offenstand.

Ich ging hinein, und auch die Tür am Ende des Flurs war geöffnet. Die Lichter in der Langen Galerie waren eingeschaltet, und aus einem der Räume konnte ich Gemurmel und das Scharren von Füßen hören. Meine Absätze klapperten geräuschvoll auf dem Parkettboden, als ich die Galerie entlanglief, um herauszufinden, wer sich um diese Zeit hier herumtrieb und wie es demjenigen überhaupt gelungen war, sich hier Zutritt zu verschaffen.

KAPITEL

# 12

*Die Männer, die auf dem Ball mit mir tanzten, äußerten Bewunderung für mein Kleid (das Lob gebühre der Schneiderin, gab ich zurück), meine Eleganz, meine ›Ausstrahlung‹ (ich hatte schon immer den Verdacht, dass mit dem Begriff eigentlich der Schweißfilm gemeint ist, der sich einem im Laufe eines Tanzabends über das Gesicht legt) und die flinke Beweglichkeit meiner Füße, doch früher oder später lenkten sie das Gespräch unweigerlich auf Lockwood Manor selbst. Sie hielten mich im Arm und sagten,* Was für ein grandioses Haus, *drückten mich mit der Hand an meinem Rücken in die gewünschte Richtung und sagten,* Ein wirklich beeindruckendes Anwesen, *und* Was für ein herrlicher Ballsaal, *und ich wusste, dass ich in ihren Augen Teil des Hauses war, das sie begehrten. Wenn sie mich ansahen und mich an sich drückten, dachten sie an mein Erbe und fragten sich, wie sie mich dazu verführen konnten, ihnen Lockwood zu überlassen.*

Und wenn ich ihnen von meinen Anfällen erzählte, wenn ich ihnen sagte, ich sei verrückt, würde mich das in ihren Augen noch begehrenswerter machen?, *grübelte ich. Dachten sie dann, sie könnten mich irgendwo wegschließen und dann im Haus schalten und walten, wie es ihnen beliebte?*

*Es war leichter, als ich noch jünger war, als die Männer meines Alters noch nicht über Grundbesitz und Erbschaften nachdachten und in den Frauen noch nicht Grundstücke oder heruntergekommene Landgüter sahen, die nur auf deren Expertise in Finanzdingen warteten, um wieder zu prosperieren, als es noch um gegenseitige Anziehungskraft ging, um den Kitzel der Hoffnung auf eine Liebelei im Verlauf des Abends.*

*Zweifellos würde es auch an diesem Abend zu allerlei verstohlenen amourösen Abenteuern kommen, Paare, die auf der Suche nach einem stillen Winkel in den Garten schlenderten oder sich in die oberen Etagen stahlen, um eines der vielen leeren Zimmer zu nutzen. Einige Male hatte ich das auch selbst schon getan, auf Partys in anderen Häusern, in jener Handvoll Jahre, in denen meine Nerven sich so weit erholt hatten, dass ich mich beinahe für gesund hielt, und bevor meine Mutter und Großmutter ums Leben gekommen waren, hatte junge Männer kennengelernt, mit ihnen getanzt und dann mit ihnen geschlafen, obwohl ich am Morgen danach immer schlecht gelaunt gewesen war und es bereut hatte, weil ich gefunden hatte, dass die unbefriedigende Fummelei es nicht wert gewesen war. Auf Lockwood selbst hatte ich nur einmal den Versuch unternommen, einen Mann in mein Bett zu bekommen – ein kläglich gescheiterter erster Versuch, mit jemandem intim zu werden.*

*Meine Eltern hatten zu meinem einundzwanzigsten Geburtstag eine Party veranstaltet, und meine Mutter hatte dafür gesorgt, dass viele passende Männer eingeladen wurden. Schon Wochen vorher hatte sie deren Namen immer wieder in Unterhaltungen fallengelassen, und mein Vater, der der Ansicht war, dass ich noch zu jung für diese Dinge sei, zog mit finsterer Miene über das Kaliber der verfügbaren jungen Männer her und machte sich über deren fliehendes Kinn oder Oberlippenflaum lustig. Ich musste mitanhören, wie meine Eltern beim Frühstück deswegen stritten.*

*»Du hast mir nur dieses eine Kind geschenkt«, sagte mein Vater, nachdem meine Mutter sich lautstark über seinen Spott erregt hatte, »und nun kannst du es kaum erwarten, dass sie erwachsen wird und aus dem Haus geht. Oder kann es sein, dass du dein Leben durch sie neu leben willst, hmm? Du glaubst, du hättest es besser treffen können, besser als Lockwood? Hast du vergessen, wo ich dich hergeholt habe?« Ich war sicher, das war erst der Anfang, und ich suchte rasch das Weite. Ich ertrug es nicht, wenn sie so gehässig zu einander waren.*

*Ich hatte es nicht eilig gehabt zu heiraten – der Gedanke, mich auf immer an einen Mann zu binden, war unvorstellbar, fast beängstigend –, aber wie alle anderen Mädchen meines Alters wollte ich gern bewundert werden und mich amüsieren. Und so hatten eine Freundin und ich nach einem ersten Glas Champagner auf meinem Zimmer, in Pelz und Seide gehüllt und mit glitzernden Diamanten an den Ohren, uns nach unten begeben, wo ich pflichtbewusst mit jedem Jungen und jedem Mann tanzte, der darum bat, mit den Annehmbarsten unter ihnen flirtete und mich schließlich auf der Terrasse hinter dem Haus mit einem Jungen wiederfand, der wohl ein Jahr oder so jünger gewesen sein mochte als ich und Charles hieß. Vor uns schlenderten Pärchen durch die von Laternen erleuchteten Gartenanlagen, auf der Suche nach einem ruhigen Plätzchen, und ich hörte zu, wie Charles von einem Urlaub an der Küste Südenglands erzählte. Fast unbeteiligt beobachtete ich, wie er mich ansah, wie sein Blick auf meinem Mund ruhte, ehe er flüchtig zu meiner Brust wanderte, wie er sich unablässig mit der Zunge über die trockenen Lippen fuhr, während er mir zuhörte. Aus seinem Gesicht sprachen Verlangen und jugendlicher Ernst.*

*Ich fragte ihn, ob er vielleicht den Blick vom Dach des Türmchens in meiner Suite im Westflügel sehen wolle, und er nickte begeistert. Seine Hand brannte auf meinem Rücken, als wir uns unseren Weg durchs Erdgeschoss bahnten, die Treppe ins erste Stockwerk hinaufstiegen und in den langen Flur zum Westflügel einbogen. Der dicke Teppich schluckte das Geräusch unserer Schritte. Sein Gang war etwas steif, was ich seiner (vermutlichen) Nervosität zuschrieb, doch nur wenige Schritte vor der steinernen Wendeltreppe, die ihn in mein Zimmer führen würde, blieb er plötzlich stehen.*

*Er sei gleich zurück, sagte er, er müsse nur kurz zur Toilette, was ihm so peinlich zu sein schien, dass ich ihm nicht anbot, er könne auch mein Badezimmer benutzen. Ich setzte mich auf meine Treppe, wo man mich vom Gang aus nicht sehen konnte, und vertrieb mir die Zeit damit, mir vorzustellen, was sich nachher in meinem Schlafzimmer abspielen würde, wie seine Hände an den Knöpfen meines Kleids nesteln würden, wie eifrig und dankbar er zu Werke gehen würde, wie der Akt als solches eher unerfreulich und sonderbar sein würde, aber ich hätte immerhin mein erstes Mal hinter mich gebracht.*

*Als er nach einer Viertelstunde immer noch nicht zurück war, ging ich ihn suchen. Er musste sich verlaufen haben – das passierte vielen, die zum ersten*

*Mal in unserem Haus waren. Ich klopfte an die Tür des nächstgelegenen Badezimmers und öffnete sie, aber es war leer, dann ging ich hinüber in den Ostflügel und sah auch dort nach – im ersten Bad war niemand, im zweiten hörte ich zwei Mädchen kichern, als ich klopfte.*

*Ich stand an der großen Treppe und kam mir in dem Kleid, das mir zu Beginn des Abends noch so gefallen hatte, plötzlich schrecklich albern vor. Ich zermarterte mir das Hirn, ob er vielleicht irgendwo eingeschlafen war oder vielleicht ein anderes Mädchen gefunden und es sich anders überlegt hatte – obwohl ich das für höchst unwahrscheinlich hielt, nachdem er so offensichtlich hingerissen von mir gewesen war: Er hatte eine halbe Stunde lang mit mir getanzt und wäre fast ohnmächtig geworden, als ich ihn in mein Zimmer eingeladen hatte.*

*Ich wartete weitere fünf Minuten, ging auf meinen Stöckelschuhen unruhig auf und ab und lauschte dem bunten Treiben der Party, als er endlich wieder auftauchte. Mit hochroten Wangen kam er die Stufen herauf, und ich konnte mir nicht helfen, aber er sah völlig verängstigt aus.*

*»Alles in Ordnung?«, hatte ich mich erkundigt.*

*»Es tut mir leid«, hatte er gesagt, und die Stimme war ihm versagt. Er zitterte leicht und wischte sich mit dem Ärmel über die Stirn. »Ich glaube nicht, dass das eine so gute Idee ist.«*

*»Was ist passiert? Bitte, sag es mir.«*

*»Gar nichts. Du bist ein tolles Mädchen, es ist nur – ich kann einfach nicht.« Er lächelte gequält. »Ich muss gehen …«, fing er an, schluckte den Rest des Satzes und floh die Treppe hinunter. Mein Gesicht glühte vor Scham.*

*Was um alles in der Welt war da geschehen? Hatte er plötzlich Gewissensbisse bekommen? Ich bezweifelte es. Und da erschienen zwei Gestalten auf der Treppe.*

*Meine Mutter in ihrem schwarzen Kleid und den Perlen, weißer Fuchspelz über dem Arm, das Haar unordentlich, als hätte es eine Hand zerwühlt, der Lippenstift verblasst und verschmiert, und mein Vater mit lose um den Hals hängender Fliege.*

*»Hallo, Darling«, sagte meine Mutter mit strahlendem, wenn auch zitte-*

*rigem Lächeln. »Was tust du denn hier oben? Du wartest doch nicht etwa auf jemanden, oder?«*

*»Ein Junge war hier, Charles, er wollte sich die Familienporträts ansehen«, sagte ich und die Miene meines Vaters verfinsterte sich. Charles war einer der jungen Männer gewesen, über die er sich lustig gemacht hatte. Einen zahnlosen Wicht hatte er ihn genannt, als meine Mutter mich auf seinen Stammbaum und den stattlichen Besitz hingewiesen hatte, den er einmal erben würde. »Aber dann schien er vor irgendetwas Angst zu haben …« Ich verstummte, denn mehr konnte ich nicht sagen.*

*»Vielleicht ist er* ja ihr *begegnet«, meinte meine Mutter mit einer Überzeugung, die nur dem Wahnsinn entspringen konnte, »der Frau in Weiß.« Ihre Wimperntusche war verlaufen und betonte die dunklen Schatten unter den Augen, die ich von ihr geerbt hatte.*

Vielleicht ist er auch dir begegnet, *dachte ich boshaft und ballte die Fäuste.* Vielleicht hast du ihm solche Angst eingejagt.

*»Ich glaube, sie bringen gleich die Torte, du solltest lieber nach unten kommen«, sagte mein Vater sanft. »Deine Mutter muss sich ein wenig ausruhen.« Ich sah ihnen nach: Seine Hand hielt ihren Arm mit festem Griff umklammert, der weiße Pelz hob sich von der fließenden schwarzen Seide ihres Kleids ab wie ein Schweif, und ich hasste sie. Ich fühlte mich unsagbar scheußlich.*

*Dieses Erlebnis war so verletzend und erniedrigend gewesen, dass ich nie wieder versucht hatte, einen Partygast mit in mein Zimmer zu nehmen. Ich fürchtete immer, meine Mutter würde ihnen eine Szene machen oder sie könnten es ebenfalls mit der Angst zu tun bekommen.*

Vielleicht sollte ich mir einen Ehemann mit einem noch größeren Anwesen suchen, *überlegte ich grimmig, während ich mir noch eine Zigarette anzündete und dem Gedränge im Ballsaal zusah, und Lockwood den Rücken kehren. Womöglich war ja das Haus an allem schuld – und ich dachte an das Dienstmädchen, das uns vor einigen Monaten verlassen hatte. Ich hatte einmal zufällig gehört, wie sie Dorothy zuraunte, dass Lockwood auch ohne meine Mutter und ihre Anfälle etwas Ungutes an sich hatte, etwas Lauerndes, Bösartiges, und sie es hier nicht länger aushielte. Vielleicht würde ich meine Albträume hier zurücklassen, wenn ich ginge. Vielleicht ließen sie sich aber auch nicht abschütteln. Vielleicht lag es auch nicht am Haus. Vielleicht war ich es, mit der etwas nicht stimmte, vielleicht hatte es die ganze Zeit an mir gelegen.*

*Hinzu kam, dass ich zwar über meine Verehrer spottete, weil sie mir schmeichelten, wenn sie eigentlich das Anwesen meinten, mich in Wahrheit aber ein festes Band an dieses Haus fesselte. Die Verantwortung für Lockwood war tief in mir verwurzelt, und es war unwahrscheinlich, dass ich je gezwungen sein würde, es zu verlassen. Und eines Tages würde ich zweifellos meiner Mutter Gesellschaft leisten, auf dem Friedhof gleich oben den Weg entlang, auf dem alle Lady Lockwoods lagen – eingesperrt in unsere Särge, lebloses Haar auf knochigen Schultern und klauenartige Fingernägel, die sich nach der dichten Erdschicht streckten, die uns bedeckte.*

## KAPITEL 13

Ich erkannte die Stimme des Majors, noch bevor ich näher kam, und er sprach über das Museum.

»Auf meinen Reisen habe ich natürlich noch sehr viel größere Schmetterlinge gesehen, genau wie Sie vermutlich«, sagte er. Dem Geräusch von Füßen auf dem knarrenden Dielen nach zu urteilen hatte er wohl etwa ein halbes Dutzend Gäste um sich geschart. Von der Langen Galerie gingen nur vier Türen ab, je zwei am Anfang und am Ende des Mittelgangs, die auf beiden Seiten zu sechs miteinander verbundenen Zimmern führten. Der Major befand sich in einem der mittleren Räume, sodass ich ihn nicht sehen konnte.

»Oh, es gibt nichts, was wir nicht haben, die ganze Welt der Säugetiere«, beantwortete der Major eine Frage, die nur dumpf zu hören war. »Jedes Tierchen, das Sie sich nur wünschen können«, fügte er hinzu und tat dann etwas, das allgemeines Gelächter auslöste.

Meine Nerven waren aufs Äußerste angespannt, als ich durch eine der Türen auf der entgegengesetzten Seite des Gangs trat und in allen Räumen nachsah, ob noch alles an seinem Platz war.

Alles war, wie es sein sollte, doch dann sah ich das letzte Zimmer und die Vitrine mit den Kolibris.

Das Glas der Vitrine war in der Mitte zertrümmert, als ob jemand einfach mit der Faust hineingeschlagen hätte. Durch die gezackte Öffnung konnte ich einen nackten Ast sehen – und die leeren Stellen, an denen am Morgen noch eine Handvoll Kolibris gesessen hatte.

Ich stürmte über den Gang und durch die gegenüberliegende Tür, wo sich der Major mit seinem Tross versammelte hatte und wo höchstwahrscheinlich auch der Dieb zu finden war.

»Ein ganz prachtvolles Exemplar eines männlichen Balzgefieders«, bemerkte der Major gerade, als ich in den Raum kam. Er strich mit einem Finger über die Schwanzfedern eines Paradiesvogels und spielte dann mit derselben Hand mit einer roten Locke der Dame neben ihm, deren Wangen tiefrosa vom Wein waren. »Findest du nicht auch, Darling?«, fragte er.

Zu der Gruppe gehörten zwei Männer in Uniform und einer im Frack sowie vier Frauen, von denen drei höchstens halb so alt wie der Major waren.

»Ich bitte um Entschuldigung, Lord Lockwood«, rief ich und räusperte mich.

»Ah, Miss Cartwright!«, sagte er und lächelte leicht herablassend. »Ich war gerade dabei, diesen Damen und Herren das Museum vorzustellen.«

*Das ist mein Museum*, dachte ich, *nicht deins.* Ich hasste die besitzergreifende Art, mit der er so tat, als wäre er höchstpersönlich zuständig für das akribische Sammeln der Exponate, die kuratorische Arbeit, das Katalogisieren und Aufstellen der Tiere, den Bau der Schaukästen und das exakte Erstellen von Etiketten und Verzeichnissen.

»Haben Sie auch Leute durch die Räume auf der anderen Seite geführt?«, fragte ich. »Wie ich eben gesehen habe, ist dort etwas beschädigt worden …«

»So, Herrschaften, alle zurück zur Party«, rief der Major und klatschte in die Hände. »Ich habe mich noch um einige Museumsangelegenheiten zu kümmern. Die Arbeit hört nie auf«, seufzte er mit einem heiteren Grinsen. Die Damen hängten sich bei den Herren ein, und man verließ den Raum.

»Also«, sagte er zu mir gewandt, und alles Freundliche war aus seinem Gesicht verschwunden, »von was für einem Schaden sprechen Sie?«

»Kommen Sie mit.« Ich hielt mich nicht mit Höflichkeiten auf und führte ihn zu der zerbrochenen Vitrine.

»Sehen Sie«, sagte ich und deutete mit der Hand darauf. »Und außerdem fehlen einige Kolibris. Wissen Sie, wie das passieren konnte? War die Tür zur Langen Galerie abgeschlossen, als Sie hereingekommen sind?«

»Ja, sie war abgeschlossen«, gab er zur Antwort und nahm die Vitrine genauer in Augenschein. »Hmm, die sind wirklich ziemlich vergilbt, und ich dachte, es läge an der Verzerrung durch das Glas. Sollte man die nicht lieber vor Licht schützen?«

»Es handelt sich um historische Stücke«, erwiderte ich spitz, als müsste ich die armen Kolibris und ihr fahl gewordenes Gefieder verteidigen. »Einige dieser Exemplare sind sehr selten, und dieses Arrangement ist seit fünfzig Jahren nicht mehr angetastet worden. Sie haben nicht zufällig ein Klirren gehört, während Sie hier waren, oder dass etwas zu Bruch geht? Sind Sie *sicher*, dass die Tür abgeschlossen war?«

»Ja, das war sie«, nickte er gedankenverloren, den Blick immer noch auf die Vögel gerichtet.

»Heute Morgen war noch alles in bester Ordnung – einer der Gäste muss das getan haben«, sagte ich mit Nachdruck. »Jemand von den Gästen hat die Vögel gestohlen.«

»Die Vögel gestohlen?«, wiederholte er spöttisch. »Warum sollte das jemand tun?«

»Es geht hier nicht um das *Warum*, Lord Lockwood. Wir müssen etwas unternehmen.«

»Unbedingt«, sagte er und fasste sich an die Krawatte, um sich von ihrem tadellosen Sitz zu überzeugen.

»Sie werden also eine Ansprache halten?«, insistierte ich. »Und den Schuldigen auffordern, Farbe zu bekennen?«

»Eine Ansprache?«, wiederholte er geistesabwesend. »Aber ja, natürlich.«

»Wir werden selbstverständlich von rechtlichen Schritte absehen«, sagte ich, doch er war bereits aus der Tür.

»Selbstverständlich, Miss Cartwright«, warf er über die Schulter und steuerte zügig über den Gang auf das Hauptgebäude zu, sodass ich fast rennen musste, um mit ihm Schritt zu halten.

Ich knipste die Lichter über die Schalterleiste aus und rief ihm nach: »Ihr Schlüssel!«

An der zweiten Tür blieb er stehen, drehte sich um und hielt ihn mir hin: »Hier.« Er wartete, bis ich abgeschlossen hatte, sodass mir nichts anderes übrig blieb, als ihn ihm wieder auszuhändigen. Wenn es nach mir gegangen wäre, hätte er überhaupt keine Schlüssel und damit auch keinen freien Zugang zu den Museumsräumen, aber schließlich war er der Hausherr, und dagegen war ich machtlos.

Ich drückte mich an den Gästen vorbei, die in der Eingangshalle in Gruppen verstreut umherstanden, und hatte gerade den Fuß in den Ballsaal gesetzt, als der Major mit dem Messer gegen ein Kristallglas klopfte, um die Aufmerksamkeit der Anwesenden auf sich zu ziehen.

Zunächst dankte er den Gästen für ihr Kommen, ihre gute Laune und ihre außerordentliche Gabe, das Tanzbein zu schwingen und seinen Weinkeller trockenzulegen (die Bemerkung wurde mit überschwänglichem Gelächter quittiert). Er ließ uns wissen, dass die Veranstaltung sich dem Ende zuneigte, am Ausgang Spenden für das Regiment entgegengenommen würden und man der Haushälterin doch bitte bedeuten möge, falls jemand ohne Transportmittel sei. In dem Fall stünden verschiedene Gästezimmer bereit. Ganz am Schluss erkundigte er sich leichthin, ob jemand vielleicht zufällig ausgestopftem Federvieh begegnet sei – was noch mehr Heiterkeit zur Folge hatte und mein ohnehin angeschlagenes Nervenkostüm gehörig strapazierte. Er bat um Ruhe und berichtete, wie offenbar eine falsche Bewegung mit dem Ellbogen eine der Vitrinen beschädigt habe, aus der ein paar Kolibris herausgefallen und gerade nicht auffindbar seien. Aus seinem Munde klang es so, als wären sie selbständig aus der Vitrine gepurzelt und ich wäre schlicht zu dämlich, sie zu finden.

»Scherz beiseite«, fügte er hinzu, »bitte sehen Sie doch einmal in Ihren Taschen noch, ob nicht irgendein Witzbold Ihnen einen Lausbubenstreich gespielt hat und einen kleinen ausgestopften Freund zugesteckt hat.«

Einige Leute tasteten sich halbherzig ihre Taschen ab, doch dann strebte die Menge nach und nach dem Ausgang zu und ließ eine Spur aus Gläsern, Krümeln, Taschen und verlorenen Handschuhen zurück.

Ich ging geradewegs auf den Major zu, der einträchtig mit den Offizieren an der Tür stand. »Ich bitte um Verzeihung«, sagte ich leise.

»Ja, Miss Cartwright?« Er wandte sich von der Gruppe Männer ab, ohne seine Verärgerung zu verbergen, schon wieder von mir gestört zu werden. Blitzschnell jedoch setzte er eine unverbindliche Miene auf, die in ihrer Ausdruckslosigkeit umso furchteinflößender war.

»Sollte man die Gäste nicht durchsuchen, ehe sie gehen?«

»Nein, das sollte man ganz und gar nicht«, gab er zurück und nahm mich zur Seite. »Wenn tatsächlich jemand darauf aus sein sollte, diese vergilbten Vögel zu stehlen, hätte derjenige sie längst aus dem Haus befördert oder in seinem Schuh versteckt oder was weiß ich.« Er beugte sich näher zu mir vor und fügte mit gedämpfter Stimme hinzu: »Sie erwarten doch nicht etwa, dass ich meine Gäste abtaste wie gewöhnliche Strauchdiebe? Eine Handvoll Vögel rechtfertigt in keiner Weise eine derart überzogene Reaktion. Ich bin gern bereit, für entsprechenden Ersatz aufzukommen, aber heute Abend will ich nichts mehr davon hören. Diese Männer«, er deutete auf die Offiziere hinter ihm, »werden bald für uns in den Krieg ziehen, und Sie wollen, dass ich sie des Diebstahls beschuldige? Lassen Sie mal die Kirche im Dorf, *Miss* Cartwright, dieses Land befindet sich im Krieg.«

Ich ließ seine Tirade stumm über mich ergehen und behielt meine Entrüstung und meinen gerechten Zorn für mich – meine bitteren Tränen mussten warten. Um keinen Preis sollte er merken, wie er mich einschüchterte, also reckte ich das Kinn und tat so, als hielte ich seine Argumentation durchaus für vernünftig. Würde er mich genauso behandeln, wenn ich ein Mann wäre?

»Haben Sie das verstanden?«

»Vollkommen«, erwiderte ich, und er nickte kurz, ehe er sich umdrehte und im Gehen nach Mary rief, deren helles Kleid im Schein der Kerzenleuchter schimmerte. Als sie mich über die Schulter des Major entdeckte, warf sie mir einen giftigen Blick zu – wie immer, wenn sie mich sah – und schenkte ihm im nächsten Moment ein strahlendes Lächeln. Ich musste mich sehr beherrschen, nicht dem kindischen Impuls nachzugeben und ihr – oder vielmehr beiden – die Zunge herauszustrecken.

Auf dem Weg zurück zur Langen Galerie konnte ich hören, wie die Dienstboten mit dem Aufräumen begannen – Besen wurden geschwungen, Flaschen und Gläser klirrten, Besteck klapperte auf Servierplatten und Tellern –, im Hintergrund das Gemurmel einer Handvoll Gäste, die sich in die versprochenen Gästezimmer begaben, um sich von der ausgelassenen Feier zu erholen. Ich brachte eine halbe Stunde damit zu, nach den Vögeln zu suchen, aber ohne Erfolg. Nachdem ich mich auch in den übrigen Museumsräumen umgesehen hatte, schloss ich ab und sah bei dem Mann vorbei, der an diesem Abend zur Wache eingeteilt war. Er war zwar noch wach, saß aber mit verrutschter Krawatte in sich zusammengesackt auf seinem Stuhl vor der Tür, wie ein Partygänger, der nicht mehr die Kraft fand, nach Hause zu gehen, oder vielleicht auch ein bisschen wie ein Weißkehl-Faultier.

»Ich hatte von Anfang an kein gutes Gefühl bei der Sache, aber ich hätte eher mit einer Prügelei vor dem Haus als mit einem Diebstahl gerechnet«, sagte er, und ich empfand es als wohltuend, dass ich mit meinen Befürchtungen nicht allein gewesen war. »Die sind eben außer Rand und Band«, fügte er rasch hinzu und machte meine gute Meinung von ihm gleich wieder zunichte. »Ich weiß noch, wie es war, als wir auf unseren Einsatz warteten, was wir da aus Übermut alles angestellt haben. Die Hälfte von den Jungs ist nicht wieder zurückgekommen, wissen Sie. Ich wäre ja wieder mit von der Partie, aber das Bein …« Er versetzte dem Übeltäter einen kräftigen Hieb.

»Wir wissen Ihren Einsatz für das Museum sehr zu schätzen«, versicherte ich. »Diese Sammlung ist von internationaler Bedeutung. Bei unseren Sammlungsbeständen handelt sich um überaus seltene Exemplare, die für die wissenschaftliche Forschung und Entdeckungen von unschätzbarem Wert sind.« Er reagierte mit höflichem Nicken, und mir wurde bewusst, dass ich nun bei ihm nachholte, was ich gegenüber dem Major und einigen seiner Gäste, die ironische Bemerkungen fallengelassen hatten, versäumt hatte: mich für meine Sammlung starkzumachen. Als ob der Abend für mich gerettet wäre, wenn ich wenigstens diesen erschöpften Mann dazu brächte, meinen Standpunkt zu verstehen und mir beizupflichten.

Verärgert über mich selbst ließ ich ihn mit seiner Taschenlampe auf seinem Posten zurück. Es war unnötig gewesen, dem Impuls nachzugeben, ihn zu belehren. Wenn dieses Haus weiterhin Probleme machte und noch mehr Objekte verschwanden, würde ich in London anrufen und ihnen sagen, dass ein anderer Ort für das Museum gefunden werden müsse, auch wenn das einen riesigen Aufwand bedeutete und ich zweifellos meine Stelle verlieren und mich am unteren Ende der Karriereleiter wiederfinden würde. Doch wenn das Museum damit gerettet werden konnte, war es das wert. Außerdem wäre es eine Genugtuung, wenn der Major nach neuen

Möglichkeiten der Kriegsanstrengungen suchen musste – vielleicht konnte die Armee ja auf den Rasenflächen den Einsatz von Handgranaten üben, oder die vielen Zimmer könnten evakuierte Kinder mit neugierigen, klebrigen Fingern aufnehmen. Die Vorstellung brachte mich zum Schmunzeln.

Ich holte den Schlüssel aus meiner Handtasche, den ich zu meiner Erleichterung seit Lucys Warnung nach dem Verschwinden meiner Uhr nun immer dabeihatte. Wo steckte Lucy eigentlich? Ich hatte sie weder während der Ansprache des Majors entdecken können noch danach. Vielleicht war sie ja der lärmenden Menschenmenge überdrüssig geworden, die in ihr Zuhause eingedrungen war, und hatte sich vernünftigerweise in ihren Turm zurückgezogen.

Als ich mich aus dem eleganten Kleid schälte, kam ich mir vor wie ein kleines Mädchen, das sich die schicken, aber schlecht sitzenden Sachen seiner Mutter geborgt hat. Ich starrte in mein bleiches Gesicht im Spiegel. Auf dem Glas war der Abdruck einer Hand, die gespreizten Finger waren deutlich zu erkennen. Ein unaufmerksames Hausmädchen musste ihn hinterlassen haben, denn es war eindeutig nicht meine Hand mit dem leicht gekrümmten Glied am kleinen Finger, aber ich konnte mich auch nicht erinnern, ihn gesehen zu haben, bevor ich zum Ball hinunterging. Vielleicht lag es ja am Licht, oder ich stand in einem anderen Winkel zum Spiegel.

Die Verdunkelungsvorhänge verbargen den Vollmond, und ich träumte vom Ball, von wild umherwirbelnden Gesichtern und Leibern, von zerborstenen Spiegeln und zerschmetterten Vitrinen und stummen Tieren, die Wache hielten.

Es wurde keine besonders erholsame Nacht.

KAPITEL

# 14

*Noch ehe der Ball zu Ende gewesen war, war ich geflüchtet und hatte mich unter meiner Bettdecke eingerollt. Ich hatte Kopfweh und fühlte diese seltsame Unruhe und Anspannung, die mich jedes Mal überkamen, wenn ich auf dem Präsentierteller zwischen wogenden Menschenmassen war, die sich immer weiter auszudehnen schienen, bis sie jeden Winkel in jedem Zimmer ausfüllten und kein Raum mehr zum Denken oder Atmen blieb.*

*Wie hatte meine Mutter das nur ausgehalten? Sie hatte ständig zu irgendwelchen gesellschaftlichen Anlässen nach Lockwood geladen: zu Sommersoireen, Frühlingsfesten, Weihnachten, Halloween, Erntedankfest, zu Geburtstagsfeiern und Hochzeitstagen, extravaganten Dinners und zwanglosen Treffen am Wochenende, zu Bällen für Jäger und für Debütantinnen. Am liebsten aber waren ihr Kinderpartys – kein Wunder, denn sie hatte sich immer eine kindliche Seite erhalten und war ganz verrückt auf alle Arten von Spielen und Rollenspielen. Sie engagierte Unterhaltungskünstler wie Clowns und Zauberer, aber auch Männer, auf deren gehorsamen Ponys wir reiten durften, und lud zusätzlich zu den Kindern von Freunden und Angestellten auch Kinder aus dem Dorf ein. Das Haus wurde dann je nach Motto der Party mit viel Fantasie dekoriert, und meine Mutter beauftragte die Dienstboten, ein regelrechtes Festmahl an Sandwiches, Torten und Eiscreme bereitzustellen, und organisierte alle möglichen Spiele, an denen sie sich oft auch beteiligte: Wettrennen im Garten, Sportturniere und Reise nach Jerusalem, Scharaden und einfache Kartenspiele. Einmal ließ sie sogar einen Maibaum aufstellen. Am allerbesten erinnerte ich mich jedoch an meinem achten Geburtstag – in jener Zeit hatten meine Albträume angefangen –, an dem sie unpässlich gewesen war und an den ich nun unter meinen schweren Daunendecken denken musste.*

*Mein neues Kindermädchen hatte für meine Mutter einspringen müssen, und nachdem Mary, die Nichte der Köchin, zwei Mädchen zum Weinen gebracht hatte, verkündete sie, dass nun Verstecken gespielt werden sollte. Doch während meine Mutter immer klug genug gewesen war, solche Spiele auf einen bestimmten Gang oder eine Etage zu begrenzen, hatte das Kindermädchen das ganze Haus freigegeben – vielleicht, um das Spiel so zu verlängern und etwas Zeit zu gewinnen, um die Füße hochzulegen. Mary sollte zuerst suchen, und als wir kichernd losrannten und ich mich noch einmal nach ihr umdrehte, sah ich sie mit mürrischem Gesicht dastehen, während das Kindermädchen ihr die Augen zuhielt, damit sie nicht pfuschen konnte, und sie in gereiztem Ton bis dreißig zählte.*

*Die Kinder der Angestellten, die uns gelegentlich besuchten und durch ihre Eltern mit dem Haus vertraut waren, wussten, wo es gute Verstecke gab, aber ich hatte mein ganzes Leben hier verbracht und kannte die besten von allen. An jenem Tag entschied ich mich für eines der Dienstboten-Badezimmer im obersten Stockwerk, das ein wenig von einem großen Schrank verdeckt wurde. Dort schloss ich die Tür hinter mir und kletterte in die Badewanne. An ihrem Boden war noch eine kleine Pfütze Wasser vom letzten Bad, und je länger ich wartete, desto nasser wurde mein Kleid.*

*Zu Anfang war ich wegen des Versteckspiels und des vielen Zuckers in der Torte, die wir in uns hineingestopft hatten, ganz kribbelig vor Aufregung gewesen, doch während die Zeit verging, das wenige Licht, das das kleine Fenster hereinließ, hinter den Nachmittagswolken schwächer wurde und die Stille im Haus sich wie eine Decke um mich legte, die fast mit Händen zu greifen war, bekam ich es mit der Angst zu tun.*

*Inzwischen fürchtete ich mich, mein Versteck zu verlassen und das Spiel abzubrechen, denn in meiner Einbildung stieg etwas – jemand – langsam, aber sicher die Stufen zu mir hinauf, schlich lautlos und mit stumpfem Blick den Gang entlang, lauerte draußen vor der Tür, und eine Hand streckte sich nach dem Türgriff aus, den ich in blankem Entsetzen mit weit aufgerissenen Augen und klappernden Zähnen anstarrte, während meine Finger vor Angst eiskalt geworden waren. Ich war davon überzeugt, dass die anderen Kinder schon vor Stunden gegangen waren und mit ihnen alle anderen Hausbewohner, dass nur noch ich und dieser Jemand draußen auf dem Gang noch übrig waren und uns nur eine nicht verriegelte Tür trennte.*

*Als sich die Tür dann tatsächlich öffnete – eines der Dienstmädchen war geschickt worden, mich zu finden –, war ich völlig hysterisch vor Angst und schrie und wehrte mich, als sie mich aus der Wanne hob und nach unten zu meinem Kindermädchen brachte. Und obwohl mir alle immer wieder versicherten, dass alles in Ordnung und ich in Sicherheit war, sah ich in ihnen nur das Ungeheuer, das hinter mir her gewesen war, und gleichgültig, was die anderen sagten: Ich wusste, ich war verloren.*

*Den anderen Kindern war langweilig geworden, während sie in ihren Verstecken darauf warteten, gefunden zu werden, und sie waren freiwillig wieder erschienen, aber die Party war vorüber. Ein Arzt wurde gerufen, doch ich lag nur aufgelöst auf dem Boden meines Kinderzimmers und wehrte alle Arme ab, die mich aufheben wollten. Als die Gäste gegangen waren, hatte meine Mutter, einen Schal um die Ohren geschlungen, sich von ihrem Krankenbett erhoben und die Kinderfrau ausgeschimpft, weil sie uns im ganzen Haus hatte spielen lassen. Erst als das Personal das gröbste Chaos beseitigt hatte, erschien Mary, die abgängige Sucherin, mit gerötetem Gesicht und hielt eine meiner Puppen in der Hand. Sie hätte kein Kind gefunden, sagte sie, weil sie eingeschlafen sei. Sie wirkte verstört, ließ die baumelnde Puppe auf den Boden fallen, wo sie sich zu einem Haufen aus Gliedmaßen türmte, und rannte davon, ehe ihre Tante ihr den Hintern versohlen konnte.*

*Schließlich war auch mein Vater aus seinem Arbeitszimmer gekommen, wo er Zuflucht gesucht hatte, und verkündete, es sei das Spiel gewesen, das mir Angst gemacht hatte. Er untersagte meiner Mutter, jemals wieder mit mir Verstecken zu spielen, doch sie hielt sich nicht an das Verbot. Aber vielleicht hätte sie das tun sollen, vielleicht wusste er, dass Kinderspiele einem Angst einjagen konnten – all das Augenverbinden und Verfolgen und Auf-*

*lauern, das ganze Was-wäre-wenn und Wir-tun-so-als-ob. Vielleicht hätte ich mich mit meiner wilden Fantasie lieber an Bücher, Spaziergänge im Garten oder Handarbeiten halten sollen, anstatt mich von meiner übermütigen Mutter über die endlosen Flure von Lockwood jagen zu lassen, bis wir uns beide außer Atem und albern kichernd auf irgendeinen verschossenen türkischen Teppich fallen ließen und den Staubkörnern zusahen, wie sie in der Luft tanzten.*

*Ich wünschte, meine Mutter wäre hier und wachte mit scharfem Blick über das Haus und wäre schön und schillernd und kapriziös. Doch alles, was noch von ihr übrig war, waren ihre Kleider, ihre Schuhe, ihr Porträt an der Schlafzimmerwand meines Vaters und die Erinnerungen an sie, die wie die Blumen von ihrer Beerdigung in jedem Raum zu finden waren. Es war so ungerecht: Sie war immer so auf der Hut gewesen, hatte immer in der Furcht gelebt, irgendetwas oder irgendjemand habe es auf sie abgesehen, als hätte sie ihren Tod gewissermaßen geahnt. Wie traurig, dass sie ihre letzten Jahre in einem Zustand blanker Angst verbracht hatte.*

*Und wenn sie recht gehabt hatte, meldete sich eine arglistige Stimme in mir zu Wort, wenn sie ihren Tod wirklich vorausgeahnt hatte, waren dann womöglich auch ihre anderen Ängste, dass nämlich ein Geist in Lockwood spukte, berechtigt gewesen?*

*Der Ball war schuld, sagte ich mir, wälzte mich auf die andere Seite und vergrub mein Gesicht im Kissen, die Gäste, die andauernd von meiner Mutter geredet hatten, die Frauen in ihren Pelzmänteln.*

*In meinen Träumen erwachten die Pelzmäntel in unseren Schränken zum Leben, die Mäuse nagten an meinen Bettpfosten und der kleine Hase glitt mir aus den Händen. In meinen Träumen war ich ständig auf der Suche und weinte, wenn blaue Wände auf mich zukamen und sich immer enger um mich schlossen. Das Bad, in dem ich mich vor so vielen Jahren versteckt hatte, hatte keine blauen, sondern blasscremefarbene Wände und konnte daher nicht die Ursache dieser immer gleichen Albträume sein. Doch sosehr ich bei Tageslicht auch danach suchte, der Raum, der mich im Traum verfolgte, war nirgendwo zu finden.*

*Und wenn ich nicht in den Schlaf fand, sondern noch in den stillen frühen Morgenstunden wach lag, klang das Säuseln und Summen meines Blutes wie kaum hörbare Schritte, wie ein Kleid, das vor meiner Tür über den Boden schleifte – ich musste nur richtig hinhören.*

## KAPITEL
# 15

Am Morgen nach dem Ball führte mich mein erster Weg nach dem Aufstehen zur Langen Galerie und der Kolibri-Vitrine. Wider bessere Vernunft hatte ein Teil von mir die Hoffnung, dass alles nur ein Traum gewesen war, doch das gezackte Loch war noch da, ebenso die Glassplitter auf dem Boden, die wie scharfkantiger Schnee glitzerten, und die nackten Äste, wo zuvor ein halbes Dutzend Kolibris befestigt gewesen war, die trockenen Flügel wie aus der Bewegung heraus erstarrt, die Augen aus dunklen Glasperlen. Dass es sich um ein altes Exponat handelte und die verblichenen Vögel weder jemals von besonderem wissenschaftlichem Nutzen noch besonders schön präsentiert gewesen waren, machte den Verlust für mich nicht weniger schmerzhaft.

Erst der Jaguar, nun eine Handvoll Kolibris – noch ein Zwischenfall und mein Einsatz hier wäre zweifellos zu Ende. Ich war wütend und frustriert zugleich und hatte ein Gefühl, als würde jemand auch mit mir seine Spielchen treiben, als wäre ich persönlich gemeint, obwohl meine Vernunft mir sagte, dass nicht ich, sondern das Museum Ziel dieser Übergriffe war. Wir hatten evakuiert, um die Sammlung in Sicherheit zu bringen, und nun war auch ohne das Zutun der deutschen Luftwaffe, die drüben auf dem Kontinent immer noch auf den richtigen Moment zum Angriff wartete, mehr Verlust und Schaden entstanden als jemals in London.

Während ich das Loch in der Scheibe mit einem Stück Pappe

flickte, die die verbliebenen Kolibris zur Hälfte verdeckte, dachte ich an das Fest am vergangenen Abend, an das dichte Gedränge der von Champagner und Tanz berauschten Gäste, die ständig in Bewegung gewesen waren. Ich hatte bisher nur in den Museumsräumen nach den Vögeln gesucht, nicht aber auf einer der anderen Etagen. Vielleicht hatte derjenige, der sie genommen hatte, sie ja in einem ganz anderen Teil des Hauses gelassen? Vielleicht war es nur die Schnapsidee eines Betrunkenen gewesen, der seine Untat bereits vergessen hatte, als er sich aufs Neue ins Getümmel stürzte.

Ich beschloss, auf eigene Faust nachzusehen, ohne die Haushälterin um Unterstützung zu bitten. Den Dienstboten gegenüber konnte sie sehr kühl sein, aber wenn ich sie einmal um Hilfe bat, brachte sie mir eisige Verachtung entgegen. Sie betrachtete jeden meiner Wünsche als unerhörte Zumutung, und ich hatte nicht die Absicht, mich noch weiter vor ihr zu erniedrigen, indem ich ihr anvertraute, wie außerordentlich wichtig diese Angelegenheit für mich persönlich war und dass meine Zukunft von einer kleinen Schar vertrockneter Vögel abhängen konnte.

Am Abend begann ich mit den Zimmern auf meiner Etage und stieß sehr bald auf zwei Hindernisse. Zum einen liefen ständig Dienstboten auf dem Flur umher und würden sich früher oder später über meine Taschenlampe wundern, zum anderen wurde mir bewusst, dass die Suche nach einem ausgeblichenen Objekt von der Größe eines Daumens deutlich mehr Zeit in Anspruch nehmen würde, als ich gedacht hatte.

Und so gelang es mir an dem Abend auch nicht, mehr als einen Raum zu durchsuchen. Ich fing mit dem Zimmer gegenüber meinem an und musste die Bezüge der beiden Betten abziehen und die Betten anschließend wieder beziehen, weil ich fürchtete, die zerbrechlichen Vögel zu zerdrücken, wenn ich die Bettdecken einfach nur abklopfte und sie unter den Laken entdecken sollte. Im Hintergrund hörte ich die laut tickenden Kaminuhr, das nervenaufreibende Scharren von

Efeu an dem verdunkelten Fenster und das ständige Kommen und Gehen von Schritten auf dem Gang. Nichts davon trug zu einer sonderlich entspannten Atmosphäre auf meiner Suche bei. Ich sah unter den Betten nach, hinter den Faltenwürfen der mächtigen Vorhänge, im weiß gestrichenen Kleiderschrank, dessen Tür laut quietschend protestierte, im Nachtschränkchen (dessen Schublade sich erst nach dreiminütigem Gezerre an ihrem Griff öffnen ließ) und schließlich auch unter dem schweren Teppich, wo ich allenfalls völlig flachgewalzte Vogelreste gefunden hätte. Als ich fertig war, war es bereits eine Stunde nach meiner üblichen Zubettgehzeit und meine Kleider waren von oben bis unten mit Staub bedeckt.

*Ein Zimmer ist geschafft, fehlen nur noch einige Dutzend,* dachte ich, während ich allmählich in den Schlaf hinüberglitt und das Ticken derselben Kaminuhr seinen Weg durch einen Spalt unter der Tür hindurchfand, als wäre sie ein Metronom und alle anderen Räume im Haus wären die Pfeifen einer riesigen Orgel, die nur darauf wartete, gespielt zu werden.

Es vergingen einige Tage, ehe ich Lucy das erste Mal nach dem Ball wiedersah. Eine kleine Gruppe – Museumsleute, Dienstboten und die Dame des Hauses – hatte sich im Salon um den Radioapparat versammelt, um die Nachrichten über das Bombardement von Scapa Flow und die Verluste unserer Marineflotte zu hören.

»Wie viele Männer mögen wohl auf die *Royal Oak* passen?«, fragte Lucy mit kummervoller Miene.

»Mehr als tausend«, antwortete eines der Dienstmädchen. »Mein Onkel ist bei der Navy«, erklärte sie.

»Tausend«, wiederholte Lucy mit bebender Stimme. Als sich jemand nach Rettungsbooten und Luftblasen erkundigte, zog ich es vor, wieder zu gehen. Mir war nicht nach Schauergeschichten zumute.

Lucy kam mir in den Sommersalon nach, der inzwischen zu meinem Lieblingsort geworden war, wo es so ruhig wie in meinem Büro war, sich aber keine Arbeit stapelte und mich vorwurfsvoll ansah. Sie setzte sich auf ein Sofa in der Nähe der stattlichen Antilope und des Schaukastens mit den Tapiridae-Schädeln, gegenüber der Platte mit den mit Nadeln befestigten Schmetterlingen, und schlang sich die Arme um die Schultern.

»Ist es nicht schrecklich, was den Seeleuten zugestoßen ist? Ich kann mir gar nicht vorstellen, wie entsetzlich es sein muss, mit dem Schiff unterzugehen und dann im Wasser ums Überleben zu kämpfen.« Ihre Finger mühten sich vergeblich mit dem Feuerzeug ab.

»Warten Sie«, sagte ich und legte die Hände um die Flamme, damit sie ihre Zigarette anzünden konnte.

»Seit meiner Kindheit verfolgt mich immer der gleiche Albtraum, in dem ich gefangen bin und erdrückt werde, und seit ich von den Seeleuten gehört habe, muss ich daran denken«, sagte sie. »Haben Sie manchmal auch das Gefühl, dass die Schrecken Ihrer Albträume Sie noch am nächsten Tag verfolgen?« Sie streifte etwas Asche ab, und ich nickte. »Es liegt an dieser ewigen Warterei, meinen Sie nicht? Das quälende Warten darauf, dass der Krieg endlich richtig losgeht, nicht nur diese schrecklichen vereinzelten Angriffe. Wobei ich sie natürlich beklagen sollte, anstatt neue Tragödien herbeizuwünschen.«

»Wir wussten, dass der Krieg kommt«, sagte ich. Sie hatte eine marineblaue Hose an, die an den Knien schon leicht abgewetzt war, offenbar ein Lieblingsstück. »Da ist es verständlich, wenn wir darauf warten, dass er beginnt, weil wir wissen wollen, was uns erwartet. Wir wollen, dass unsere Befürchtungen es mit einer konkreten Bedrohung zu tun bekommen, damit wir damit umgehen können.«

»Danke, Hetty.« Sie lächelte traurig und fuhr sich mit der Hand über das Schlüsselbein. »Sie finden genau die richtigen Worte, um mich zu trösten.«

*Finden Sie?*, hätte ich am liebsten gesagt.

»Ich habe gehört, was auf dem Ball passiert ist – die armen Kolibris«, fuhr sie fort. »Das ist wirklich bedauerlich. Wie kann jemand nur so etwas Schreckliches tun? Sie haben sie wohl noch nicht wiedergefunden?«

»Nein«, erwiderte ich mit einem Seufzen. »Vielleicht sind sie da, wo der Jaguar ist«, witzelte ich.

An ihren Mundwinkeln zuckte es, dann lächelte sie, streckte die Beine und kreuzte sie an den Knöcheln. »Ich möchte mich übrigens für meinen Vater entschuldigen«, sagte sie zaghaft. »Ich weiß, er kann manchmal etwas schroff sein.«

*Eine höfliche Umschreibung für einen despotischen, groben Klotz,* dachte ich. »Ich hatte angenommen, dass seine Geschäfte ihn vollständig in Anspruch nehmen. Er hatte häufige Geschäftsreisen angedeutet, und ich frage mich, ob er womöglich den Eindruck hat, das Museum hindere ihn daran, wissen Sie«, sagte ich stattdessen taktvoll.

»Dann bin ich wohl diejenige, die sich entschuldigen sollte. Sie haben recht, er schätzt es nicht besonders, hier zu Hause festzusitzen, aber ich glaube, er ist besorgt um mich, nachdem ich Mutter und Großmutter verloren habe und diese komischen Anwandlungen hatte.«

»Um Himmels willen, ich wollte damit nicht sagen …«

»Natürlich, das weiß ich«, beschwichtigte sie, nahm meine Hand und drückte sie. »Inzwischen bin ich auch völlig wiederhergestellt, er übertreibt es nur immer mit seiner Fürsorglichkeit, vor allem jetzt, da meine Mutter und Großmutter nicht mehr da sind. Ich bin mir sicher, er wird bald wieder unterwegs sein, dann können Sie in Ruhe schalten und walten.«

»Das Museum hat hier einen ganz wunderbaren Zufluchtsort gefunden.« Ich sah auf unsere Hände. Ich hatte mich ganz in meinen Zorn über den Major hineingesteigert, als ob er Hausfriedensbruch begangen hätte, und dabei vergessen, dass dies ja auch Lucys Zuhause war.

»Ich bin so froh, dass wieder Leben im Haus ist, vor allem weil wir sicher noch mehr Dienstboten an den Krieg verlieren werden, auch wenn mein Vater sich noch so lautstark beim War Office beschwert, dass sie hier *absolut unentbehrlich* seien. Als wäre es nicht schon schlimm genug, dass uns dauernd Personal davonläuft, weil es hier angeblich spukt.« Sie drückte die Zigarette aus und lehnte sich zurück, um sich im Salon umzusehen. Es macht wirklich Spaß, Ihre Tiere bei uns zu haben, Hetty. Auch wenn ich sie gerade nicht mit Staubwischer und Pinsel bearbeite, verbringe ich meine Zeit gern damit, durch die Räume zu streifen. Es ist, als wäre es meine Privatausstellung, und jedes Mal entdecke ich etwas Neues in den Schaukästen und Vitrinen, als wären heimliche Kulissenschieber am Werk.«

»Äh, in der Tat.« Ihre Worte bereiteten mir ein gewisses Unbehagen – hatte ich denn nicht schon selbst den Eindruck gehabt, dass morgens, wenn ich die Räume aufschloss, die Tiere und die kleineren Vitrinen nicht genau an ihrem gewohnten Platz stünden? Als wären sie gewandert, so verrückt das auch klang.

Ich erwähnte Lucy gegenüber nichts von meiner großangelegten Suche nach den Kolibris. Ich wusste selbst nicht so recht, warum, aber ich wollte auf jeden Fall vermeiden, sie zu beunruhigen. Abend für Abend setzte ich die Durchsuchung der unbewohnten Räume im ersten Stockwerk fort, auch wenn ich mit einer neuen Hürde zu kämpfen hatte. Am Tag nach der Meldung über Scapa Flow hatte starker Regen eingesetzt, und während ständig neue Nachrichten über Bombenangriffe entlang der schottischen Küste und Überfälle auf die Handelsflotte eintrafen, stellte es sich heraus, dass das Dach von Lockwood Manor undicht war. Und so rannten die Dienstboten und ich mit Eimern, Töpfen und Suppenschüsseln durch das Haus, um nach Pfützen und feuchten Stellen Ausschau zu halten, und spitzten die Ohren, als lauschten wir auf Morsezeichen und nicht auf das Tropfen oder Plätschern von Wasser. Nur zu gern hätte ich den Major für den maroden Zustand des Dachs von Lockwood verantwortlich gemacht, aber ich wusste, dass ein derart starker Regen – sturzbachartig fiel er vom Himmel und trommelte ohrenbetäubend auf alles, was er traf – am Museumsgebäude in London die gleichen Schäden verursachte.

Ich konnte ihm auch schlecht die Schuld daran geben, dass die Mäuse sich vor den Fluten ins Warme retteten, in die große Küche und die Vorratsräume von Lockwood, wo große ausgestopfte Tiere nur darauf warteten, von kleinen Nagern angeknabbert zu werden. Ebenso wenig war ihm anzulasten, dass sie auch nach Aufklaren des Himmels ihr Glück angesichts eines solchen Schlaraffenlands nicht hatten fassen können und beschlossen hatten zu bleiben. Wir stellten unzählige Fallen auf und wechselten uns dabei ab, morgens die Museumstüren aufzuschließen. Mit angehaltenem Atem fragten wir uns, wie viele tote Mäuse wir wohl vorfinden würden, und schafften sie dann mit weit von uns gestreckter Hand zur Hintertür hinaus. Wenn ich die Räume abends wieder abschloss, hatte ich eher das Gefühl, dies zum Vorteil der Mäuse zu tun, als wollte ich sagen, *nur zu, haut rein,* als billigte ich ihr Festmahl stillschweigend. Den Mäusen schmeckten auch die Schaukästen, warum auch immer. Vielleicht einfach, weil es überall nach Tieren und menschlichen Besuchern roch, vielleicht war auch etwas im Holzlack, das sie anzog. Sie knabberten die Ecken an und machten dabei ein grauenvolles, kratzendes Geräusch, das weithin zu hören war, sodass man unwillkürlich an eine ganze Horde dachte und nicht an ein einzelnes emsiges Kerlchen, das wie der Blitz davonschoss, wenn man näher kam.

Zu allem Überfluss waren Mäuse in etwa so groß wie Kolibris und ihr graues Fell ähnelte deren vergilbten Federn. Als ich also in den verbleibenden Zimmern im ersten Stock meine Suche fortsetzte – ich hob Teppiche hoch, zog Tücher von den Möbeln, die freigiebig den angesammelten Staub in die Luft wirbelten, öffnete

Schubladen, stemmte schwere Schranktüren auf, blickte hinter bauschige Vorhänge und entdeckte dabei die verborgenen Seiten von Lockwood: Mobiliar, das Schimmel und abblätternde Farbe verdeckte, Kritzeleien in unterschiedlicher Handschrift in Schränken und unter Betten, feuchte Flecken an der Wand, leichte Unebenheiten, wo frühere Türen oder Fenster zugemauert worden waren – und um nicht entdeckt zu werden, dabei so leise vorging wie möglich, rechnete ich immer damit, dass es sich bei jedem kleinen grauen Etwas genauso gut um eine Maus handeln konnte, tot oder lebendig.

Einmal hatte ich mich auch tagsüber auf die Suche gemacht, weil ich dachte, dass es mit natürlichem Licht einfacher wäre, aber schon beim ersten Zimmer entdeckte ich durchs Fenster Jenkins, wie er, das Gewehr geschultert, einen Schemen von Fuchs in der Faust, hinter dem Haus stand und genau da hinaufstarrte, wo ich gerade stand, als wäre etwas mit dem Vorhang. Unsinnigerweise von Angst gepackt duckte ich mich schnell weg – doch was war so schlimm daran, sich in einem der leeren Gästezimmer umzusehen? Dennoch nahm ich es als Zeichen, die Suche lieber wieder auf die Abende zu verlegen und mich auf das Licht der Taschenlampe zu beschränken.

Die Katzen waren aus der Scheune ins Haus geholt worden, damit sie die Mäuse fingen, und räkelten sich am Tag an unerwarteten Stellen und blinzelten nur träge, wenn wir versuchten, nicht über ihre prallen Bäuche zu stolpern. Nachts begaben sie sich wie ich auf die Jagd, doch im Gegensatz zu mir hatten sie sich im Laufe der Evolution darauf spezialisiert und pirschten lautlos durch die Flure und Zimmer des Herrenhauses, schoben sich durch versteckte Durchgänge und Löcher, um Beute zu machen. In dem verdunkelten Haus waren sie gegenüber den Mäusen und mir mit unserem beschränkten Sehvermögen klar im Vorteil.

Ich sagte mir, dass ich es beruflich nicht so weit gebracht hätte, wenn ich halbherzig in meinen Bemühungen gewesen wäre, und dass meine Reputation – und meine Zukunft – vom Wohlergehen meiner Exponate abhing, und wagte mich daran, auch die zweite Etage abzusuchen, in deren Ostflügel eine Handvoll Dienstboten untergebracht war. Die Zimmer, die sie bewohnten, waren im vergangenen Jahrzehnt renoviert worden und deutlich geräumiger als die engen Zimmer im Westflügel, die seit der Jahrhundertwende kaum noch benutzt wurden. Ich versuchte Wochentage und Tageszeiten zu finden, zu denen die Angestellten entweder beschäftigt waren oder schliefen, und huschte dann mit klopfendem Herzen und der Taschenlampe in der Hand die Treppen hinauf und hinunter, in der ständigen Angst, entdeckt zu werden, weil eine Diele knarrte oder ein unberechenbarer Luftzug eine Tür zum Quietschen brachte.

An einem späten Nachmittag war ich gerade dabei, eines dieser verdunkelten Zimmer in Augenschein zu nehmen. Ich lag bäuchlings auf einer harten, schmalen Matratze, während die Spinnweben im Gebälk über mir zitterten, den Kopf zwischen Boden und Bettgestell eingeklemmt, und leuchtete mit der Taschenlampe unter das Bett, als plötzlich die Tür mit lauten Knarzen aufgestoßen wurde.

»Was um alles auf der Welt geht hier vor?«, verlangte die Haushälterin zu wissen, während ich mir den Kopf am Bettrahmen stieß, als ich hastig die Lampe ausknipste und mich aufrichtete.

Ich starrte sie an und merkte, wie eine Woge von Scham über mir zusammenschlug, die mich gegen meinen Willen an die Strafpredigten meiner Mutter erinnerte.

»Miss Cartwright, kann ich Ihnen vielleicht behilflich sein?«, fragte sie in schneidendem Ton.

»Ich bin auf der Suche nach den Kolibris, die, die seit der Party verschwunden sind«, antwortete ich wahrheitsgemäß, weil mir keine Ausrede einfallen wollte.

»Aber die haben wir doch schon vor einer Woche gefunden! Hat Dorothy sie Ihnen denn nicht ausgehändigt?«

»Was?«

»Ja, in einem der Gästezimmer.«

»Aber ich habe die Gästezimmer doch durchsucht!« Sie sah mich mit nahezu hasserfülltem Blick an, aber ich konnte nicht anders, ich musste ihr noch eine Frage stellen. »Wo genau wurden sie gefunden?«

»Oh, auf dem Nachttisch im Purpurfarbenen Zimmer, die waren nicht zu übersehen. Normalerweise hätten wir sie sicher viel früher gefunden, aber es ist ein bisschen viel verlangt, das ganze Haus im Griff zu behalten, wenn so viele Dienstmädchen uns verlassen«, erwiderte sie scharf, als wäre ich persönlich dafür verantwortlich. Im Gegensatz zu ihrem Betragen erschienen ihre Worte durchaus vernünftig, und doch konnte es nicht stimmen, denn ich hatte ebenjenen Raum von oben bis unten abgesucht. Oder hatte sie doch recht und ich hatte die Vögel einfach übersehen?

»In allen Fragen, die das Haus betreffen«, fuhr sie fort, »wenden Sie sich ab sofort bitte an mich. Dies hier ist die Dienstboten-Etage und die gehört genauso wenig zum Museum wie die übrigen Gästezimmer.«

Sie haben hier nichts zu suchen, wollte sie eigentlich sagen – was natürlich zutraf. Ich wäre am liebsten im Boden versunken. Es war durchaus typisch für mich, mich geradezu besessen in die Arbeit zu stürzen, ohne Rücksicht auf Hindernisse oder Feinheiten, und dass ich oft auf die Mittagspause verzichtete und sehr kratzbürstig werden konnte, wenn ich auf kürzestem Wege an meinen Schreibtisch zurückwollte, weil ich als selbstverständlich voraussetzte, dass andere ebenso fokussiert waren wie ich – aber das hier war etwas anderes.

*Was hat dieses Haus mit mir gemacht?*, grübelte ich, als ich wieder in meinem Zimmer stand und den Stapel ungelesener Bücher anstarrte, die ich mitgebracht hatte, während aus dem Salon Lachen und der blecherne Klang des Radios zu hören war.

Lockwood Manor und das schlummernde Potenzial der vielen leeren Zimmer hatten etwas Spezielles an sich. Ihre schiere Anzahl vermittelte das Gefühl, dass alles, was man verloren hatte, und alles, was man wiederzufinden hoffte, sich in ihnen verbarg und nur darauf wartete, gefunden zu werden. Das Haus ermutigte regelrecht dazu, es zu durchstreifen und auf die Jagd zu gehen – der lange Gang in der ersten Etage, die Wandlampen, die einem den Weg leuchteten, die hohen Fenster, die Zimmer, die ein Dutzend Paar Hände in tadellosem Zustand hielt, die verborgene Dienstbotentreppe, die es zu entdecken galt, der enge Kaninchenbau der Dienstbotenzimmer ein Stockwerk höher – und über alldem ein Vakuum ohne Leben, die Abwesenheit der Menschen, für die diese Räume einmal so liebevoll eingerichtet worden waren.

*Steckte sie hinter alldem?*, dachte ich, als ich in jener Nacht aus einem Albtraum erwachte – eine in Weiß gekleidete Frau war durch die Flure von Lockwood geglitten und hatte mich verfolgt –, Reste seines Schreckens noch nachklangen und mein Herz wie wild pochte. Oder spielte die Haushälterin mir einen üblen Streich? Hatte sie die Kolibris versteckt, die nun auf meinem Schreibtisch lagen und darauf warteten, repariert und wieder an ihren Platz gebracht zu werden? Oder war ich es selbst gewesen und verlor allmählich den Verstand?

## KAPITEL 16

*Es existierte eine Welt jenseits von Lockwood, rief ich mir in den frühen Morgenstunden ins Gedächtnis, wenn ich aus bösen Träumen erwachte und nicht wieder in den Schlaf fand, wenn die dunklen Schatten meines Zimmers mich umkreisten, mein Mund sich heiß und ausgedörrt anfühlte und ich mich in Selbstmitleid verlor. Ich versuchte dann Radio zu hören, weil ich dachte, ich könnte die verlorenen Stunden wenigstens dazu nutzen, mich besser über die Weltlage zu informieren und mir klarzumachen, dass mein persönliches Unglück im Vergleich zu dem anderer Menschen kaum der Rede wert war.*

*Doch wenn ich auf der Suche nach einem Signal an dem Knopf drehte, hörte ich wildes Rauschen und das Schlingern und Gluckern von an- und abschwellenden Stimmen in unterschiedlichen Sprachen quer durch Europa, und es machte mir Angst. Als ob eine geisterhafte Stimme aus dem Äther kommen und mich bei meinem Namen nennen würde, wenn ich nur die richtige Stelle auf der Skala träfe.*

*Ich sollte mich irgendwie beschäftigen, dachte ich dann, mich ablenken, nützlich machen. Aber Stricken war noch nie meine Stärke gewesen, außerdem ließen meine zitterigen Hände ständig Maschen fallen. Welchen Nutzen hätten die Leute bei der Marine von meinen Mützen und Schals, wenn sie voller Löcher waren, durch die der eisige Wind auf der Nordsee fuhr? Und wenn ich auf dem Dachboden oder in den unbenutzten Zimmern nach Dingen suchte, um sie bei den Sondersammlungen abzugeben oder zugunsten der Kriegshilfe versteigern zu lassen, brachte mich das jedes Mal völlig aus der Fassung –*

*zum einen, weil alte, abgenutzte oder kaputte Gegenstände dazu neigten, einen melancholisch zu stimmen, und zum anderen, weil ich das Gefühl hatte, dass ich, wenn ich in Kisten und Kartons wühlte und im hellen Schein der mitgebrachten Laternen und Taschenlampen unter Abdeckungen lugte, gar nicht auf der Suche war nach Eisen oder Stoffen oder was sonst noch benötigt wurde, sondern nach etwas anderem, etwas Nebulösem und Flüchtigem, als wollte ich das Haus dazu bringen, mir ein schreckliches Geheimnis zu offenbaren, als wollte ich das Grauen, das mir meine Träume prophezeiten, beschleunigen.*

*Ein flotter Spaziergang durch die Gärten würde sicher helfen – was konnte daran schon Schlimmes oder Furchterregendes sein? Alle meine Kinderfrauen hatten die Wohltaten eines Spaziergangs gelobt, und auch meine Großmutter pflegte zweimal am Tag ihren Gang zur körperlichen Ertüchtigung zu machen – Spazierstock und frisch polierte Wanderstiefel standen immer einsatzbereit an der Tür.*

*»Sie macht ihren Kontrollgang«, sagte meine Mutter immer, wenn wir sie zufällig durch das Fenster sahen, wie sie auf die Krümmung ihres Stocks gestützt auf dem Rasen stand und sich das Haus besah. »Sie will sich davon überzeugen, dass alles noch da ist, was ihr gehört, dass alles picobello ist. Sie schreitet die Grenzen ihres kleinen Königreichs ab.«*

*»Die alten Dienstboten sagen, dass Lockwood eine regelrechte Bruchbude war, als ihr Mann kam, dass sie ihn nur des Geldes wegen geheiratet hat«, erzählte meine Mutter eines Morgens, als wir auf der Terrasse Tee tranken und Großmutter dabei zusahen, wie sie, am Ellbogen gestützt von einem langmütigen Angestellten, durch den Garten stolzierte. »Der Ostflügel war damals geschlossen, Vögel nisteten dort, das Holz moderte vor sich hin, alles war feucht und heruntergekommen. Mit seinem Geld konnte das Haus aber wieder mit Dienstboten bevölkert werden, eine ganze Armee, die Lady Lockwood herumkommandieren konnte. Sie hatte allen Grund glücklich zu sein, und vielleicht war sie es ja auch eine Zeitlang, doch in ihrem späteren Leben ist sie nie darüber hinweggekommen, dass dein Vater sich anders als sie gegen eine Geldheirat entschieden hat – weil er mich kennenlernte und meine Familie ihr*

*Vermögen verloren hatte«, sagte sie und lachte. »Er hat mich aus Liebe geheiratet, und er hat mich gerettet.«*

Wovor gerettet?, *grübelte ich später, als ihre nervösen Zustände ihren Höhepunkt erreicht hatten und sie meinem Vater vorwarf, sie hierhergebracht zu haben.*

*Manchmal stritten meine Eltern über Geld, über die Ausgaben für ihre vielen Partys, aber ich wusste, wie sehr mein Vater jede einzelne in vollen Zügen genoss, denn es gab kaum etwas, das er mehr liebte, als über das Parkett im Ballsaal zu wirbeln, jedermann leutselig zu grüßen und Lockwood von seiner Schokoladenseite zu präsentieren.*

*»Alte Häuser saugen einem den letzten Tropfen Blut aus den Adern«, pflegte er zu seufzen, vor allem, wenn er mal wieder Handwerker hatte kommen lassen müssen – Kunstschmiede, Stuckateure, Maurer –, »ein Fass ohne Boden.« Ich vermutete – denn mein Vater hatte schon vor langer Zeit aufgehört, mit mir über Gelddinge zu sprechen, vielleicht weil er mich nicht beunruhigen wollte –, dass dies der Grund war, weshalb er Geschäftsmann geworden war und Fabriken errichtet hatte: um Geld für die Erhaltung von Lockwood zu verdienen.*

*»Auch die stärkste Mauer kann bröckeln, merk dir das, mein Täubchen«, sagte er einmal zu mir, und an diese Worte musste ich denken, wenn ich auf meinen Spaziergängen das Haus umkreiste und im Obstgarten an einem knorrigen Apfelbaum stehen blieb, dessen Äste an einer altersschwachen Mauer festgebunden waren, und der feuchte Mörtel unter meinen tastenden Fingern zerfiel.*

*Wenn ich mich nur ganz auf die Gärten und meine Kindheitserinnerungen einließ und mich daran erinnerte, wie ich immer durch das hohe Gras und über die Wege und zwischen den Bäumen hindurchgerannt war und mit den anderen Kindern gelacht hatte, wie wir einander Butterblumen ans Kinn gehalten, Gänseblümchenkränze geflochten und bunte Blätter gesammelt hatten, dann wäre ich nicht in Versuchung, an Lockwood emporzusehen und seine Mauern, Fenster, Erker und Türme abzusuchen. Ich hatte nämlich noch einen anderen Grund für meine Spaziergänge, auch wenn ich versuchte, ihn tun-*

*lichst zu ignorieren. Nachdem ich das Innere von Lockwood von oben nach unten nach einem Zimmer mit blauer Tapete, einem alten Kerzenkronleuchter und blanken Holzdielen abgesucht hatte, das nur in meinen Albträumen zum Leben erwachte und nirgendwo zu finden war, begann ich nun von außen danach zu forschen, indem ich die Fenster und die Zwischenräume zählte und einen geisterhaften Grundriss erstellte. Als hätten meine übermüdeten Augen die Fähigkeit, Mauern und Holz und Stuck Schicht für Schicht abzulösen und mein verlorenes Zimmer und sein schreckliches Geheimnis freizulegen.*

## KAPITEL 17

Zwei Wochen, nachdem ich die Kolibris wiederbekommen und sie zurück in ihre Vitrine hinter das Holzbrett gesetzt hatte, das als Provisorium diente, bis eine neue Glasscheibe angefertigt worden war, arbeitete ich von einem der Museumsräume aus an einem Mahagonitischchen, das ich an einen Sessel herangerückt hatte, und war gerade dabei, Briefe zu beantworten, als Joyce, eines der Dienstmädchen – das ich wegen seiner erstaunlich blassblauen Augen als Blauaugenmaki klassifiziert hatte –, hereinkam, um Staub zu wischen und sauberzumachen.

Ich hatte meine Briefe in kleinen Haufen vor mir gestapelt und wollte schon aufstehen, als sie meinte: »Von mir aus können Sie ruhig bleiben, Miss, ich komme schon klar«, und ihr Tonfall und matter Blick mir das Gefühl gaben, dass es sie womöglich kränken könnte, wenn ich aufstünde und ginge.

Also blieb ich sitzen, und während die Uhr laut tickte und die Feder meines Füllers noch lauter über das Papier kratzte, arbeitete sich Joyce durch den Raum und seufzte, wenn sie die Vasen mit den getrockneten Blumen in die Hand nahm und Blüten zu Boden rieselten.

Ich ertappte mich dabei, dass ich zusah, wie sie mit vorsichtigen, geübten Handbewegungen die Sockel der Ganzkörperpräparate mit einem Tuch abwischte und polierte, dann mit dem Staubwedel erst an den gebogenen Hörnern des Wasserbocks, dann an dem

Glaskasten mit dem japanischen Marder und schließlich am Rücken des Zähne fletschenden Honigdachses mit seiner weißen Mütze und den kleinen Knopfaugen entlangfuhr.

Als ich eine Stunde zuvor ins Zimmer gekommen war, hatte ich aus den Augenwinkeln wahrgenommen, dass der Honigdachs auf dem Kaminsims vor dem goldgerahmten Spiegel stand und sein Schwanz sich fast um den Fuß einer Blumenvase kringelte, doch erst jetzt fiel mir auf, dass er eigentlich auf den Konsolentisch im Billardzimmer gehörte.

»Haben Sie ihn dort hingestellt?«, fragte ich unvermittelt. »Den Dachs?«

»Wie bitte?« Joyce sah mich entgeistert an. »Dieses Ding? Nein, natürlich nicht! Ich bin wirklich ganz vorsichtig beim Saubermachen, Miss, aber ich würde so etwas niemals anfassen und schon gar nicht in die Hand nehmen.« Sie zog eine Grimasse. »Ich weiß, für die Wissenschaft ist es ganz bestimmt wichtig, und ich hoffe, Sie nehmen es mir nicht übel, aber ich finde es ein bisschen gruselig.«

Ich war mir völlig sicher, dass ich ihn am Abend zuvor auf meinem Rundgang noch im Billardzimmer gesehen hatte und nicht hier. Ich hatte noch einmal nachgesehen, ob mit den Exponaten alles in Ordnung war, bevor ich abschloss. Und war die Großfleck-Ginsterkatze, an der ich am Morgen beim Aufschließen achtlos vorbeigegangen war, vorher nicht immer in der Bibliothek auf dem niedrigen Schränkchen neben der Tür gewesen?

Hastig suchte ich meine Papiere zusammen, dankte Joyce und verließ den Raum. Ich wanderte durch die Sammlung, duckte mich unter Schwänzen und ausgebreiteten Schwingen hinweg, umkreiste die stattlichen Exemplare größerer Säugetiere, spähte an Reihen kleinerer Tiere entlang, Arten, die sich in der freien Wildbahn nie begegnen würden und die nun mit sprödem Fell und starren Glasmurmelaugen Seite an Seite auf einem vornehmen, marmornen Kaminsims eines englischen Lords zusammengepfercht standen.

Der Baummarder mit seinem orangen Kehlfleck und seiner kleinen Schnauze – stand er mit dem Gesicht zur Wand, weil ihn jemand umgedreht hatte, weil jemand versehentlich mit dem Ellbogen darangekommen war oder weil jemand dort Staub gewischt hatte?

Das Museum und ich waren noch nicht lange genug auf Lockwood, als dass ich vor meinem geistigen Auge schon einen Lageplan von jedem Tier und seinem jeweiligen Standort gehabt hätte. Ich muss mich irren, dachte ich, und streckte die Hand nach der erhobenen Pranke des Schwarzbären im Salon aus, ein Tier, bei dem ich mir sicher war, dass es an seinem angestammten Platz war, weil ich erst vor einer Woche lange davorgestanden und darüber nachgedacht hatte, wie ich es anstellen konnte, höflich, aber bestimmt die Anfrage eines Wissenschaftlers abzulehnen, der einen ganz bestimmten Knochensatz studieren wollte, der in einer der Kisten in der Langen Galerie lagerte.

Offenbar spielte mein Verstand mir Streiche, oder es waren die Dienstboten beim Saubermachen. Solange keines der Präparate dem Beispiel des Jaguars folgte und spurlos verschwand, war alles halb so schlimm.

Dennoch schob ich am Nachmittag die dringlichen Angelegenheiten auf meinem Schreibtisch beiseite und machte mich an eine neuerliche Bestandsaufnahme der Museumssammlungen – bis in den späten Abend hinein kauerte und kniete ich vor den Objekten, krümmte und bückte mich, um alle Vitrinen und Kästen gründlich in Augenschein zu nehmen, bis meine Beine ganz taub waren und mein Rücken wehtat –, nur um festzustellen, dass außer dem Jaguar kein Tier fehlte.

Es war alles in bester Ordnung, aber in meinen unruhigen Träumen durchwanderte ich jede Nacht unaufhörlich die Museumsräume, bis ich aus dem Augenwinkel eine Bewegung wahrnahm, und wenn ich mich umdrehte, war nichts mehr, wie es vorher gewesen war, oder ein Ungeheuer stürzte sich auf mich, und ich wachte auf, panisch um Atem ringend.

Es war alles in bester Ordnung, und doch machte ich keinen Schritt vor die Tür, obwohl der Herbst die Gärten in strahlende Farben getaucht hatte und uns klare, sonnige Tage schenkte, die ich in London immer liebte und zu langen Spaziergängen durch die Parks nutzte.

Ich hatte ganz vergessen, was für ein kleines Glück es war, nach der Arbeit einfach nach Hause zu fahren und mich um nichts mehr kümmern zu müssen als um mein möbliertes Zimmer. Ich musste mir keine Sorgen machen, dass jemand sich nachts an den Exponaten zu schaffen machte, weil die Nachtwächter und die mächtigen Mauern für die Sicherheit der Museumsbewohner da waren. Jetzt, da ich mitten unter den Exponaten beziehungsweise eine Etage über ihnen wohnte, gab es kein Entkommen. Ich konnte sie unter mir fühlen, wenn ich nachts zu aufgewühlt war, um wieder einzuschlafen, eine riesige Herde, ein lautloses Summen, all die Augen, die ins Dunkel starrten. Wie oft würde ich den Herbst hier noch kommen und wieder gehen sehen, dachte ich in den Stunden vor der Morgendämmerung, die immer die einsamsten sind, wie viele Jahre würde ich hier noch schlaflos und voller Sorge verbringen?

An einem Tag Anfang November hatte ich das dringende Bedürfnis, dem Haus und seinen Mauern zu entkommen, die immer näher zu kommen schienen, und traf Lucy an der Eingangstür. Ich fragte sie, ob ich sie bei ihren Besorgungen begleiten dürfte.

»Ich wollte heute mit dem Rad ins Dorf fahren«, erklärte sie, »damit ich wieder zurück bin, ehe es zu regnen anfängt. Können Sie Fahrrad fahren? Ich bitte jemanden, Ihnen das alte Rad meiner Mutter zu holen.«

»Ich kann Rad fahren, aber machen Sie sich bitte keine Umstände, ich begleite Sie einfach ein andermal.«

»Es macht keine Umstände«, erwiderte sie lächelnd, und ein zweites Fahrrad wurde geholt und neben das ihre gestellt.

»Also gut«, sagte ich. Es tat gut, ohne viel Aufhebens mit einbezogen zu werden. Als wir losfuhren, achtete ich darauf, mich nicht nach dem Haus umzusehen, und nahm mir fest vor, keinen Gedanken an die Sammlung zu verschwenden.

Lucy trug einen Mantel mit Pelzbesatz, in dem sie unglaublich elegant aussah. Ihre Wangen glühten vor Anstrengung, als wir den ersten Anstieg aus dem Tal heraus bewältigt hatten und keuchend ins Dorf hinauffuhren.

Ich war immer noch völlig außer Atem, als wir den Tabakladen betraten und die Schar Kinder umrundeten, die mit großen Augen vor den Gläsern mit den Süßigkeiten standen. In den letzten Monaten hatte ich viel zu viel Zeit im Haus verbracht. Der Mann hinter der Theke begrüßte Lucy herzlich – wie es zuvor schon andere in unterschiedlichen Stufen von Ehrerbietung getan hatten, denen wir begegnet waren und bei denen sie sich erkundigt hatte, wie es denn der Familie ginge und den Söhnen, die in den Krieg gezogen waren. Wie seltsam es sein musste, wenn jeder wusste, wer man war, dachte ich, als mir auffiel, dass Lucys höfliches Lächeln zunehmend angestrengt wirkte. Man war nie unbeobachtet und wusste, dass später alles haarklein weitergegeben und der neueste Klatsch über die Familie Lockwood ausgetauscht würde.

»Zigarette?«, fragte Lucy, als wir den Laden wieder verließen, und zündete sich selbst eine an. »Ich weiß, es ist schrecklich ordinär, in der Öffentlichkeit zu rauchen«, fügte sie hinzu, als eine matronenhafte Frau ihr einen missbilligenden Blick zuwarf. »Meine Großmutter hätte einen Anfall gekriegt. Vielleicht habe ich deshalb noch keinen Mann gefunden«, scherzte sie. Ich überlegte gerade, wie ich es anstellen könnte, sie zu fragen, *weshalb* sie noch keinen Mann hatte, als ich am Ende der Straße eine vertraute Gestalt entdeckte, deren weißblondes Haar sofort ins Auge fiel.

»Oh Gott«, murmelte ich.

»Was ist los?«

»Die Frau dort drüben …« Ich nickte in ihre Richtung. »Mary heißt sie, glaube ich. Bei meinem ersten Ausflug ins Dorf hatte ich eine furchtbar unangenehme Begegnung mit ihr. Sie kann mich nicht leiden, und ich habe nicht die leiseste Ahnung, warum. Kennen Sie sie?«

»Allerdings«, antwortete Lucy, »und ich glaube, ich bin heute auch nicht in der Stimmung, ihr über den Weg zu laufen. Kommen Sie.« Sie nahm mich am Ellbogen und zog mich in eine Gasse, die zu einem anderen Weg aus dem Dorf führte. »Als Kinder haben wir immer zusammen gespielt«, erklärte Lucy, während wir die Fahrräder neben uns herschoben. »Aber ich bin mir nicht sicher, ob wir uns besonders mochten. Sie war ein seltsam mürrisches Mädchen und wollte immer gern die Anführerin sein. Einmal hat sie mir eine Puppe weggenommen und gab sie mir erst wieder zurück, als mein Vater ihr eine andere als Ersatz geschenkt hat.« Sie schnalzte mit der Zunge und spielte die Verärgerte. »Und vielleicht war ich auch eifersüchtig auf sie. Sie hatte blaue Augen, wunderschöne hellblonde Locken und sah aus wie ein Engel. Sie hat sehr jung geheiratet – irgendeinen reichen Kerl –, und ich habe sie jahrelang aus den Augen verloren, bis er starb. Nicht lang nach dem Unfall ist sie dann so etwas wie die Freundin meines Vaters geworden.« Sie verzog das Gesicht.

»Himmel«, sagte ich, und im nächsten Moment verhedderte sich Lucys Fahrrad in einem Strauch in einem Vorgarten und fiel scheppernd zu Boden.

»Oh, verflixt, die Kette ist ab!« Ihre Hände flatterten.

»Das bekomme ich wieder hin«, beruhigte ich sie und ging in die Hocke. Zum Glück hatte ich mir nichts Schickeres angezogen, bevor wir losgefahren waren, und ich freute mich, ihr auf diese Weise ein wenig zur Hand gehen zu können. »Das muss ein unangenehmes Gefühl gewesen sein, Mary und Ihren Vater zusammen zu sehen«, meinte ich, um sie wieder auf unser Gespräch zurückzubringen, während ich das Rad vor- und zurückschob, um die eingefettete Kette wieder aufzulegen.

»Unangenehm ist der richtige Ausdruck«, schnaubte sie und legte mir eine Hand auf die Schulter. »Sie ist dann so gut wie bei uns eingezogen, aber ich war damals so durcheinander, dass ich nicht die Worte zusammenbrachte, um bei meinem Vater dagegen zu protestieren. Ich glaube, das war seine Art zu trauern. Er ist kein Mann, der gut allein sein kann. Aber der Einzug des Museums scheint meinem Vater zum Glück den nötigen Anstoß gegeben zu haben, der Sache ein Ende zu setzen. Das verdanke ich Ihnen, Hetty.« Sie gab mir einen freundlichen Klaps auf die Schulter und lachte. »Und dann haben Sie auch noch mein Fahrrad repariert«, fügte sie hinzu, als ich aufgestanden war und meine Hände erst an dem rüpelhaften Strauch und dann an meinem Taschentuch abwischte. Es war das einzige, das ich dabeihatte, und war augenblicklich ruiniert.

»Warten Sie, da ist noch etwas.« Um im schwindenden Licht besser sehen zu können, hob sie mein Kinn mit den Fingerspitzen leicht an und rieb mit ihrem Spitzentaschentuch an meiner Wange.

»Es wird gleich regnen«, sagte ich, weil ich fürchtete, dass sie noch eine ganze Weile beschäftigt sein würde, wenn sie alle Stellen mit Kettenfett bei mir entfernen wollte.

»Oh, stimmt, Mist!« Sie machte *tsk* und sah zu den immer dunkler werdenden Wolken auf. »Wer zuerst zu Hause ist?«, fragte sie und zog übermütig die Braue hoch. Wir schossen los, der kalte Wind peitschte an unseren Gesichtern vorbei, unsere Beine traten so fest in die Pedale, wie sie nur konnten, und ich dachte über das nach, was sie über Mary gesagt hatte und was der Grund für ihre heftige Abneigung sein konnte. Sie hatte offenbar den Eindruck gewonnen, dass ich bei ihrem Rauswurf aus Lockwood die Hand im Spiel hatte, und die Tatsache, dass der Major nichts unternommen hatte, diese Annahme zu entkräften, machte mich erneut wütend.

Immerhin lenkten mich diese Gedanken von den schwarzen Wolken, die sich über uns türmten, und dem stärker werdenden Wind ab. Die Landschaft, in die wir hinabfuhren, wirkte finster und bedrohlich. Die düstere, massige Gestalt des Herrenhauses ragte aus dem Tal und beherrschte den Blick immer mehr, je näher wir kamen. Steinchen spritzten vom Kiesweg auf und flogen wie spitze Nadeln gegen meine Waden. Ich hielt die Lenkstange fest umklammert, damit ich mit meinen fettigen Händen nicht abrutschte.

Als wir Lockwood erreichten, war das Haus in völligem Aufruhr – eine geborstene Leitung war erst bemerkt worden, als das Wasser bereits durch die Decke in einem der leerstehenden Schlafzimmer tropfte. Lucy eilte davon, um nach der Ursache des Lecks zu suchen, während ich Dorothy bat, die Decken der Museumsräume nach feuchten Stellen abzusuchen, und erst nach oben in die Dienstbotenetage, aber den Stimmen folgend weiter hinauf in das Dachgeschoss rannte.

»Haben Sie den Haupthahn zugedreht?«, fragte ich atemlos und begann im aufgewirbelten Staub zu husten.

»Selbstverständlich«, erwiderte die Haushälterin. Sie sprach gerade mit Paul, Lockwoods jüngstem Angestellten (den ich wegen seines freundlichen Wesens zum Fischotter erkoren hatte), der neben Lucy stand und die Wand anstarrte.

»Es ist nun mal ein altes Gebäude«, meinte Lucy, »und die Leitungen verlaufen kreuz und quer. Das Wasser ist aber noch nicht bis zum Museum vorgedrungen, oder?«, fragte sie und legte mir die Hand auf die Schulter.

»Nein, alles in Ordnung.« *Bis jetzt jedenfalls*, dachte ich.

»Sie glauben, es könnte mit meinem Badezimmer zusammenhängen. Es ist auf der anderen Seite von dieser Wand«, erklärte sie und klopfte mit den Knöcheln an das Holz.

Paul hebelte ein Stemmeisen in eine Lücke zwischen zwei Wandplatten. »Welche Farbe hat Ihr Badezimmer, Mylady?«, erkundigte er sich bei Lucy.

»Rosa.«

»Nicht blau?«

»Blau?«, wiederholte sie. Ihre Stimme klang plötzlich ganz seltsam.

Ich sah genau in dem Moment zu ihr hinüber, in dem Paul die zwei hölzernen Wandelemente mit lautem Krachen auseinanderstemmte, und ihre Miene verzerrte sich in blankem Entsetzen, als sie sah, was Paul da freigelegt hatte.

Was brachte sie nur so aus der Fassung? Ich drehte mich zu der Öffnung im Holz um.

Durch die Lücke war ein kleiner Raum zu sehen, mit verblichener blauer Chinoiserie-Tapete und nacktem Dielenboden, und durch einen Spalt im Dach fielen Lichtstrahlen, die den schmalen schwarzen Kamin und die gegenüberliegende, zugemauerte Tür zum Schimmern brachten. Von der Decke hing ein mit Spinnweben überzogener alter Kronleuchter, der im Luftzug sacht hin und her schwang.

## KAPITEL 18

Als wären der Schreck über die geborstene Wasserleitung, die hastig repariert worden war, und der heftige Sturm, der die Ziegel vom Dach von Lockwood fegte, noch nicht genug, und als wollte das Haus die angespannte Stimmung bis zum Äußersten treiben, wurden seine Bewohner gegen ein Uhr nachts von markerschütternden Schreien geweckt, die das Blut in den Adern gefrieren ließen, jene Art von Schrei, die einen aufspringen ließ, während einem ein entsprechender Laut im Halse steckenblieb.

Ich warf mir den Morgenmantel über und stürzte auf den Flur. Am westlichen Ende entdeckte ich einige Gestalten – von dort kam auch das schreckliche Heulen.

»Was ist da los?«, erkundigte ich mich bei Joyce, die mit zerzausten Haaren dort stand.

»Es ist nichts, Miss. Sie sollten lieber unten warten.«

»Aber was – wer – ist das?«, wollte ich wissen, obwohl ich eine schreckliche Ahnung hatte, wer da in Not war.

»Es ist Lady Lucy, sie hat wieder einen Anfall.«

»Geht es ihr gut?«, fragte ich und merkte, dass das eine sinnlose Frage war, denn so, wie sie schrie, ging es ihr ganz offensichtlich nicht gut.

»Ihr Vater ist bei ihr – er ist seit ein paar Stunden wieder zurück – und auch die Haushälterin. Der Arzt wurde bestimmt auch schon gerufen.«

Der Nachtwächter kam schnaufend die Treppe hoch, um nachzusehen, was der Lärm zu bedeuten hatte. Ich drehte mich zu ihm um und sagte ihm, dass alles in Ordnung sei und er wieder auf seinen Posten gehen solle. Ich machte mich gerade zögernd auf den Weg zurück in mein Zimmer, als die gellenden Schreie einen neuen Höhepunkt erreichen und ich wie angewurzelt stehen blieb.

»Jetzt reiß dich mal zusammen, Mädchen, und hör auf, dummes Zeug zu reden!«, hörte ich den Major ausrufen.

Wenn ich hörte, dass er sie schlug, würde ich hochlaufen und dazwischengehen, nahm ich mir vor, und ich spürte, wie die Muskeln in meinen Beinen sich anspannten. Doch dann schlugen die Schreie in Schluchzen um, in das sich immer wieder hohe Klagelaute mischten. Ich hätte ihr gern geholfen, sie getröstet, aber was konnte ich schon ausrichten im Vergleich zu einem Arzt, einem Vater und einer Haushälterin, die sie schon seit Langem kannte? Vor Mitgefühl war ich schon selbst den Tränen nahe.

»Wenn Sie in den Salon gehen und dort warten wollen, bringe ich Ihnen gern einen Tee«, meldete sich Dorothy, die aus einer der dunklen Ecken zu uns stieß.

»Oh nein, bitte, das ist doch nicht nötig«, wehrte ich ab und hustete, um zu verbergen, wie belegt meine Stimme war.

»Unsinn, Miss, dann habe ich wenigstens etwas zu tun. Ich habe mich zu Tode gefürchtet, als ich von den Schreien wach geworden bin«, sagte sie und schaute gedankenverloren zum anderen Ende des Flurs hinüber.

Niedergeschlagen hockte ich im Salon, umgeben von meinen Tieren, deren Silhouetten sich gegen den Halbschatten abzeichneten. Normalerweise empfand ich ihre Anwesenheit als tröstlich, doch an diesem Abend fühlte ich mich besonders einsam und stellte mir vor, wie die aus dem Schlaf geschreckten Dienstboten sich gerade in der warmen Küche zusammendrängten. In London war zu jeder Tages- und Nachtzeit das Geräusch von Stimmen, Sirenen, den Autos auf der Straße und dem Trippeln von Schritten auf dem Gehweg zu hören, und mit einem Mal wünschte ich mich sehnlichst dorthin zurück.

Nach einer halben Ewigkeit erschien Dorothy an der Tür, um meinen kalten Tee wieder mitzunehmen.

»Die Ärmste«, sagte sie und machte eine Kopfbewegung auf das dünne, hohe Weinen zu, das auch das Dröhnen des Sturms nicht übertönen konnte und das mir das Herz zerriss. »Es ist so schrecklich, was aus ihr geworden ist. Sie war immer so ein fröhliches kleines Mädchen! Bis sie ungefähr acht war. Wir Angestellten nennen es das Schwarze Jahr. Kinder haben ja manchmal schwierige Phasen, nicht wahr, aber bei ihr sind sie nicht wieder vorübergegangen. Natürlich war da dieser Zwischenfall an ihrem Geburtstag, dieses Versteckspiel, das zu lange ging und ihr Angst eingejagt hat, aber wenn Sie mich fragen, war es der Vogel, der an allem schuld ist, der hat sie traumatisiert.«

Sie verstummte und schaute mich von der Seite an. Die Gelegenheit, diese Geschichte zu erzählen, bot sich nicht oft, und es war offensichtlich, dass sie sie ganz auskosten wollte.

»Was ist geschehen?«, fragte ich. Ich war neugierig geworden und wollte unbedingt mehr über Lucy erfahren, wollte eine Erklärung für ihre Angstzustände, auch wenn ich wusste, dass ich ihre Privatsphäre respektieren und nicht auf Klatsch und Tratsch hören sollte.

»Ihre Eltern haben am Ende des Sommers eine Gartenparty gegeben, mit Tee auf dem Rasen und Krocket und einer Blaskapelle«, begann Dorothy, »und sie war wie ein kleiner Engel gekleidet, in einem luftigen Spitzenkleidchen und der Perlenkette, die sie von ihrem Daddy bekommen hatte. Sie tänzelte den Weg dort herunter …« – sie deutete in Richtung der Gärten, die jetzt im Dunkeln lagen – »… und damals hatten wir natürlich noch den Taubenschlag. Sie hopst also munter da entlang, biegt um eine Hecke und –

*knirsch.*« Sie zog scharf die Luft ein. »Sie war auf einen kleinen Vogel getreten, mit Federn, Flügeln, allem Drum und Dran! Und das auch noch barfuß. Können Sie sich das vorstellen?«

»Ist der Vogel gestorben?«

»Natürlich, obwohl wir ihr zu erklären versucht haben, dass er so oder so gestorben wäre, so wie er da auf dem Weg gelegen hatte. Sein Flügel war sicher schon gebrochen gewesen«, fügte sie hinzu und zog eine Schulter hoch, um es besser zu veranschaulichen. Das Licht im Salon flackerte eine Minute lang, und wir sahen stumm zu, als wäre uns eben erst wieder eingefallen, dass Krieg war und Gefahr von Fliegerangriffen bestand, doch dann floss die Elektrizität wieder gleichmäßig und sie fuhr fort. »Sie war untröstlich. Sie schrie und weinte und hat buchstäblich versucht, sich die Augen auszukratzen. Noch einen Monat später konnte man die Spuren sehen. Sie mussten den Arzt rufen und der hat ihr eine Woche lang Beruhigungsmittel verabreicht, weil sie nicht aufhörte zu weinen. Das ist wohl auch der Grund, weshalb sie so seltsam geht, schätze ich.« Sie hob einen Fuß.

War mir aufgefallen, dass Lucy ein wenig hinkte oder übertrieben vorsichtig ging? In diesem Augenblick war ich durchaus bereit, Dorothy das zu glauben.

»Der Körper erinnert sich an Dinge, die der Kopf vergisst, sagt man«, fuhr sie fort. »Das Gefühl, eine kleine Taube mit der Fußsohle zu zertreten.« Sie schauerte bei dem Gedanken, und die Teetasse klirrte auf der Untertasse in ihrer Hand. »Und danach … das arme Kind. So etwas hätte wohl niemanden kaltgelassen.«

Ich dachte über das kleine Mädchen und den Vogel nach, während ich dem Wind lauschte, der an den Fensterrahmen rüttelte und durch die Ritzen in den Bodendielen fuhr, sodass meine Füße ganz kalt wurden. Und dann – Dorothy war gerade wieder gegangen und hatte die Tür hinter sich zugezogen – fiel es mir wie Schuppen von den Augen. *Aber, mein Täubchen,* dachte ich. *Er nannte sie ›mein Täubchen‹.*

Schließlich ging ich wieder ins Bett, aber auch als das Weinen allmählich nachließ, das inzwischen wie das leise Winseln eines verletzten Tieres klang und mir in der Seele wehtat, gelang es mir nicht, wieder einzuschlafen. Als ich unter die Decke schlüpfte, hatte mich plötzlich ein tiefes Gefühl der Scham überkommen, als hätte ich in eine saure Himbeere gebissen und ihr Saft kribbelte mir nun auf der Zunge. Wie kam ich dazu, hinter Lucys Rücken mit Dorothy über sie zu reden? Wie kam ich dazu, ihr Vertrauen derart zu missbrauchen? War ich vergebens jahrelange Zeugin der Freundschaften anderer Leute gewesen und hatte vergessen, wie Freunde sich zu verhalten haben? Ich gelobte, ihr zu erzählen, was ich über sie gehört hatte, auf die Gefahr hin, dass sie dann nicht mehr mit mir befreundet sein wollte.

Seit ich auf Lockwood war, Gespenstergeschichten hörte und mich auf groteske Jagden nach Kolibris begab, verlor ich nach und nach den professionellen Abstand, meine Fähigkeit, mich auf das Wesentliche zu fokussieren, die mir trotz meines Missgeschicks die Leitung der Abteilung eingebracht hatte. Lockwood mit seinem verwinkelten Labyrinth aus Zimmern war eine klaustrophobische Welt *en miniature*, in der die alten Hierarchien noch galten und wo man den Eindruck gewinnen konnte, seine Bewohner wären ganz allein auf der Welt und der Krieg wäre nur ein Traum. ›Sitzkrieg‹ wurde er genannt, ein Scheinkrieg, denn die angekündigten Bomben auf London waren noch nicht gefallen, aber selbst London erschien mir von hier aus so unwirklich, als hätte ich mir die Stadt, die anonymen Menschenmengen und endlosen, sich bis zum Horizont erstreckenden Straßen nur eingebildet. Die Atmosphäre hier war erdrückend und nahm einem den Atem. Kein Wunder, dass es Lucy schlecht ging.

Beim Frühstück ging der Major scharf mit mir ins Gericht. Er war sichtlich angespannt, um seine müden Augen lagen tiefe Ringe. Inständig hoffte ich, jemand käme dazu und würde seine Tirade unterbrechen, doch niemand tat mir den Gefallen.

»Von der Haushälterin höre ich, Sie haben Lucy arbeiten lassen, staubsaugen, Tiere abstauben und wer weiß, was noch«, begann er und schnitt in seine gegrillte Tomate. »Muss ich Sie daran erinnern, dass Sie sich hier in meinem Hause als Gast befinden?« Er legte Messer und Gabel zu beiden Seiten seines Tellers ab und beugte sich auf den Ellbogen nach vorn.

»Ich habe sie nicht darum gebeten – sie war so nett, von sich aus anzubieten, immer mal wieder für ein paar Stunden zu helfen.«

»Das hätten Sie ablehnen müssen – sie wollte nur höflich sein. Ich habe Ihnen gleich am ersten Tag gesagt, dass meine Tochter äußerst sensibel ist, dass man sie unter keinen Umständen aufregen darf. Sie dazu zu ermutigen, ständig tote Tiere zu kämmen, geht entschieden zu weit, und Sie werden unverzüglich dafür sorgen, dass das aufhört.«

»Das ist Lucys Entscheidung«, entgegnete ich. »Ich kann sie ja schlecht an den Haaren wegzerren.«

Und wenn er noch so sehr davon überzeugt war, dass sie nicht belastbar war – und selbst wenn sie die Meinung teilte –, sie war kein kleines Kind mehr, das man einfach so herumkommandieren konnte, und ich dachte gar nicht daran, sie wie eines zu behandeln.

»Bringen Sie mich nicht dazu, dass ich bereue, mein Haus dem Museum geöffnet zu haben, Miss Cartwright«, sagte er und griff nach Messer und Gabel, um sich über den Rest seines Frühstücks herzumachen.

# KAPITEL 19

*Ich dachte, alle Zimmer in diesem Haus zu kennen. Hatte ich nicht meine Abende damit verbracht, vor meinem geistigen Auge einen Lageplan zu erstellen und im Kopf jedes einzelne abzugehen? Ich dachte, ich könnte unterscheiden zwischen Realität, Erinnerung und Traum.*

*Es gab Geschichten aus meiner Kindheit, die ich als Albträume abgetan hatte, und andere, von denen nur ein Gefühl, eine unbestimmte Angst, ein Echo übrig geblieben waren. Aber nun erinnerte ich mich wieder. Als wäre der Raum ein Ei, in dem meine Erinnerungen verschlossen waren und die herausflossen, als seine hölzerne Schale zerbrach.*

*Als ich neun war, schloss meine Mutter mich immer in diesem Raum ein, das war mir plötzlich wieder eingefallen.*

*War es anfangs nur ein Spiel gewesen? Hatten wir Verstecken gespielt? So musste es gewesen sein, denn ich konnte mich an die ersten Male erinnern, wie ich dort mit dem Kerzenstummel, den sie mir gegeben hatte, auf sie gewartet und mich währenddessen umgesehen hatte: das Muster der Tapete, das im flackernden Kerzenlicht tanzte und sich drehte, die blauen Kaminkacheln mit den Hasen und ihren nachtschwarzen Augenklecksen. Ich erinnerte mich, wie ich darauf gewartet hatte, dass sie die Tür öffnen und mich finden würde, und ich, als immer mehr Zeit vergangen war, schließlich selbst die Tür aufmachen wollte und feststellte, dass sie abgeschlossen war. Ich erinnerte mich, wie es gewesen war, als der gewohnte bittersüße Kitzel, jeden Moment entdeckt werden zu können, in Angst umgeschlagen war. Ich erinnerte mich, dass die Kerze ausgegangen war …*

Du hast mich hereingelegt, *schrie ich meine Mutter an, als sie mich endlich befreite und mich an sich drückte,* ich dachte, es ist ein Spiel.

Es ist ein Spiel, *sagte sie mit strahlendem Lächeln und unruhigem Blick.*

Nein, das ist es nicht, das war gemein, *schluchzte ich.*

*Aber sie hörte nicht auf damit, sie sperrte mich immer wieder dort ein, auch wenn ich mit den Fäusten gegen die Tür hämmerte, damit sie wieder aufging, und ich schrie, sie solle mich rauslassen.*

Ich will dich nur beschützen, *sagte sie beschwörend mit bebender Stimme, wenn sie mich in die Kammer brachte.* Ich will doch nur, dass du in Sicherheit bist, damit du keine Albträume mehr haben musst.

Du lügst, *schrie ich und rief nach den Dienstboten, dass sie mir helfen sollten, egal wer, bis meine Stimme immer leiser wurde, weil niemand kam. Vielleicht konnte mich niemand hören, niemals wieder, und ich würde für immer allein in der Finsternis sein, dachte ich und weinte still vor mich hin.*

Ich bin hier, *sagte ich irgendwann in den Raum hinein, dessen Wände sich im Dunkel aufgelöst hatten, als wollte ich mich selbst davon überzeugen, dass ich existierte und nicht mit der Dunkelheit verschmolzen war.* Ich bin hier, *sagte ich.* Bitte, *flüsterte ich, vor den Kamin gekauert, wo ich den hauchdünnen Luftzug spürte, der durch den zugemauerten Schornstein drang, und mit den Fingern über die kalten Kacheln strich, als wenn ich die aufgemalten Hasen zum Leben erwecken könnte, damit sie mich trösteten.*

*Und wenn sich die Tür dann mit einem plötzlichen Lichtschwall endlich öffnete und meine Mutter mich hinaustrug und sagte,* da ist es ja, mein kleines Mädchen, *heulte ich wie ein verwundetes Tier, weil mir schlecht wurde von ihren streichelnden Händen, weil es sich anfühlte wie eine Parodie von Liebe.*

Ich versuche nur, dich vor ihr zu schützen, *beteuerte sie mit schwacher Stimme, als dieses grausame Spiel bereits ein paar Wochen andauerte. Ich hatte meine Großmutter um Hilfe gebeten, und sie hatte gesagt, dass ich selbst schuld sei, wenn meine Mutter mich bestrafte, weil ich unartig war. Mein Vater war damals so gut wie nie zu Hause, weil er oft bis spätabends arbeitete. Martha und einige andere Dienstmädchen versuchten, mich in immer andere*

*Stockwerke und Zimmer zu bringen, doch meine Mutter fand mich jedes Mal.*

*Sie saß auf dem Boden, die Arme um die Knie geschlungen, als wäre sie das Kind und ich die übergeschnappte Mutter.*

*Sie musste mir nicht mehr erklären, wer ›sie‹ war, denn inzwischen hatte sie mir von dem Geist ihrer Kindheit berichtet, der ihr nach England gefolgt war.*

*Ihre verrückte Erzählung verstärkte meine Angst nur noch. Wenn ich nun in die Kammer gesperrt wurde und meine Kerze verlosch, fürchtete ich, nicht allein in der Dunkelheit zu sein. Jeden Augenblick könnte ich hören, wie ein Kleid über die nackten Holzdielen streifte, könnte ich fremden Atem im Nacken fühlen, und eine Hand könnte aus dem Dunkel schnellen und mich packen.*

*Ich hörte auf, mit mir selbst zu sprechen, aus Angst, meine Stimme könnte wie die eines Fremden klingen, und versuchte, so leise wie möglich zu sein und lautlos zu atmen, obwohl mein Herz raste, als wäre es ebenfalls eingesperrt. Ich schloss die Augen und wünschte, ich könnte mich in Luft auflösen, so klein und unhörbar werden, dass sie mich niemals finden würde.*

*Ungefähr einen Monat lang – der sich jedoch wie Jahre angefühlt hatte – hatte meine Mutter mich immer wieder in diesen Raum gesperrt, als mein Vater mich endlich rettete.*

*Eines Tages riss mich seine Stimme aus meiner angstvollen Trance. Er stand vor dem blauen Zimmer und schrie meine Mutter an.* Gib mir den Schlüssel, du Hexe!, *brüllte er.* Was zum Teufel hast du mit meiner Tochter angestellt? Gib sofort den verdammten Schlüssel her. *Meine Mutter schrie zurück, dass sie mich nur schützen wolle, dass ich da drin sicher sei.*

*Schließlich trat er kurzerhand die Tür ein. Ich weinte so heftig, dass ich mich übergeben musste, und versuchte, mir die Augen zuzuhalten, weil mich das Licht nach stundenlanger Dunkelheit wie ein Dolchstoß traf.*

*Ich habe dich, sagte mein Vater, und ich verbarg mein Gesicht an seiner Brust, während er meine Mutter anbrüllte, sie solle ja nicht in meine Nähe kommen.*

*Ich wünschte mir damals, er hätte jemand anderes geheiratet. Ich wünsch-*

*te, ich hätte eine normale Mutter, die keine Geister sah, die nicht verrückt war.*

*Mein Vater ließ die Kammer verschließen, und die Albträume, die mich seit dem schicksalhaften Versteckspiel ein Jahr zuvor verfolgt hatten, wurden schlimmer. Fast jeden Abend bekam ich einen Löffel Beruhigungsmittel und bettelte unter Tränen, dass in der Nacht nicht nur zwei Lampen brannten, sondern auch der Vorhang zurückgezogen blieb und das Mondlicht hereinließ, damit ich nie wieder im Dunkeln eingesperrt sein musste. Meine Mutter wurde für einen Monat fortgeschickt, und als sie zurückkam, sah sie blass und traurig aus und sagte, dass es ihr leidtue, dass sie mir keine Angst hatte einjagen, sondern mich nur hatte schützen wollen, aber ich spielte nie wieder mit ihr – kein Verstecken, kein Blindekuh, kein Um-die-eigene-Achse-Drehen, bis uns schwindelig wurde, keine Rollenspiele.*

*Ich hatte jene Zeit völlig vergessen, oder sie nur für einen bösen Traum gehalten. Als ob mein Unterbewusstsein selbst eine Mauer errichtet hätte, um meine Erinnerungen dahinter wegzuschließen. Ich wusste jetzt, wie es kam, dass ich mich vor der Dunkelheit fürchtete, weshalb ich Angst davor hatte, gefangen und erdrückt zu werden. War das auch der Grund, warum ich immer von einem Hasen träumte, waren es die Wesen, die in jener Kammer von den Kacheln gesprungen und durch die Gegend geflitzt waren, hatte ich einer verlorenen Erinnerung nachgejagt?*

*Und wenn ich die anderen verschlossenen Räume öffnete? Jene Räume, die darauf warteten, dass jemand den Stuck reparierte oder die verzogenen Dielenbretter ersetzte, und in denen die Möbelstücke sich wie Trauernde in Schleier hüllten. Würde mich eine weitere Woge von Erinnerungen erfassen, wenn ich ein Zimmer nach dem anderen aufschloss?*

*Wenn ein Haus fast zwei Jahrzehnte lang eine verlorene Kammer, das Zimmer aus einem Albtraum, das nur eine Wand von meinen Räumen trennte, für sich behalten konnte, was mochte es noch alles verbergen? Wenn ich trotz meiner allabendlichen Wanderungen durch die zweiundneunzig Zimmer auf dem Lageplan in meinem Kopf nichts von einem dreiundneunzigsten gewusst hatte, was wusste ich dann überhaupt?*

*Ich hatte Angst davor, die Augen zu schließen, aus Furcht vor der Dunkelheit, die auf mich einstürzen würde, und allem, was in ihren Schatten lauerte – Fell, das mich streifte, kalte Finger, die mich kniffen, oder etwas Namenloses, viel Schlimmeres …*

*Und wenn ich schließlich doch vom Schlaf übermannt wurde, wachte ich in meinem Traum auf und stellte fest, dass ich jene Kammer nie verlassen hatte, nie erwachsen geworden war, nie gerettet, dass ich immer noch im blauen Zimmer eingesperrt war, unerreichbar für die Welt und starr vor Angst.*

KAPITEL

# 20

Die Roten Pandas sehen so aus, als ob sie atmen, also die hier in dem Schaukasten, meine ich«, hörte ich eine Stimme sagen, als ich Anfang Dezember in die Bibliothek kam.

»Wie bitte?« Ich drehte mich um und sah, wie eines der neueren Dienstmädchen die Reflektion in der Glasscheibe als Spiegel benutzte, um sich den Lippenstift nachzuziehen. Der Kragen ihrer Bluse war hinten flachgedrückt und die Bänder ihrer Schürze waren verdreht.

»Das Glas ist beschlagen«, sagte sie.

Ich trat neben sie. Und tatsächlich, vor jedem der kleinen Gesichter der zwei Roten Pandas waren feuchte Flecken. Ich seufzte, und in der kühlen Luft bildete auch mein Atem eine kleine Wolke.

»Sie sind also nicht lebendig?«, fragte sie augenzwinkernd.

»Nein«, erwiderte ich und klopfte an das Glas, »aber jemand anders. Jemand, der klein und hungrig ist und sich da drin ein Versteck vor der Kälte gesucht hat.«

»Das kann ich gut verstehen, dieses Haus ist eine Eishöhle«, meinte sie und rieb sich geistesabwesend die Arme, während ihr Blick immer wieder zur Tür wanderte – und zum Arbeitszimmer des Majors wie ich vermutete, denn ich hatte im Vorbeigehen gesehen, wie er im Billardzimmer mit ihr geflirtet hatte.

Kam sie gerade von dort? War das der Grund, weshalb ihre Kleidung in Unordnung war, oder wollte sie mit dem Lippenstift erst seine Aufmerksamkeit auf sich ziehen? In meinen Augen war der Major nichts anderes als ein grober Klotz, und ich konnte mir beim besten Willen nicht vorstellen, von ihm angefasst werden zu wollen.

Lockwood verlor einen Dienstboten nach dem anderen, viel zu viele, als dass die Kriegsanstrengungen dafür verantwortlich gemacht werden konnten, aber auch viel zu viele, um jedes Mal gebrochene Herzen und verletzten Stolz dahinter zu vermuten. Lucy hatte mir erklärt, dass Neuankömmlinge mitunter mit den Anforderungen eines so herrschaftlichen Hauses überfordert waren und dann rasch wieder kündigten. Durch den Krieg hatte sich die Lage noch verschärft, und der Haushälterin drohte die Situation allmählich über den Kopf zu wachsen – so sehr, dass ich ihr nach Möglichkeit aus dem Weg zu gehen begann, rasch die Tür schloss oder mich in ein anderes Zimmer rettete, weil sie immer einen Weg fand, zu erwähnen, wie viel Arbeit es sie kostete, die Museumsräume sauber zu halten. Diese Arbeit wurde zwar mithilfe von staatlichen Geldern vom Museum bezahlt, aber das behielt ich für mich. Ich wollte vermeiden, dass sie sich noch mehr in ihren Groll hineinsteigerte.

»Dann gehe ich wohl lieber wieder an die Arbeit«, meinte das Dienstmädchen, das immer noch neben mir stand. Dann ging sie und ich betrachtete die Pandas mit ihren niedlichen weißen Gesichtchen und ihrem üppigen rötlichem Fell und konnte hören, wie ihre Schritte im Flur eine ganze Weile innehielten.

Als ich die Roten Pandas aus ihrem Glaskasten holte, fand ich die Überreste eines Spitzmausnests in einem der Körper und machte mich daran, die Tiere zu reparieren und das Loch abzudichten, durch das sich die Mäuse gequetscht hatten. Währenddessen stellte ich mir vor, wie es sein würde, Lucy davon zu erzählen, wenn wir noch wie früher die Teestunde zusammen verbrächten, und ich dachte an all die anderen Dinge, über die ich gern mit ihr geredet hätte.

Seit jener schrecklichen Nacht hatte sie sich in ihr Turmzimmer zurückgezogen. Sie hatte keine Träume mehr, die das ganze Haus aufweckten, und meines Wissens kam auch kein Arzt mehr, um nach ihr zu sehen, doch sie war ganz offensichtlich noch sehr mitgenommen oder scheute zumindest die Gesellschaft anderer Menschen. Sie kam nur selten zum Frühstück nach unten und nahm nur gelegentlich das Abendessen mit uns ein. Dann vermied sie jeden Augenkontakt und aß still und konzentriert, als fände sie auf ihrem Teller irgendetwas, was ihr Halt gab.

Sie tat mir von Herzen leid, und wenn sie einmal zum Abendessen kam, versuchte ich lustige und unverfängliche Themen anzuschneiden. Etwa die Kuh vom Bauernhof, die ausgebrochen war und das neu angelegte Beet mit den Kohlköpfen niedergetrampelt hatte. Oder der Nachmittag, an dem ein Star sich in die Lange Galerie verflogen und ich eine Grundsatzdiskussion mit mir selbst vom Zaun gebrochen hatte, ob die menschliche Urangst vor Vögeln, die zu nah am Kopf vorbeifliegen, nun eine Folge eines Riesenvogels war, der einst Jagd auf unsere Vorfahren machte, oder nicht … Aber ich hatte noch nie die Gabe gehabt, zwanglose Unterhaltungen zu führen, und alles, was ich vorbrachte, wurde mit Schweigen oder knappen Antworten quittiert. Mir blieb nichts anderes übrig, als darauf zu vertrauen, dass sie von sich aus auf mich zukommen würde, wenn sie wieder so weit war, und ich gab mir alle Mühe, ihr zu zeigen, wie sehr ich es begrüßen würde, wenn wir unsere Freundschaft wieder aufnähmen. In der Zwischenzeit fühlte ich mich einsam. Ich vermisste Lucy.

Lucy war ungefähr in meinem Alter, hatte aber fast ihr gesamtes Leben hier verbracht. Ich konnte mir nicht vorstellen, immer noch bei meinen Eltern zu wohnen, selbst wenn sie das gewollt hätten, doch wenn ich ehrlich war – was hatte ich trotz Nestflucht in meinem Erwachsenenleben schon vorzuweisen? Kein Zuhause, keine Familie oder Kinder, nur meine Arbeit. Ich hatte ein paar Standpräparate für das Museum angefertigt und etliche restauriert, hatte

Objekte klassifiziert und Neuerwerbungen katalogisiert, Vermerke geschrieben und die Aufbewahrung der Bestände organisiert, Wissenschaftler bei der Forschung unterstützt und eigene wissenschaftliche Arbeiten verfasst, Knochen und Haut und Fell studiert und bergeweise Korrespondenz erledigt. Das Museum als solches existierte bereits, als ich kam, und würde weiterhin existieren, wenn ich es verließ. Den einzigen Stempel, den ich ihm hatte aufdrücken können, waren einige handgeschriebene Dokumente, die verworfen werden würden, sobald sie verblassten oder die Naturwissenschaft schlüssigere Theorien hervorbrachte, einige im Fell kaum sichtbare, anonyme Stiche, und vielleicht ein oder zwei Fingerabdrücke in der Nachbildung eines Skeletts unter der Haut eines vor langer Zeit verendeten Tiers.

Ich hätte gern jemanden gehabt, mit dem ich über meine eigenen Ängste hätte sprechen können, auch wenn sie albern waren – dass ich jeden Morgen, wenn ich die Museumsräume aufschloss, den Atem anhielt, weil ich mich fragte, welche Tiere dieses Mal ihren Standort gewechselt hatten. Erst an diesem Morgen hatte ich die Große Otterspitzmaus, ein rostbraunes Jungtier von etwa dreißig Zentimetern Länge, nicht an seinem eigentlichen Platz im Morgensalon vorgefunden, sondern im Musikzimmer, wo es in aller Seelenruhe auf einem Bücherregal auf mich wartete.

Natürlich könnte ich für jeden Raum einen Plan erstellen, um ganz genau nachzuvollziehen, welche Exponate verrückt worden waren, aber welchen Sinn hatte das, wenn auch andere Leute in diesen Räumen zu tun hatten und es außer meinem noch mindestens vier weitere Schlüsselsätze gab – einen hatte die Haushälterin, einen weiteren der Major, ein dritter war für die anderen Dienstboten und einen teilten sich die Nachtwächter. Mir blieb nur, allen Schlüsselbesitzern und Dienstboten, die in die Räume kamen, immer wieder einzuschärfen, dass die Präparate unter keinen Umständen angefasst werden dürften, und Lockwood dafür zu verwünschen, dass das Museum es für die Evakuierung auserkoren hatte. In London wussten die Leute wenigstens, dass die Dinge da zu bleiben hatten, wo sie hingehörten, dass alles seinen Platz hatte.

Mein Verhältnis zu den Dienstboten hatte sich deutlich abgekühlt – wenn denn je eine gewisse Wärme vorhanden gewesen war –, und sie begannen, die Pflege der Museumsräume zu vernachlässigen, was die Sache alles andere als verbesserte. Es war frustrierend, dass ich offensichtlich als tyrannisch empfunden wurde und ich zugleich ständig rätseln musste, wer mit mir hier sein Spiel trieb, denn inzwischen war ich davon überzeugt, dass es sich nicht um simple Nachlässigkeit handelte, sondern dass jemand mir persönlich eins auswischen wollte und sich einen Scherz auf meine Kosten erlaubte. Mit dem Museum selbst hatte das alles vermutlich überhaupt nichts zu tun.

War es womöglich jemand, der nicht zum Haus gehörte, überlegte ich fieberhaft, als ich eines Nachts mal wieder nicht in den Schlaf fand, nachdem ich am Nachmittag den Eigentlichen Tüpfelkuskus im Billardzimmer entdeckt hatte und nicht im Sommersalon, wo er eigentlich hätte sein sollen. War es die Haushälterin, von der ich insgeheim immer noch glaubte, dass sie hinter der Entführung der Kolibris steckte, oder war es Dorothy, die sich so für Geister- und Schauergeschichten begeistern konnte? Oder jemand ganz anderes, dessen Beweggründe ich nicht im Entferntesten erahnen konnte?

»Miss Cartwright«, sagte Joyce am nächsten Morgen, als sie mich zur Salzsäule erstarrt auf der Schwelle meines Zimmers stehen sah.

Ich war wie üblich in aller Frühe zum Frühstück aufgebrochen, nachdem mich in der Nacht schreckliche Träume gequält hatten: Ich hatte von riesigen Händen geträumt, die meine Tiere aus Regalen zerrten, die daraufhin wieder zum Leben erwachten und sich in alle Richtungen verteilten, während ich mit letzter Kraft versuchte, sie wieder einzufangen. Doch dann hatte ich die Entdeckung auf dem Flur gemacht.

Keine zwei Meter von mir entfernt saß mit glänzenden schwarzen Augen das Totenkopfäffchen vor der offenen Tür des Purpurfarbenen Zimmers, den Schwanz nach oben gereckt und den Kopf leicht zur Seite geneigt. Mit seiner schwarzen Kopfbehaarung und der weißen Gesichtszeichnung wirkte es auf fast unheimliche Weise menschlich.

Joyce blieb neben dem Äffchen stehen und lehnte den Staubsauger an die Wand. »Wie soll ich denn meine Arbeit machen, wenn Sie Ihre Tiere jetzt auch noch mit nach oben bringen und ich um sie herumsaugen muss«, klagte sie matt.

»Aber ich war das nicht«, protestierte ich und spürte, nachdem der erste Schreck vorüber war, Tränen aufsteigen. »Ich schwöre es.«

Sie wirkte alles andere als überzeugt.

In der darauffolgenden Nacht, nach einem Tag der Kränkungen und peinlichen Momente, an dem ich mich voller Scham ständig gefragt hatte, was die anderen wohl von mir dachten und was sie über mich redeten, beschloss ich um halb zwei, unten in den Museumsräumen nachzusehen, ob ich der Person auf die Spur kommen könnte, dir mir diese bösen Streiche spielte. Während ich mir einen Pullover über den Kopf zog, haderte ich mit mir, was ich denn zu finden hoffte – Dorothy womöglich, wie sie in einem Sessel saß und wie ein Erzschurke bereits auf mich wartete?

Als ich meine Taschenlampe in meiner Tasche verstaut hatte und gerade die Tür abschloss, nahm ich ein Geräusch war. Es war kaum hörbar, aber es war da – wie ein Bogen Papier, den man aus einem Umschlag zieht, oder eine Hand, die über einen dichten Pelz streicht. Ich drehte mich um und blickte den Flur zum Westflügel hinunter.

Dort war etwas, dort stand jemand im Dunkeln.

Meine Knie begannen zu zittern, und meine Kehle wurde eng. Angstvoll umklammerte ich die Schlüssel in meiner Hand.

Die Gestalt kam näher, und ihre Umrisse wurden schärfer, je mehr sie aus den Schatten trat, und mir stellten sich die Haare auf.

Sie war ganz in Weiß gekleidet und bewegte sich ruhig und gleichmäßig. Als sie noch näher kam, konnte ich erkennen, dass sie ein Nachthemd und einen Morgenmantel trug, die meinen ein wenig ähnelten, und da, wo sie über den Boden streiften, ein sanft schleppendes Geräusch auf dem Teppich machten.

Es war Lucy.

Ich holte Luft, um sie anzusprechen, doch stattdessen atmete ich wieder aus. Etwas stimmte nicht. Als sie fast auf meiner Höhe war, konnte ich sehen, dass ihr Gesicht seltsam ausdruckslos war. Ihre Augen spähten nicht angestrengt in die Dunkelheit wie meine, sondern waren weit aufgerissen.

Sie schlafwandelte. Und jetzt konnte ich auch sehen, was sie in den Händen hielt. Halb verborgen vom Stoff ihres hellen Morgenmantels war eines meiner Tiere, ein Gemeiner Zwergameisenbär, einen knappen halben Meter lang und einen viertel Meter breit, der sich mit seinem dicken weißen Pelz und langem seidigen Schwanz als Frucht das Kapokbaums tarnen und so seine Feinde täuschen konnte.

Langsam ging ich auf sie zu und hörte in der Tasche ihres Morgenmantels etwas Schweres klirren. Schlüssel?

»Lucy, du schlafwandelst«, flüsterte ich von der Seite. Ich konnte ihre Wärme spüren und nahm ihren Lavendelgeruch wahr, und ich fühlte, wie die Angst von mir abfiel.

Sie antwortete nicht und sah weiter starr vor sich hin. Vorsichtig legte ich ihr die Hand auf die Schulter, um sie aufzuhalten.

»Was willst du denn damit anfangen, du dummes Ding?«, fragte ich und berührte das Tier, das sie an sich gedrückt hielt.

Schlafwandler sollte man nicht wecken, das wusste ich. Und

wenn ich sie weckte und sie sich auf einem dunklen Flur mit einem toten Ameisenbär im Arm wiederfand, würde sie das zweifellos völlig aus der Fassung bringen.

»Komm, ich bringe dich wieder ins Bett«, sagte ich, nahm sie beim Arm und schob sie sanft zurück in die entgegengesetzte Richtung. Es war unheimlich, wie widerstandslos sie mir folgte – als hätte sie keinen eigenen Willen.

Langsam führte ich sie bis zum Ende des Flurs, dann noch langsamer die Treppe hinauf zu ihrer Etage. Ihre Schlafzimmertür stand sperrangelweit offen, alle Lichter waren an. So sacht ich konnte, zog ich den Ameisenbären aus ihrer Umklammerung und setzte ihn auf das rosa Sitzkissen am Fußende ihres Betts.

Weil ich fürchtete, sie könnte aufwachen und sich erschrecken, wenn ihre Beine sich darin verwickelten, half ich ihr aus dem Morgenmantel. Er war aus hellrosa Seide und fiel ihr fast von selbst von den Schultern, woran aber auch das Gewicht in der Seitentasche einen gewissen Anteil hatte. Ich legte ihn über eine Stuhllehne und half Lucy in ihr weiches Bett, erleichtert, dass sie sich so gefügig zeigte, denn ich hätte es niemals fertiggebracht, sie dort hinaufzuheben. Ich deckte sie bis zum Kinn zu und trat einen Schritt zurück.

»Gute Nacht«, murmelte sie plötzlich mit immer noch weit offenen Augen. Aber das war nur ein Reflex, sie war immer noch in ihrem Dämmerzustand.

»Gute Nacht«, sagte ich auch und hatte auf einmal das Bedürfnis, ihr einen Kuss auf die Stirn zu geben. Stattdessen tätschelte ich die Bettdecke in Höhe ihrer Schulter.

Dann nahm ich ihren Morgenmantel wieder vom Stuhl, tastete nach der Tasche und holte einen großen, schweren Schlüsselbund heraus.

Damit öffnete sie also die abgeschlossenen Türen und wanderte durch die Museumräume, während ihr Unterbewusstsein ihr im Schlaf diktierte, Präparate an einer Stelle wegzunehmen und sie an einer anderen Stelle wieder abzustellen. Behutsam, um möglichst kein Geräusch zu verursachen, zog ich eine Schublade aus ihrer Kommode und schob den Schlüsselbund in einen Stapel Seidenwäsche, die sich unglaublich weich anfühlte, von der ich aber nicht hätte sagen können, worum es sich im Einzelnen handelte. Ich würde ihr morgen sagen, wo ich die Schlüssel hingetan hatte, aber ich wollte nicht, dass sie in dieser Nacht einen weiteren Ausflug ins Tierreich unternahm. Ich schlich mich aus dem Raum und zog die Tür leise hinter mir zu, dann machte ich mich auf den Weg nach unten, um den Ameisenbären wieder an seinen angestammten Platz zu bringen.

War es also Lucy, die auf Lockwood Unruhe stiftete? Schwebte sie Nacht für Nacht die Treppe hinunter und verstellte die Exponate mit schlafenden Händen und blicklosen Augen? Wie gelang es ihrem Unterbewusstsein, sie vor Schaden zu bewahren? Was, wenn sie auf der Treppe hinfiel oder die Orientierung verlor und aus dem Fenster stürzte? Und wie konnten wir – sie oder ich oder wir beide gemeinsam – dafür sorgen, dass ihre nächtlichen Exkursionen aufhörten? Selbst wenn sie – oder ich – einen Weg fände, ihre Schlüssel von nun an sicher zu verstecken, wie würde sich das auf ihr Schlafwandeln auswirken? Wohin würde sie gehen, wenn sie die Türen nicht öffnen könnte?

Als ich am Nachtwächter vorbeiging, der mit erschrockenem Schnauben aufwachte – ich hätte noch bis in die Nacht hinein eine lose Naht repariert, erklärte ich ihm, als er den Ameisenbären unter meinem Arm entdeckte, und er nickte zögernd, als verstünde er zu wenig über Taxidermie, um zu wissen, ob er mir glauben konnte oder nicht –, fragte ich mich, ob es möglich war, dass Lucy ganz allein all die Tiere umgestellt hatte, ohne dass einer der Aufseher sie bemerkt hatte. Sie schliefen doch hoffentlich nicht die ganze Zeit. Jedenfalls war sie in keinem Fall kräftig genug, um den Jaguar nach oben zu schleppen, dachte ich und blieb an der dunklen Stelle stehen, an der die Raubkatze nur einen einzigen Tag gestanden hatte, ehe sie spurlos verschwunden war, während mich aus dem Halbschatten ein Dutzend Paar sanft schimmernder Glasaugen anstarrte.

Am nächsten Morgen wachte ich zeitig auf und klopfte an Lucys Tür. Noch ehe sie Gelegenheit hatte zu antworten, sagte ich meinen Namen dazu, weil ich mir die peinliche Situation ersparen wollte, mit einem Dienstmädchen verwechselt und hereingerufen zu werden, wenn sie eigentlich jemand anderes erwartete.

Sie war sichtlich überrascht mich zu sehen und stützte sich mit zerzausten Haaren und vom Kissen zerknittertem Gesicht auf die Ellbogen. Es war in höchstem Maße ungerecht, dass sie sogar zu dieser frühen Stunde so schön aussah.

»Hallo«, sagte sie und rieb sich mit den Fingerspitzen den Schlaf aus den Augen. »Ist alles in Ordnung?«

»Ja«, sagte ich und schloss die Tür vorsichtig hinter mir, »es ist nur …« Ich wusste nicht, wie ich anfangen sollte. »Lucy, sind Sie schon mal geschlafwandelt?«

»Ich weiß, dass ich als Kind geschlafwandelt bin«, antwortete sie, ohne mich anzusehen, als sei es das Selbstverständlichste der Welt. »Meine Kinderfrauen fanden mich an den seltsamsten Stellen im Haus, dabei trug ich Sachen durch die Gegend, als wäre ich hellwach, habe in der Bibliothek Bücher aus den Regalen genommen oder im Dunkeln gezeichnet, mich angezogen, solche Sachen. Sie haben sich immer zu Tode erschreckt, aber ich konnte mich nie an etwas erinnern. Warum?«

»Weil … nun ja, ich habe Sie gestern in der Nähe meines Zimmers beim Schlafwandeln gesehen und Sie hatten den Zwergameisenbären unter dem Arm und einen Schlüsselbund in der Tasche«, sagte ich, ohne abzusetzen.

Sie zog scharf die Luft ein. »Gute Güte, das muss ja ein ziemlicher Anblick gewesen sein. Oh, Hetty, das ist mir wirklich unangenehm«, sagte sie. »Geht es ihm gut, dem Ameisenbären, meine ich?«

»Oh ja, alles in Ordnung, er hat sein nächtliches Abenteuer gut überstanden.«

»Was zum Teufel hatte ich mit ihm vor? Ich verstehe nicht, was ich mir dabei gedacht habe.«

Ich ging zum Bett und lehnte mich an einen Pfosten. »Die Sache ist die … es scheint schon eine ganze Weile so zu gehen. Exponate aus einem Raum tauchen in einem anderen wieder auf, Tiere werden in die Hand genommen und anders wieder hingestellt, und wir haben nicht die leiseste Idee, wer dahintersteckt.«

»Oh Hetty, nein!«, rief sie entgeistert aus. »Oh Gott. Ich war so sehr mit meinen eigenen Sorgen beschäftigt und habe mich hier oben einfach so verbarrikadiert. Ich hatte ja keine Ahnung. Was müssen Sie wohl von mir denken, dass ich nachts in Ihre Räume eindringe? Es tut mir schrecklich leid.« Sie biss sich auf die Lippe, und ihre Augen füllten sich mit Tränen.

»Das muss es wirklich nicht«, sagte ich und trat näher an sie heran, als sie ihre Hand nach meiner ausstreckte. »Sie wussten ja nicht, dass Sie schlafwandeln. Hätte ich Ihnen früher von den Vorkommnissen erzählt, wären Sie vielleicht von allein darauf gekommen und alles hätte sich aufgeklärt.«

Sie drückte meine Hand. Das helle Morgenlicht stahl sich durch den Spalt zwischen den Verdunkelungsvorhängen und fiel auf die zarten Linien an ihren Mundwinkeln und die Fältchen um die Augen.

»Ich verstehe vollkommen, wenn Sie mit dem Museum umziehen wollen«, sagte sie mit tonloser Stimme.

Ich schüttelte rasch den Kopf. »Seien Sie nicht albern, das Ganze ist doch kaum der Rede wert. Ich habe aus einer Fliege einen Elefanten gemacht, dabei ist keines der Präparate beschädigt worden. Wir sind hier in Sicherheit.«

»Wenn Sie meinen.«

»Ja, das meine ich.«

Erneut drückte sie meine Hand, dann zog sie ihre weg. »Sie haben mir nichts von dem mysteriösen Eindringling gesagt, weil Sie mich nicht beunruhigen wollten, stimmt's? Sie wollten nicht, dass ich wieder so einen Anfall bekomme«, stellte sie sachlich, ohne jeden Vorwurf, fest.

Ich nickte, obwohl ich natürlich noch einen anderen Grund gehabt hatte: Ich hatte vermeiden wollen, dass sie mich für verrückt hielt, dass sie *mich* für genauso übergeschnappt hielt wie alle anderen hier. Es war nicht völlig selbstlos gewesen, dachte ich ein wenig beschämt.

»Danke, dass Sie mich schonen wollten, das war sehr lieb von Ihnen, aber das müssen Sie nicht. Das Museum ist wichtig, und so ein zartes Pflänzchen bin ich nun auch wieder nicht, jedenfalls noch nicht«, sagte sie mit einem kleinen, leicht bitteren Lachen. »Bitte versprechen Sie, mir Bescheid zu sagen, wenn so etwas wieder passiert, wenn Sie wieder ein Problem haben.«

»Ich verspreche es«, antwortete ich und meinte es auch so. Es war lange her, dass ich jemandem zuletzt etwas versprochen hatte. Einen winzigen Moment lang hatte ich den lächerlichen Gedanken, dass wir vielleicht zur Besiegelung unsere kleinen Finger ineinander verhaken oder uns die Hand darauf geben würden, aber stattdessen griff sie zu ihrem Wasserglas.

»Dann gehe ich mal, wir sehen uns nachher beim Frühstück«, sagte ich und ging zur Tür. »Oh …«, fiel mir plötzlich ein, »ich habe Ihre Schlüssel letzte Nacht in eine Schublade gelegt, für den Fall, dass sie noch mal spazieren gegangen wären.«

»In welche?«, fragte sie, schwang die Beine aus dem Bett und stand auf. Ich ging zur Kommode, zog die rechte Schublade auf und griff in einen Stapel Wäsche, der sich als seidene Unterhemden und Schlüpfer entpuppte und aus dem ich den Schlüsselbund hervorzog. Sie trat neben mich, und wir starrten beide die Schlüssel und die Unterwäsche an. Auf einmal wäre ich vor Scham am liebsten in den Boden versunken, weil es so aussah, als hätte ich diese Schublade mit Absicht gewählt, auch wenn es natürlich nicht stimmte.

»Gut«, meinte sie, und als ich mich umwandte, ohne sie noch einmal anzusehen, rief sie mir ein fröhliches *Bis dann* hinterher und schloss die Tür hinter mir.

War da eine besondere Betonung auf dem Wort gewesen, auf dem *gut*, oder bildete ich mir das ein? Ich hielt einen Augenblick inne, dann strich ich meine Bluse glatt und ging nach unten, um zu frühstücken.

# KAPITEL 21

*Wenn ein Geist in diesem Haus umging, dann war ich es. Wenn hier jemand von Gespenstern heimgesucht wurde, dann ich.*

*Bin ich wach?, fragte ich flüsternd mein Spiegelbild am Morgen, nachdem Hetty mir gesagt hatte, dass ich nachts umherwanderte, und sah zu, wie mein Mund sich langsam bewegte und ein Schlucken durch meine Kehle ging.*

*Träume ich?, überlegte ich, als ich auf dem Badewannenrand in meinem Turm saß und an meinem Körper, meinen Beinen und auf die kleine Wasserlache unter meinen kalten Füßen herabblickte.*

*Bin ich real?, sagte ich laut, während ich mein Unterkleid zuknöpfte und eine Halskette umlegte, die mein Vater mir zu meinem letzten Geburtstag geschenkt hatte. Das leere Medaillon entlud einen eisigen Funken auf meinem Brustbein und ließ mich erschauern.*

*Meine Mutter hatte das Richtige getan, als sie mich einsperrte, dachte ich, als ich mit der Bürste durch meine widerspenstigen Locken fuhr und die Sommersprossen auf meinen Wangen mit Puder betupfte, und dann kniff ich schnell die Augen zusammen, damit ich nicht alles ruinierte und anfing zu weinen.*

## KAPITEL 22

Es wurde Januar, und mit ihm kam der kälteste Winter seit Menschengedenken – auch wenn wir das so genau nicht erfuhren, obwohl wir schon in dem Lufthauch fröstelten, den das Umblättern der Zeitung erzeugte, die wiederum nur zensierte Wettermeldungen brachte, um dem Feind keine wertvollen Informationen zu liefern –, und sosehr Lord Lockwood auch beteuert hatte, das Haus modernisieren zu wollen, und obwohl noch so viele Radiatoren aufgestellt oder zusätzliche Kohlelieferungen für den riesigen neuen Boiler veranlasst wurden, so konnte nichts davon über die Tatsache hinwegtäuschen, dass Lockwood ein riesiges altes Gebäude war und es im Winter in Häusern dieser Art immer bitterkalt war. Kälter als draußen, so schien es mitunter. So kalt, dass einem manchmal der Verdacht kam, es sei absichtlich so konstruiert und jeder frostige Luftzug und jede eiskalte Wand wären vom Architekten minutiös in die Baupläne eingezeichnet worden: Manche Stellen im Haus waren immer klirrend kalt, manche Fenster hörten einfach nicht auf zu klappern, selbst wenn man noch so viele Stofffetzen in die Ritzen stopfte, und das Wasser kam so eisig aus dem Hahn, dass man beim Händewaschen Frostbeulen riskierte. Ein solches Anwesen war daran gewöhnt, über ein ganzes Bataillon an Dienstboten zu verfügen, die in jedem einzelnen Raum Feuer machten und es in Gang hielten, die Kamine mit Ofenschwärze auf Hochglanz polierten, Holz und Kohle die Treppen hinauf- und hinunterschleppten und sich dabei den Rücken krumm machten, die Kohleschütten immer wieder aus den enormen Vorräten im Kohlekeller zu befüllen, sich die Finger an fliegenden Funken versengten und die verräucherten Wände wieder vom Ruß befreiten. Je länger der Winter anhielt, desto mehr war ich davon überzeugt, dass das Haus eine Art Tempel war, der sich weigerte, warm zu werden, wenn ihm nicht die notwendige Ehrerbietung durch eine ausreichende Zahl an Dienstboten zuteilwurde, selbst wenn die Physik der Heizkörper da ganz anderer Meinung war – der Tempel verlangte, dass man ihm persönlich huldigte.

Und als dann ein Schneesturm über das Land fegte und Schnee und Eisregen in Mengen brachte, wie man sie so weit südlich noch nie gesehen hatte, wurden auch noch die Straßen um Lockwood unpassierbar. Uns blieb nur, blind den wirbelnden Windböen zuzusehen, während die eine Hälfte der Dienstboten, die im Dorf wohnten, nicht von dort wegkamen, und die andere Hälfte im Haus festsaß, weil niemand die Schneewehen überwinden konnte, die an manchen Stellen mehr als eineinhalb Meter hoch waren. Wir erwarteten eine neue Kohlelieferung, und der gierige Boiler, der die Heizkörper im Haus versorgte, konnte nicht mit dem Holz betrieben werden, das die Gärtner im Herbst geschlagen hatten, als sie am Waldrand ein Stück Land gerodet hatten. Der Major selbst hatte angeblich ein modernes elektrisches Heizgerät in seinem Zimmer, doch alle anderen mussten ihre Räume mit Holzfeuer beheizen, das die Kälte nicht richtig vertreiben konnte. Aus den Tiefen von Lockwood förderte die Haushälterin muffig riechende Decken zutage, die mottenzerfressen und voller Staub und Haare unbekannter Herkunft waren, die ich aber dennoch gehorsam auf meine Bettdecke stapelte, unter der ich nachts bibbernd vor Kälte und völlig durchgefroren einzuschlafen versuchte.

Drei Tage, nachdem die Kohle ausgegangen war, wachte ich auf und alles war dunkel, als wäre das Haus nun bis zum Dach von

Schneewehen eingehüllt. Mein Atem produzierte eine silbrige Wolke in der Luft, als ich mich – noch halb gefangen in einem Traum, in dem ein riesiger Dämon mich zerquetschen wollte und ich lebendig unter Eis begraben war – aus den auf meinem Bett aufgehäuften Decken arbeitete.

Die Elektrizität sei ausgefallen, teilte mir Dorothy mit, als ich mit Schal und zwei Pullovern übereinander zum Frühstück in den Speisesaal hinunterkam. Die Stromkabel waren vereist gewesen und schließlich abgerissen, wodurch Lockwood endgültig in ein früheres Jahrhundert versetzt worden war. Die einzigen Lichtquellen waren Kerzen und Gaslampen, die die Dienstboten vom Dachboden holten. Überall roch es nach Bienenwachs und Öl, und die flackernden Lichter warfen Schatten an die Wände.

Am Abend fanden sich wie durch eine stillschweigende Übereinkunft alle Bewohner von Lockwood – mit Ausnahme des Majors, der sich offenbar in seinem Zimmer verschanzt hatte – nach und nach in der Küche ein, wo der mächtige, mit Brennholz betriebene Herd wohlige Wärme verbreitete, und standen oder saßen mit einer Tasse Tee in der Hand um den Tisch herum.

Um mich vor möglichen schiefen Blicken zu schützen, hielt ich die Augen starr auf den pockennarbigen Tisch gerichtet – zweifellos hatten die Dienstboten sich in den vergangenen Monaten immer wieder erbittert über mich und meine unzumutbaren Sonderwünsche beschwert. In Gruppen hatte ich mich noch nie wohlgefühlt, jedenfalls nicht, nachdem ich in der Schule immer drangsaliert worden war. Dass Besprechungen eher selten an der Tagesordnung waren, gehörte zu den Dingen, die ich an meiner Arbeit im Museum schätzte. Darüber hinaus wurde von niemandem besondere Geselligkeit erwartet.

Lucy kam als Letzte zu uns in die Küche und trug einen Berg Felle vor sich her, der mich verstört aufspringen ließ, ehe sie mit einer Grimasse und einem kleinen Lachen alles zu Boden fallen ließ, wo der Haufen auseinanderrutschte und kostbares Seidenfutter in Rot, Lila und Schwarz aufblitzte.

»Die Pelze von meiner Mutter und Großmutter«, erklärte sie, packte einen Mantel am Kragen und hob ihn in die Höhe. »Ich dachte, wozu sollen sie nutzlos im Schrank hängen?« Sie lächelte, und ich sah, wie das Küchenmädchen, das mir gegenübersaß, den Mantel mit sehnsüchtigem Verlangen anstarrte. »Ich glaube, es müssten genug für alle sein.«

»Ich brauche nichts, vielen Dank, Mylady«, lehnte die Haushälterin ab, als ihr ein Nerzcape angeboten wurde, doch alle anderen Angestellten – Joyce, Dorothy, das Küchenmädchen, die neue Wäscherin, die Köchin, das Zimmermädchen und sogar Paul – nahmen dankbar einen Mantel entgegen und legten ihn sich über die Schultern.

»Das nenne ich mal ein Abenteuer«, befand Dorothy und steckte die Arme in einen üppigen Fuchsmantel, in dem sie fast verschwand. »Als wären wir irgendwo in der Arktis gestrandet, was für ein Spaß.« Alle lachten, nur mir war nicht danach zumute. Ich war von einer tiefen inneren Unruhe erfüllt, und der weiße Nerz, in dem ich steckte, kratzte an Hals und Handgelenken.

»Ich mache mir Sorgen um die Tiere«, platzte ich heraus. An dem Tag hatte ich die Museumsräume geschlossen und mit der Hilfe einiger Dienstboten die Exponate in das Sackleinen gewickelt, in dem sie hierher transportiert worden waren, damit die Kälte ihnen nichts anhaben konnte, und mir für die empfindlicheren Präparate ein paar Decken geliehen, um sie vor der erbarmungslosen Kälte zu schützen. Da die Nachtwächter aber wegen des Schneesturms wegblieben, gab es nun niemanden, der ein Auge auf sie hatte.

»Glauben Sie, irgendein abgehärteter Dieb würde sich durch den Schnee kämpfen, um bei diesem Wetter eine Giraffe zu klauen, Miss?«, meinte Paul. Die Haushälterin schnaubte, und die anderen mussten bei der Vorstellung grinsen.

Ich merkte, wie ich rot anlief.

»Sie müssen sich sicher keine Sorgen machen, liebes Kind«, sagte die Köchin, doch ihr breites Grinsen über Pauls Scherz machte den tröstenden Tonfall zunichte. Außerdem klang *liebes Kind* irgendwie herablassend.

Im Herd knackte das Feuer und ein Scheit Holz fiel im Inneren mit dumpfem Aufprall um. Hinter mir knarrten die Dielenbretter. Ich fühlte mich eingesperrt und unwohl. Mein Stuhl quietschte, als ich ihn im Aufstehen zurückschob, und die Wäscherin zuckte zusammen.

»Ich gehe mal nachsehen, ob mit den Präparaten alles in Ordnung ist«, sagte ich nervös und griff nach meiner Taschenlampe auf dem Boden.

»Brauchen Sie Hilfe?«, fragte Lucy.

»Nein, ich komme klar, vielen Dank«, murmelte ich und hoffte, dass ich sie nicht verärgert hatte.

Erst als ich den Dienstbotenflügel schon verlassen hatte und in das Dunkelschwarz des Haupthauses trat, fiel mir auf, dass ich immer noch den Pelzmantel anhatte.

Im leeren Haus herrschte absolute, tiefgreifende Stille, nur hier und da hörte ich die Mäuse rascheln und den Schnee, der mit sanftem Wispern auf die Fenster traf, und jeder meiner Schritte wurde mit einem Knarren der Holzdielen beantwortet, die sich in der Kälte zusammengezogen hatten. Die Wände schienen auf mich zuzukommen, wenn das Licht der Taschenlampe sie traf, und auch die Dimensionen der Korridore im Westflügel, wo die Sammlung war, kamen mir seltsam verändert vor. Immer wenn ich das Licht auf den Boden richtete, sprang mir der Teppich praktisch aus dem Nichts entgegen, und die gesträubten Haare des Pelzmantels pikten mich in Hals und Nase.

Die Schlüssel für die Museumsräume fühlten sich eiskalt an, als ich aufschloss und eintrat. *Was erwarte ich hier? Was befürchte ich?*, fragte ich mich, während der Schein der Lampe über geheimnisvoll funkelnde Glasaugen, glänzende Vitrinen und die verschwommenen Schemen von Fellen und Bälgen glitt. Das Mobiliar erinnerte an eigenartig kantige Tiere, die Teppiche waren dunkle Tümpel, hinter meinem Rücken schien die Finsternis zum Leben zu erwachen und unruhig zu werden, in der Luft hingen weiße Wölkchen, die mein Atem formte. Wenn ich mich im Vorbeigehen zufällig in einem der goldgerahmten Spiegel oder im Glas der Vitrinen sah, überraschten mich die unförmigen Umrisse meines weißen Mantels jedes Mal von Neuem. Ein oder zwei Mal spiegelte sich das Licht der Taschenlampe und mich traf ein helles Flackern, ich kniff die Augen zu und hatte das Nachbild hinter meinen geschlossenen Lidern, eine blasse Gestalt mit Haaren so weiß wie mein Pelzmantel.

Ich hatte mich noch nie im Dunkeln gefürchtet, auch jetzt nicht, ich war nur aufmerksam, auf der Hut, sagte ich mir, als ich meine Runde durch den Salon, das Billardzimmer, den Morgensalon, das Musikzimmer, den Sommersalon, das Wohnzimmer und das Schreibkabinett drehte, mit der Hand Schaukästen, Sackleinen und Decken befühlte und jede Schnauze, jeden Schwanz und jeden pelzigen Bauch inspizierte, der vor mir in der Finsternis auftauchte. Alles war an seinem Platz, still und starr, wie steifgefroren.

Von da aus ging ich den kurzen Flur entlang und schloss die Lange Galerie auf, wo es noch dunkler und kälter zu sein schien, als hätten ihre Wände auch noch die allerletzten Funken Licht und Wärme geschluckt. Jeder Schritt, den ich tat, dröhnte noch etwas lauter in meinen Ohren, und wenn ich die Taschenlampe nach oben richtete, sah ich, wie mein Atem sich in große Nebelschwaden verwandelte. Ich nahm mir zuerst die Räume auf der linken Seite vor, wo ich beim Anblick der Kolibri-Vitrine im Schein der Lampe die gewohnte Mischung aus Kränkung und Beschämung empfand, und überquerte dann den Gang, um mir die Zimmer auf der rechten Seite anzusehen. Im ersten war alles, wie ich es am Abend zurückgelassen hatte, doch im zweiten lag etwas auf dem Boden, ein in sich zusammengesunkener Haufen aus Sackleinen und Stricken, die sich von der Sammlung Paradiesvögel gelöst hatten – oder entfernt worden waren? –, und als ich mich umwandte, entdeckte ich, dass auch ein Schaukasten mit zerbrechlichen Vogelnestern ausgewickelt worden war.

Ich stieß einen Laut der Entrüstung aus und nahm im nächsten Moment aus dem Augenwinkel eine Bewegung wahr. Rasch richtete ich die Taschenlampe auf die Stelle und konnte gerade noch erkennen, wie etwas aus dem Zimmer huschte.

So schnell ich konnte, nahm ich die Verfolgung auf und rannte durch die Räume, während meine Hausschuhe schmatzende Geräusche machten und meine Taschenlampe auf und ab tanzte und dabei für den Bruchteil einer Sekunde auf eine weißgekleidete Gestalt traf, die wieder verschwand, als der Lichtstrahl abknickte. Ich hastete hinaus und den Gang entlang in Richtung Haupthaus, dem Eindringling hinterher.

Doch dann verlor ich die Spur, und nichts bewegte sich, nur das Knacken des Hauses und das leise Wispern des Schnees vor den Fenstern waren zu hören. Langsam leuchtete ich mit der Taschenlampe um mich herum, die andere Hand zur Faust geballt. Meine Knie zitterten, und nicht nur vor Kälte.

*Da.* Ich richtete das Licht zur Eingangshalle hin. Zwei Augen funkelten mich an, und ich sah eine weiße Schnauze mit einer Maus zwischen den Zähnen und den keuchenden roten Rumpf eines Fuchses. Dann drehte er sich um und war im nächsten Moment in der Dunkelheit verschwunden.

Hatte es sich bei der Gestalt, die ich gesehen hatte, dem Eindringling in der Langen Galerie, um einen Fuchs gehandelt? Aber wie konnte es sein, dass ein Fuchs so groß wie ein Mensch wirkte? Vielleicht hatte ich ihn mit meinem eigenen Spiegelbild verwechselt, überlegte ich, und starrte auf den bebenden Lichtstrahl der auf den Boden gerichteten Taschenlampe, vor Schreck unfähig, mich von der Stelle zu rühren, und mit rauschenden Ohren. Das Sackleinen, das entfernt worden war, die Vögel …

War da jemand? Versteckte sich hier jemand in der Dunkelheit?

Ich drehte mich um, um wieder zurückzugehen, und stieß gegen etwas Großes, Warmes, das mich mit seinen gewaltigen Pranken packte und fluchte. Entsetzt begann ich zu schreien.

»Himmel Herrgott noch mal«, knurrte der Major und kniff die Augen zu, als ich einen Schritt zurück machte und ihm mit der Taschenlampe ins Gesicht leuchtete. »Nehmen Sie das verdammte Ding weg oder wollen Sie, dass ich blind werde?«, bellte er. »Warum zum Teufel laufen Sie hier unten überhaupt herum?«, raunzte er und richtete nun seine Taschenlampe auf mich. »Und was haben Sie da eigentlich an?«, fügte er wutschnaubend hinzu. »Wo haben Sie das her? Haben Sie das gestohlen?«

»Lucy hat uns die Mäntel gebracht, damit wir nicht so frieren«, erklärte ich. Meine Stimme zitterte immer noch vor Schreck.

»Ach? Hat sie das?«, sagte er, als könne er es nicht glauben.

*Das ist der Mantel seiner Frau,* dachte ich beschämt, *und ich stolziere damit durch sein Haus.*

»Es genügt Ihnen also nicht, dass ich Ihnen und Ihrem Museum meine Räume zur Verfügung gestellt habe, Sie wünschen darüber hinaus, sich in feinste russische Pelze zu hüllen, hm?«, schnurrte er.

»Es tut mir leid«, brachte ich hervor, den Tränen nahe.

»Warum wandern Sie hier durch die Dunkelheit, Miss Cartwright? Sie haben doch nicht etwa den Verstand verloren?«, meinte er und trat näher.

Sein Atem roch sauer, sein Körper nach Schweiß und unter seinen Augen lagen dunkle Schatten.

»Ich habe nur nach meinen Tieren gesehen.«

»Für den Fall, dass sie sich selbständig machen, wenn Sie kurz mal nicht hinsehen?«, fragte er hinterlistig. »Oder gar weglaufen?«

Ich brachte kein Wort heraus. Ich kam mir vor wie eine Übeltäterin, die zurechtgewiesen wurde, weil sie den Schrank ihrer Mutter aufgebrochen und deren Sonntagskleider anprobiert hatte.

»Sie sind schon ein sehr seltsames Mädchen, nicht wahr?«

*Frau,* dachte ich mit zusammengebissenen Zähnen, *Dame von mir aus, aber nicht Mädchen.*

»Das wusste ich gleich am ersten Tag, als Sie hier ankamen. Mit Ihren Knopfaugen, Ihrem begierigen Blick. Neugier kann gefährlich werden, *Miss* Cartwright. Die Nase in die vertraulichen Angelegenheiten anderer stecken und verschlossene Türen öffnen, kann einem zum Verhängnis werden. Nehmen Sie sich also lieber in Acht, wenn Sie mal wieder hier im Dunkeln unterwegs sind.«

Im Vorbeigehen schob er mich aus dem Weg und wandte sich zur Treppe. »Gehen Sie zu Bett, Miss Cartwright«, rief er über die Schulter, »und hören Sie auf, meine Korridore als Piste für Ihren Geländelauf zu missbrauchen.«

»Blöder Mistkerl«, murmelte ich, als er weg war, und kehrte in die Lange Galerie zurück. Vor lauter Adrenalin und Wut konnte ich kaum atmen. Ich beendete meinen Rundgang, wobei ich zu ignorieren versuchte, wie sehr der Lichtstrahl meiner Taschenlampe zitterte, und hüllte schließlich den Schaukasten und die Vögel wieder in ihr Sackleinen. Ich sagte mir, dass die Dienstboten offenbar zu nachlässig beim Einwickeln gewesen waren und ein kalter Luftzug den Rest erledigt hatte, nicht mehr und nicht weniger.

Etwas anderes anzunehmen, wäre völlig verrückt. Ernsthaft zu glauben, ich hätte etwas anderes gesehen als meinen eigenen Atem oder mein Spiegelbild oder den von der Taschenlampe verlängerten Schatten des Fuchses … Andererseits waren Schatten schwarz und nicht weiß, oder etwa nicht? Und bisher hatte ich noch nie Grund gehabt, an dem zu zweifeln, was ich mit eigenen Augen sah.

Als ich die Tür zum Flur abschloss, zog ich endlich den Mantel aus und legte mir den dicken Pelz über den Arm.

»Und? Sind die Tiere in die Nacht entschwunden?«, erkundigte sich Paul, als ich in die Küche zurückkam. Auf dem Tisch stand eine geöffnete Flasche Rum.

»An zwei Exponaten in der Langen Galerie hat sich das Sackleinen gelöst«, antwortete ich sachlich. Ich war nicht in der Stimmung für Scherze.

»Oh«, sagte er ernüchtert und runzelte die Stirn. »Habe ich es heute Nachmittag nicht fest genug verschnürt?«

»Sieht ganz danach aus.« Die Blicke der fröhlichen Zecher waren immer noch auf mich gerichtet, nur Lucy erhob sich von ihrem Platz neben dem Herd. »Und ich habe einen Fuchs gesehen.«

»Im Haus?«, staunte Dorothy und beugte sich vor. Die Wärme – oder der Rum – hatte ihre Wangen gerötet. »Das ist ein Zeichen, das sage ich euch.«

»Draußen ist Schneesturm, falls es dir noch nicht aufgefallen sein sollte«, bemerkte das Zimmermädchen etwas schleppend.

Dorothy warf ihr einen ironischen Blick zu. »Warst du es nicht, die letzte Nacht bei mir an die Tür geklopft hat, weil sie einen Geist gesehen hat?«

»Gar nicht wahr«, erwiderte das Zimmermädchen, das mich mit ihren weit auseinanderstehenden Augen immer an einen Tamandua erinnerte, und verschränkte die Arme. »Ich hatte nur einen bösen Traum.«

Dorothy zog die Brauen hoch. »Dann wollen wir mal hoffen, dass du heute Nacht nicht wieder einen hast, meine Liebe, deine Ellbogen sind nämlich ganz schön spitz.«

Unwirsch fuhr sich das Mädchen durchs Haar.

»Ich gehe jetzt zu Bett, falls Sie gerade in dieselbe Richtung wollen«, murmelte Lucy an meiner Seite.

»Ja«, sagte ich und lächelte zaghaft. »Was soll ich mit Ihrem Mantel machen?« Ich hielt ihn ihr hin.

»Ach, behalten Sie ihn noch für morgen. Sie können ihn mir zurückgeben, wenn es aufhört zu schneien.« *Ich möchte ihn aber nicht in meiner Nähe haben,* wollte ich sagen, doch das erschien mir zu unhöflich. »Das gilt für Sie alle«, fügte sie hinzu.

»Aber nicht bei der Arbeit«, ergänzte die Haushälterin schmallippig. »Ich führe kein Haus, in dem das Personal Pelz trägt.«

Die Wäscherin kicherte und zog gleich darauf den Kopf ein, als die Haushälterin sie strafend ansah.

»Die selige Lady Lockwood hätte uns umgebracht, wenn wir ihre Pelzmäntel getragen hätten«, flüsterte Dorothy Joyce zu, die, den Kopf in die Hand gestützt, vor sich hin döste. »Ich sehe sie regelrecht vor mir, wie sie sich auf dich stürzt mit dem Blick einer Wahnsinnigen …«

Ich hoffte, dass Lucy das nicht gehört hatte, doch sie war ganz still geworden.

Die Haushälterin stand auf und klatschte in die Hände. »Ins Bett jetzt, alle miteinander. Aber erst, wenn ihr noch in allen Zimmern nach dem Feuer gesehen habt und mit eurer Arbeit fertig seid. Schlamperei und Müßiggang dulde ich nicht. Und zieh den Mantel aus, Dorothy«, fügte sie in eisigem Ton hinzu. »Gute Nacht, Mylady«, sagte sie zu Lucy. Im Hinausgehen hörten wir noch, wie Stühle scharrend zurückgeschoben wurden, Tassen klirrten, als sie in den Spülstein gestellt wurden, untermalt von missvergnügtem Murren und Gelächter.

# KAPITEL 23

Schnell und nervös redete ich auf Lucy ein, um die verletzenden Worte über ihre Mutter zu überspielen, die in der Küche gefallen waren, und hatte mich derart in einen ausführlichen Vortrag über Felltarnung am Polarkreis vertieft, dass mir erst auffiel, ihr in ihr Zimmer gefolgt zu sein, als sie die Tür hinter mir schloss.

Sie legte ihre Taschenlampe weg und holte eine große Streichholzschachtel hervor. Ich beobachtete ihre rasche, geübte Handbewegung, das Aufflammen des Streichholzes und das Flackern der ersten Kerze, die sie anzündete, um gleich darauf zur nächsten und wieder zur nächsten überzugehen. Die Glut im Kamin war noch warm, und es gab keine gerade Fläche, auf der keine Kerze stand – auf dem Schreibtisch, dem Stuhl, den Beistelltischchen, auf dem Kaminsims.

»Ganz schön viele Kerzen, nicht wahr?«, sagte sie verlegen, als sie meinen Blick bemerkte. »Ich hatte immer schon schreckliche Angst vor der Dunkelheit, deshalb habe ich für den Notfall immer meinen eigenen kleinen Vorrat.«

»Sehr vernünftig«, antwortete ich und griff nach einer zweiten Streichholzschachtel. »Ich helfe Ihnen.« Und mit jedem Streichholz, das ich entzündete, mit jeder Flamme, die zischend zum Leben erwachte, fühlte ich, wie ich mich langsam entspannte.

»Es stimmt, wissen Sie«, begann sie zerknirscht und stellte sich auf die Zehenspitzen, um eine Kerze zu erreichen, die hoch auf einem Regal stand. »Meine Mutter hätte niemals erlaubt, dass wir uns ihre Pelze ausleihen. Sie war immer sehr eigen mit ihren Sachen, regelrecht paranoid. Sie dachte, dass jemand einen bösen Zauber über sie aussprechen könnte, wenn er im Besitz einer Locke von ihr war. Ständig lebte sie in der Angst, dass ihr etwas zustoßen könnte, dass sie auf Lockwood in Gefahr sei.« Lucy ließ sich wieder auf die Fußsohlen zurückfallen und entzündete ein neues Streichholz. »Und als der Tod sie tatsächlich geholt hat, war sie ganz woanders.«

»Wie ist es zu dem Unfall gekommen?«

»Sie sagen, sie hätte wohl irgendetwas oder irgendjemanden auf der Straße gesehen, sei ausgewichen und das Auto sei dann gegen einen Baum gekracht. Aber sollte da wirklich jemand gewesen sein, hat sich später jedenfalls niemand gemeldet.« Sie seufzte und die Kerzen auf dem Kaminsims flackerten.

»Ich kann mir gar nicht vorstellen, wie schrecklich das gewesen sein muss. Es tut mir furchtbar leid«, sagte ich.

Im Vorbeigehen legte sie mir eine Hand auf die Schulter, dann setzte sie sich an das Fußende ihres Betts und begann, ihr Haar von den Nadeln zu befreien, das gleich in alle Richtungen sprang und sich ihr um Hals und Schultern ringelte.

Inzwischen hatte ich die letzten Kerzen angezündet und setzte mich ihr gegenüber auf den rosa Pouf.

»In letzter Zeit haben wir kaum geredet, Sie und ich, stimmt's?«, sagte sie und zupfte an ihrem seidenen Bettüberwurf.

»Nun ja, Sie waren … beschäftigt«, erwiderte ich. Ich wusste nicht recht, wie ich es formulieren sollte.

»Ich habe mich völlig abgeschottet, meinen Sie«, antwortete sie mit schiefem Lächeln. »Ich glaube, die Sache mit meinem Nervenzusammenbruch war mir einfach unangenehm, die Albträume sind Ihnen ja sicher nicht entgangen. Und das in meinem Alter.« Sie schüttelte den Kopf. »Ich habe böse Träume, seit ich ungefähr acht war, ganz schreckliche Träume, die allmählich verschwanden, je älter ich wurde, aber mit dem Tod meiner Mutter sind sie zurückgekehrt. Ich verstehe nur zu gut, dass sie Ihnen Angst gemacht haben, dass *ich* Ihnen Angst gemacht habe.«

»Aber nein, nichts dergleichen«, versicherte ich. »Ich habe mir nur große Sorgen um Sie gemacht, als ich Sie weinen hörte.«

»Danke, Hetty.«

»Das Museum hat Sie vermisst.« Sie haben mir gefehlt, wollte ich damit sagen.

»Und ich das Museum. Wie man an meinen nächtlichen Ausflügen ja ablesen kann«, sagte sie augenzwinkernd. »Seit jener Nacht ist es doch zu keinen Zwischenfällen mehr gekommen, oder? Ich habe die Schlüssel der Haushälterin gegeben, damit ich sie nicht finden kann.«

»Nein, alles war ruhig.« Ich rieb mir den Nacken, der von dem Pelz immer noch juckte. »Wenn Sie möchten, können Sie Ihre Arbeit gern wieder aufnehmen – vorausgesetzt, dass Sie das nicht zu sehr anstrengt –, oder ich könnte Ihnen auch eine andere Aufgabe geben. Sie müssen natürlich nicht, aber Sie könnten zum Beispiel Briefe beantworten. Wenn Sie wüssten, was für seltsame Zuschriften wir mitunter bekommen …«

»Ja, das würde ich gern, es ist wichtig, sich irgendwie zu beschäftigen.«

»Ja«, nickte ich energisch. »Das finde ich auch.«

»Was ich Sie fragen wollte, ich gehe ja kaum noch zum Frühstück oder Abendessen hinunter – Dorothy bringt mir immer Sandwiches –, sorgt die Köchin für ausreichend Verpflegung?«

»Oh ja, ich kann nicht klagen.«

»Ich dachte nur, weil sie jetzt anfangen, die Lebensmittel zu rationieren …«

»Ich würde sagen, dass schon ein einfaches Sandwich auf Lockwood um Klassen besser ist als alles, was ich mir je in meinem möblierten Zimmer in London zubereitet habe«, erklärte ich und dann entfuhr mir: »Andauernd liest und hört man, dass Hausfrauen ihrem Mann vor allem Fleisch mit ordentlich viel Bratfett vorsetzen sollen, und das kommt mir immer vor wie eine andere Welt, denn ehrlich gesagt wäre ich vollkommen glücklich damit, jeden Tag Gemüsesuppe mit Toast zu essen. Und hier und da vielleicht ein Stück Schokolade.«

»Schokolade, sagen Sie.« Lucy sprang auf und begann in ihrer Nachttischschublade zu kramen.

»Oh nein, ich wollte damit nicht sagen …«

Sie stellte sich neben mich, legte ihre warme Hand an meine Hüfte und gab mir eine Tafel Schokolade. »Bitte, ich bestehe darauf«, sagte sie, also brach ich mir ein Stück ab und ließ es auf meiner Zunge schmelzen, und sie setzte sich wieder auf das Bett, schlug die Beine übereinander und leckte sich den Rest ihrer Schokolade von den Fingerspitzen. »Ich weiß, was Sie meinen. Als ich noch jünger war, hatte ich ständig die Idee von meinem zukünftigen Ehemann im Kopf. Beim Nähenlernen dachte ich dann immer, so werde ich später seine Socken stopfen, und als die Köchin mir gezeigt hat, wie man einen Kuchen backt, stellte ich mir vor, wie erfreut er sein würde, wenn er nach einem langen Tag auf der Jagd ein Stück von meinem Früchtekuchen serviert bekäme. Und meine Tagträume gingen noch weiter«, fuhr sie fort. »Ich stellte mir vor, wie er meine Kleider, mein Haar, meine Unterwäsche bewundern würde, wie ich zu ihm gehen und ihn küssen würde.« Sie lachte. »Meine Großmutter begann ihre Sätze immer mit *Wenn du erst einen Mann hast …*« Sie streckte die Hände hinter sich und stützte sich darauf.

»Ein bisschen kenne ich das auch«, meinte ich. Es war schön, einmal über Dinge zu reden, die ich bislang immer für mich behalten hatte. »Aber eigentlich hat mich derlei kaum gekümmert. Meine Mutter hat es zur Weißglut gebracht, dass ich ständig vergnügt erzählte, was ich in Biologie alles über Tiere gelernt hatte und dass ich unbedingt auf die Universität wollte, während sie sich den Kopf zerbrach, weshalb ich keine Anstalten machte, mit jemandem auszugehen. Meine Verabredungen kann ich, glaube ich, an einer Hand abzählen.« Wenn überhaupt, dachte ich, aber das wollte ich nur ungern zugeben.

»Ich hatte hier und da mal eine kleine Liaison«, sagte Lucy und rutschte ein wenig hin und her.

Ich sah sie an, fühlte die Wärme des Kaminfeuers auf der einen Seite und nahm auf der anderen Seite aus dem Augenwinkel das sachte Auf und Ab der Kerzenflammen wahr.

»Aber es wurde nie etwas Ernstes daraus, nichts, was mich dazu hätte bringen können, das Alleinsein aufzugeben«, fuhr sie fort – beinahe etwas wehmütig, fand ich. »Und an meinen unbekannten Ehemann denke ich kaum noch«, fügte sie hinzu. »Stattdessen verfolgt mich der Gedanke an meine Mutter, die das missbilligen würde. Aber es ist wohl das Los von Töchtern, ihre Mütter zu enttäuschen.«

»Meine ist jedenfalls bitter enttäuscht von mir. Ich weiß nicht, ob ich meine richtige Mutter, die mich ja weggegeben hat, auch enttäuscht hätte, aber vielleicht hat sie mich ja weggegeben, weil ich sie bereits enttäuscht hatte – entschuldigen Sie«, sagte ich und rieb mir mit den Fingerknöcheln die Augen, um die aufsteigenden Tränen zurückzudrängen. Die Überreste der Schrecken dieser Nacht hatten ein neues Ventil gefunden. »Ich spreche sonst nie darüber …«

»Aber Hetty«, beschwichtigte sie voller Mitgefühl und kniete sich neben mich. »Es tut mir leid. Ich rede dauernd über Mütter, dabei weiß ich doch, dass Sie adoptiert worden sind.«

»Das hier ist ja kein Wettbewerb«, versuchte ich zu scherzen, während mir eine Träne über Wange lief, »außerdem haben Sie Ihre Mutter doch erst im letzten Jahr verloren.«

»Und nun habe ich Sie zum Weinen gebracht.« Sie umarmte mich, und als ich – eingehüllt in eine Wolke ihres Parfüms – die Umarmung erwiderte, fühlte ich die Bewegung ihrer Rippen unter meinen Händen.

»Aber nein, das schaffe ich schon allein.« Ich befreite mich aus ihre Armen und wischte mir mit meinem Tuch über die Augen. Aufmunternd lächelte sie mir zu, und mir fiel auf, wie die Wärme im Raum ihrer Haut einen besonderen Glanz verlieh.

»Jetzt konnte ich Sie ein wenig stärken, aber ich habe Ihnen noch gar nichts zu trinken angeboten – ich bin eine lausige Gastgeberin. Was halten Sie von einem Schluck Crème de Menthe, um der alten Zeiten willen?«

Im Kamin brach ein Scheit und spuckte Funken. »Ich sollte lieber wieder gehen«, meinte ich, obwohl mir gar nicht danach zumute war. Aber so warm und gemütlich die Atmosphäre in diesem Zimmer auch war, es war ihr privater Rückzugsort, und ich wollte ihre Gastfreundschaft nicht über Gebühr in Anspruch nehmen oder Lucy nicht überstrapazieren.

»Oje, jetzt habe ich alles verdorben, nicht wahr? Ich habe Sie verlegen gemacht.«

»Aber nein«, protestierte ich und nahm ihre Hand. »Ich bin nicht verlegen. Es war ganz wundervoll, mich mit Ihnen zu unterhalten, ich genieße es jedes Mal. Ich bin so froh, hier eine Freundin gefunden zu haben. Sie kommen doch wieder ins Museum zurück, wenn es Ihnen wieder gut geht? Bitte sagen Sie, dass Sie wiederkommen.«

Sie drückte meine Hand. »Ich komme, ganz bestimmt. Danke, Hetty.«

Zurück in meinem kalten, dunklen Zimmer dachte ich, was für eine Närrin ich war, dass ich nicht noch eine Weile bei Lucy in ihrem Turmzimmer geblieben war, wo mich das Feuer und ihre Gesellschaft gleichermaßen wärmten, anstatt wieder nach unten zu flüchten – vor allem, weil sie darauf bestanden hatte, dass ich den

Nerz mitnahm, der sich nun als bleiches Gebilde auf meinem Stuhl türmte und lauerte und den ich sogar in der feuchten Kälte riechen konnte: eine muffige Mischung aus Tierfell, Mottenkugeln, Champagner und den ausgelassenen Feiern längst vergessener Tage.

## KAPITEL 24

*Wie sehr ich meine Tage auch mit Arbeit füllte, wie erschöpft ich dann an den Abenden auch war – jede Nacht, wenn ich einzuschlafen versuchte, gingen meine Augen fast wie von selbst wieder auf, und obwohl ich immer alle Lichter brennen ließ, starrte ich unwillkürlich voller Furcht auf die Tür und die Verdunkelungsvorhänge. In Gedanken stieg ich die Wendeltreppe vor meinem Zimmer hinunter, lief durch jeden einzelnen Flur und jeden einzelnen Raum und gab vor, sie einfach nur zählen zu wollen und nicht auf der Suche nach etwas zu sein, auf der Jagd nach noch mehr Angst und Schrecken. Immer noch verfolgten mich Träume, in dem ich nach dem jungen Hasen suchte und aus denen ich hochschreckte, immer noch dachte ich, ich würde die Augen öffnen und mich wieder in der Dunkelheit des blauen Zimmers wiederfinden.*

*Schlaflosigkeit, wilde Träume, zum Zerreißen gespannte Nerven – musste ich mich für den Rest meines Lebens damit abfinden oder waren sie nur eine Flutwelle, die der Tod meiner Mutter ausgelöst hatte und die nach und nach abebben würde? Hatte ihr Wahnsinn den meinen in einem rätselhaften Analogiezauber im Zaum gehalten? Der Gedanke, Lockwood zu verlassen, das Leben zu führen, das ich mir vor dem Autounfall ausgemalt hatte – London, Partys, irgendeine Arbeit, meine eigene kleine Wohnung –, war schlichtweg unvorstellbar. Ich war außerstande, im Dunkeln einzuschlafen, geschlossene Türen und Verdunkelungsvorhänge versetzten mich in Panik, und jeden zweiten Tag wurde ich von Angstattacken gepackt und musste Zuflucht in meinem Bett suchen – wie sollte ich so jemals ein eigenständiges Leben führen?*

*In meinen ersten Lebensjahren hatte ich im Kinderzimmer auf der ersten*

*Etage geschlafen, dann hatte meine Mutter die Räume im Westturm für mich eingerichtet.*

*»Als kleines Mädchen wäre ich vor Freude in die Luft gesprungen, wenn ich so ein Zimmer gehabt hätte«, erzählte sie mir, »meinen eigenen Turm, wie im Märchen. Du weißt gar nicht, wie gut du es hast, wie sicher du hier bist. Wenn ich als Kind aufgewacht bin, hatte ich oft Vögel in meinem Zimmer, oder ein Sturm riss die Fensterläden auf, oder Ratten huschten über den Boden. Unser Haus war nur aus Holz, aber das hier ist aus massivem Stein«, sagte sie und drückte ihre kleine Hand an meine Zimmerwand. »Hier kommt nichts durch.« Es klang, als versuchte sie, sich selbst davon überzeugen.*

*In dem Turm gab es drei Räume: mein Schlafzimmer, darüber das blaue Zimmer, das zugemauert worden war, als ich noch ein Kind war, und mein Spielzimmer, das als Geschenk zu meinem achtzehnten Geburtstag zu einem eigenen Badezimmer umgebaut wurde. Damals war ich auf einer der wenigen Reisen gewesen, die mich bisher von Lockwood weggeführt hatten, einer Rundreise durch Südfrankreich in Begleitung meiner Großmutter, auf die ich mich in Gedanken immer wieder begab, um mich daran zu erinnern, wie es war, einmal ganz woanders zu sein. Die warmen Sandstrände, die kurvigen Straßen, die die Hügel hinauf zu den an den Felsen klebenden Dörfern führten, die endlosen Lavendelfelder und deren Duft in meinen Sachen, als ich schon wieder zu Hause war. Und die eleganten Kleider und das glanzvolle Auftreten der Französinnen und der Besucher der Côte d'Azur.*

*Zu Anfang gefiel es mir, dass mein Schlafzimmer genau über dem meiner Eltern lag, weil ich die Geräusche, die ich durch den Fußboden hörte, beruhigend fand: das Murmeln, das Öffnen und Schließen der Kleiderschränke und das Wasserrauschen, wenn meine Mutter sich ein Bad einließ. Aber als ich älter wurde und feststellte, dass an der Ehe meiner Eltern nichts Märchenhaftes war, dass die Eifersucht und Paranoia meiner Mutter und die Schroffheit und Halsstarrigkeit meines Vaters zu ständigen Konflikten führten, musste ich viele Streitereien mitanhören, die mir vor lauter Sorge nicht nur Bauchschmerzen bereiteten, sondern noch zusätzlich dazu beitrugen, dass ich nicht schlafen konnte.*

*Als ich schon eine junge Frau war und Lockwood wegen der fortschreitenden Wahnvorstellungen meiner Mutter immer weniger Gäste hatte, zog meine Mutter aus den Räumen, die sie mit meinem Vater geteilt hatte, aus und begann in Zimmern zu schlafen, die leerstanden. So schlief sie etwa einen Monat lang im Gelben Zimmer oder dem Zimmer mit den zwei Betten (allerdings niemals im Purpurfarbenen Zimmer, weil sie davon überzeugt war, dass dort die Frau in Weiß umging), um sich dann Nacht für Nacht durch die anderen Zimmer zu arbeiten, bis sie sich wieder für eine Weile in einem bestimmten Raum einrichtete – in dem Zimmer, in dem immer meine Kinderfrauen gewohnt hatten, oder im Rosa Zimmer oder erneut im Gelben Zimmer. Auf diese Weise wusste ich nie genau, wo sie gerade schlief oder wo ich sie finden konnte, wenn sie den Vormittag dösend im Bett verbrachte oder sich nach dem Mittagessen kurz hinlegte. Ich war nie sicher, wohin ich sie bringen sollte, wenn sie abends einen ihrer Anfälle hatte. Die armen Angestellten hatten auf diese Weise natürlich noch mehr Arbeit, aber sie konnten sich wenigstens im Dienstbotenflügel darüber austauschen, an welcher Tür sie lieber nicht klopfen sollten und wo das Frühstück für Ihre Ladyschaft zu servieren war. Es war mir immer peinlich, mich bei ihnen zu erkundigen, wo ich sie wohl finden könnte, weil es ein schlechtes Licht auf mich warf, und von meiner Großmutter war ohnehin keine Hilfe zu erwarten, weil die Qualen ihrer Schwiegertochter ihr stets herzlich gleichgültig gewesen waren.*

*Das Verhalten meiner Mutter war wie ein grausames Echo unseres früheren Versteckspiels. Sie sperrte mich nie mehr irgendwo ein, stattdessen war sie es, die sich in allen möglichen Zimmern einschloss, und ich war es, die versuchte, sie zu finden. Sie schien zu glauben, sie müsste nur das richtige Zimmer finden und ihre rasenden Gedanken würden zur Ruhe kommen und die Welt wäre wieder ganz.*

Es sind einfach zu viele Zimmer, *murmelte sie immer ärgerlich.* Das ist ja nicht zum Aushalten, ich verliere den Überblick, ich kann sie mir nicht alle merken.

*Damals hatte ich das Gefühl, meine Mutter wäre gleichzeitig in jedem einzelnen dieser Zimmer, dass jede Tür, an der ich lautlos vorbeischlich, weil ich Angst hatte, sie zu wecken, die Tür zu dem Raum war, in dem sie gerade schlief. Wie sie mit mir umging – liebevoll in einem Moment, irrational im nächsten, erst freundlich, dann verängstigt, einmal völlig wahnsinnig, dann wieder erstaunlich klar –, war schon verstörend genug, aber nun hatte es sich über das ganze Haus verbreitet, als wäre es ein Labyrinth und sie stünde an jeder Ecke, um gefunden zu werden.*

*Ihr Tod lag fast ein Jahr zurück, und ihre Anwesenheit war immer noch überall spürbar. Ich hatte immer noch das Gefühl, sie jeden Augenblick hinter einer der vielen Türen zu entdecken: im Bett dösend, das schwarze Haar wirr auf dem Kissen, aufrecht auf einem Stuhl sitzend, in der Erwartung, dass ich vor Schreck mir ihr schimpfte, aus dem Fenster spähend, die Gärtner beobachtend, oder – was mich immer am meisten aus der Fassung brachte – schluchzend, den Kopf in den Händen, mit so leiser und junger Stimme, als wäre sie mein Spiegelbild, als wäre ihr Schicksal auch das meine, als würde das Haus mich eines Tages ebenso zugrunde richten wie sie.*

Sie ist hier, *sagte sie immer, die Wangen vom Weinen gerötet.* Sie hat mich gefunden. *Und mein Herz machte immer einen Satz, und ich fuhr herum, als erwartete ich, dass dort jemand stünde, ein Dämon, hungrig und wild.*

KAPITEL

# 25

Jemand stiehlt mir den Zucker«, sagte die Köchin eines Tages im Frühling. »Die Rationierungen sind schon schlimm genug, und jetzt bringe ich nicht mal mehr genug für Kuchen zusammen.«

Ich war im Salon und konnte sie vom Aufenthaltsraum der Dienstboten aus hören, von wo der Geruch von Tee und Zigaretten durch die Wand drang.

»*Zucker?* Jemand hat mir den Hut geklaut«, meinte Dorothy. »Das war bestimmt eine von den Neuen! Die bleiben zwar kaum länger als eine Woche, aber halten sich für was Besseres, diese unverschämten kleinen Dinger, und wie sie alle dauernd angeben mit ihrem Liebsten bei der Armee, der sie ganz bestimmt heiraten und ihnen ein Haus bauen wird. Da können die lange warten!«

»Wenn Hüte dein einziges Problem sind – ich mach mir da mehr Sorgen um die Deutschen …«

» … wenn ich eine mit meinem Hut auf dem Kopf erwische, kratz ich ihr die Augen aus …«

»Es gibt einfach zu viele Zimmer hier«, mischte sich die Stimme eines anderen Dienstmädchens ein, das gerade eine schwere Last auf dem Boden abstellte. »Wozu all die Schlafzimmer, Himmel noch mal, sie sollen sie einfach absperren, für wen sollen die denn sein?«

»Die Deutschen?«, schlug die Köchin in ironischem Tonfall vor, und die beiden anderen lachten.

»Wenn Ihre Ladyschaft, die Mutter des Majors, noch am Leben wäre, würde die alte Schreckschraube sie sofort zum Tee einladen, kaum dass sie in England eingefallen wären.«

*»Dorothy.«*

»Aber das stimmt doch, oder etwa nicht? Um die ist es wirklich nicht schade gewesen.«

»Vielleicht siehst du das mit anderen Augen, wenn der Major wieder heiratet und wir eine neue Lady Lockwood kriegen. Die neue ist womöglich schlimmer als die alten.«

»Als ob der noch einmal heiraten würde! Er genießt sein neues Leben doch in vollen Zügen«, lachte Dorothy.

»Schon, aber es wird ihm wohl kaum etwas anderes übrigbleiben – hast du nicht mitgekriegt, wie er neulich am Telefon seinen Finanzmenschen angebrüllt hat?«

»Hört, hört!«, warf die Köchin spöttisch ein, »sagt bloß, Dorothy weiß davon noch gar nichts? Du wirst doch deine Aufgaben als Spionin nicht vernachlässigen, meine Liebe?«

»Sei still«, sagte Dorothy eingeschnappt.

Die Stimmung im Haus war gereizt. Eine regelrechte Flut an Dienstboten verließ Lockwood, um bei den Kriegsanstrengungen zu helfen, und die Haushälterin hatte ihr liebe Not, Personal zu finden, das die anderen dauerhaft ersetzen konnte. Die Arbeit für die Zurückbleibenden – Paul, die Köchin, Dorothy, Joyce und die Haushälterin selbst – war kaum zu bewältigen. In allen Winkeln des Anwesens sammelte sich der Staub, auf verschmierten Fenstern prangten Fingerabdrücke im gelben Frühlingslicht, Matschspuren, die Stiefel ins Haus getragen hatten, wurden tagelang nicht entfernt und die Badezimmerböden waren schmierig und moderig.

Auch die Natur machte Lockwood das Leben schwer: Efeu kroch die Hausmauern empor, Rosenbüsche wucherten vor den Fenstern, Moos bahnte sich einen Weg ins Innere des Hauses und allerlei

Blattwerk wuchs durch Ritzen in den Fensterrahmen, um sich leerstehende Zimmer zu erobern. Als der Kirschbaum in Blüte stand, lagen im Haus überall durchweichte Blättchen herum, die der Wind sogar bis in die oberen Stockwerke trug. Eines Tages sah ich, wie Joyce sich mit Schaufel und Besen abmühte, und bot ihr an, das Auffegen für sie zu erledigen, aber es war eine Sisyphusarbeit, weil die Blütenblätter am Boden oder meinen Händen kleben blieben und auf den Teppichen verrotteten, wo sie sich dann weder mit Bürste noch mit Putzlumpen entfernen ließen und überall süßsauren Verwesungsgeruch verbreiteten.

Bei jeder neuen Nachrichtenmeldung vom europäischen Festland, bei jedem neuen Albtraum machte ich mir Sorgen um die Tiere und überprüfte wieder und wieder, ob die Kübelspritze an Ort und Stelle war, und ging mehrfach ums Haus herum, um sicherzugehen, dass die Verdunkelungsvorhänge auch wirklich zugezogen worden waren.

»Der naive Traum vom Frieden ist ausgeträumt«, meinte der weißhaarige Gärtner einmal zu mir. Er war zu alt, um eingezogen zu werden, und war stehen geblieben, um die Radionachrichten zu hören, die durch das Wohnzimmerfenster nach draußen drangen. »Jetzt lauern die Monster vor unserer Tür – wir haben aus dem Großen Krieg nichts gelernt, außer, wie man neue Kriege anzettelt.«

Mittlerweile war Deutschland in Belgien, Frankreich und den Niederlanden einmarschiert, unser Nervenkrieg hatte ein abruptes Ende gefunden, und seit britische Truppen in Richtung der französischen Küste zurückgedrängt wurden, hatte sich das Blatt gegen uns gewendet. Wie lange würde es dauern, fragten wir uns bang, bis Großbritannien ganz allein dastand und der Feind über unser Land herfiel?

Dann erreichten uns die ersten Meldungen über Dünkirchen, und ich erfuhr, dass zwei Hilfskräfte aus dem Museum dort an den

Stränden ihr Leben verloren hatten, zwei Männer, mit denen ich Tee getrunken und über Theorien und Präparate und Forschung diskutiert hatte, denen ich gedankenlos einen guten Morgen und einen guten Abend gewünscht hatte, als wäre ihre Existenz auf dieser Welt selbstverständlich.

Ich konnte nicht einmal weinen, als mich der Brief vom Museumsdirektor erreichte: Die Nachricht war zu schrecklich, als so etwas Banales wie Tränen hervorzurufen. Stattdessen verbrachte ich einen ganzen Sonntag damit, aufs Geratewohl in den Gärten herumzulaufen, bis ich völlig außer Atem und mir ganz schwindelig war und ich das Gefühl hatte, ich würde jeden Moment nach hinten kippen und umfallen. Dann schrieb ich meiner Mutter einen Brief. Ich schluckte meinen Stolz herunter und sagte ihr, dass es mir leidtue, sie enttäuscht zu haben, dass ich hoffe, mich mit ihr wieder zu versöhnen, dass ich versuchen wolle, ihr eine bessere Tochter zu sein. Ich fing an zu weinen, als ich unterschrieb und mir vorstellte, wie sie tief seufzen und sich zu einer Antwort aufraffen würde, dass ein kleiner Riss in der Mauer zwischen uns sie vielleicht zum Einsturz bringen könnte und ich wieder eine Mutter hätte, wenn all das erst vorüber wäre. Nachdem ich den Brief aufgegeben hatte, kam ich mir albern vor, dass ich so emotional geworden war. Ich bereute es dennoch nicht, ihn geschickt zu haben – was sich allerdings noch ändern konnte, wenn ich erst eine Antwort von ihr bekam oder nie eine erhielt.

Überall im Land, dessen war ich mir bewusst, verbrachten die Menschen schlaflose Nächte, weil sie die Invasion der deutschen Luftwaffe fürchteten, die Ende Juni damit begonnen hatte, kleinere Luftangriffe über Großbritannien zu fliegen und vereinzelte Bomben fallen zu lassen, wie erste Regentropfen vor einem heftigen Schauer. Ich dagegen lag auf Lockwood zu bestimmten Stunden wach und lauschte – nicht auf Sirenen oder Flugzeuge oder Bomben, sondern auf das Geräusch von Schritten und Stoff, der über den Teppich schleifte. Es war eine andere Art von feindlichem Angriff, den ich in den frühen Morgenstunden erwartete, in der die Zeit verwischt und alle Proportionen verliert, eine andere Art von Vernichtung – und ich musste nicht lange warten, denn am Tag, nachdem Frankreich offiziell seine Kapitulation erklärt hatte, wurde Lockwood tatsächlich attackiert, doch anders als die Deutschen kam die Gefahr aus unmittelbarer Nähe.

Es war noch früh am Morgen, als ich beim Frühstück saß und mich mit dem Kreuzworträtsel vom Vortag abmühte, als vom anderen Ende des Gebäudes her ein schriller Schrei ertönte. Der Schreck fuhr mir durch die Glieder und ich stürzte aus dem Zimmer, um herauszufinden, was die Ursache war.

»Die Polizei ist schon verständigt, und Jenkins ist denen hinterhergerannt, vielleicht erwischt er sie ja noch«, klärte mich Dorothy auf, die mit einem Mopp in der Hand in der Eingangshalle stand und auf den hinteren Ausgang starrte.

In der offenen Tür war gegen das Licht der niedrigstehenden Morgensonne die Silhouette eines bleichen Kindes zu sehen, ein Bild, das unmittelbar aus einem meiner bösen Träume hätte entsprungen sein können. Ein spitzer Ton entfuhr meiner Kehle, und als ich auf die Gestalt zuging, war in meinem Inneren ein seltsam hohles Gefühl, als balancierte ich über einem Abgrund auf einem schmalen Felsvorsprung. Auf dem Gesicht lag etwas Dunkles, Grauenerregendes, wie eine Gasmaske, die mit der Haut verschmolzen war, darum schwebte weißer Flaum wie ein Nebelschleier.

Eine Wolke legte sich über die Sonne.

Nein, die Gestalt war kein Kind, kein lebendiges Wesen, sondern bestand aus Papier und Holzwolle.

Es war der junge Bär, ein uraltes Standpräparat des Museums, doch er hatte sein Fell verloren. Beim Näherkommen sah ich, dass ihm die Haut mit roher Gewalt heruntergerissen worden war: Die dunkle, künstliche Schnauze hing noch an den Resten des Gesichts, zu den Füßen des Bären lagen noch Teile der Umhüllung. Meine Tiere waren für mich keine lebendigen Wesen – so weit war der Wahnsinn, der auf Lockwood allmählich auf mich überzugehen schien, noch nicht fortgeschritten – und doch erfüllten mich beim Betrachten der Reste nicht nur Zorn, dass jemand Museumseigentum zerstört hatte, sondern auch Mitleid und ein Anflug von Trauer.

Der Bär hatte im Wohnzimmer gestanden, und nachdem ich mich rasch davon überzeugt hatte, dass seine übrigen Bewohner unbeschadet waren, machte ich mich von panischem Schrecken ergriffen daran, alle anderen Räume zu kontrollieren. Mit zitternden Händen schloss ich eine Tür nach der anderen auf, immer in der Erwartung neuer Schreckensszenarien, zähnefletschender Ungeheuer oder alter, buckeliger Hexen. Doch alles, was ich fand, war das gewohnte Gewimmel von Knochen und Standpräparaten.

Erleichtert, wenn auch nicht beruhigt, kehrte ich zu dem Bärenpräparat zurück, das ich an der Hintertür einfach stehengelassen hatte, als könnte das Fell wie von Zauberhand wieder auftauchen, und wenn ich wieder hinsah, wäre alles wieder repariert.

Der Mann, der in der letzten Nacht Wache gehalten hatte, war auch hinzugekommen. Offenbar hatte er gerade mit dem Fahrrad nach Hause fahren wollen, eines der Hosenbeine war bereits aufgerollt.

»Haben Sie heute Nacht denn nichts gehört?«, fragte ich ihn mit gepresster Stimme, aus der Schreck und Wut klang.

»Nichts, Miss«, erwiderte er, und ich musste sehr an mich halten, ihn nicht anzubrüllen. Wie um alles in der Welt konnte er den Krach, den der Dieb gemacht haben musste, nicht gehört haben? War er eingeschlafen? Worin lag der Sinn, Nachtwächter zu beschäftigen, wenn sie verdammt noch mal nichts *bewachten*?

»Ah, Miss Cartwright, da sind Sie ja.« Der Major erschien aus der Richtung seines Arbeitszimmers. »Schreckliche Sache«, sagte er und legte mir seine Hand auf die Schulter, die ich am liebsten gleich wieder abgeschüttelt hätte. Er nahm sie von selbst weg, um sein Zigarettenetui zu öffnen. »Wirklich schrecklich. Wenn es um Pelz geht, sind Frauen offenbar zu allem bereit«, murmelte mit der Zigarette im Mund.

»Wie bitte?«

»Sie haben das Fell sicher gestohlen, um sich einen Mantel oder irgendwelchen Besatz daraus zu machen«, sagte der Major und wedelte mit seiner Zigarette.

»Das Fell ist mit Formaldehyd und Arsenseife behandelt«, erklärte ich und strich über den nackten Rumpf des Bären. »Man kann es nicht für *Kleidung* verwenden.«

Hatte jemand tatsächlich das Fell stehlen wollen? Und wenn, warum hatten sie den Rest hinten in der Eingangshalle liegengelassen? Oder wollten sie das ganze Tier stehlen und hatten es für zu schwer befunden? Nein, ich war mir sicher, es war als böser Scherz gemeint, jemand wollte uns erschrecken und verstören – oder vielmehr mich.

»Die Polizei sagt, sie schicken jemanden, aber das kann noch dauern, fürchte ich. Sie haben gerade alle Hände voll zu tun«, meinte der Major. »Der Krieg scheint das halbe Land in Kriminelle verwandelt zu haben.« Mit einer gewissen Selbstzufriedenheit blies er den Rauch aus.

»Wie zum Teufel kann es sein, dass niemand etwas gehört hat?«, fragte ich. Langsam kam ich wieder zu mir.

»Na, na, das alles ist noch lange kein Grund, ausfallend zu werden, Miss Cartwright«, tadelte er mit zu Schlitzen zusammengekniffenen Augen und zeigte mit der Zigarette in meine Richtung, was aus meiner Sicht um einiges ungezogener war als das bisschen drastische Ausdrucksweise. Und das von einem Mann, den ich regelmäßig durch die Wand in meinem Büro ungeniert die unflätigsten Wörter benutzen hörte. »Außerdem wüsste ich gern, wo *Sie* sich eigentlich aufgehalten haben? Sie sind die Verantwortliche für diese einzigartige Sammlung, wie Sie oft genug betont haben.«

»Es fällt nicht in meinen Aufgabenbereich, die Sammlung vor Diebstahl zu schützen«, sagte ich und dachte an den Jaguar, der bereits am ersten Tag auf Lockwood abhandengekommen war, und die Kolibris, die in den oberen Zimmern versteckt worden waren. Diese beiden Zwischenfälle hätten mir eine Warnung sein müssen. Ich hätte darauf bestehen müssen, die Sammlung anderswo unterzubringen.

»Es scheint Ihr Museum zu sein, das die Diebe wie Elstern anlockt …«

»In London hat es noch nie Probleme mit Dieben gegeben, Lord Lockwood.«

»Das halte ich für äußerst unwahrscheinlich«, bemerkte er in ironischem Ton und blies den Rauch so nahe an mein Gesicht heran, dass ich ihn am liebsten geohrfeigt hätte.

»Wollen Sie damit sagen, dass ich lüge?«

Wir standen kaum einen Meter voneinander entfernt. Das Licht, das durch die Hintertür fiel, warf dunkle Schatten auf sein Gesicht, was ihn noch grobschlächtiger wirken ließ als gewöhnlich.

»Also lassen Sie mich wissen, wenn Ihnen sonst noch etwas fehlt«, warf er hin und ging hinaus, wo Jenkins bereits auf ihn wartete, mit dem Gewehr über der Schulter wie üblich. Die Suche nach dem Übeltäter hatte er offenbar schon aufgegeben.

Erneut nahm ich mir alle Museumsräume vor, da ich niemanden hatte, der mich hätte unterstützen können, und ich mir nicht sicher war, ob ich im ersten Schreck nicht etwas übersehen hatte. Als ich in die Eingangshalle zurückkam, standen Dorothy und Josephine, das neue französische Dienstmädchen, an der hinteren Tür, ohne sich weiter um den nackten Bären zu scheren.

»Was ist los?«, fragte ich und schob mich an ihnen vorbei.

Im grellen Vormittagslicht sah ich, wie der Major, wieder mit einer Zigarette in der Hand, durch die hinteren Gärten schritt, an seiner Seite Jenkins, der ein totes Tier in den Armen zu halten schien. Sie hatten das Bärenfell gefunden.

»Na, sehen Sie, Ende gut, alles gut«, verkündete der Major, als er über die Schwelle trat und die Dienstmädchen sich rasch zerstreuten, um wieder an ihre Arbeit zu gehen. »Scheint, als hätte es sich der Dieb dann doch anders überlegt. Wenn es denn ein Dieb war – ich schätze eher, dass es eine Mutprobe von einem der evakuierten Bengel war, die hier zurzeit wie die Wilden herumrennen«, meinte er leichthin, während Jenkins mir das Fell mit sichtlichem Abscheu hinhielt und es eine Ellenlänge vor meinen Händen fallen ließ, sodass es mir um ein Haar durch die Finger geglitten wäre, wenn ich nicht schnell zugegriffen hätte. Das Fell roch nach Chemikalien und Lehmboden und hatte Gras zwischen den Haaren.

»Ich danke Ihnen«, sagte ich mit Nachdruck, als könnte ich mit ausgesuchter Höflichkeit Jenkins dazu bringen, meinem Beispiel zu folgen.

»Dann viel Glück beim Zusammenflicken«, bemerkte der Major, nickte in Richtung Bär und ließ mich stehen. Das Fell in meinen Armen wog so schwer, wie es mir ums Herz war.

Ich trug den gehäuteten Unterbau und das Fell in mein Büro und setzte mich an meinen Schreibtisch, fuhr mit den Fingern durch das Haarkleid des Bären, als könnte es mir das Rätsel offenlegen, wer es gestohlen hatte, und wartete auf das Eintreffen der Polizei. Als ich wenig später auf der Wache anrief, um darum zu bitten, dass sie sich beeilten, erklärte man mir, dass sie von Lockwood informiert worden seien, dass das Fell wieder aufgetaucht war. Sie hätten keine Zeit, sich auch noch um etwaige berufliche Reibereien oder irgendwelchen Schabernack zu kümmern, meinten sie und gaben sich ausgesprochen kurz angebunden, als ich meinen Standpunkt darlegen wollte.

Wer auch immer den Bären gehäutet hatte, musste im Besitz eines Schlüssels gewesen sein, oder jemand hatte demjenigen einen Schlüssel überlassen. War es dieselbe Person, die die Kolibris genommen und den Jaguar gestohlen hatte? War es ein Eindringling oder war es jemand, an dem ich jeden Tag vorbeiging? Ein Dieb hätte das Fell sicher nicht im Park liegengelassen, aber was gäbe es sonst für einen Grund, so etwas tun?

Ich scheute mich vor dem, was ich als Nächstes zu tun hatte, also trödelte ich herum und trank erst einmal eine Tasse Tee, dann biss ich zur Stärkung ein großes Stück von der Schokolade ab, die ich gehortet hatte, und fuhr mir vor dem Spiegel im Badezimmer über die Zähne, um alle Spuren zu beseitigen. *Als ob das einen Unterschied machte – er würde mich so oder so keinen Deut besser behandeln,* dachte ich bitter.

Der Major schien mich zu erwarten. »Schreckliche Nachrichten, ganz schrecklich«, begann er, als ich mich ihm gegenüber an seinen Schreibtisch setzte, und krempelte sich die Ärmel seines blütenweißen Hemds auf.

»Die Schlösser der Museumsräume müssen ausgetauscht werden«, erklärte ich mit fester Stimme.

»Das kann nicht Ihr Ernst sein«, schnaubte er aufgebracht. »Viele der Türen und ihre Beschläge stammen noch aus der Zeit, als das Anwesen errichtet wurde.«

»Wenn die Schlösser nicht ausgetauscht werden, wird sich das Museum gezwungen sehen, einen anderen Unterbringungsort zu suchen. Außerdem …«, schob ich gleich nach, ehe er mich unterbrechen konnte, »müssten in diesem Fall höhere Regierungskreise von den Gründen für einen solchen Umzug informiert werden.«

»Ist das eine Drohung? Man wird dem Museum die Schuld dafür geben, dass es sich hat bestehlen lassen, nicht meinem Haus.«

*Bestehlen lassen* – er dachte gar nicht daran, die Schuld bei sich selbst zu suchen. »Ich denke, Sie wären überrascht, für wen die Vertreter der zuständigen Behörden Partei ergreifen würden«, fügte ich hinzu, obwohl ich insgeheim vermutete, dass Personen in Machtpositionen sich wahrscheinlich auf die Seite des Majors schlagen würden und der Ansicht wären, eine kleinere Meinungsverschiedenheit stelle keine Bedrohung der Säugetiersammlung dar.

»Also gut«, sagte er, stemmte die Hände auf die Schreibtischplatte und griff nach einer Zigarette. »Ich werde morgen einen Schlosser bestellen.« Er machte eine müde Handbewegung. »Und versuchen Sie erst gar nicht, die Polizei zu bemühen. Die haben wahrhaftig Besseres zu tun, als sich mit Dummejungenstreichen abzugeben.«

»Das Museum ist Ihnen und Ihrer Großzügigkeit wie immer zu höchstem Dank verpflichtet«, flötete ich, so zuckersüß ich konnte, und erhob mich.

Die Ironie entging ihm nicht, und er zog die Brauen hoch. »Das Museum kann sich glücklich schätzen, jemanden als Hüter der Sammlung zu haben, der sich mit Leib und Seele dieser Sache verschrieben hat, *Miss* Cartwright. Ich muss Ihnen wirklich meine Hochachtung aussprechen, wie sehr Sie sich für Ihre Tiere einsetzen, möchte aber auch davor warnen, es zu einer Obsession werden zu lassen, wo es doch andere, wichtigere Dinge im Leben gibt. Einen Ehemann vielleicht, Kinder, so etwas in der Art«, meinte er jovial und blies den Rauch in meine Richtung. Ich lächelte dünn und zog die Tür hinter mir zu.

Ich tobte innerlich, während ich durch den kurzen Gang zur Galerie ging. Es gab niemanden, dem ich mein Herz hätte ausschütten können. Alles, was ihren Vater betraf, war Lucys blinder Fleck, und die Dienstboten würden sicher mit Misstrauen reagieren und denken, ich wollte sie dazu bringen, schlecht über ihren Arbeitgeber zu sprechen. Am Ende dachten sie noch, ich selbst steckte hinter alldem, so wie Joyce mich beschuldigt hatte, für das Totenkopfäffchen vor meinem Zimmer verantwortlich zu sein.

*Nur bei euch finde ich Trost,* dachte ich, als ich in den ersten Raum mit stummen Tieren trat, *aber worin liegt der Sinn, mich mit Wesen zu unterhalten, die nicht antworten?*

## KAPITEL 26

An jenem Tag richtete ich mich nach dem Abendessen häuslich im Wohnzimmer ein. Statt des gehäuteten Bären, der in meinem Büro auf seine Reparatur wartete, klaffte an seinem Platz eine Lücke auf den staubigen Dielen. Auf dem niedrigen Tisch vor mir befanden sich eine Thermoskanne mit Tee, zwei Tassen, ein Teller mit zwei Sandwiches, ein Roman und mein unvollendetes Kreuzworträtsel. Auf dem Sitz neben mir lagen zwei Taschenlampen, über die Armlehne des Sofas waren drei Decken drapiert.

In dieser Nacht würden drei Nachtwächter Dienst tun, aber ich war nicht länger bereit, die Sicherheit des Museums weiterhin Personen zu überlassen, die sich als offensichtlich inkompetent erwiesen hatten. Also hatte ich beschlossen, die Nacht im Wohnzimmer bei dem Okapi zu verbringen, das eines der seltensten Exponate des Museums war, bis am nächsten Tag die Schlösser ausgetauscht wurden und die Türen endlich sicher waren. Bestimmt dachten nun alle, dass ich nicht mehr ganz bei Trost war, aber das war mir gleichgültig. Ich tat nichts anderes als all die Hausmeister in den Kunstgalerien und Museen und Fabriken und Bürogebäuden und Wohnhäusern in London, die sich auf eine lange Nacht einrichteten, um in Erwartung der deutschen Luftwaffe den Himmel zu beobachten.

Ich war gerade dabei herauszufinden, welches Kissen sich am besten als Rückenstütze eignete, als ich vom Gang her Lucys Stimme hörte.

»Was willst du denn mit dem ganzen Bettzeug, mein Täubchen?«, erkundigte sich der Major, dessen Abendschuhe über den Flurboden klapperten.

In den vergangenen Monaten hatte ich ständig damit gerechnet, der Major würde mich erneut dafür zur Rechenschaft ziehen, dass ich Lucy ›erlaubte‹, für das Museum zu arbeiten, doch er war noch beschäftigter gewesen als sonst, hatte sich zu jeder Tages- und Nachtzeit in seinem Arbeitszimmer verschanzt und war zwischendurch mit Jenkins ins Auto gesprungen und zu irgendwelchen Geschäftsterminen gebraust. Lucy sagte, es gebe Probleme mit einer seiner Fabriken, dass es mit Kriegsanstrengungen zusammenhinge und er deswegen eine größere Benzinzuteilung erhalte. Abends nahmen ihn die verschiedenen weiblichen Besucherinnen vollständig in Beschlag, die genauso abrupt in Lockwood auftauchten, wie sie wieder verschwanden, und so ähnlich gekleidet waren, dass man fast denken konnte, es handelte sich immer um dieselbe. Einmal erkundigte ich mich vorsichtig bei Lucy, was sie von dem zügellosen Liebesleben ihres Vaters hielt, doch sie zuckte nur die Achseln. Es schien ihr unangenehm zu sein. *Er ist kein Mann, der gut allein sein kann,* wiederholte sie.

Können Sie gut allein sein?, wollte ich schon fragen, aber etwas hielt mich zurück. Wie kommt es, dass da kein Liebhaber ist, Sie keinen Schwarm von Verehrern haben, keinen Ehemann? Liegt es wirklich nur an Ihren nervösen Zuständen, oder gibt es einen anderen Grund?

Ich stellte die Frage nicht, weil sie sie ohne weiteres an mich zurückgeben konnte, und was hätte ich dann antworten sollen? Dass ich schüchtern war, dass ich einsam war, aber mich daran gewöhnt hatte? Dass mir irgendetwas Grundlegendes fehlte, das andere Frauen hatten und das sie befähigte, zu lieben und geliebt zu werden?

»Miss Cartwright übernachtet heute im Wohnzimmer«, antwortete Lucy ihrem Vater, »für den Fall, dass der Dieb zurückkehrt, und ich werde ihr Gesellschaft leisten.«

Er gab ein ungläubiges *Ha!* von sich, und ich rollte die Augen. »Meine liebe Lucy, es mir völlig egal, ob diese Frau sich da drin eine Hütte baut wie eine Wilde, aber du wirst dich nicht daran beteiligen. Ich verbiete es. Hast du schon vergessen, in welchem Zustand du das letzte Mal warst, nachdem du dich mit diesen Tieren abgegeben hast?«

Stille.

»Und jetzt nimmst du deine Decken wieder mit nach oben, mein Täubchen, und vergisst diesen ganzen Unsinn.«

Ich hörte das gedämpfte Geräusch von Schritten auf der Treppe, gefolgt von dem Ruf des Majors, Jenkins solle schon mal das Auto starten, und dem Knall der Haustür, die hinter ihm zufiel.

Er war auf dem Weg zu einer Party, die seine aktuelle Freundin gab, wie Lucy mir vorher berichtet hatte – sie war zu mir ins Büro gekommen, um mir zu sagen, wie leid ihr die Sache mit dem Bären tue –, woraufhin ich ihr von meinem Plan erzählt hatte und sie wiederum sofort gesagt hatte, dass sie mir Gesellschaft leisten würde und es das Mindeste sei, das sie tun könne. Ich hatte erst gar nicht versucht, ihr das auszureden, weil ich inzwischen wusste, wie dickköpfig sie sein konnte. Außerdem war ich froh über ihre Gesellschaft und konnte mir niemanden vorstellen, mit dem ich eine Nachtwache lieber verbrächte als mit ihr.

Was sollte dieses seltsame nervöse Kribbeln in meinem Magen, das mit meiner allgemeinen Anspannung wegen der Bedrohung, der das Museum ausgeliefert war, offenbar nichts zu tun hatte? Wieso schlug mein Herz schneller, als ich hörte, wie sich leise Schritte näherten, und begriff, dass es ihre waren?

»Guten Abend, Hetty«, sagte sie in verschwörerischem Tonfall und schleppte eine enorme Menge an Wolldecken, Steppbetten und Kissen herein, und ich musste lächeln – unwillkürlich spürte ich das warme Gefühl von Glück, das sie jedes Mal verbreitete, wenn sie den Raum betrat, und meine Sorgen waren so gut wie verflogen.

Sie machte es sich neben mir auf dem Sofa bequem und stellte eine weitere Thermoskanne neben den Tee. »Crème de Menthe«, sagte sie, »unser Lieblingsgetränk.« Ich sah sie an, und ihre Augen wanderten prüfend über mein Gesicht.

Sie trug einen Pyjama und den rosa Morgenmantel aus Seide, den sie auch angehabt hatte, als ich sie beim Schlafwandeln überrascht hatte. Ihr Haar war inzwischen lang genug für einen Zopf, der die Locken jedoch kaum bändigen konnte, sodass einige sich gelöst hatten und ihr Gesicht umrahmten.

Einen Moment lang schwiegen wir.

»Wenn meine Mutter mich jetzt sehen könnte«, prustete ich los. »Das war immer ihr schlimmster Albtraum«, erklärte ich, als Lucy mich fragend ansah, »dass ich meine berufliche Laufbahn über alles andere stellen könnte, dass meine Begeisterung für Naturgeschichte sich in Besessenheit verwandelt. *Ein ausgestopfter Panther taugt nicht zum Heiraten,* hat sie immer gesagt.« Ich schüttelte den Kopf. »Das heißt, so hat sie es natürlich nicht ausgedrückt, dazu müsste sie ja eine Spur von Humor haben.«

»Meine Mutter«, begann Lucy, strich mit den Händen über die Oberschenkel und ließ den Kopf nach hinten fallen, »meine Mutter hätte es mir entweder verboten, wie mein Vater, oder sie hätte mitgemacht. Oder die Tür zugesperrt.« Sie seufzte, und um ihre Mundwinkel zuckte es leicht, als versuchte sie zu lächeln. Mit einem Mal schien sie unruhig – sie sprang auf und ging an den Tieren entlang, die in einer Reihe standen. Sie will etwas sagen und weiß nicht, wo sie anfangen soll, dachte ich und schwieg, um sie nicht herauszubringen.

Vor dem Panther blieb sie stehen, beugte sich vor und schaute ihm in die Glasaugen. »Ich weiß gar nicht, wie Sie so arbeiten können, Hetty. Wenn ich beim Museum angestellt wäre, würde ich innerhalb einer Woche gefeuert, weil ich die ganze Zeit nur die Tiere ansehen würde.« Sie ging weiter zum Eisbären, der auf seinen Hinterbeinen stand und Lucy um einiges überragte. Sie strich ihm mit der Hand über den Bauch, und ich ließ sie gewähren.

Sie drehte sich zu mir um. »Dieses blaue Zimmer, im Dachgeschoss neben meinem Badezimmer, vor dem ich solche Angst hatte – meine Mutter hat mich dort immer im Dunkeln eingesperrt. Sie sagte, es sei nur zu meinem Schutz«, platzte es unvermittelt aus ihr heraus.

»Mein Gott, wie *grauenvoll*«, sagte ich entsetzt und war mir bewusst, wie unzureichend das Wort diese Tortur beschrieb.

Sie nickte, und ihr Kinn begann zu beben. Ich ging zu ihr und nahm sie in den Arm, und sie erwiderte meine Umarmung mit festem Druck. Ich spürte, wie einige ihrer Tränen auf meine Schulter fielen, und hatte den absurden Gedanken, dass das Salz der Tränen auch dann noch da wäre, wenn der Fleck getrocknet wäre, wie bei den Straßen, auf die bei Schneefall Salz gestreut wird, das dann weiße Linien auf den Schuhen hinterlässt, die sich nicht entfernen ließen, und wenn man noch so sehr daran rieb.

»Meine Mutter konnte gemein sein, aber etwas derart Grausames hätte sie niemals getan«, sagte ich.

Ihr Brustkorb weiteten sich, als sie tief Luft holte, und ihre Rippen streiften meine. »Sie war verrückt, verstehen Sie, jedenfalls ab und zu, oder die meiste Zeit. Sie war unglaublich launisch, ihre Stimmung konnte von einem Moment auf den anderen umschlagen. Glauben Sie, es stimmt, Hetty, dass Töchter immer so werden wie ihre Mütter?«

»Nein, ganz und gar nicht«, widersprach ich energisch. »Und Sie sind nicht launisch, Sie haben Albträume, und die belasten Sie. Aber …«, ich versuchte, meine Gedanken zu ordnen, »das sind alles Dinge, die sich in Ihrem Inneren abspielen, nicht wahr? Sie lassen es nicht an anderen aus, sondern machen das mit sich selbst aus.«

»So habe ich es noch nicht betrachtet. Obwohl ich mich ein wenig an Ihren armen Tieren vergriffen habe«, antwortete sie und löste sich aus der Umarmung.

»Unsinn«, entgegnete ich. »Sie haben nicht den geringsten Schaden an den Exponaten verursacht, die Sie verrückt haben. Das war es ja auch, was mich so irritierte hat«, fügte ich mit schiefem Grinsen hinzu. »Als wären Geister am Werk gewesen, obwohl ich nicht an so etwas glaube.«

»Nein?«, fragte sie und setzte sich wieder auf das Sofa.

Ich schüttelte den Kopf. Warum habe ich jetzt von Geistern angefangen, tadelte ich mich stumm und musste an die Gestalt – mal ein Ungeheuer, mal eine Frau – denken, die mich nachts verfolgte. Ich ging zum Plattenspieler, den kaum jemand benutzte, weil alle dem Radio und den furchtbaren Nachrichten, die es verbreitete, den Vorzug gaben.

»Meinen Sie, wir könnten leise Musik hören, ohne die anderen beim Schlafen zu stören?«, fragte ich.

Sie schloss die Augen und legte den Kopf zurück. »Ich glaube, über uns sind keine bewohnten Zimmer, also dürfte das kein Problem sein.« Sie bemerkte meinen Blick. »Manchmal, wenn ich nicht einschlafen kann, versuche ich, mir alle Zimmer hier im Haus vorzustellen und entwerfe Lagepläne im Kopf«, erklärte sie. »Das hilft auch, aber dann habe ich seltsame Träume, in denen ich durch die Räume im Haus gehe. Vielleicht habe ich deswegen mit dem Schlafwandeln angefangen«, sagte sie achselzuckend. »In meinen Albträumen war ich immer in dem blauen Zimmer gefangen gewesen, aber ich dachte, ich hätte es nur geträumt – ich verstehe nicht, wie ich diesen Teil meiner Kindheit vollkommen vergessen konnte.«

»Unser Gehirn ist sonderbar«, sagte ich, »man weiß nie, was es sich merkt und was nicht.« Sie nickte nachdenklich.

Ich legte eine Platte auf und leise Musik durchflutete den Raum, dann nahm ich meinen Platz auf dem Sofa wieder ein und strich meine Schlafanzughose glatt. Erst später fiel mir auf, dass ich dabei unbewusst Lucys typische Geste nachahmte. Aus Gründen, die ich nicht verstand, war ich nervös und fühlte mich unter Druck, als wäre ich die Conférencieuse des Abends und sie mein Gast.

»Geben Sie Ihren Tieren auch Namen?«, wollte sie wissen und fixierte wieder den Eisbären. »Ich meine nicht ihre wissenschaftliche Bezeichnung, sondern irgendwelche albernen Eigennamen?«

»Nur ganz selten«, gab ich zu. »Der schwarze Panther dort hinten«, ich deutete auf mein Lieblingstier, »den gab es schon, als ich noch klein war und meine Kinderfrau mit mir das Museum besucht hat. Ich habe es noch nie jemandem erzählt, aber ich habe ihn Bastet genannt. Das ist aus einem Buch über das alte Ägypten, das ich damals hatte.«

»Bastet, ein schöner Name.« Mit dem Kopf deutete sie auf den Eisbären. »Und wenn er einen Namen hätte, wie könnte der wohl lauten?«

»Hmm«, machte ich, legte die Stirn in Falten und dachte nach. »Pierre?«, schlug ich vor.

Eine gute Stunde lang vergnügten wir uns damit, zu diskutieren, welche Namen die Tiere tragen sollten, und erzählten uns gegenseitig ausführliche Anekdoten zu den Namen von Schulkameraden, die uns schikaniert hatten, oder von Lieblingsschauspielerinnen. Das sorgte für viel Gelächter, woran der Crème de Menthe, den Lucy irgendwann öffnete und den wir bis auf den letzten Tropfen leerten, einen gewissen Anteil hatte.

Es tat gut, für eine Weile die Ereignisse des Tages hinter sich zu lassen und zu vergessen, dass es noch einen Dieb zu finden und das Rätsel zu lösen galt, wer auf Lockwood sein Unwesen trieb. Es war, als hätten wir, als wir die Tür zugemacht hatten, die ganze Welt mit all ihren Schrecken ausgeschlossen und als gäbe es nur noch uns beide – als existierte nur noch dieser Raum.

*One Day When We Were Young* lief auf dem Plattenspieler, und

Lucy zog mich hoch und wir tanzten. Sie drehte uns langsam durch den Raum, vorbei an Eisbär, Okapi, Panther, Sibirischem Tiger, Wolf und Füchsen – ein seltsames Publikum für ein seltsames Paar, dachte ich. Je länger das Lied spielte, desto mehr schwand unser Übermut und desto kleiner wurden unsere Schritte, bis wir uns fast gar nicht mehr bewegten. Ihre eine Hand lag in meiner, mit der jeweils anderen hielten wir einander an der Taille umfasst. Ich wandte den Kopf ab, weil ich mich plötzlich schutzlos fühlte, sodass unsere Wangen sich fast berührten und mein Kinn ihre Schulter streifte. Sie roch nach Seife und Puder, und als ich seufzte, ließ der Luftzug an ihrem Ohr sie erschauern. Ich machte einen halben Schritt nach hinten, als das Stück endete, und sah sie an. Ihr Mund verzog sich zu einem kleinen, schiefen Lächeln, als unsere Blicke sich trafen.

»Meine Füße sind müde«, sagte ich, und der sonderbare Moment war vorüber.

»Kommen Sie, wir bauen uns ein Nest«, rief Lucy und schichtete alle Wolldecken und Steppbetten zu einem ordentlichen Haufen. »Bitte sehr«, sagte sie stolz.

Ich stellte den Plattenspieler aus und löschte zwei der Lampen – eine ließ ich an, weil Lucy sich im Dunkeln fürchtete. Dann ging ich zu ihr hinüber, schlüpfte ein wenig umständlich unter die Decken und drehte mich zu ihr. Wir lagen so eng beieinander, dass ich den Pfefferminzduft in ihrem Atem riechen konnte, oder war es mein eigener? Ihre Augen hatten einen dunklen Glanz, auf Wangen und Stirn lag der zarte Schein des warmen, gelben Lichts.

»Gegen das Licht gesehen sieht dein Haar fast weiß aus«, wisperte sie und streckte die Hand nach einer Strähne aus, die mir ins Gesicht gefallen war, und steckte sie hinter mein Ohr. Ein Schauer durchlief meinen Körper.

»Es ist kalt«, sagte ich und zog die Steppdecke bis ans Kinn. Die Wölbung ihrer Wange sah so weich aus, und ich fragte mich, wie es sein mochte, mit dem Handrücken darüberzustreichen.

»Das erinnert mich ein bisschen an die Zeit, die ich im Internat verbracht habe«, flüsterte Lucy, und ihr warmer Atem streifte mein Gesicht, »oder an Pyjama-Partys mit Freundinnen. Hattest du Pyjama-Partys als Kind?«

»Nein.« Ich schüttelte den Kopf.

»Was für Unfug wir da immer getrieben haben, jede Menge Spiele und Streiche. Manchmal haben wir Shows füreinander aufgezogen, gesungen und getanzt, aber wir haben auch Mutproben gemacht und …« – ich ahnte, was jetzt kam – »Küssen geübt und so getan, als wären wir Pärchen.« Auf der Suche nach meinem Mund streifte ihre zitternde Hand meine Wange und sie rieb sanft mit Fingerkuppe über meine Lippen, die sich unter dem Druck leicht geöffnet hatten. Ich hielt den Atem an. Mir wurde heiß und mein Magen begann zu flattern.

Sie zog die Hand wieder zurück und gähnte. »Wenn ich etwas trinke, werde ich immer so schnell müde«, sagte sie und blinzelte träge. Sie hatte den Kopf auf das Kissen sinken lassen, aber schaute mich schläfrig an. »Du darfst mich auf keinen Fall einschlafen lassen, Hetty. Das versprichst du mir doch, nicht wahr?«, murmelte sie. »Wir müssen wach bleiben für die Tiere, wir müssen sie doch beschützen …« Ihre Stimme wurde immer leiser und die Augen fielen ihr zu.

Ich blieb die ganze Nacht über wach, auch wenn immer noch eigenartige Halbträume durch meinen Kopf jagten, in denen ich erst die Tiere vor Angreifern schützte und dann Lucy vor den Tieren verteidigte, die uns mit funkelnden Augen, gesträubtem Fell und aufgerissenen Mäulern zähnefletschend anstarrten. Da waren auch andere, nicht näher fassbare Gedanken, die mich beschäftigten, während ich die Schatten auf ihrem Gesicht beobachtete und ihren warmen Körper neben dem meinen spürte.

# KAPITEL 27

*Hätte ich Kinder, würde es mir etwas ausmachen, dass es im Haus immer stiller wurde, dass wir kaum noch Dienstboten und Gäste hatten? Würde ihre Gegenwart mich trösten oder würden sie meine Ängste noch verstärken? Ein müßiger Gedanke, denn ich hatte keine Kinder und – auch wenn ich noch nie darüber mit jemandem gesprochen hatte – war auch nicht sicher, dass ich Kinder wollte. Kinder zu haben bedeutete, auch einen Ehemann zu haben, mit irgendeinem Trottel von einem Mann das Bett zu teilen, einem Fremden, der wortkarg beim Frühstück sitzen und niemanden in seinem Arbeitszimmer dulden würde und der irgendwann denken würde, dass Lockwood sein Eigentum wäre und ich der Eindringling und Störenfried.*

*»Werde ich immer hier wohnen?«, hatte ich meine Mutter einmal gefragt, als sie sich eines Tages auf der Terrasse sonnte, mit geschlossenen Augen wie eine Katze. Ich saß neben ihr und spielte mit meiner Puppe, der ich ein Kleid nach dem anderen anzog. Meine Finger mühten sich mit den Knöpfen ab, die im Vergleich zur Puppe riesig waren.*

*»Ja, das wirst du«, hatte sie geantwortet, ohne die Augen zu öffnen. »Du und dein Mann.«*

*»Mein Mann?«, wiederholte ich verblüfft. »Wer ist er?«, fragte ich, als wäre das schon beschlossene Sache und er stünde irgendwo abrufbereit.*

*Sie lachte. »Du hast ihn noch nicht kennengelernt«, sagte sie.*

*»Aber warum? Kann ich nicht ohne ihn hier leben?«*

*»Dann wärst du aber sehr einsam.«*

*»Aber nein, ich habe doch die Dienstboten.«*

*»Du bist so ein sonderbares Kind«, meinte sie, stützte sich auf die Ellbogen und betrachtete mich mit jenem Blick, den ich hasste, der mir das Gefühl gab, als wäre ich nicht mit ihr verwandt, sondern ein umherstreunendes Tier, das sich in das Haus gestohlen und sich zu ihren Füßen niedergelassen hatte. »Denk, was du willst, aber eines Tages wirst du dich in einen Mann verlieben«, erklärte sie, »und dann hängst du am Haken.« Sie lachte wieder, aber es war kein frohes Lachen.*

*Als ich ungefähr dreizehn war, hatte ich einige Monate in einem Internat verbracht, und auch dort wurde über fast nichts anderes geredet als über zukünftige Ehemänner. Oft drängten wir uns zu zwölft in einem Zimmer und überboten uns gegenseitig damit, wie weiblich wir schon waren – wie viele Lippenstifte wir besaßen und in wie vielen Rottönen; wie perfekt die Wellen in unserem Haar waren; auf wie vielen Bällen wir schon waren und mit wie vielen verschiedenen Jungen wir schon getanzt hatten; und wie hoch sich die Karten in unserem Postfach am Valentinstag stapelten. Ich machte natürlich eifrig mit, denn ich wollte auch hübsch sein, bewundert werden und erwachsen wirken, aber ich hatte dabei immer ein komisches Gefühl im Bauch und wahrte einen inneren Abstand, den ich nicht erklären konnte.*

*Ich war auch zu Halloween dort, und wir hatten zwei Spiele, mit denen wir etwas über unsere zukünftigen Männer herausfinden wollten. Mit den stumpfen Messern, mit denen wir abends Butter auf unseren Toast strichen, schälten wir lange Spiralen von den Äpfeln, die wir dann über unsere linke Schulter warfen. Anschließend standen wir alle um die am Boden liegende Schale herum und versuchten herauszulesen, welchen Buchstaben sie darstellte, um dann entsprechende Männernamen zu rufen. Meine Schale wurde zu einer Art ›A‹ erklärt, und als die anderen Mädchen Namensvorschläge machten – Arthur, Alan, Anthony, Alexander, Albert, Alfred –, sah ich im Geist eine Schlange Männer mit leeren Gesichtern an mir vorbeiziehen und lehnte alle rundheraus ab. Ich sei viel zu wählerisch, meinten die anderen, ich sei genau die Sorte, die später einmal mehr als nur einen Ehemann hätte. Genau die Sorte, sagte ein Mädchen namens Ann, die später einmal eine Affäre hätte. Das sorgte für einiges Entsetzen, denn wir waren noch in dem prüden Alter, in dem wir zwar in unserer Fantasie von allen möglichen Männern träumten, uns aber nicht vorstellen konnten, jemals mit einem von ihnen eine echte Beziehung zu haben.*

*Für jemanden, der wie ich eine allzu lebhafte Vorstellungsgabe und außerdem Angst im Dunkeln hatte, war das andere Spiel weniger lustig. Jede von uns musste eine Kerze anzünden und um Punkt Mitternacht in einen Spiegel sehen, dann würde hinter uns die Gestalt unseres späteren Ehemanns erscheinen. Die anderen Mädchen hatten mich aus dem Waschraum gedrängt, wo sie zu sechst nebeneinander vor sechs Spiegeln standen, die über den Waschbecken angebracht waren (würden sie nicht durcheinanderkommen, wenn hinter ihnen jemand auftauchte, dachte ich in einem Anflug von Gehässigkeit, wie wollten sie wissen, wessen Ehemann sie gesehen hatten?). Die drei Spiegel im Schlafsaal waren ebenfalls schon belegt, und ein Mädchen benutzte den großen Handspiegel, den sie in ihrem Koffer hatte. Also blieb mir nur der fleckige Spiegel in dem langen Gang vor den Schlafsälen.*

*Um die Hausdame nicht zu wecken, zählte Ann leise bis zur vollen Stunde herunter, während ich mit der in meinem Atem flackernden Kerze in mein Spiegelbild schaute und dachte, wie gruselig es war, sein eigenes Gesicht in Bewegung zu sehen, als wäre es das Gesicht eines Fremden. Die Uhr tickte und ich wusste, es war ein Fehler gewesen, bei diesem Spiel mitzumachen. Ich hätte nur so tun sollen, als ob, oder um Mitternacht meine Augen fest zukneifen.*

*Doch ich spielte mit. Als es zwölf schlug, starrte ich auf mein dunkles Spiegelbild und sah, dass jemand hinter mir stand.*

*Später erfuhr ich, dass meine Schreie die Hausdame alarmiert hatten, die ohne das gewohnte Kopftuch und mit nur flüchtig übergeworfenem Morgenmantel herbeigeeilt war, und dass eines der Mädchen erst einen Eimer Wasser über mir hatte ausleeren müssen, um mich zu beruhigen – doch ich konnte mich an nichts erinnern.*

*Gleich am nächsten Tag wurde ich nach Hause gebracht und war nicht wieder ins Internat zurückgekehrt – das Experiment, anderswo als auf Lockwood zu leben, war gescheitert und ich am Boden zerstört. Ich hatte mich dort so wohl gefühlt, nicht wegen des Gebäudes selbst, das noch kälter und baufälli-*

*ger als mein Zuhause war, sondern weil ich dort Gesellschaft hatte und mit anderen Mädchen zusammen war, auch wenn sie gelegentlich gemein sein konnten. Wie sehr hatte ich es genossen, mit ihnen zu schwatzen und zu lachen, wenn es eigentlich Schlafenszeit war und das Mondlicht durch die Vorhänge schien, oder wenn wir uns in den Betten aneinanderkuschelten und wärmten. Wenn ich nach einem bösen Traum aus dem Schlaf aufschreckte, gab es immer ein, zwei Mädchen, die auch nicht schliefen und mit denen ich reden konnte, oder wenigstens die Geräusche von elf friedlich schlafenden Mitschülerinnen, deren leises Schnarchen und Atmen und Herumwälzen wie Talismane gegen die Angst wirkten.*

*Inzwischen waren sie natürlich alle verheiratet, und die meisten von ihnen hatten auch längst Kinder. Wie war ihr Leben im Vergleich zu dem, das sie sich erträumt hatten, wie waren ihre Ehemänner im Vergleich zu denen, die sie in den Spiegeln gesehen oder sich aus Apfelschalen zusammengereimt hatten?*

*Ich wusste, dass sie mich für sonderbar hielten, weil ich immer noch ledig war und weder einen Verlobten noch eine skandalöse Liebschaft mit einem verheirateten Mann vorzuweisen hatte. Oft dachte ich, alles wäre einfacher, wenn ich eine kurze Ehe mit einem Mann gehabt hätte, der bei einem tragischen Unfall ums Leben gekommen war. Witwe zu sein, würde mir liegen – ich würde einsam im Haus umherspuken und morgens am Frühstückstisch mit tiefen Ringen unter den Augen erscheinen, die dann nicht von beginnendem Wahnsinn, sondern von meiner Trauer herrührten.*

*Mein Los war es offenbar, unverheiratet und auf Lockwood zu bleiben. Ich hatte Glück, und ich war nicht so dumm, das nicht zu erkennen. Wie könnte ich mich auch beklagen, wenn ich auf einem Landgut wie diesem im Luxus lebte und ein kleines Heer von Angestellten mir zu Diensten stand? Ich gehörte der Oberschicht an und konnte es mir leisten, nicht zu heiraten, weil ich das Vermögen meines Vaters erben würde, und es bedeutete, dass ich trotz völliger Untätigkeit niemals hungrig oder mittellos wäre und mir eines Tages einen Namen als exzentrische reiche Erbin machen würde, die allgemein bedauert und den Mädchen als warnendes Beispiel dienen würde, die sich nicht wie alle anderen an den ersten Besten banden, der um ihre Hand anhielt.*

*Manchmal überlegte ich, ob ich das Haus vielleicht auch auf andere Weise nutzen könnte, wenn mein Vater einmal nicht mehr da wäre, so wie jetzt als Zuflucht für das Museum. Ich könnte eine Kunstsammlung eröffnen, oder ein Genesungsheim oder sogar eine Schule. Doch dann wiederum erschien es mir nicht richtig, wehrlose Menschen in dieses Haus einzuladen, das meine Mutter und mich im Laufe unseres Lebens in den Wahnsinn getrieben hatte, und ich war mir sicher, dass in diesen Mauern immer noch etwas Verborgenes lauerte, etwas – jemand – Böses, Gemeines, Verabscheuungswürdiges.*

## KAPITEL 28

Als der Morgen dämmerte, weckte ich Lucy widerstrebend aus dem Tiefschlaf, und wir beseitigten die Unordnung der vergangenen Nacht, bevor wir das Zimmer verließen. Lucy nahm die hintere Treppe hinauf zu ihren Räumen, während ich die Haupttreppe ansteuerte. Ich nickte dem Wachmann zu, der an der Eingangstür saß, und ging nach oben in mein Zimmer. Kaum war ich in mein kaltes Bett gekrochen, war ich auch schon eingeschlafen und verpasste nicht nur das Frühstück, sondern auch das Eintreffen der Schlosser.

Als ich mich in einen vorzeigbaren Zustand gebracht hatte, ging ich ins Erdgeschoss, wo mich bereits der Lärm von Werkzeugen erwartete, die auf Metall und Holz schlugen. Die Hämmer wurden mit dumpfem Aufprall auf dem Boden abgesetzt, und Schlüssel klimperten, während die neuen Schlösser ausprobiert wurden. Ich warf einen Blick in die Räume und empfand Erleichterung, als ich das glänzende Messing der Schlösser sah, die bereits ausgetauscht worden waren. Einer der Handwerker erklärte mir, nachdem ich mich ihnen vorgestellt hatte, dass dies spezielle, absolut einbruchssichere Schlösser seien.

Doch der Krach, den die Handwerker veranstalteten, das Poltern der schweren Arbeitsstiefel auf dem Holzboden und ständige Scheppern der Werkzeuge, waren zu viel für meinen ohnehin schon labilen Geisteszustand. Ich schloss mich in meinem Büro ein und versuchte, etwas Arbeit zu erledigen, aber jedes einzelne Klirren dröhnte in meinen Ohren und bei jedem dumpfen Schlag klammerte ich mich unwillkürlich an die Tischkante.

Ich musste wieder an den Mann im Hotel denken. Daran, dass ich Lucys Hand an meiner Taille und ihren Atem über meinem Mund erregender gefunden hatte, als den Sex mit ihm, und was für ein schönes Gefühl es war, beim Tanzen mein Kinn an ihre Schulter zu legen und ihre Fingerspitze auf meinen Lippen zu spüren.

Mir wurde ganz heiß, als ich mich an die vergangene Nacht und an den Nachmittag im letzten Jahr erinnerte, als ich in ihrem Zimmer Kleider anprobiert hatte und ihre Hände meinen nackten Oberkörper berührt und meine Hüften hin und her geschoben hatten, wie ihre Lippen meine Wange gestreift hatten, als sie mich am Abend des Balls auf der Terrasse begrüßt hatte.

Hatte ich Fieber? Der Duft ihres Parfüms aus unserem gemeinsamen Lager war immer noch in meiner Nase, und meine Hand wanderte wieder und wieder an meine Lippen zu der Stelle, an der ihre Hand sie berührt hatte.

»Das ist völliger Wahnsinn«, sagte ich leise zu mir. »Reiß dich gefälligst zusammen.«

Dass zwei Frauen ein Paar sein konnten, hatte ich äußerst vage und theoretisch zur Kenntnis genommen – aber das waren dann doch sicher Fälle, bei denen eine oder beide Frauen von der eher männlichen Sorte waren, sich entsprechend unkonventionell benahmen und kleideten, und nicht ganz normale Frauen wie Lucy und ich?

Ich griff nach der Liste, auf der ich die zu erledigenden Aufgaben notiert hatte, um undenkbare Gedanken aus meinem Kopf zu vertreiben.

Selbst wenn – *wenn* – Lucy die gleichen Gefühle für mich empfand, würde sie sie mit Sicherheit niemals ausleben, und das galt auch für mich.

Und doch – wie sie letzte Nacht vom Küssen gesprochen hatte, und wie sie mich die ganze Zeit über angesehen hatte, und diese sonderbaren Schwingungen zwischen uns, die nicht zu leugnen waren.

Was sollte ich nur tun? In meinem ganzen Leben hatte es noch nie etwas gegeben, was auch nur annähernd mit Liebe, Freundschaft oder gegenseitigem Begehren zu tun hatte. Konnte ich weitere dreißig Jahre in dem Bewusstsein leben, dass so etwas – *wirkliche Liebe* – hier und jetzt auf mich wartete? Konnte ich damit leben, wenn ich diese Chance ungenutzt verstreichen ließ?

Den Rest des Tages verbrachte ich in der Abgeschiedenheit meines Büros, ohne jedoch einen echten Gedanken an das Museum zu verschwenden: Ich machte meine Arbeit, ohne nachzudenken, schrieb Notizen ab und beantwortete mechanisch Briefe. Ich schwankte zwischen Scham – aus der Gewissheit heraus, dass das alles nur in meinem Kopf war, dass ich meinen Fantasien gestattet hatte, eine unnatürliche Richtung einzuschlagen und zu hoffen – und der Überzeugung, dass Lucy das Gleiche fühlte, dass sie mich genauso wollte wie ich sie, dass wir niemandem schaden würden außer uns selbst, wenn wir unseren Gefühlen folgten, dass daran – dass an mir – nichts falsch war, und wieder zurück. Ich dachte, ich müsse sterben, wenn ich Lucy wiedersähe, und dass ich ebenso sterben müsse, wenn ich sie nicht wiedersähe – und in diesem nervenzerreißenden Wirrwarr meiner Gedanken verbrachte ich den Nachmittag.

Bis ich zu dem Schluss kam, dass ich nicht bis zum Abendessen warten konnte, dass ich ihr mit diesem Mahlstrom durcheinanderwirbelnder Empfindungen nicht einfach so gegenübersitzen konnte. Ich brauchte Gewissheit, das Ganze musste irgendeinen Auslass, ein Ende finden, auf die Gefahr hin, dass ich mich auf die Knochen blamieren und für immer in Scham versinken würde. Also begab ich mich am Ende meines Arbeitstags auf direktem Weg zu ihrem Zimmer, und je mehr Stufen ich hinaufstieg, desto verzweifelter fühlte ich mich. Auf dem verlassenen Gang vor ihrer Tür hielt ich inne und versuchte, mich so weit es ging zu sammeln.

Ich klopfte an. »Lucy?«, rief ich, und meine Stimme überschlug sich vor Aufregung.

»Herein!«, antwortete sie. Ich konnte hören, dass sie dabei lächelte, und das machte mir Mut.

»Was ist los?«, fragte sie, als ich eintrat. Sie stand an ihrem Frisiertisch und legte Ohrringe an – und schon diese kleine Geste, ihr in dem intimen Moment zuzusehen, wie sie sich zurechtmachte, brachte mich schier um den Verstand.

Ich zog die Tür hinter mir zu, aber behielt die Hand am Türknauf und umklammerte ihn so fest, dass meine Finger schmerzten.

»Da ist etwas zwischen uns, nicht wahr?«, platzte ich heraus, ehe der Mut mich verlassen konnte, und jedes Wort zitterte. »Oder bilde ich mir das nur ein und blamiere mich gerade schrecklich?«

Sie schüttelte den Kopf, und jede Faser in mir folgte dieser Bewegung. »Das tust du nicht, Hetty. Und wenn, dann blamieren wir uns beide«, antwortete sie mit flatterndem Lächeln.

»Ich möchte …« Ich biss mir auf die Lippe und schluckte die Worte herunter, die ich nicht aussprechen konnte. »Ich würde gern …«, begann ich erneut. Sie kam zu mir, und mir stockte der Atem. Ganz dicht stand sie vor mir, nah genug, dass ich nur noch sie sah, und ihr Gesichtsausdruck war voller Zuneigung und Hoffnung. Mein Blick flackerte zwischen ihren Lippen und Augen hin und her, während unsere Gesichter sich unmerklich aufeinander zubewegten, bis sie sich fast berührten, und dann küsste ich sie, und ihre Lippen waren weich und feucht, und sie vergrub die Hand in meinem Haar und küsste mich auch, und wir keuchten und machten kleine Geräusche in den Mund der anderen.

Es war, als wäre ich trockenes Holz, das von ihrer Berührung entflammt worden war, und sie hätte sich zu mir in die Flammen geworfen. Wir brannten lichterloh und konnten nicht aufhören – hastig zog ich ihr die Bluse aus, und sie zerrte meine herunter. Meine Hände kämpften mit dem Verschluss ihres Rocks, während sie mich küsste und mit ihren Lippen meinen Hals entlangfuhr und an meiner Haut saugte und meine Hose öffnete, bis wir auf ihren seidenen Bettüberwurf fielen und uns von Strumpfhose und Strümpfen befreiten, Unterhemden und Schlüpfer beiseiteschoben und uns atemlos küssten und uns gegenseitig in den Mund lachten, als unsere Körper sich ineinander verschlangen.

Ich fasste sie an, wie ich gern angefasst worden wäre, mit Lippen und Zunge und Handflächen und Fingern, und sie tat das Gleiche bei mir. Flüsternd tauschten wir Geheimnisse und betrachteten einander in gemeinsamem Erstaunen, und als wir feucht und warm einander zum Höhepunkt brachten, mit eng aneinandergeschmiegten, bebenden Körpern, vergrub ich mein Gesicht in ihrer Halsbeuge.

»Hältst du mich für verrückt, wenn ich dir sage, dass ich glaube, ich habe mich im allerersten Moment in dich verliebt, als ich dich in deiner Reisekleidung im Salon stehen sah?«, fragte sie einige Stunden später, nachdem das Abendessen ohne uns stattgefunden hatte. Wir teilten uns etwas von der Schokolade, die sie in ihrem Zimmer versteckt hatte, und leckten und knabberten gegenseitig an unseren Fingern.

»Nein, das tue ich nicht. Ich weiß noch genau, als ich dich zum ersten Mal gesehen habe und du so wunderschön, so außergewöhnlich ausgesehen hast«, erwiderte ich mit dem Kopf auf ihrem Bauch. Ich konnte nicht glauben, wie natürlich es sich anfühlte, nackt bei ihr zu liegen. Vielleicht weil wir beide Frauen waren, weil ihr Körper den meinen spiegelte.

»Weißt du was«, meinte sie, »egal, was uns der Krieg noch alles bringen wird, ich bin froh, dass er dich gebracht hat.«

Ich drehte den Kopf, sodass mein Ohr an ihre Haut gedrückt war und ich die Geräusche in ihrem Inneren und ihren Herzschlag hören konnte. Wie gern wollte ich glauben, was sie sagte, aber ich konnte nicht sagen, wie es mit dem Krieg weitergehen und welche Schrecken er noch mit sich bringen würde. Hinzu kam, dass ich fürchtete, dass dieses Haus uns nicht einfach davonkommen lassen würde. »Hier in Lockwood sind wir sicher, zusammen sind wir sicher«, sagte ich und wollte nicht wahrhaben, dass es weniger wie ein Versprechen klang, sondern vielmehr wie eine Beschwörung.

## KAPITEL 29

Das ist ja ein lustiger Affe«, bemerkte eines der neuen Dienstmädchen und blickte mit leicht zusammengekniffenen Augen zu dem Eigentlichen Tüpfelkuskus mit seinen verschränkten Pfoten und dem gefleckten, wolligen Fell hoch, der auf dem Schaukasten mit den Elefantenknochen stand.

Sie war die zweite, die in diesem Juli neu angefangen hatte, und war eher noch Schulmädchen als Dienstbotin. Ich vermutete, dass sie nicht lange auf Lockwood bleiben würde, zum Teil wegen ihrer Verträumtheit und zum Teil, weil sie so viel Zeit in den Museumsräumen verbrachte, um sich die Tiere anzusehen – was ich ihr beim besten Willen nicht verdenken konnte.

»Genau genommen ist es ein Beuteltier, und kein Affe«, erklärte ich. »Es wurde im Norden Australiens gefangen. Es sind Nachttiere, und an seinem Fell kann man erkennen, dass es sich hier um ein männliches Exemplar handelt.«

»Sein Pelz sieht fast wie Schaffell aus«, meinte sie und deutete mit dem Kopf zu dem Tier mit seinen schwarzen Knopfaugen.

»Es ist weicher als Schaffell«, sagte ich, aber ich ermutigte sie nicht, es einmal anzufassen, wie ich es bei Lucy getan hätte, hätte sie mir die gleiche Frage gestellt.

Das Dienstmädchen war wirklich nett, aber die kostbaren Stunden vor dem Abendessen wollte ich mit jemand anderem verbringen. Ich sah zu Lucy hinüber, die auf der anderen Seite des Billardzimmers war, und wir tauschten einen verschwörerischen Blick. Mittlerweile waren unsere Gedanken ebenso im Einklang wie unsere Körper – ein Blick, die Andeutung eines Lächelns oder eine hochgezogene Braue genügten, um eine Myriade von Dingen zu sagen –, was ein wirklich glücklicher Umstand war, weil wir so viele Stunden am Tag mit anderen teilen und uns damit begnügen mussten, uns anzusehen und einander zuzulächeln. Wir konnten nur in den wenigen, gestohlenen Stunden ungezwungen zusammen sein, wenn alle anderen im Haus schliefen.

»Ich bin froh, dass sie hier in Sicherheit sind«, sagte das Dienstmädchen und nickte in Richtung Vitrine mit der Großfleck-Ginsterkatze. »In London hätten sie wohl kaum eine Chance. Meine Mutter sagt, sie werden die Stadt dem Erdboden gleichmachen, kein einziges Gebäude wird übrig bleiben.«

»Ich bin mir sicher, dass es nicht ganz so schlimm kommen wird«, warf Lucy ein.

Die neuen Schlösser an den Türen zu den Museumsräumen schienen ihren Zweck zu erfüllen, denn seither hatte es keine Zwischenfälle mehr gegeben, und wenn ich am Morgen die Türen öffnete, war bis zum kleinsten Haar alles exakt an seinem Platz. Dennoch konnte ich nicht aufhören, mir Sorgen zu machen, und in den Nächten, die ich nicht mit Lucy verbrachte, raubten sie mir immer noch den Schlaf oder bereiteten mir Albträume, wenn es mir tatsächlich einmal gelang, ein oder zwei Stunden zu schlafen.

Im Laufe des vergangenen Monats hatte ich angefangen, mir Ausreden auszudenken für den Fall, dass mir jemand begegnete, wenn ich zu Lucy ging oder aus ihrem Zimmer kam. Ich könnte ein Buch zurückgebracht haben oder ein Paar geborgte Ohrringe, oder ich hätte einfach bei ihr vorbeigeschaut, um mit ihr zu reden – denn Freundinnen taten so etwas ja wohl zu jeder Tages- und Nachtzeit, oder etwa nicht? Es bestand keine wirkliche Notwendigkeit für Lucy und mich, uns zu verstecken, und im Beisein anderer Leute gab es nichts, was darauf hingedeutet hätte, dass wir mehr waren als gute Freundinnen. Doch ich hatte eine neue Welt betreten, deren Regeln ich nicht kannte. Ich wusste nicht, wie die Dinge hier gehandhabt wurden – wie stellten andere Frauen es an, ihre Beziehung geheim zu halten und vor anderen zu bewahren? Gab es überhaupt Frauen, die so waren wie wir? Ich konnte mir das kaum vorstellen – wir schienen in unserer eigenen, abgetrennten Welt zu leben und entdeckten gemeinsam ein bisher unbekanntes, neues Land.

Lucy musste mit der Köchin sprechen, also tauschten wir im Gang ein stummes Adieu, als würde es uns in entgegengesetzte Teile der Welt verschlagen und nicht in einen anderen Teil des Hauses. Bevor sie davonschlenderte, trafen sich unsere Hände ganz leicht, als hätte eine Feder sie gestreift, und sogar dieser Hauch von Berührung setzte mich in Flammen. Ich musste an die vergangene Nacht denken, als wir auf ihr Bett gefallen waren und uns die Bettdecke über die Köpfe gezogen hatten. Wir hatten uns eine warme Höhle gebaut, in der nur unsere Hände uns den Weg wiesen.

In letzter Zeit fühlte ich mich nur dann lebendig und vollständig, wenn ich mit Lucy zusammen war. In den Stunden ohne sie stürmten alle Sorgen und Ängste auf mich ein, die Wände des Hauses schienen bedrohlich näher zu kommen und vor lauter Anspannung mahlten meine Kiefer unentwegt. Am schlimmsten von allem war mein nächtlicher Rückweg von ihrem in mein Zimmer – wenn ich in völliger Dunkelheit die Wendeltreppe zum ersten Stock des Westflügels hinunterstieg, um dann den langen, stillen Gang zum menschenleeren Ostflügel und zu meinem Zimmer zu durchqueren, der nur von dem schwachen Licht, das von der Eingangshalle heraufdrang, beleuchtet wurde. Ich hasste diese Augenblicke, weil sie mir wie ein Symbol für eine Zukunft in Einsamkeit vorkamen, für den Tag, an dem ich Lucy für immer würde verlassen müssen, aber auch, weil ich das Gefühl nie ganz loswurde, dass mich jemand beobachtete und mir lautlos mit im Finstern leuchtenden Augen folgte. Jedes Mal, wenn ich an meiner Tür angekommen war und mich umdrehte, rechnete ich damit, am anderen Ende des dunklen Korridors den Schatten einer Bewegung wahrzunehmen, doch alles, was ich sah, war Finsternis. Kein Gespenst, kein Eindringling – wenn es jetzt noch spukte, dann in meinem Kopf.

Auf einen regnerischen Juli folgte ein heißer August mit strahlend blauem Himmel, der – in Verbindung mit den Schreckensnachrichten, die sich allabendlich aus dem Radio ergossen – in allen den Wunsch erweckte, im Hier und Jetzt leben zu wollen und das Leben in tiefen Zügen zu genießen. Vielleicht war es ja der letzte Sommer, das letzte Mal, dass wir die Hitze auf der Haut spürten, der letzte, von der Sonne gewärmte Schluck Wasser, das letzte Knistern von trockenem Gras unter unseren Füßen, die letzte warme Nacht, der letzte warme Tag. Auch die fadenscheinigste Ausrede war mir recht, um möglichst viel Zeit draußen, fern vom Haus, zu verbringen und mit müden Augen in den blauen Himmel oder das üppige Grün der Parkanlage zu starren, während ich mir Mühe gab, die grauen Türme von Lockwood, die mir in die Augenwinkel stachen, zu ignorieren.

Dann musste der Major für eine Woche verreisen, die Haushälterin fuhr auf Besuch zu ihrer Schwester, und im Haus verbreitete sich Urlaubsstimmung. Radio und Plattenspieler liefen den ganzen Tag über, das neue französische Dienstmädchen Josephine (bei deren lange Wimpern ich immer an die Linien im Gesicht eines Streifenhörnchens denken musste) nahm nach dem Mittagessen ein einstündiges Sonnenbad, und Paul wurde dabei erwischt, wie er ein Mädchen aus dem Dorf im Vorratsraum küsste, woraufhin Dorothy ihm augenzwinkernd eine Strafpredigt hielt und das Mädchen, dessen Kleidung in Unordnung geraten war, mit dem Besen aus dem Haus jagte.

Ich durchstreifte mit Lucy die Gärten, sah zu, wie ihre Sommersprossen aufblühten, und bemerkte, dass ihre Haarspitzen um eine Andeutung heller wurden. Wir streckten uns im Schatten der Bäume aus, picknickten im Gras und schwammen im See, wo wir uns auf dem Rücken treiben ließen und in den Himmel schauten, während das Wasser an unserer Haut leckte. Wir pflückten Blumen und versuchten, daraus Kränze zu flechten, und wenn die Sonne untergegangen war und alle anderen menschlichen Wesen die Gärten verlassen hatten, stahlen wir uns unter dem schützenden Mantel der Verdunkelung gelegentlich ins Freie, wo uns nur die Tiere sehen konnten – herumstolzierende Füchse, Katzen, Nachtvögel –, küssten uns im ummauerten Garten, liebten uns unter der Trauerweide, lagen im Gras und betrachteten die Sterne, hielten uns an den Händen und drückten sie in unregelmäßigen Abständen, wie um zu sagen *ich bin da, ich bin bei dir.*

Einmal fragte ich sie, ob sie keine Angst habe, in der Nacht ohne Taschenlampe draußen zu sein, aber sie sagte, dass es sogar bei Neumond im Freien heller war als in einem dunklen Zimmer, dass die Sterne stets den Weg wiesen.

»Hier gibt es keine Wände«, erklärte sie und machte eine weit ausladende Bewegung mit dem Arm, »nur den Wind und das Gras und nie vergehendes Leben. Vielleicht hätte ich keine Albträume mehr, wenn ich nicht im Haus schlafen müsste«, überlegte sie, doch dann warf sie mir einen verschwörerischen Blick zu und fuhr fort, »aber es gibt Dinge, für die das Schlafzimmer wohl immer noch der beste Ort ist …«

Da ihr Turmzimmer ganz oben im Haus war und das Anwesen von Lockwood so weitläufig, konnte uns dort niemand sehen, solange wir nicht unmittelbar am Fenster standen, und an hellen Sommerabenden fanden wir es unsagbar aufregend, uns bei offenen Vorhängen und ohne störende Decken auf dem Bett zu lieben, umgeben von all den Blumen, die wir von draußen mitgebracht hatten und die dem Raum die träge Atmosphäre eines Treibhauses verliehen. Wenn dann die Abenddämmerung aufzog und sich Lucys Miene ängstlich anspannte, zog ich rasch die Verdunkelungsvorhänge zu und brachte sie nach oben in ihr Badezimmer, wo wir uns im Licht der Kristallleuchter in ihrer großen Badewanne ein Bad einließen und sie sich im warmen Wasser langsam wieder beruhigte, wenn die Kacheln feucht vom Dampf und unsere Finger runzelig wurden. Irgendwann dösten wir ein, schraken Haut an Haut im kühlen Wasser wieder auf und kletterten wieder die eiserne Wendeltreppe in ihr Schlafzimmer hinunter, wo seidene Laken und weiche Kissen auf uns warteten und ich alles tat, um diese glückseligen Stunden so lange auszudehnen, wie es ging.

»Wenn wir unser eigenes Heim, eine eigene kleine Wohnung hätten, dann müssten wir uns nicht ständig vor den Dienstboten verstecken« – vor deinem Vater, dachte ich, sagte es aber nicht –, »wir könnten zusammen im Bett frühstücken und in unserem Zuhause tun und lassen, was uns beliebt«, sagte ich eines Tages morgens um drei mit vor Müdigkeit rauer Stimme zu ihr.

Lucys Antwort auf meine Tagträumerei war nur ein kleines, trauriges Lächeln. Wir sprachen fast nie über die Zukunft, was wir vermutlich mit vielen Paaren gemein hatten, die während des Krieges zusammengekommen waren und einfach nur glücklich sein wollten, ohne an ein Morgen zu denken. Bei uns kam aber noch hinzu, dass wir das gleiche Geschlecht hatten und es für uns nicht infrage kam, zu heiraten und einen Hausstand zu gründen, wie normale Liebende es sich für die Friedenszeit erhoffen konnten.

In der Zwischenzeit fiel es uns leicht, den Krieg als ein Hintergrundsummen abzutun, wie eine unwillkommene Jahreszeit, gegen die man nichts tun konnte. Bis zu dem Tag, an dem wir das erste deutsche Flugzeug sahen, das über den Himmel dröhnte und die Luft wie ein Raubtier zerteilte, perfekt und für alle anderen tödlich an seine Umwelt angepasst, und unsere Welt in ein Vorher und Nachher teilte.

Lucy und ich waren in ihrem Zimmer, hörten wie immer Musik auf ihrem Schallplattenspieler, den sie aus dem Salon geholt hatte, und unterhielten uns über *Vom Winde verweht*, als wir das seltsam blecherne Echo der Luftschutzsirene im Dorf hörten und wenige Augenblicke später die ohrenbetäubende Sirene von Lockwood Manor aufjaulte. Während wir panisch umhertasteten, warfen wir einen schnellen Blick aus dem Fenster und sahen das Flugzeug, dessen Motorengeräusch wie ein grollender Bass hinter der grellen Sirene brummte. Wir hasteten Stufe um Stufe, Treppe um Treppe hinunter, bis wir endlich den schützenden Keller erreichten, in dem alle anderen Bewohner von Lockwood sich bereits eingefunden hatten.

»Haben Sie es gesehen?«, wollte Paul wissen. »Das Flugzeug?«

»Ja, habe ich«, antwortete ich.

»Ich auch«, sagte Lucy, die die Taschenlampe fest umklammert hielt und die altmodischen Wandlampen betrachtete, die den Kellerraum beleuchteten.

»Im Dorf gibt es wohl nicht zufällig Flugabwehrkanonen?«, bemerkte Dorothy düster. »Wir sind leichte Beute für die.«

»Der ist bestimmt nur zufällig hier vorbeigekommen, auf der Suche nach einem lohnenswerteren Ziel als einem alten Landgut«, meinte Paul. Wir versuchten, uns nicht auszumalen, was für ein schrecklicher Schaden an dem Ort entstehen würde, den die Deutschen als *lohnenswerter* erachteten, und wie viele Menschenleben es kosten würde.

»Gute sechzig Kilometer von hier ist ein Stützpunkt der Royal Air Force. Entweder ist das ihr Ziel oder die Häfen an der Küste«, erklärte die Haushälterin, als hätten wir von nichts eine Ahnung.

Dann kam die Entwarnung, und wir verließen das Kellergewölbe und traten in den strahlenden Sonnenschein des Sommernachmittags hinaus, der uns einen Moment lang wie eine überdimensionale

Theaterkulisse erschien, bis wir uns sammelten und mit der Vorstellung vertraut machten, dass wir uns künftig auf Luftangriffe am helllichten Tag gefasst machen mussten.

An jenem Tag ertönte die Sirene noch ein zweites Mal und ein weiteres Mal in der Nacht, aber wir sahen kein Flugzeug mehr. Am nächsten Tag erfuhren wir, dass es überall im Land zu massiven Angriffen auf Flugplätze und RAF-Stützpunkte gekommen war – wie ein ausgehungerter Schwarm von Zugvögeln war die deutsche Luftwaffe mit tausend Bombern und Jägern über uns hergefallen – und mit welcher Tapferkeit unsere Leute sie aus der Luft bekämpft hatten.

Das war der Anfang von vielen Luftangriffen, die allmählich Normalität wurden und hauptsächlich in den Nachtstunden stattfanden, die uns in unserer Furcht umso endloser erschienen. Nachdem die Deutschen Flugplätze, Häfen und Fabriken zerstört hatten, gingen sie zur Bombardierung von kleinen und großen Städten über. Und schließlich folgte der *Blitz* auf London, während ich mich am ganzen Körper vor Angst zitternd im Bett verkroch – auch wenn ich wusste, dass das nichts mit dem Krieg zu tun hatte –, an die vielen Millionen von Menschen dort dachte und mich gleichzeitig mahnte, mich zusammenzunehmen, meine Ängste in den Griff zu bekommen. Ich hatte kein Recht auf echte Angst, solange ich hier im Luxus lebte und weit von der irgendeiner Metropole entfernt war.

Der Luftschutzkeller war ein großer Gleichmacher, denn er beherbergte die Dienstboten, die Dame des Hauses, die stellvertretende Abteilungsleiterin des Museums, den Bauern, der die Ländereien bewirtschaftete, und seine Frau, die Gärtner und sogar einige Geschäftsleute, die gerade auf der Durchreise waren. Der einzige, der dem Keller fernblieb, war Lord Lockwood selbst – und sein Damenbesuch, wenn er welchen hatte. Einmal kamen wir aus unserem unterirdischen Versteck wieder an die Oberfläche und wurden von lauter Radiomusik, weiblichem Gelächter und männlichem Überschwang begrüßt, als hätte der Major ganz vergessen, dass es auch noch andere Hausbewohner gab – so lange waren wir im Untergrund gewesen.

Die Frau, die inzwischen am häufigsten auf Lockwood empfangen wurde, hieß Sylvia, und Lucy war allenfalls mäßig von ihr angetan. Sie war ein dunkler Typ, wie Lucys Mutter, die ich auf Fotos gesehen hatte, zweiundzwanzig Jahre alt und erinnerte mich an eine Sattelrobbe, bis auf die fehlenden Barthaare natürlich.

»Ist dir ihre Anwesenheit nicht unangenehm?«, fragte ich eines Sonntagnachmittags, als wir auf der Terrasse in der Sonne saßen und zusahen, wie Sylvia Arm in Arm mit dem Major durch den Garten spazierte und dabei zu ihm aufsah, als handelte es sich um ein eindrucksvolles Kirchenfresko und nicht um einen Langweiler mittleren Alters.

»Doch, schon, aber ich bin schon dankbar, dass es nicht Mary ist«, sagte sie und blies Rauch aus dem Mundwinkel. »Dass meine Spielkameradin von früher als Freundin meines Vaters hier einzog, war wirklich grotesk.«

»Das glaube ich gern.« Sie reichte mir eine Zigarette, unsere Finger trafen sich und verursachten einen kleinen, unsichtbaren Funkensprung.

Der Major sah zu uns herüber, und rasch zog ich meine Hand zurück und begann mit dem Feuerzeug zu hantieren.

Ich hatte ihn noch nie gemocht, denn er war tyrannisch und machte sich über mich lustig, aber wenn ich ihm jetzt über den Weg lief, war da auch ein Anflug von Furcht, als ob er mir ansehen könnte, was zwischen mir und seiner Tochter war, als ob er an das Museum schreiben könnte, ich sei ein verkommenes Subjekt, das seine Gastfreundschaft auf die denkbar schäbigste Art und Weise ausgenutzt hätte.

Während sich Lucy mit dem Aufmarsch junger Frauen abgefunden zu haben schien, nahm sie die Weigerung des Majors, wie alle anderen den Luftschutzkeller aufzusuchen, weniger gelassen hin, und an ihr gequälten Miene konnte ich ihr manchmal ansehen, wie sehr es ihr zusetzte. Wenn sie mit ihm darüber stritt, gaben wir anderen vor, es nicht zu hören, weil uns die nackte Angst in ihrer Stimme, wenn sie ihrem Vater wegen seiner Unbekümmertheit Vorhaltungen machte, peinlich berührte.

»Er ist so schrecklich dickköpfig«, klagte sie eines Abends und kaute auf ihren Fingernägeln herum. »Seine Überheblichkeit wird ihn eines Tages noch umbringen. Er sagt immer, den letzten Krieg hätte er schließlich auch überlebt und die Deutschen sollten es nur wagen, ihn in seinem eigenen Haus zu töten – als wollte er sie herausfordern.«

Ich tat mein Möglichstes, sie zu trösten, wenn auch ohne große Überzeugung. Nicht dass ich ihm den Tod wünschte, so feige war ich dann doch nicht, aber es schien mir sinnlos, mit ihm zu diskutieren und zu versuchen, ihn von seinem unvernünftigen Verhalten abzubringen. Außerdem, wenn genau über uns eine Bombe abgeworfen würde, würden wir im Keller nicht auch sterben? Diesen Gedanken versuchte ich mit aller Macht von mir fernzuhalten und wischte ihn weg wie einen Rußfleck von dem Gewebe meiner Gedanken.

Unten im Keller, wo inzwischen Sofas standen, damit wir es bequemer hatten, verbrachte ich jede einzelne Stunde des Wartens damit, Lucys Hand – oder vielmehr ihren Schatten – neben mir anzustarren und fast zu wünschen, dass ein Flugzeug käme, damit ich sie berühren durfte, denn in Momenten größter Angst war körperliche Nähe erlaubt, dann fielen die Schranken der Schicklichkeit.

Zur Hälfte aber war ich mit dem Kopf oben bei meinen Tieren und driftete in Gedanken über die Lange Galerie, drückte mich voll böser Vorahnung mit flatterndem Herzen durch alle Räume, schob mich an Vitrinen und Kästen vorbei. Unsere Überlebenschancen im

Keller waren tatsächlich gut, solange jemand käme, der uns wieder ausgrub, aber die Tiere würden einen direkten Angriff niemals überstehen – die vielen Jahre Arbeit der behutsamen Hände von Museumsangestellten würden mit einem Schlag zerstört, all die seltenen Exemplare, die nirgendwo mehr zu finden waren. Was würden Historiker und andere Wissenschaftler wohl von dem halten, was sie irgendwann in der Zukunft hier vorfänden: Knochen von Löwen, Bären und Walen, Felle von Tigern, Wölfen und Giraffen, Fischschuppen, Federn, Straußeneier – nur keine menschlichen Skelette. Es wäre, als wenn das Haus ausschließlich von wilden Tieren bewohnt gewesen wäre, wie eine führerlose Arche mit den allerseltensten Exemplaren, während die Menschen längst geflohen waren und sie ihrem Schicksal überlassen hatten.

Nicht nur die Luftschutzsirenen schreckten das Haus aus dem Schlaf, denn die Atmosphäre von ständiger, unbestimmter Angst hatte zwangsläufig auch Lucys Albträume wieder zurückgebracht. Ich tat mein Bestes, diese bösen Träume zu lindern, aber ich konnte nichts tun, damit sie aufhörten. Diese schrecklichen Träume drohten sogar, in ihrer mitunter hysterischen Vehemenz unsere heimliche Beziehung zu offenbaren, wenn die Haushälterin oder ein Dienstmädchen angerannt kamen und mich bereits in Lucys Zimmer vorfanden, wo mich die Schreie der Frau, die ich liebte und die neben mir lag, aus einem Nachmittagsschlaf gerissen hatten. Schließlich sah ich mich gezwungen, in mein kaltes Zimmer zurückzukehren, sobald Lucy zu gähnen begann. Ich wollte sie weder wachhalten noch wollte ich, dass wir beide versehentlich einschliefen. Unsere gemeinsamen nächtlichen Stunden wurden immer kürzer und immer kostbarer.

# KAPITEL 30

*Wenn Lockwood sich doch nur vom Rest der Welt losmachen und unbekümmert in sicheren Gewässern treiben könnte, wenn man nur die Gräuel des Krieges einfach hinwegfegen könnte. Wenn Hetty nur nicht eines Tages Lockwood mit dem Museum verlassen müsste.*

*Ich hatte mich daran gewöhnt, dass jeder glückliche Moment, aber auch Monate des Behagens und der Zufriedenheit, aus heiterem Himmel von nervösen Zuständen und Albträumen zunichte gemacht werden konnten, umso mehr versuchte ich, jede Minute mit Hetty auszukosten und mich in der Wärme ihrer Liebe, in unserem kleinen Kokon aus Glück und Erfüllung zu aalen.*

*Ich genoss es, einen anderen Körper so genau zu erforschen, bis ich ihn kannte wie meinen eigenen – die kleine Mulde, die sich an ihrem Bauch bildete, wenn sie sich hinlegte, die Hüftknochen, die wie Tonscherben herausragten, die kleinen Wirbel im Haar zwischen ihren Schenkeln, eine Narbe an ihrem Schienbein mit kleinen Punkten, wo der Arzt die Stiche gemacht hatte, ihr leicht asymmetrischer Brustkorb. Ihr Körper war mit Leberflecken besprenkelt, als hätte ein zerstreuter Gott ihn schmücken wollen – einer auf der linken Brust, fünf auf dem Bauch, eine ganze Reihe an ihrer linken Wade, einer auf dem Po und zwei im Nacken. Wenn ich an ihrem Körper auf Entdeckungsreise ging und sie den meinen erforschte und mir den Atem nahm und mich erschauern und beben ließ, blieb in meinem Kopf kein Raum mehr für Sorgen und Ängste.*

*Ich hatte versucht, Dinge zu ignorieren, die womöglich nicht real waren, und kauernde Gestalten oder das Flüstern des Windes, das wie ein Schlurfen auf dem Gang klang, ganz nüchtern zu betrachten, und hatte mir immer wieder eingeschärft, dass Träume nichts als Träume waren. War es also verwunderlich, dass ich versucht hatte, meine wahren Empfindungen für Hetty zu verdrängen, und die romantischen Gefühle und das Verlangen, die ich zwischen uns wahrzunehmen glaubte, ebenfalls nur für Phantome hielt? Und so wie das verborgene Zimmer im Dachstuhl sich als real herausgestellt hatte, so hatten sich auch Hettys Gefühle für mich als echt erwiesen – mit dem Unterschied, dass die eine Wahrheit schrecklich aufwühlend und schmerzhaft war und die andere strahlend, überwältigend, erhellend und überirdisch schön. War das der Grund, weshalb mir jeder Ehemann, den ich mir versucht hatte vorzustellen, immer schemenhaft wie ein Gespenst und uninteressant wie eine Puppe geblieben war?*

*Ich hatte befürchtet, dass ich in der Nacht, als wir im Salon übernachtet hatten, alles verdorben hatte und ihr meine Avancen unbehaglich waren. Aber dann hatte sie vor meiner Tür gestanden, zitternd und so tapfer. Wie die Sterne so günstig gestanden haben konnten, dass die Leiterin der Museumssammlung, die nach Lockwood evakuiert wurde, ausgerechnet die Frau war, in die ich mich verlieben würde, und die sich auch in mich verliebte, erstaunte mich zutiefst.*

*War ich zu glücklich? Würde alles wieder in Stücke zerfallen? Würden meine nervösen Zustände, meine Albträume sie irgendwann überfordern?*

*Wie Messer durchschnitten die Luftschutzsirenen unsere entspannten Nachmittage, die idyllischen Abende. Die denkbar brutalste Unterbrechung durch die Außenwelt, eine entsetzliche Erinnerung, dass es nicht nur Hetty gab, sondern dass auch ich Verantwortung trug – für das Haus und seine Bewohner. Jedes Mal, wenn die Sirene gellend ertönte, wie ein laut aufjaulendes Ungeheuer, das sich gegen die Mauern von Lockwood warf, schien sie Rechenschaft von mir zu verlangen. Wie wollte ich für die Sicherheit der Leute hier sorgen? Wie wollte ich Lockwood schützen?*

*Oder war der Sirenenlärm eigentlich das Jaulen eines Ungeheuers, das im Inneren des Hauses war und wütete und stampfte, um herausgelassen zu werden? So schien es mir manchmal, wenn ich keuchend aus einem Albtraum er-*

*wachte und davon überzeugt war, dass ich dasselbe ohrenbetäubende Heulen auch in meinen Träumen gehört hatte. Ein missgestalteter, grauenvoller Dämon, der in einem zweiten verborgenen Raum eingesperrt war, zähnefletschend, die Haare des erhitzten Fells hoch aufgestellt. Schließlich kam der Ton der Sirene aus dem Inneren des Hauses, nicht wahr? Als lauerte die wirkliche Gefahr innerhalb ebendieser Wände und ginge gar nicht von den Flugzeugen aus, die hoch über uns durch den Himmel glitten.*

*Und wenn ich den Luftschutzkeller endlich wieder verlassen und ins Tageslicht entfliehen konnte, wurde ich den Verdacht nicht los, dass in der Zwischenzeit jemand in den oberen Stockwerken gewesen war, die Korridore durchstreift und hastig die Zimmer durchsucht hatte. Jedes Mal, wenn ich nach einem Bombenalarm zurückkam, hatte ich das Gefühl, dass bestimmte Dinge in meinem Zimmer – Kleidung, Schmuck, Bücher – nicht mehr an derselben Stelle waren wie vorher. Eines Tages schaute ich in den Spiegel über meinem Kaminsims, von dem ich genau wusste, dass er noch kurz bevor die Sirene losheulte, geputzt worden war, und sah im strahlenden Sonnenschein des Augustnachmittags einen geisterhaften Handabdruck, der nicht mit meiner Hand übereinstimmte.*

## KAPITEL

# 31

Wird es dir zu viel im Moment, das mit uns beiden? Belastet es dich zu sehr, zusätzlich zu deinen Sorgen?«, fragte ich Lucy in einer sehr warmen Septembernacht, als wir nebeneinander auf ihrem Bett lagen und vor Hitze fast vergingen.

»Nein, du bist mein Trost, mein sicherer Hafen inmitten der ganzen Stürme, die in meinem Kopf toben«, erwiderte sie, während ihre Augen mein Gesicht abtasteten und sie mit der Handfläche meinen Hals streichelte.

War es Eigennutz, dass ich ihr das nur zu gern glauben wollte, oder vertraute ich einfach darauf, dass sie für sich selbst entscheiden konnte?

»Ich könnte dich das Gleiche fragen«, meinte sie. »Bin ich dir keine Last? Wie kannst du so eine Verrückte wie mich nur lieben?«

»Du bist nicht verrückt. Albträume und ein dünnes Nervenkostüm haben nichts mit Geisteskrankheit zu tun«, widersprach ich und strich ihr über die Schulter. Ich konnte die spitzen Knochen spüren. Wenn ich sie für verrückt hielt, war ich es dann nicht auch selbst?

Sie ließ sich auf den Rücken fallen. »Immer wenn ich denke, dass ich meine Dämonen überwunden habe, kommen sie wieder und hetzen und jagen hinter mir her.«

»Sind es Erinnerungen an deine Mutter?«

»Manchmal«, antwortete sie. »Manchmal sind es aber auch andere Sachen, seltsame Bilder und Orte, eigenartige Empfindungen. Manchmal habe ich ganz normale Träume, in denen ich von irgendeinem vierbeinigen Untier verfolgt werde, aber dann packt mich das Ding, ehe ich aufwachen kann, und dann ist es überall gleichzeitig und erdrückt mich, und ich habe das Gefühl, in seinem Fell zu ersticken, weil ich gefangen bin. Ich weiß, es klingt albern, wenn ich es einfach so erzähle, aber wenn du nur wüsstest, wie sich der Traum anfühlt, und die Angst, die in mir hochkriecht ...« Sie machte einen tiefen Atemzug und stieß die Luft mit leisem Zittern wieder aus.

Mein Herz krampfte sich zusammen. Aber hatte nicht jeder Träume, in denen er von Ungeheuern verfolgt und überwältigt wurde? »Aber das Museum«, begann ich und stützte mich auf die Ellbogen, »und die Tiere, bist du sicher, dass sie nicht die Auslöser für deine Albträume sind oder sie verschlimmern?«

»Ganz sicher, Hetty, die Träume sind ja nicht neu. Ich bin keine Märtyrerin. Wenn mich deine Sammlung verstören würde, würde ich für die Dauer des Krieges woanders hingehen. Wir haben weiß Gott genug Geld, um alle möglichen hübschen Ausweichquartiere für mich zu mieten.«

Wahrscheinlich entsprach das der Wahrheit – tatsächlich hatte sie meine Tiere nie erschrocken oder angstvoll betrachtet, sondern immer nur mit Erstaunen und Faszination –, aber selbst wenn es anders wäre, war ich sicher, dass Lucy ihr Elternhaus wohl kaum verlassen würde, denn je angegriffener ihre Nerven waren, desto kleiner wurde ihre Welt.

Zuerst wagte sie sich nicht über die Grundstücksgrenze von Lockwood hinaus, wollte nicht mehr durch die sonnigen Felder streifen oder ins Dorf laufen. Dann bestand sie darauf, nur noch in den Teilen des Parks spazieren zu gehen, von denen aus sie das ganze Haus vollständig im Blick hatte – auf der Wiese vor dem Haus, im Obstgarten, im ummauerten Garten, im Rosengarten und zwischen den Blumenrabatten um den kleinen Teich herum, und schließlich wollte sie nicht einmal mehr das Haus verlassen. Diese Entwicklung war nicht linear, es gab immer noch Tage, an denen ich sie dazu bewegen konnte, wenigstens mit mir in den Garten zu gehen, aber ich fürchtete mich davor, wo das alles enden sollte – wie lange würde es noch dauern, bis sie nicht mehr ihr Zimmer oder ihr Bett verlassen konnte? Ich hoffte, dass ich viel zu pessimistisch war, und versuchte ihr so gut es ging zu helfen, indem ich sie zu nichts drängte, aber sie immer wieder ermutigte, auch wenn jeder erneute Sirenenalarm meine Bemühungen gleich wieder zunichtezumachen schien. Welche Chance hatte ich schon gegen eine ganze Armee? Gab es einen Ort, an dem sie sich vor dem Krieg verstecken konnte? Würde sie ihren inneren Frieden erst wieder finden können, wenn dieser ganze Schrecken endlich vorüber war?

Ich beobachtete und katalogisierte alle Anzeichen ihrer Angstzustände, als ob mich das einer Erklärung näher bringen könnte, aber auch – wie die zynische Seite in mir feststellte –, um nicht über meine eigenen unruhigen Nächte nachdenken zu müssen. Die Art und Weise, wie sie zu zittern begann, wenn ich sie zu überreden versuchte, sich auf die Terrasse zu setzen, und sie es nur bis ans Ende der Treppe schaffte, um sich dann an das Geländer zu klammern, als könnte sie jeden Moment ins Meer gespült werden, und *nein, nein* flüsterte, als erwartete sie unvorstellbares Grauen. Wie sie unentwegt mit den Fingerspitzen auf Tischplatten oder ihrem Oberschenkel trommelte, flink wie ein Kolibri, wenn es mir tatsächlich gelungen war, sie ins Freie zu bringen. Wie sie sich wieder und wieder dafür entschuldigte, dass sie sich so albern aufführte. Wie ihr die Tränen über die Wangen liefen, wenn sie besonders verstört war, und sie die hohen, schrillen Klagelaute mit einem Kissen dämpfte, während ich sie zu beruhigen versuchte und mit nutzlosen Handbewegungen über ihren Rücken strich, als wollte ich ein Tier besänftigen, das genau wusste, dass es gleich zur Schlachtbank geführt würde.

»Ist es, weil du glaubst, außerhalb des Hauses in Gefahr zu sein, oder machst du dir Sorgen, dass das Haus ohne dich in Gefahr ist?«, fragte ich sie eines Abends. Sie saß in der Badewanne, und ich wusch sie behutsam mit einem Schwamm – nicht weil sie invalide gewesen wäre oder nicht imstande, es selbst zu tun, sondern weil ich sie gern umsorgte. Mir gefiel, was und wer wir füreinander waren, und das waren unendlich viele unterschiedliche Dinge: Freundinnen, Liebende, Mutter, Tochter, Familie.

»Beides«, seufzte sie müde.

Ich behielt für mich, dass eine perverse Ironie in der Tatsache lag, dass ihre Angstzustände sie dazu zwangen, im Haus zu bleiben, und sie hinter Türen und Mauern gefangen hielten, die ihre immer enger werdende Sicherheitszone waren. Denn sie hatte immer noch panische Angst vor der Dunkelheit und davor, irgendwo eingeschlossen zu sein, obwohl ein Teil von ihr sich am liebsten ganz von der Welt abkapseln wollte.

*Früher traute ich mich nicht einmal, die Augen zuzumachen,* erzählte sie mir einmal, als sie vom blauen Zimmer und seinen Nachwirkungen sprach, *auch nicht, wenn das Licht an war, als ob sogar meine Augenlider Türen wären, die mich im Dunkeln einsperren wollten. Mit den Beruhigungsmitteln wurde es besser, aber sie hielten mich völlig in meinen Träumen gefangen, weil sie mich benebelten und alles immer so unwirklich erschien, so als würde ich überhaupt nicht mehr wach.*

Es gab nichts, was sie wieder zur Ruhe bringen konnte, und der Trost, den ich ihr geben konnte, war wirkungslos gegen die Macht, die Lockwood mit seinen Erinnerungen, verborgenen Zimmern und gespenstischen seelischen Verwundungen auf sie ausübte.

Die Ärzte – wenn sie deren Besuch einmal zuließ – sagten, dass Ruhe und bestimmte Tabletten helfen würden, dass sie das Bett hüten solle, aber sie weigerte sich, Medikamente zu nehmen, bemühte sich nach Kräften, sich im Haus eine Beschäftigung zu suchen, anstatt sich unter der Bettdecke zu verstecken, und kämpfte tapfer dagegen an, sich zu sehr zurückzuziehen, auch wenn der innere Wunsch, genau das zu tun, noch so übermächtig war.

Während ich meine unglückliche Kindheit hinter mir gelassen hatte, konnte sie ihrer eigenen Ängste und der besonderen Umstände wegen nicht entkommen und musste immer noch dieselben Flure entlanggehen, immer noch in demselben Zimmer aufwachen, wo die Schrecken ihrer Vergangenheit hinter verriegelten Türen und zugemauerten Räumen lauerten. Dabei war das Haus auch ohne ihre schaurigen Erinnerungen kein besonders anheimelnder Ort – die verstörende Anzahl an leerstehenden Zimmern und ihren mit weißen Laken abgedeckten Möbeln, die einem das Gefühl gaben, man selbst wäre das Gespenst, das Knarren und Raunen der alten Böden und Gemäuer –, auf mich verfehlte es seine düstere Wirkung jedenfalls nicht. Ein hübsches kleines Cottage irgendwo, ein Neubeginn in einem Haus ohne unbewohnte Trakte, in dem die Gedanken umherwandern und sich verlieren konnten, und die Welt sähe gleich ganz anders aus – aber das sagte ich ihr nie, weil es irgendwie töricht klang und weil ich fürchtete, damit preiszugeben, was ich mir insgeheim wünschte: mit ihr ein kleines, schlichtes Heim zu teilen, weit weg von hier.

Ich hatte meine eigenen Kämpfe auszufechten, nicht nur wegen meiner eigenen Albträume, die mich immer noch quälten. Wenn ich nicht bei Lucy war, widmete ich mich dem Museum, wo ich mich einer anderen Art von Bedrohung stellen musste, denn eine Invasion von Käfern und Motten war über die Sammlung an Häuten und Präparaten hergefallen, und es sah so aus, als würde ich diesen Krieg verlieren.

Das Raumklima innerhalb von Lockwood Manor bot keine idealen Bedingungen für die Präparate, bei deren Evakuierung aus London ich mitgewirkt hatte, was natürlich die bessere Lösung war, wenn die Alternative die vollständige Zerstörung durch den *Blitz* bedeutete. Viele der kleineren Museen und Sammlungen, die nicht hatten verlegt werden können, hatten bereits irreparable Schäden davongetragen. Es war nahezu ein Ding der Unmöglichkeit, die Lange Galerie im Winter zu heizen und im Sommer kühl zu halten; die Dächer, Mauern und Fenster des Herrenhauses waren altersschwach und vielfach geflickt, und durch die Risse konnte alles mögliche Getier wie Füchse, Katzen und Vögel eindringen, das wieder verscheucht werden musste. Die Schwankungen von Temperatur und Luftfeuchtigkeit zehrten an den Fellen und anderem organischen Material der Sammlung und ließen das Holz der Schaukästen und Aufbewahrungskisten vorschnell altern. Wenn das Raumklima sich änderte, konnten Knochen aufquellen oder schrumpfen oder reißen. An einem sehr kalten Tag, dem ein ungewöhnlich warmer vorangegangen war, hatte ich in einem Schrank in der Langen Galerie einen Knochen brechen hören, so laut und so eindeutig, dass ich laut aufschrie, als wäre es mein eigener, der da gerade geborsten war. Aber das waren Dinge, die vorhersehbar und einigermaßen beherrschbar waren – ganz im Gegensatz zu dem Schädlingsbefall.

Es hatte damit begonnen, dass mir ein Häufchen Staub unter dem Standpräparat des Ochsen auffiel, das sich, als ich es mit der Lupe untersuchte, als Insektenkot und Larvenhäute herausstellte, die Insekten während der Entwicklung abwarfen. Von da an war es ein Lauf gegen die Zeit gewesen, die Insekten daran zu hindern, sich weiter zu auszubreiten. Mit einer starken Lampe kroch ich auf allen vieren herum, putzte und saugte und wischte, hielt in allen Ritzen und Falten Ausschau nach Insekteneiern, setzte mir eine Atemschutzmaske auf und besprühte die Standpräparate entlang der Langen Galerie und in den Nebenräumen mit Insektiziden und allen möglichen anderen Mitteln. Ich bestellte Mottenbälle nach und versteckte sie in allen Räumen, als bereitete ich eine makabre Schatzsuche vor, verteilte Klebefallen in jedem Winkel und robbte mit der Lupe so lange über den Boden, um an den Dielen und hölzernen Fußleisten nach Spalten und Löchern zu forschen, dass mir die Welt riesenhaft und fremd erschien, wenn ich mich endlich wieder aufrichtete.

Ich hatte in rascher Folge vier verschiedene Arten von Befall identifiziert, und ein Ende war nicht abzusehen: Gemeiner Teppichkäfer und Dornspeckkäfer, Kleidermotte und Tapetenmotte. Die meisten Schränke – und damit die darin aufbewahrten Objektträger, Eier, Schalen und nicht aufgezogene Bälge, die zu Forschungszwecken dienten – waren verschont geblieben, allerdings nicht alle, denn auch Holz zog sich zusammen und dehnte sich wieder aus, wie wenn es sich noch daran erinnern könnte, wie es war, lebendig zu sein, und bildete dann einladende Risse aus, als hätte es sich mit den Insekten verschworen.

Einige der Präparate musste ich öffnen, um sie zu säubern. Ich arbeitete mich durch das Vermächtnis von Taxidermisten früherer Tage und deckte das geheime Innenleben dieser Tiere auf – denn jeder Taxidermist hatte seine bevorzugten Werkzeuge und Methoden des Ausstopfens, und jeder schwor auf eine andere Zusammensetzung von Sägemehl, Lehm, Holz, Stoff und Zeitungspapier. Kleine Zeitungsfetzen verrieten mir auf den Tag genau, wann ein bestimmtes Tier nach seiner zwischenzeitlichen flachen Existenz wieder zu einem künstlichen Leben als dreidimensionales Wesen erweckt worden war. Die gewissenhafte Arbeit der Forscher, Jäger und Taxidermisten war bedroht, die Natur schien die Geduld verloren zu haben und ihre Geschöpfe zurückfordern zu wollen, mit Insekten als Infanteristen.

Ich entwickelte einen regelrechten Verfolgungswahn. Wenn ich die Lange Galerie entlangging und einen Moment stehen blieb, war ich mir sicher, das Scharren winziger Füße gehört zu haben, das Wispern mikroskopisch kleiner Kiefer, die an meinen Schützlingen nagten. Ich hatte die Zwangsvorstellung, dass, wenn ich mich auch nur einen Augenblick umdrehte, ein riesiger Schwarm, eine ganze

Flut von Insekten über die Exponate hereinbrechen würde. Mit von Schlafmangel trockenen Augen stellte ich mir in wilder Fantasie vor, sie würden von einem unsichtbaren Wesen mit einem Taktstock – oder einem Zauberstab – dirigiert, das sie zu immer neuen Angriffswellen antrieb. Mein Herz raste ständig wie ein gepeitschtes Tier, und bei jedem noch so harmlosen Knarren fuhr mir der Schreck durch die Glieder, obwohl es nur meine Füße waren, die über die Holzdielen gingen.

Während ich also Schränke und Kisten und Schubladen öffnete, die monatelang unberührt gewesen waren, machte ich noch eine weitere Entdeckung: Eine große Kiste, die bei Ankunft auf Lockwood noch eine Kollektion Elefantenstoßzähne enthalten hatte, war nun bis auf Sägemehl und Sackleinen leer.

Mit vor Erstaunen offenem Mund kniete ich mich neben die Kiste und überlegte fieberhaft, wann ich oder vielleicht einer von den Umzugsleuten sie mit dem Kuhfuß aufgestemmt hatten, und dann begann ich zu weinen, leise und todmüde, überzeugt davon, dass das der Nagel zum Sarg war, dass ich so gut wie entlassen war.

Was, wenn ich niemandem etwas davon sagen würde, dachte ich gänzlich unprofessionell, als ich voller Verzweiflung den Deckel wieder auf die Kiste hämmerte, dann würde auch niemand davon erfahren, jedenfalls nicht, bevor der Museumsbestand wieder in London war. Es würde wohl einige Wochen dauern, denn Schachteln und Kisten wurden sicher nicht sofort geöffnet – und dann konnte die Verantwortung unmöglich nur mir zugeschoben werden. Aber obwohl die Kiste fest verschlossen war, schlich sich ihr fehlender Inhalt nachts in meine Träume und erschuf ein wütendes, mit vier Stoßzähnen bewaffnetes Ungeheuer aus Knochen, das mich wild bockend und dröhnend über die Flure von Lockwood jagte.

Und dann erreichten mich immer wieder Briefe von Soldaten aus dem Ausland, die mir aus London weitergeleitet wurden und in denen ich um Rat bei exotischen Parasiten und Ungeziefer gebeten wurde – aber wie konnte ich mich als Sachverständige ausgeben, wenn ich nicht einmal meine eigenen Tiere vor Befall bewahren konnte?

*Und wenn ich versage?*, hatte ich mich zu fragen begonnen. *Wenn ich das Museum nicht retten kann? Was, wenn ich alles nur noch schlimmer mache?* Meine Arbeit war immer meine Rettung gewesen, und nun erschien sie mir wie ein Fluch. Ich konnte meine Tiere nicht retten. Ich konnte Lucy nicht retten. Ich konnte nicht einmal schlafen, oder meine idiotische Angst in den Griff bekommen, verdammt, verdammt, verdammt.

Nach Beginn des neuen Schuljahrs im September lud Lucy die evakuierten Kinder, die im Ort untergebracht waren, zu einem Ausflug ins Museum ein. Sie wollte sie gern ein bisschen aufheitern, denn wir hatten von den Opfern gehört, die der Krieg in London bereits gefordert hatte, und ihre Eltern mussten immer noch dort im fürchterlichen *Blitz* ausharren. Sie bat die Köchin, mit dem Zucker, der von den vierzehntägigen Rationen aufgespart worden war, Kekse in Tierform zu backen, und begab sich auf die Suche nach einem Atlas, damit sie den Kindern zeigen konnte, von wo die jeweiligen Tiere stammten.

»Ich hätte so gern eine schöne große Landkarte für sie«, verkündete sie von der obersten Stufe der Leiter in der Bibliothek und fuhr mit dem Finger an den Rücken schwerer Bände entlang, während ich unten auf dem Teppich stand und zusah.

»Wenn ich besser zeichnen könnte, könnte ich eine große Karte auf ein Stück Tapete aufmalen und die aufhängen«, meinte ich.

»Oh, ich bin leider auch eine furchtbar schlechte Zeichnerin«, sagte sie und kletterte wieder nach unten, die Stirn leicht in Falten gelegt.

Ich warf einen Blick über die Schulter, um zu sehen, ob die Tür noch geschlossen war, und machte einen Schritt auf sie zu, um sie zu küssen. Überrascht zuckte sie kurz zusammen, dann nahm sie mein Gesicht in beide Hände und erwiderte meinen Kuss.

»Wofür war denn das?«, fragte sie schmunzelnd und tastete nach ihren Lippen. Seit wir uns küssten, trug sie kaum noch roten Lippenstift, und wenn ich sie im Haus mit ungeschminkten Lippen in ihrem natürlichen Pfirsichton sah, erfüllte mich das manchmal mit einer Art Besitzerstolz, der mich wie ein kleiner elektrischer Schlag durchfuhr und wärmte.

»Du sahst ganz unwiderstehlich aus, wie du da gestanden hast, mit der leicht gerunzelten Stirn.«

»Was für ein Unsinn«, erwiderte sie mit gespieltem Ärger und küsste mich noch einmal. »Warte …«, murmelte sie in meinen Mund und erstarrte. »… ein Globus, das ist es, was wir brauchen.«

Ich brauchte einen Augenblick, dann fiel mir wieder ein, worüber wir vorher gesprochen hatten. »Hast du denn einen?«

»Nein, aber mein Vater. Komm mit«, rief sie, zog mich aus der Bibliothek und über den Gang zu seinem Arbeitszimmer. Sie drehte am Türknauf, aber es war abgeschlossen, und da Lord Lockwood unterwegs war, hielt ich unsere kurze Suche damit für abgeschlossen. »Warte hier, ich hole den Schlüssel«, sagte sie.

Gehorsam blieb ich vor der Tür stehen, die ich vor jedem unangenehmen Treffen mit ihrem Vater angestarrt hatte, und fühlte den Nervenkitzel des Verbotenen.

»Hab ihn.« Lucy hielt zwei Schlüssel hoch und schloss die Tür auf. Ich folgte ihr ins Zimmer.

Über dem Arbeitszimmer ihres Vaters lag ein maskuliner Duft – Tabak, Leder, Schweiß –, und das Mobiliar wirkte so einfallslos wie immer, trist, dunkel und ohne das kleinste bisschen Chichi.

»Er wird dort drin sein – da war ich seit Jahren nicht mehr«, meinte sie, ging an dem massiven Mahagonischreibtisch vorbei zu der Tür dahinter. Die Tür führte zu seiner Privatbibliothek, die ich bisher noch nicht einmal von außen zu Gesicht bekommen hatte, weil sie auf einen nicht einsehbaren Innenhof zwischen dem Ballsaal und der Langen Galerie hinausging.

Mit einem Quietschen schwang die Tür auf, und Lucy tastete nach dem Lichtschalter. Das Licht ging an, und wie benommen betrat ich das Zimmer, das einem Albtraum entsprungen zu sein schien.

Zwei Stockwerke hoch erstreckten sich über alle Wände verglaste, mit Messingschlössern gesicherte Bücherschränke mit schweren, in Leder gebundenen Bänden – doch was mich aus der Fassung brachte, war, was er sonst noch alles hier verborgen hielt.

Ein halbes Dutzend Tierhäute waren auf dem Boden ausgebreitet – Zebra, Löwe mit Kopf und Mähne, Eisbär, Tiger samt Schwanz, Leopard und Wolf.

Ein ausgestopfter nordamerikanischer Braunbär stand hoch aufgerichtet auf den Hinterbeinen vor einer Wand, ihm gegenüber ein Eisbär in der gleichen Haltung. Die Sofas flankierten ein Albino-Löwe und ein Königstiger.

Zu der Sammlung des Majors gehörten außerdem der ausgestopfte Panther und der ausgestopfte Wolf, die Lucy erwähnt und seit vielen Jahren nicht mehr zu Gesicht bekommen hatte, und eine ganze Wand mit Jagdtrophäen – Hirsch, Antilope, Bison, Löwe, Wildschwein – einschließlich Gewehren, Speeren und Schwertern.

Und da, neben dem noch funktionsfähigem Kamin, stand mein verschwundener Jaguar.

Und dort, gegen eine Wand mit Bücherschränken gelehnt, war das verschwundene Elfenbein.

Ich sah Lucy an, die sich erschrocken umsah. »Wusstest du davon?«, wollte ich wissen. »Wusstest du, dass er all das hier hortet, dass er meinen Jaguar und mein Elfenbein gestohlen hat?«

»Nein, wirklich nicht, ich schwöre es«, antwortete sie. Kopfschüttelnd ging sie wie magisch angezogen auf den riesigen Braunbären zu und streckte die Hand nach ihm aus, doch dann machte sie gleich wieder einen Schritt zurück. »Ich war seit Jahren nicht mehr hier in diesem Zimmer. Und auch sonst niemand. Ich glaube, die Haushälterin ist die einzige, die seine Räume in Ordnung halten darf.«

Dieselbe Haushälterin, der ich mein Leid geklagt hatte, als der verdammte Jaguar nicht mehr da war, und die mir versichert hatte, nach ihm Ausschau halten zu wollen.

»Ich habe den Globus gefunden«, kam Lucys bekümmerte Stimme hinter dem Eisbären hervor.

Je länger ich durch den Raum ging, desto mehr Schätze entdeckte ich, die der Major angehäuft hatte – Elfenbeinstatuetten auf allen Regalen, Kissen aus Fell und eine Stola aus Fuchspelz, die über das Sofa drapiert lag, als hätte sie der letzte Damenbesuch dort vergessen, ein Geweih, das als Hutständer diente, seltsame Gegenstände aus Schlangenleder, ein Trinkbecher aus dem Horn eines Widders. Die Dreistigkeit, mit der er fremdes Eigentum für seine eigene Sammlung reklamierte, mit der er sich am Museumsbestand bediente, als ob das niemand bemerken würde, oder, was wahrscheinlicher war, dass es ihn nicht kümmerte, brachte mich in Rage.

»Wie hältst du es nur mit deinem Vater aus?«, schrie ich sie an. Ich hätte heulen können vor Wut über das, was ich hier vorgefunden hatte, und über meine Machtlosigkeit. »Er ist ein Lügner und ein Dieb. Und er ist ein verdammter Tyrann«, schimpfte ich.

Sie fuhr auf dem Globus mit dem Finger die Kontinente entlang. Ich suchte in ihrem Gesicht nach Spuren ihres Vaters, aber konnte keine entdecken. »Er hat eben so seine Eigenheiten«, sagte sie zaghaft und sah mich flehentlich an.

»Er ist unverschämt und gefühllos. Er würde das hier«, ich deutete auf uns beide, »*uns* nie verstehen. Das weißt du doch, oder etwa nicht?«

»Er ist nun mal mein Vater, Hetty. Ich weiß nicht, was du von mir hören willst. Es stimmt, es gibt nettere Männer, aber ich kann es mir nicht leisten, wählerisch zu sein. Er ist alles, was ich noch habe.«

»Du hast *mich.*«

Aber was würde aus uns werden, wenn der Krieg zu Ende ging? Was würde aus uns, wenn ich Lockwood verlassen müsste? Ich sah an ihrem Gesichtsausdruck, dass sie sich diese Fragen stellte.

Ich wandte mich ab, Schmerz und Wut schnürten mir die Kehle zu, und ich presste den Handrücken auf den Mund.

Dieses Zimmer repräsentierte alles, was ich an naturkundlichen Sammlungen verabscheute – sie dienten dazu, den Jäger in den Vordergrund zu stellen. Die Tiere wurden als Gefahr inszeniert, dabei waren sie es, die umgebracht worden waren, oft durch einen einzigen Schuss von hinten. Eine solche Anhäufung dieser Wunderwerke der Natur hinter verschlossenen Türen hatte nur den Zweck, das Ego eines einzelnen reichen Mannes zu befriedigen. Wenn das Arbeitszimmer, die Privaträume eines Mannes seine Seele widerspiegelten, dann war Major Lord Lockwood im Grunde seines Herzens ein primitiver Jäger.

»Ich gehe und hole Paul. Wir müssen das Elfenbein und den Jaguar dahin zurückbringen, wo sie hingehören«, sagte ich und ließ sie stehen, ein Mädchen umringt von zähnebleckenden, wilden Tieren.

Als der Major einige Tage später von seinen Reisen zurückkehrte, stürmte er natürlich umgehend wutschnaubend in mein Büro, um mir unbefugtes Betreten von Räumen vorzuwerfen, in denen ich nichts verloren hätte.

»Was zum Teufel bilden Sie sich eigentlich ein? Mein Arbeitszimmer und meine Bibliothek sind absolut tabu für Sie, das wurde ausdrücklich so in dem Vertrag festgelegt, den ich mit dem Museum geschlossen habe«, sagte er fuchsteufelswild, fast brüllend, und beugte sich über den Schreibtisch, an dem ich saß.

»Und an welcher Stelle des Vertrags wurde vereinbart, dass Sie Exponate des Museums nach Belieben für Ihre Privatsammlung entwenden dürfen, dass Sie uns bestehlen dürfen?«, fragte ich mit vor Empörung zitternder Stimme zurück.

»*Bestehlen*«, höhnte er. »Sie sind ja nicht ganz bei Trost, Miss Cartwright. Es gibt überhaupt keinen Grund, gleich hysterisch zu werden«, schnaubte er, obwohl er es gewesen war, der wie ein wildgewordener Bulle in mein Büro geschossen war.

»Wenn Sie möchten, kann ich Ihnen gern die Kopien der Briefe heraussuchen, die ich nach London und die anderen evakuierten Abteilungen geschickt habe und in denen ich mich nach dem vermissten Jaguar erkundigt habe«, bot ich an.

»Nicht nötig«, erwiderte er, richtete sich auf und verbarg sein vulgäres Wesen wieder unter einem kalten, spöttischen Grinsen. »Das würde lediglich beweisen, dass Sie *glaubten*, er wäre verschwunden.«

»Er *war* verschwunden. Sie haben ihn gestohlen und in Ihren Privaträumen eingeschlossen.«

»Ganz recht, *eingeschlossen*. Er war so sicher wie in Abrahams Schoß, was man von anderen Ihrer Tiere nicht behaupten kann.«

»Das hier ist Ihr Haus, und wenn Dinge hier verloren gehen, dann ist das Ihr Fehler«, sagte ich und stand auf.

»Das Elfenbein haben Sie nie als gestohlen gemeldet«, stellte er fest und betastete angeekelt den Wühlmausschädel auf meinem Tisch. »Das wirft gar kein gutes Licht auf Sie.« Er durchbohrte mich mit seinem Blick. Und ich bezweifle, dass der Museumsdirektor besonders begeistert sein wird, wenn Sie über vermisste Dingen jammern, die Sie längst wiedergefunden haben. Derartige Wutbriefe wären doch reine Papierverschwendung. Nun beruhigen Sie sich mal wieder, Miss Cartwright.«

»Sie weisen also jegliche Schuld von sich?«

»Schuld – woran? Ihre Exponate befinden sich in meinem Haus und da sind sie sicher.« Er zuckte gehässig mit den Schultern und rückte die dunkle Krawatte zurecht, die aus dem blendenden Weiß seines Hemds herausstach. »Aber wenn ich herausfinde, dass Sie sich noch einmal Zugang zu meinen Privaträumen verschaffen, sorge ich dafür, dass Sie fristlos entlassen werden, das verspreche ich Ihnen. Niemand wird Sie jemals wieder einstellen. Wenn ich etwas tue, dann tue ich es gründlich, Miss Cartwright, anders als andere.«

Und mit dieser Drohung stürmte er aus dem Zimmer.

## KAPITEL 32

*Mein Vater war immer sehr eigen mit seinem Eigentum gewesen – seinen Trophäen, seinen Gemälden, seinem Silber, seinen ausgestopften Tieren.*

*Als ich noch klein war, hatte er mit mir geschimpft, weil ich versucht hatte, auf dem Panther zu reiten. Ich durfte ihn nicht anfassen, aber manchmal durfte ich ihn in seinem Arbeitszimmer besuchen und ihn anschauen, während er mit dem Füllfederhalter über Briefe kratzte und barsche Telefonate führte.*

*»Ich wünschte, er wäre wieder lebendig, ich würde ihn so gern einmal schnurren hören«, sagte ich eines Nachmittags. Im Schneidersitz saß ich vor dem Panther, Nase an Nase, die Zunge pelzig von einem Toffee, das mein Vater mir aus seiner Schreibtischschublade gegeben hatte.*

*»Du würdest ihn eher fauchen hören, weil er dich nämlich jagen würde. Du bist ein tapferes kleines Mädchen, aber dieser Bursche würde dich zum Abendessen verspeisen«, antwortete er und streckte die Hand aus, um mich im Nacken zu kitzeln.*

*»Würdest du ihn nicht gern lebendig sehen?«*

*»Das habe ich, mein Püppchen«, erklärte er und gestikulierte ausladend mit seiner Zigarette, deren spezieller Geruch noch stundenlang in der Luft hing, wenn er längst den Raum verlassen hatte. »Ich habe alle großen Tiere im Dschungel und in der Savanne gesehen, ich habe sie gejagt. Aber wenn du einen Zauberspruch brauchst, um den da wieder zum Leben zu erwecken, wirst du deine Mutter fragen müssen«, fügte er mit seidenweicher Stimme*

*hinzu, und ich wusste, dass sie soeben ins Zimmer gekommen war. »Sie ist die Hexe hier im Haus.«*

*Zwischen den beiden war ein Erschauern zu spüren, eine Sprache, die ich nicht verstand – meine Mutter in einem Satinkleid an der Tür, die Haare fielen ihr offen über die Schultern, die Lippen rot wie Kirschen; mein Vater in seinem eleganten Anzug und den glänzenden Lederschuhen, die bei jeder Bewegung seiner Füße knarrten, während er sich entspannt auf seinem Schreibtischstuhl ausstreckte. Wenn sie zusammen waren, hatte ich manchmal den Eindruck, gar nicht mehr für sie zu existieren, und wurde so eifersüchtig, dass es wehtat.*

*»Erzähl mir noch mal, wie du Mutter kennengelernt hast, Vater, bitte«, bettelte ich, weil ich ahnte, dass er sonst jeden Moment meine Kinderfrau rufen würde, damit sie mich mitnahm und meine Mutter und er tun konnten, was immer sie hinter verschlossener Tür taten.*

*Er zögerte. »Ich habe sie im Dschungel gefunden. So war es doch, nicht wahr, meine Liebe? Sie rannte mit schlammigen Knien zwischen den Bäumen umher und hatte so ein lausbübisches Lächeln, dass ich mich auf der Stelle in sie verliebt habe. Ihre Eltern haben mich vor ihr gewarnt. Sie ist viel zu wild, haben sie gesagt, aber wenn ich etwas will, dann will ich es.«*

*Meine Mutter verschränkte die Arme und lehnte den Kopf gegen den Türrahmen. »Mein Mann lügt«, sagte sie. »Meine Mutter hat mich vor* ihm *gewarnt. Traue nie einem Engländer, sagte sie.«*

*»Dieselbe Mutter, die gelogen hat, als ich wissen wollte, wie alt du warst?«, schnaubte mein Vater. »Oh ja.«*

*Meine Mutter fuhr sich mit der Hand über das Schlüsselbein. »Wir haben uns auf einem Ball getroffen, weißt du das nicht mehr, Darling? Ich war noch gar nicht offiziell in die Gesellschaft eingeführt, und du hast mich keinen Moment mehr aus den Augen gelassen. Du hast mich um einen Tanz gebeten, aber ich habe abgelehnt, und dann hast du mich ständig belauert und bist mir gefolgt und hast alle Männer, mit denen ich getanzt habe, finster angestarrt und am nächsten Morgen hast du auf den Stufen vor unserem Haus gestanden und mich angefleht, dich zu heiraten.«*

*»Das ist gelogen«, meinte er und ließ sich in seinen Sitz zurückfallen. »Ich habe dich nicht angefleht.«*

*Sie zog eine Braue hoch und schlenderte langsam auf ihn zu.*

*»Deine Mutter erzählt Märchen«, verkündete er, während er sie unverwandt anblickte und die Zigarette in seinem Aschenbecher aus Elfenbein ausdrückte. Dann rief er nach meiner Kinderfrau, ganz wie ich es erwartet hatte, und ich wurde in mein Kinderzimmer gebracht.*

*Diesen Satz benutzte er im Laufe der Jahre immer wieder, in den weniger glücklichen Tagen, als meine Mutter krank im Bett lag und Schlafmittel bekam, damit sie aufhörte, andauernd irres Zeug über Geister und Ungeheuer zu reden, die sie angeblich verfolgten.* Deine Mutter erzählt Märchen, *sagte er dann immer sehr ernst zu mir,* und die Leute sind ganz wild auf Klatsch und Tratsch. Worte sind mächtig, mein Täubchen, das darfst du nie vergessen.

*Die Geschichten, die meine Mutter erzählte, änderten sich von Tag zu Tag, von Stunde zu Stunde. Ich fragte sie zum Beispiel nach etwas, das sie gesagt hatte – über eine Truppe von Akrobaten, die zu einem Ball auf Lockwood eingeladen worden waren, oder über den Affen, den sie als Kind als Haustier hatte und dem sie Tricks beigebracht hatte –, und sie bestritt, jemals darüber gesprochen zu haben.* Sei nicht albern, *sagte sie dann,* so etwas habe ich nie gesagt.

*Hätte ich sie später danach gefragt, weshalb sie mich in das blaue Zimmer eingesperrt hatte, hätte sie es glattweg geleugnet.* Das habe ich nie getan, *hätte sie geantwortet und sich nervös eine Haarsträhne aus dem Gesicht geworfen,* was du dir immer ausdenkst.

*Doch manchmal erzählte sie mir etwas mit besonderem Nachdruck und bat mich, es mir unbedingt zu merken, als ahnte sie bereits, dass sie es vergessen würde.*

*»Vergiss nicht, dass sie hier ist«, hatte sie einige Jahre vor ihrem Tod gesagt, als ich sie in der Bibliothek fand, wo sie die Blumen auf dem Kaminsims anstarrte, und meine Hände fest umklammert, »dass sie wartet. Versprich mir, dass du das niemals vergisst«, wiederholte sie zitternd, und ihr Gesicht verzog sich wie das eines kleinen Kindes, dem etwas wehtut.*

*»Ich werde es nicht vergessen«, versprach ich.*

*Ein anderes Mal, nicht lange bevor sie starb, beharrte sie darauf, dass sie nicht alt werden würde. »Denk daran«, bat sie, »wenn mir etwas zustößt: Ich habe es vorausgesagt, ich wusste, dass es so kommt.«*

*Keine halbe Stunde später war sie in der Küche und probierte mit konzentrierter Miene die neuen Nachtischkreationen der Köchin, und ich wusste, wenn ich sie auf unsere Unterhaltung kurz zuvor ansprechen würde, würde sie es mit einem Lachen abtun, sich über den Tisch lehnen und mir die Kuchenform reichen, damit ich mir ein Stück nahm.*

*Gab es verschiedene Versionen meiner Mutter? Betrat sie einen Raum als eine bestimmte Person und verließ ihn als eine andere? Gab es hier hundert verschiedene Mütter, jede in ihrem eigenen Zimmer? Kannte sie ihr anderes Ich – oder Mehrzahl, ihre Ichs? Wohnten mehr als eines in ihrem Körper?*

*Würde ich ihr Schicksal teilen, fragte ich mich, während Hetty neben mir eingedöst war, nachdem wir uns geliebt hatten. Würde ich vergessen, was ich getan hatte, hätte ich ein zweites Ich, das grausame und verrückte Dinge trieb, ohne dass ich es verhindern konnte?*

*Ich schaute ihr beim Schlafen zu, betrachtete ihre Wimpern, die so durchscheinend waren wie die Flügel eines Falters, ihre Hand, die offen dalag, als wartete sie auf meine Hand.*

*»Bei meinem Herzen und meinem Leben …«, flüsterte ich. Ich nahm ihre Hand, drückte sie sacht und wünschte, sie wäre wach und könnte es erwidern.*

## KAPITEL 33

Nach einem Tag, an dem es dreimal Fliegeralarm gegeben hatte und die Stimmung im Luftschutzkeller wohl am besten als streitlustig beschrieben werden konnte, bat Lucy mich inständig, ihr irgendetwas zu tun zu geben, damit sie und ihre flirrenden Gedanken zur Ruhe kommen könnten. Ich ließ sie in meinem Büro Briefe in verschiedene Eingangskörbe sortieren. Mir gefiel es, wie einträchtig wir zusammensaßen, ich mich am Schreibpult um meine Korrespondenz kümmerte, Lucy Briefe auf meinem großen Arbeitstisch ausbreitete und ab und zu ein besonders ausgefallenes Wort oder einen interessanten Satz laut vorlas, während die Sonne durch das Fenster schien und uns ihr wärmendes Licht schenkte, bis sie allmählich in der Abenddämmerung versank. Zugleich haftete dem Ganzen etwas Verbotenes an, denn ihr Vater hatte ihr untersagt, in irgendeiner Weise im Museum mitzuarbeiten. Aber was könnte er gegen diese einfache Sekretariatstätigkeit haben? War er blind dafür, wie es sie aufmunterte, sich nützlich zu machen, etwas Neues zu lernen und sich einmal mit anderen Dingen zu beschäftigen als mit dem Haus und ihrer Vergangenheit?

In Momenten wie diesen keimte in mir immer die Hoffnung auf, dass ich beides – das Museum und Lucy – haben könnte, dass ich den Plan verwirklichen könnte, in den ich Lucy noch gar nicht eingeweiht hatte, dass sie nämlich nach London zog und für das Museum arbeitete. Sie war finanziell unabhängig und konnte ehrenamtlich tätig sein, wie das viele machten, ohne Geldsorgen haben zu müssen, obwohl ich mich natürlich dafür einsetzen würde, dass sie eine reguläre Anstellung bekam, was ich auch für die anderen Frauen tat. Wir könnten nah beieinander wohnen und einander regelmäßig besuchen, oder uns irgendwo sogar zusammen einmieten. Außerdem wurde es in London niemals richtig dunkel, die vielen Laternen und Lichtreklamen und Bars und Theater verliehen der Nacht einen leuchtenden Schein, den kein Vorhang verdunkeln konnte.

Wie ich sie allerdings dazu bewegen sollte, dieses Haus zu verlassen, wo ihr doch nichts ferner lag, war mir ein Rätsel – von dem Verbot ihres Vaters ganz abgesehen. Doch wenn der Krieg erst zu Ende war – wenn er denn je ein Ende fand –, würde ich sie nicht hier zurücklassen, das schwor ich mir. Wenn die Lastwagen kamen, um die Tiere wieder abzuholen und zu ihrem rechtmäßigen Zuhause zu transportieren, würde ich sie mitnehmen, sie einfach vor den Augen ihres Vaters diesem entsetzlichen Haus entreißen.

Nicht zum ersten Mal dachte ich, dass all das um vieles einfacher wäre, wenn ich ein Mann wäre. Wäre ich ein Mann, könnte ich sie heiraten, dann stünde sie unter meinem Schutz und nicht unter dem ihres Vaters, und wir könnten nach Recht und Gesetz zusammenziehen und eine Familie gründen.

*Sei vernünftig, Henrietta,* hörte ich in Gedanken meine Mutter sagen, ihr Lieblingssatz.

Ging mir der Major deshalb so gründlich gegen den Strich, weil er in seiner Geringschätzung meiner Mutter so ähnlich war? Oder würde eine andere Hetty – eine Hetty, die von liebevollen, zärtlichen Eltern großgezogen worden war – genauso reagieren? Ich hatte noch keine Antwort auf meinen emotionalen Brief erhalten, und sie hatte mir auch noch nicht mitgeteilt, wo sie zurzeit wohnte. Ich wusste, dass sie während des *Blitz* nicht in London bleiben würde – nicht weil sie um ihr Leben fürchtete, sondern weil es ihren gewohnten Tagesablauf und die Gesellschaftsordnung durcheinanderbringen würde, und sie hatte Angst vor Veränderungen. Ich vermutete, dass sie in einem Haus wie diesem Zuflucht suchte, nur dass es wohl kleiner und kaum so hochherrschaftlich wie dieses war, dachte ich schadenfroh.

»Dieser Mann hier«, begann Lucy und las aus einem Brief vor, »behauptet, er habe eine neues amphibisch lebendes Säugetier entdeckt, und er schlägt in aller Bescheidenheit vor, seinen Namen bei der Nomenklatur zu berücksichtigen.«

Ich stützte den Ellbogen auf, legte das Gesicht auf die Handfläche und hörte zu, wie sie die Beschreibung des Tiers laut vortrug – *größer als ein Baummarder, doch kleiner als ein Hund, von schleimiger Beschaffenheit, hinterließ einen eindeutig metallenen Geruch in der Luft, nachdem es wieder verschwunden war, weißer Fellfleck zwischen den Augen* – und ihre Mundwinkel sich zu einem ironischen Lächeln kräuselten, die glänzenden Augen weit aufgerissen. Ich gestattete mir für einen Moment, mir eine glückliche Zukunft auszumalen und alles andere zu verdrängen: die Horden von Insekten, die sich durch die Lange Galerie fraßen; die vollgetankten Flugzeuge mit Bomben in ihren Bäuchen über dem Ärmelkanal; die Legion von ausgestopften Tieren, die darauf warteten, dass die Menschen ihren Krieg beendeten, und hofften, in London dann noch ein Museum vorzufinden, in das sie zurückkehren konnten; und den Geist, den Eindringling, der nicht aufhörte, sowohl mich in meinen Träumen als auch das Haus heimzusuchen.

Es war bereits wieder Herbst, als die evakuierten Kinder die Tiere besuchten, und mit ihnen trug eine aufheulende Windböe einen Wirbel gelber Blätter ins Haus, der den Kronleuchter über ihnen schwingen und ächzen ließ.

In London war ich nie für Besuchergruppen mit Kindern zuständig gewesen, doch Miss Forbes, die Lehrerin dieser Gruppe, hatte mir in unserem Briefwechsel geschrieben, ich solle sie nicht anders behandeln als erwachsene Besucher und dass sie außerdem viel zu überwältigt sein würden, um irgendetwas anzustellen.

Als ich sah, wie sie mit offenem Mund beinahe andächtig an den Tieren vorbeigingen und vor Aufregung stumm nach den Händen ihrer Schulkameraden griffen, fiel mir ein, mit welchem Vergnügen ich die Museumsbesucher in London immer heimlich beobachtet hatte. Mir wurde auf einmal schmerzlich bewusst, dass wir – wie so viele andere Museen und Kunstgalerien – aus der Hauptstadt geflüchtet waren, und die Säugetiersammlung hier auf Lockwood vor der Öffentlichkeit verborgen blieb, die zurückbleibenden Bewohner der Stadt damit aber genau in der Zeit auf ihre Kulturgüter verzichten mussten, in der sie sie vielleicht am nötigsten hatten, um dem barbarischen Bombardement der deutschen Luftwaffe zu widerstehen.

Ich gab den Kindern eine kurze Einführung in die Sammlung, eine vereinfachte Erklärung der verschiedenen Familien und Gattungen, die auf Lockwood untergebracht waren, und schließlich gab es noch ein Quiz über die Klassifizierung von Säugetieren, das Miss Forbes schon vorher mit ihnen besprochen hatte.

Lucy hatte darauf bestanden, meine Assistentin zu sein, und sie war es, die sich neben ein Mädchen kniete, das die Hand gehoben hatte, aber zu schüchtern war, ihre Frage zu stellen, mit einem kleinen Jungen zur Toilette ging, als sie bemerkte, wie er herumzappelte, und die geduldig einem Mädchen mit einer Schürfwunde am Kinn zuhörte, das ihr eine Geschichte ins Ohr flüsterte.

»Wie gut du mit Kindern umgehen kannst!«, sagte ich später zu ihr, als ich die Kinder auf die stille Jagd nach ihrem Lieblingstier in der Sammlung geschickt hatte. Wir waren im Gang, wo es ganz natürlich aussah, dass wir etwas enger als in einem Zimmer nebeneinanderstanden, nah genug, um jede Nuance ihres Parfüms wahrzunehmen, aber ohne uns zu berühren.

Sie lächelte und hob die Hand, um eine Locke festzustecken, die aus ihrem hochgebundenen Haar gerutscht war, aber das Lächeln war trauriger als das, das sie im Beisein der Kinder gezeigt hatte.

»Glaubst du …«, begann ich und verstummte gleich wieder. Ich studierte ihr Gesicht, betrachtete die Sommersprossen an ihrem Kinn, die die Nachmittagssonne zum Vorschein brachte. »Wirst du eines Tages Kinder haben?«, fragte ich und spürte einen tiefen Schmerz in der Brust.

»Ich glaube nicht«, antwortete sie langsam, zögernd. »Dazu müsste ich mir erst einmal einen Ehemann suchen.«

Ich fuhr mir mit der Zunge über die Lippen. Wir waren sehr geschickt darin, in unseren Gesprächen die Zukunft auszuklammern, auch wenn wir immer in Versuchung waren und wussten, dass unser Glück aller Wahrscheinlichkeit nach nicht von Dauer sein würde.

»Mir fehlt wohl das richtige Vorbild dafür«, meinte sie.

»Mir auch«, nickte ich. Das Lachen einiger Kinder aus der Bibliothek riss mich aus meinen Gedanken und ich blickte den Flur hinunter.

»Aber wenn ich keine Kinder bekomme, wird es später in diesem Haus furchtbar still werden.«

»Du wirst also hierbleiben«, stellte ich fest und ärgerte mich über mich selbst. Wie typisch, dass ich mir ausgerechnet jetzt einen Ruck gab und dieses Thema ansprach, während die Kinder um uns herumsprangen und uns ständig Dienstmädchen mit Scheuerbürsten und Wischmopps und frischer Wäsche auseinanderdrängten.

»Ich glaube nicht, dass ich je weggehen werde«, erwiderte sie bekümmert. »Ich würde mir andauernd Sorgen machen, wenn ich anderswo wohnte. Ich fühle mich verantwortlich für Lockwood. Schließlich trage ich seinen Namen.«

»Es trägt deinen Namen.«

Sie legte den Kopf schief. »Eigenartig, ich habe das bisher immer genau andersherum betrachtet. Dass das Haus seit vielen Generationen besteht, während wir kommen und gehen und ihm gehören und nicht umgekehrt.«

*Du gehörst ihm nicht,* wollte ich sagen. *Das ist Unsinn, du kannst machen, was du willst, du kannst leben, wo du willst, siehst du denn nicht, wie wunderbar du bist, dass du dein Leben hier vergeudest?*

»Ich sollte wohl lieber die Tür zu meinem Büro schließen«, sagte ich stattdessen, einen Kloß im Hals.

»Gute Idee«, antwortete sie tonlos und machte rasch einen Schritt zurück, damit ihr die vorbeiflitzenden Kinder nicht auf die Füße traten. Sie lief in Richtung Salon, den Kindern hinterher. »Gebt acht, wo ihr lauft, Kinder!«, rief sie.

Ich hatte den Schlüssel schon in der Hand und wollte die Tür zuziehen, die immer ein wenig klemmte, als mir etwas auffiel, was vor ein paar Stunden, bevor die Kinder gekommen waren, noch nicht da gewesen war: ein kleiner Fellhügel, wie eine Tiergestalt, lag auf meinem Tisch.

Im Nähergehen dachte ich zunächst, jemand hätte seinen Muff vergessen – obwohl die Kinder sicher zu arm für so etwas waren – oder vielleicht hatte jemand eins von unseren Tieren oder eines der Bälge aus einem Schrank genommen und dann hier liegengelassen. Aber für eine Haut war es nicht flach genug und es ähnelte auch keinem der Tiere aus unserer Sammlung.

Es war ein Kaninchen, die Ohren sorgsam oberhalb des Kopfs drapiert. Es fühlte sich kalt an und war nicht gehäutet, denn unter dem Fell spürte ich noch die Wölbung von Fleisch. Der Blutfleck, den ich entdeckte, als ich das Tier hochhob, und das Blut, das beim Tasten nach einem Puls an meinen Händen kleben blieb, sagten mir, dass es erst heute getötet worden war.

»Miss Cartwright …«, sagte Dorothy von der Türschwelle aus. Ich drehte mich nach ihr um, und ihr Blick fiel auf meine rotgefärbten Hände. »Um Himmels willen, sind Sie verletzt?«

»Nein«, beruhigte ich sie. Im nächsten Moment erschien Lucy

hinter ihr. Aus irgendeinem Grund legte ich meine Hand schützend auf den Rücken des Kaninchens. »Das habe ich auf meinem Tisch gefunden«, sagte ich und spürte, wie mein Herz flatterte. Ich sah zu Lucy, die wie angewurzelt stehen geblieben war, die Augen vor Schreck weit aufgerissen.

»Woher kommt das? Ist es echt, also lebendig, meine ich?«, fragte Dorothy und kam näher. Vorsichtig berührte sie das Fell mit einem Finger. »Aber warum liegt es da?«, sagte sie mit tiefem Erstaunen.

»Ich weiß es nicht«, antwortete ich und sah wieder zu Lucy, die immer noch im Türrahmen stand. Ihr Kinn zitterte, als würde sie gleich zu weinen beginnen.

»Ich frage die Lehrerin, ob sie etwas weiß«, sagte Lucy mit seltsamer Stimme und hielt sich eine Hand vor den Mund. Der Absatz ihres Schuhs blieb hängen, als sie sich zum Gehen wandte, und ich stürzte auf sie zu, als ob ich sie trotz der Entfernung noch vor dem Sturz bewahren könnte, aber sie fing sich wieder und lief rasch davon.

»Das gefällt mir gar nicht.« Damit hatte Dorothy mir die Worte aus dem Mund genommen, und gemeinsam sahen wir zu, wie ein dünner Faden Blut von dem leblosen Körper in Richtung Tischkannte rann.

Ich schloss die Tür zu meinem Büro ab. Solange die Kinder noch im Haus waren, wollte ich das grausige Geschenk lassen, wo es war, aus Angst, eines von ihnen könnte mich dabei sehen, wie ich es durch die Gärten trug. Als ich die Tür später wieder öffnete, war Dorothy schon wieder zur Stelle, augenscheinlich, um mir beim Saubermachen zu helfen, aber ich vermutete eher, dass sie noch etwas in dem makabren Grusel schwelgen wollte.

»Das ist ein Zeichen, das sage ich Ihnen.« Sie packte das Kaninchen bei den Ohren und legte es in einen Eimer, dann bearbeitete sie den Tisch großzügig mit Seifenwasser und ich beeilte mich, meine Unterlagen und Bücher in Sicherheit zu bringen. »Oder eine

Drohung«, fügte sie vielsagend hinzu, drehte sich zu mir um und musterte mich mit zusammengekniffenen Augen.

»Es ist nicht zufällig ein Kaninchen aus der Küche?«, fragte ich. Einige andere Dienstmädchen kamen vorbei und warfen einen neugierigen Blick zu uns hinein.

»Wir sind vielleicht überlastet«, gab sie mit einem Schniefen zurück, »aber es ist noch nicht so weit, dass wir versehentlich ein Kaninchen auf Ihrem Schreibtisch liegenlassen, Miss. Auf jeden Fall ist das hier kein Tier vom Bauernhof – der Gärtner bricht ihnen das Genick, anstatt sie zu garottieren«, meinte sie genüsslich, während ich die Hände ineinanderkrampfte, um die Fassung zu bewahren und so zu tun, als ließe dieser eindeutig persönliche Angriff mich völlig ungerührt.

Wer steckte dahinter? Jenkins, den ich schon oft genug mit einem der toten Füchse in der Faust gesehen hatte, die er aus seinen Fallen holte, und der mich, wann immer sich unsere Wege kreuzten, mit einem finsteren Blick bedachte? Einer der Gärtner? Vielleicht Dorothy selbst, aus einem aberwitzigen Wunsch heraus, für ein wenig Aufregung zu sorgen? Paul, der einen schlechten Witz gemacht hatte? Jemand anderes von den Dienstboten, der seinen Unmut über die zusätzliche Arbeit zum Ausdruck bringen wollte, den das Museum bedeutete? Die Haushälterin? War dieselbe Person dafür verantwortlich, die die Kolibris gestohlen und den Bären gehäutet hatte? War sie die ganze Zeit hier und beobachtete mich?

»Das wird eine Katze aus der Scheune gewesen sein, oder ein Hund, oder eines der Kinder wollte Ihnen einen Streich spielen«, sagte die Haushälterin, als ich sie aufsuchte, und sprach dabei sehr langsam, als wäre ich schwachsinnig. »Oder ein wohlmeinender Dorfbewohner, der dachte, dass Sie vielleicht ein paar neue Präparate gebrauchen könnten. Es gibt alle möglichen anderen Erklärungen, da müssen Sie nicht gleich mein Personal beschuldigen«, ergänzte sie, und das flaue Gefühl in meinem Magen wurde stärker.

»Es war nicht meine Absicht, jemanden zu beschuldigen«, erwiderte ich schwach. Wieso hatte ich das Gefühl, dass sie den Spieß umdrehte, weshalb fühlte ich mich auf einmal schuldig?

»Wenn ich ehrlich sein soll, Miss Cartwright, haben diese Dummheiten erst angefangen, seit Sie und Ihre Tiere hier sind. Und eigenartigerweise sind Sie immer genau mitten im Geschehen – erst spazieren Sie zu allen Unzeiten durch das Haus und dann beschweren Sie sich, dass jemand Ihre Tiere stiehlt, und halsen uns noch mehr Arbeit auf. Sollte sich tatsächlich ein Unruhestifter in unserer Mitte befinden, dann würde ich nicht völlig ausschließen, dass Sie es sind«, schleuderte sie mir wütend entgegen und trat so nahe an mich heran, dass ich die hellen Härchen auf ihrer Wange und den Speichel in ihren Mundwinkeln erkennen konnte. »Ich glaube, Sie haben das Kaninchen selbst dorthin gelegt. Ich kenne Leute wie Sie. Sie wollen bloß Aufmerksamkeit«, spuckte sie höhnisch grinsend und stolzierte davon. Ich hätte mich ohrfeigen können, dass ich ihre Tirade einfach stumm über mich ergehen lassen hatte.

Beim Abendessen war ich immer noch ein Nervenbündel. Ich fühlte mich ausgehöhlt und durcheinander, starrte auf Lucys leeren Stuhl und wünschte, ich könnte bei ihr sein, statt von ihrem Vater mit in den Speisesaal genötigt worden zu sein. Er war den Gang entlanggekommen, als ich gerade die Treppe zu Lucys Zimmer hochsteigen wollte, und hatte gesagt, dass das Dinner an diesem Abend pünktlich stattfinden müsse, denn er hätte Wichtigeres zu tun, als herumzusitzen und auf mich zu warten, nur weil ich mal wieder herumtrödelte, während sein Essen kalt wurde.

»Ich mische mich nicht in Personalangelegenheiten ein, das überlasse ich der Haushälterin«, sagte er und rammte mit rotweinfleckigem Mund sein Messer in das Fleisch auf seinem Teller, »aber wenn meine Angestellten wie die Fliegen sterben, und die Regierung nicht aufhört, sie mir wegzunehmen, und Sie sie dann auch noch irgendwelcher erfundenen Untaten beschuldigen, dann geht das ehrlich gesagt entschieden zu weit.«

»Ich habe niemanden beschuldigt«, widersprach ich mit zusammengebissenen Zähnen, ohne mein Essen auch nur angerührt zu haben. »Ich möchte lediglich wissen, wer dafür verantwortlich ist.«

»Sie machen aber auch die kleinste Maus zum Elefanten, nicht wahr, Miss Cartwright? Die evakuierten Kinder, die Sie in mein Haus eingeladen haben, kommen aus den zweifelhaftesten Gegenden Londons, sie sind draußen durch die Gegend gelaufen und da haben die kleinen Racker gleich die Gelegenheit beim Schopf gepackt und ein bisschen gewildert.«

Ich sagte nichts, atmete tief ein und biss mir so fest ich konnte auf die Lippen, in der Hoffnung, dass der Schmerz mich vom Weinen abhalten würde. Als er fertig gegessen hatte, schob er achtlos den Teller von sich, stand auf und gähnte ausgiebig. »Ich werde wohl Ihren Arbeitgebern schreiben müssen. Ich denke, es wird sie interessieren zu hören, wie viel Unruhe Sie hier stiften. Ich mag damit einverstanden gewesen sein, das Museum hier zu beherbergen, meine Werteste, aber ich war niemals bereit, meine Türen jemandem wie Ihnen zu öffnen.«

## KAPITEL 34

Glaubst du, es liegt an Lockwood?«, meinte Lucy eine Woche später mit matter Stimme, als wir nebeneinander auf ihrem Bett lagen. Die Heizungskörper knackten und irgendwo in der Wand klopfte es in einem Rohr. »Glaubst du, irgendetwas hier sorgt dafür, dass unsere Träume aus der Nacht in den Tag sickern und lebendig werden?«

Sie meinte den jungen Hasen, den sie, wie sie mir erzählt hatte, jede Nacht im Traum durch das Haus verfolgte. Immer wenn er zum Greifen nah war, wachte sie auf.

»Nein«, sagte ich, weil ich noch nie Sinn für derlei Verrücktheiten oder Aberglauben gehabt hatte. Ich gehörte nicht zu denen, die aus ihren Träumen – von Ungeheuern und Verfolgungsjagden und wilden Frauen mit Zähnen, die scharf wie Messer waren, und Klauen, die einem die Augen aus dem Schädel und die Zunge aus dem Mund rissen – hochfuhren, sich in die Bettdecke krallten und furchtsam umsahen, ob im Dunkel des Zimmers etwas lauerte. Meine Ängste waren eher menschlicher, rationaler Natur, sagte ich mir. Ich fürchtete mich vor fachkundiger Sabotage, missgelaunten Dienstboten und kleinlichen Rachefeldzügen – aber nicht vor Gespenstern, Geistern oder Spukerei.

Ich konnte allerdings genauso wenig schlafen wie Lucy, obwohl ich ihr nicht die Wahrheit sagte, weil ich nicht wollte, dass sie sich deswegen schuldig fühlte. Wenn ich einen Brief oder ein Buch las, verschwammen die Buchstaben vor meinen Augen, und wenn ich eines der Exponate in die Hand nahm, um es zu säubern und von Staub zu befreien, zitterten meine Hände wie Espenlaub. Andauernd ging ich in einen Raum und wusste dann nicht mehr, was ich dort gewollt hatte, oder meine Beine gaben nach, wenn ich aufstehen wollte, nachdem ich länger gekniet hatte, um Tiere auf Ungeziefer zu untersuchen. Erst am Tag zuvor war ich ausgerutscht, als ich aus der Badewanne steigen wollte, und wäre um ein Haar mit dem Kopf an den Wannenrand geknallt.

Mein einziger Lichtblick war, dass der Major am Morgen nach der Sache mit dem Kaninchen abgereist war, offenbar ohne einen Brief an die Museumsleitung in London zu schicken, wie ich vermutete. Aber was taugte meine Arbeit, wenn ich sie nicht richtig machte? Was, wenn ich noch ein Präparat fallen ließ und es in tausend Stücke zerschellte? Was, wenn ich beim Reinigen das falsche Pulver benutzte und ein Fell damit ruinierte? Was taugte meine Arbeit, wenn ich die Tiere weder vor böswilligen Zeitgenossen noch vor meinen eigenen Missgeschicken schützen konnte?

Es war Anfang November, als ich in meinem Zimmer in den frühen Morgenstunden aus dem Schlaf gerissen wurde – nicht vom üblichen Luftschutzalarm und auch nicht von dem Sturm, der sich in der Nacht donnernd gegen die Mauern des Hauses geworfen hatte, sondern von dem lauten Splittern von Glas.

Als ich in meinem Morgenmantel nach unten stolperte, fand ich die Haushälterin in ähnlicher Aufmachung und einem Seidenschal um die hochgesteckten Haare vor dem Salon vor, wo sie mit Paul und Dorothy, die sich hastig angezogen hatten, zusammenstand. Ein Nachtwächter leuchtete mit der Taschenlampe in den Raum, durch den heftige Windböen fegten.

»Was ist los?«, rief ich mit heiserer Stimme. In den vergangenen Tagen hatte ich nie mehr als ein, zwei Stunden geschlafen.

»Es ist der Salon«, sagte der Wachmann. »Die Fenster sind kaputt.«

»War das der Sturm? Fehlt irgendetwas?«

Ich drängte mich an den anderen vorbei in den abgedunkelten Raum, wo der zweite Nachtwächter vorsichtig seinen Kopf aus dem linken Fenster streckte. Die Glasreste umrahmten ihn wie ein Heiligenschein mit Zacken.

Sind die Fenster von innen oder außen eingeschlagen worden, fragte ich mich, in Gedanken immer noch halb in dem Albtraum, aus dem der Lärm mich geweckt hatte – von einem Ungeheuer, das im Amoklauf durch sämtliche Zimmer getobt war. Der Schreck steckte mir immer noch in den Knochen: Meine Knie schlotterten, und meine Zähne klapperten.

»War die Tür abgeschlossen, als Sie gekommen sind?«, fragte ich den Nachtwächter.

»Ja.«

Und wenn jemand sich am Abend, als ich abschloss, hier versteckt hatte? »Aber wo?«, murmelte ich vor mich hin, und spürte, wie ein Gefühl von Hysterie in mir aufstieg. Der Sturm dröhnte durch den Salon. »Unter dem Panther?« Der Wachmann neben mir warf mir einen seltsamen Blick zu.

»Geben Sie mir die Taschenlampe«, sagte ich und schwenkte sie durch den Raum, um zu sehen, ob etwas fehlte. Glassplitter funkelten im Lichtkegel der Lampe, der Wind schleuderte die Verdunkelungsvorhänge in meine Richtung, die sich wie ein Mantel um den Eisbären legten, während ich nach der Luft rang, die mir der Sturm entzog.

»Vorsicht mit den Splittern auf dem Boden«, rief Paul. Unter dem Trommelfeuer des Sturms hörte ich das Knirschen unter meinen Hausschuhen, und dann stieß mein Fuß so heftig gegen etwas Hartes, dass ich vor Schmerz aufschrie. Die anderen fuhren herum, und ich tastete nach der Ursache. »Ich habe den Ziegelstein gefunden, mit dem das Fenster eingeworfen worden ist«, stammelte ich und wiederholte es noch mal, nachdem mir nach der Hälfte des Satzes die Stimme weggeblieben war. Ich richtete das zitternde Licht der Taschenlampe auf den Stein, damit alle sehen konnten, weshalb ich so ein Geschrei gemacht hatte.

*Reiß dich zusammen, Hetty,* dachte ich. »Ist jemand da draußen? Diebe?«, fragte ich und hielt mit der einen Hand meinen Morgenmantel zusammen, während ich die andere vor mein Gesicht hielt, um es vor den Naturgewalten zu schützen und damit niemand sehen konnte, wie viel Angst ich hatte.

»Ich gehe raus und sehe nach!«, rief Paul. »Geben Sie mir den Schlüssel zum Waffenraum«, forderte er den Wachmann an der Tür auf.

»Sei vorsichtig!«, sagte Dorothy. »Wer weiß, wie viele da sind. Oh, ich wünschte, Lord Lockwood wäre hier, er wüsste, was zu tun ist. Ich dachte schon, es sind die Deutschen, wirklich wahr«, stöhnte sie, presste die Hand auf ihre Brust, und Josephine tätschelte ihr halbherzig die Schulter. Dorothy packte mich am Arm, als ich an ihr vorbeiwollte – ich schrak zusammen und konnte gerade noch einen Aufschrei unterdrücken. »Man hat uns ja gewarnt vor den Fallschirmjägern, Sie denken doch nicht …«

»Das werden wohl kaum die Deutschen sein«, erwiderte ich, verärgert über meine Schreckhaftigkeit. »Eher dieselben Diebe wie letztes Mal.«

»Dann sollten wir wohl die Polizei rufen?«, meinte die Haushälterin ohne besondere Überzeugung.

»Ja«, rief ich, doch meine Stimme überschlug sich, als sie gegen den Wind ankämpfen wollte, der mit hohem Heulen an den gezackten Rändern der zerborstenen Fenster vorbeijagte. »Und hätten Sie vielleicht noch einen Verdunkelungsvorhang übrig oder ein Brett? Der hier ist zerrissen«, sagte ich und versuchte, den Vorhang wegzuschlagen und gleichzeitig dem Wolf auszuweichen, der neben mir stand. Ich war kurz davor, in Tränen auszubrechen – der Lärm und das furchtbare Durcheinander zerrten an meinen Nerven. Ich hatte das Gefühl, persönlich attackiert worden zu sein, auch wenn der Angriff dem Museum gegolten hatte. »Und wir müssen das Licht anschalten, damit wir sehen, was zum Teufel hier passiert ist.« Ich wandte mich an den Wachmann, der immer noch am Fenster stand und sich gegen die Gewalt des Sturms stemmte. »Haben die etwas mitgenommen? Haben Sie jemanden gesehen?«

»Ich habe nichts gesehen«, antwortete er und wischte sich den Regen aus dem Gesicht. Sein weißes Haar klebte ihm völlig durchnässt an der Stirn. Er wollte sich gerade an dem Sumatra-Tiger abstützen, als ihm offenbar einfiel, wer ich war, und zog die Hand rasch wieder zurück. »Wir sind sofort hergerannt, als wir das Klirren hörten. Wir dachten, es sei das Unwetter. Wer immer dort draußen ist, sollte sich vorsehen, da stürzen heute Nacht bestimmt einige Bäume um.«

Josephine und die Haushälterin kamen mit zwei Brettern zurück, und ich half ihnen mit kraftlosen, zittrigen Armen, sie vor die Fenster zu stemmen. Wir befestigten die Vorhänge wieder, so gut es ging, und mit viel Stöhnen und Ächzen, das wie ein Echo des lauten Geheuls des Winds klang, schoben wir die dicht an dicht stehenden Tiere beiseite. Dann betätigte jemand den Lichtschalter, und ich musste blinzeln, als die dunklen, erdrückenden Schatten des Zimmers und die in der Finsternis verborgenen Tiere, die uns stumm beobachtet hatten, uns plötzlich messerscharf ins Auge sprangen.

Es fehlte nichts, die Diebe waren nicht hereingeklettert, wenn das denn ihre Absicht gewesen war und es sich überhaupt um Diebe gehandelt hatte. Der Ziegelstein, den sie geworfen hatten, lag auf dem Boden vor dem linken Fenster, aber auch das rechte Fenster war eingeschlagen worden, von einem in Zeitungspapier eingewickelten Gegenstand. Ich bückte mich danach, wickelte ein Stück Morgenmantel um meine Hände, um die Glassplitter wegzuwischen, und begann, das Zeitungspapier zu entfernen. Mein Herz schlug mir bis zum Hals, auch wenn ich nicht hätte sagen können, warum.

»Gehen Sie weg da!«, rief der Wachmann und stürzte auf mich zu. »Es könnte Sprengstoff sein …« Er verstummte, als ich das Papier zurückschlug und das Wurfgeschoss enthüllte. Ich erschrak so sehr, dass ich es augenblicklich fallen ließ.

Es war eine abgenutzte Porzellanpuppe, die wie eigens für den Winter in einen weißen Pelzmantel gekleidet war, der fast so hell war wie ihr blondes Haar. Als meine Finger ihre dicht gelockten Haare und das Fell berührt hatten, hatte ich für einen Moment das Gefühl, ich hielte ein warmes, lebendiges Wesen in den Händen. Nun lag sie vor meinen Füßen auf dem Rücken, ihre blauen Augen sahen mich starr an, und es war, als wäre keine Stimme mehr in meiner Kehle. An den Rändern meines Gesichtsfelds flirrten dunkle Flecken.

Josephine hatte aufgeschrien, als sie die Puppe sah, was mein Entsetzen noch verstärkte, und war dazu übergegangen, leise missbilligende Geräusche zu machen und französische Flüche zu flüstern.

»Das ist ja grauenvoll!«, wimmerte Dorothy laut und kniete sich neben die Puppe. Der Sturm hatte erneut Fahrt aufgenommen, als sie sie vorsichtig anstupste. »Was für ein schreckliches, gruseliges Ding.«

»Ist das eine von Lucys Puppen?«, fragte ich. Nichts von alldem machte Sinn – das Etwas zu meinen Füßen, der Raum, die Leute, der Überfall. Vielleicht schlief ich ja noch, dachte ich blinzelnd und schüttelte den Kopf.

»Wohl kaum«, bemerkte die Haushälterin. »Lady Lucy hat sich schon vor langer Zeit von ihren Puppen getrennt.«

Dann kam Paul wieder von draußen herein, nass bis auf die Haut, und sein verstohlenes Grinsen verriet, dass er das Abenteuer genossen hatte, auch wenn er keine Eindringlinge hatte entdecken können. Er half den Wachmännern, die Bretter an den geborstenen Fenstern festzunageln, um dem hereinpeitschenden Sturm Einhalt zu gebieten, während Josephine das Glas wegfegte und Dorothy durch den Salon ging und so tat, als wolle sie für Ordnung sorgen. Es war offensichtlich, dass sie noch ein wenig am Ort des Geschehens verweilen wollte, denn immer wieder kehrte sie zu der Puppe zurück, schüttelte den Kopf und zog Grimassen, als hätte das Ganze eine durchaus andere Bedeutung als den Versuch, uns, nein, mich in Angst und Schrecken zu versetzen.

Mit ungeschickten Händen und mehr stolpernd als gehend überprüfte ich noch einmal alle Präparate und blinzelte dabei angestrengt, als könnte ich damit alles ungeschehen machen und mir vorgaukeln, aus einem erholsamen Schlaf zu erwachen. Die Exponate waren vollständig, und doch wurde ich das Gefühl nicht los, dass etwas fehlte. Der Wind donnerte gegen die provisorischen Bretter, als meinte er mich, und die Anwesenheit der anderen im Raum war geradezu klaustrophobisch und erdrückte mich zunehmend, als ob sich alle um mich scharten und mich anstarrten. Ich wollte, dass sie alle gingen, dass der Sturm vorbei wäre, dass die Sammlung wieder in Sicherheit war und der Zustand ständiger Bedrohung endlich *aufhörte*.

»Ab jetzt muss jedes Fenster im Erdgeschoss, das zu Museumsräumen gehört, mit Brettern vernagelt werden«, erklärte ich und war sehr angetan davon, wie selbstsicher und vernünftig meine Stimme auf einmal klang. Aber es *war* auch das einzig Vernünftige, dachte ich: Das Museum wurde angegriffen, und die Sammlung musste vor jenen geschützt werden, die Schaden anrichten wollten. »Können Sie noch mehr Bretter auftreiben?«, fragte ich Paul an der Haushälterin vorbei, die gerade von dem Telefonat mit der Polizei zurückgekommen war und sich von meinen Worten betont unbeeindruckt zeigte.

»Lord Lockwood wird das nicht gefallen, wenn er zurückkommt, er wird das kaum gutheißen«, bemerkte sie in einem Tonfall, der nahelegte, wie gern sie dabei wäre, wenn er mir die Meinung sagte.

»Dann kann er sich gern an mich wenden«, erwiderte ich mit fester Stimme. Dass mein Plan nun offiziell war, erfüllte mich mit zusätzlichem Selbstvertrauen.

Für einen Augenblick herrschte Stille. Dann verkündete sie: »So, Herrschaften, das war genug Aufregung für heute Nacht. Die Polizei wird frühestens am Mittag hier eintreffen, und wir sollten ihr vielleicht noch ein wenig Beweismaterial übriglassen.« Sie sah mich unverwandt an. »Wer unbedingt Beschäftigung braucht, kann ja schon mit seiner Arbeit anfangen, alle anderen gehen wieder ins Bett.«

Der Salon leerte sich schnell, bis nur noch sie und ich übrig waren. Die Bretter rappelten im Wind.

»Ist so etwas schon einmal vorgekommen, dass jemand einen Überfall auf das Haus verübt hat?«, fragte ich sie und ließ die Tatsache beiseite, dass sie mir die Schuld an der Sache mit dem Kaninchen gegeben hatte. Die Tiere waren alles, was zählte, nicht mein gekränkter Stolz oder was auch immer für einen Groll sie gegen mich hegte.

»Wie ich schon sagte, so etwas hat es noch nie gegeben, nicht, bis Sie gekommen sind.«

»Noch nie? Auch nicht, bevor Sie hier angefangen haben?«, hakte ich nach und reckte das Kinn.

Sie lächelte dünn. »Ich arbeite schon sehr lange hier, seit ich ein junges Mädchen war, und meine Familie hat noch sehr viel länger für die Lockwoods gearbeitet.«

Wir verließen den Salon und ich sah zu, wie sie abschloss. Als sie gegangen war, drückte ich mich noch einmal mit ganzem Gewicht gegen die Tür, um sicherzugehen, dass sie auch wirklich zu war. Dann ging ich in mein Zimmer, um mich rasch zu waschen und anzuziehen und dann den Rest der frühen Morgenstunden damit zu verbringen, unten Wache zu schieben. Ich wanderte durch die Flure, überprüfte alle Türen mit immer schwächer werdendem Druck meiner kalten Hände, lauschte schauernd dem Sturm, der sich immer noch gegen das Haus warf und einzudringen versuchte, und spitzte mit staubtrockenem Mund die Ohren, ob nicht irgendwo das Klirren von Glas zu hören war. Ausnahmsweise nahmen die Nachtwächter ihre Aufgabe ernst und patrouillierten gewissenhaft – Taschenlampen in der Hand und Gewehre über der Schulter – durch das Haus, was mich hätte beruhigen müssen, aber eher die gegenteilige Wirkung auf mich hatte, weil ich fürchtete, sie könnten mich mit einem Eindringling verwechseln.

Als alle im Haus wieder wach waren, schleppten Paul und die Gärtner Bretter und anderes Verkleidungsmaterial herein, um die Fenster vollends von innen zu verbarrikadieren. Betrübt sah ich zu, wie sie die Fenster des ersten Raums zunagelten. Zu Beginn des Winters kam ohnehin kaum noch Licht herein, und es schmerzte mich, das Haus noch dunkler zu machen. Aber ich hatte keine Wahl: Die Sicherheit des Museums hatte Vorrang.

Lucy war als Einzige nicht von dem Sturm und dem Überfall aufgewacht, und ich hatte sie auch nicht wecken wollen – es war besser, wenn sie weiterschlief und hoffentlich schöne, ungetrübte Träume hatte.

Sie kam in den Speisesaal, wo ich mich gerade bei den Resten des Mittagessens bediente. Mein Magen knurrte geräuschvoll, und ich befand mich in jenem fortgeschrittenen Stadium von Müdigkeit, in dem einem alles zu laut und zu hell ist, die bloße Luft die Augen wund zu scheuern schien, und man das Gefühl hat, nie wieder schlafen zu können.

»Warum werden denn alle Fenster hier unten zugenagelt? Das muss ein Scherz sein, oder?«, sagte sie und goss sich einen Kaffee ein.

Ich legte den Vorlegelöffel hin und drehte mich zu ihr um. »Nein, das ist kein Scherz«, erwiderte ich. »Verzeih, Lucy, mir ist klar, dass das Erdgeschoss dadurch auch noch das letzte bisschen Licht verliert, und es tut mir aufrichtig leid, wenn ich dich damit verärgere«, sagte ich und hasste mich selbst dafür, doch in meinen Augen gab es keine andere Möglichkeit, »aber die Sammlung muss unter allen Umständen geschützt werden.«

Und nicht zuletzt meine Position im Museum und meine berufliche Zukunft, ergänzte ich stumm, weil ich vermeiden wollte, über den Tag zu sprechen, an dem ich dieses Haus und Lucy verlassen musste.

Ihre Kaffeetasse traf klirrend auf die Untertasse. »Doch nicht *alle* Fenster?«

»Doch, leider.«

»Das ist doch völlig verrückt, verstehst du das nicht?«, sagte sie langsam. »Wir können uns doch hier nicht verbarrikadieren. Vater wird einfach noch mehr Wachpersonal einstellen und die *Home Guard* wird uns sicher auch unterstützen. Es gibt keinen Grund für eine solch übertriebene Maßnahme.«

Ich merkte, wie mein Gesicht sich zur Grimasse verzerrte. Mit weit aufgerissenen Augen starrte ich sie an. »Willst du damit sagen, dass ich verrückt bin?«

»Das habe ich nicht gesagt«, widersprach sie, aber sie lenkte nicht ein. »Ich wollte nur zum Ausdruck bringen, dass du allmählich das rechte Augenmaß verlierst. Du bist regelrecht besessen von all dem hier«, meinte sie und machte eine weit ausholende Bewegung mit der Hand. Waren ihre Worte ihren angegriffenen Nerven geschuldet, reagierte sie aus dem Bauch heraus, weil es ihr widerstrebte, in einem Haus zu sein, das von außen mit Brettern zugenagelt wurde? In diesem Moment und in dem Zustand, in dem ich mich befand, konnte und wollte ich darauf keine Rücksicht nehmen.

»*Ich* bin also verrückt?«, wiederholte ich ungläubig und geriet langsam in Rage. Strahlender Sonnenschein fiel durch eines der noch offenen Fenster in den Speisesaal, und das silberne Service vor uns glänzte. Ihr Kinn begann zu zittern. »*Du* sagst *mir*, ich sei verrückt?«

Ich wusste, wie sehr ich sie damit verletzte, aber was sie gesagt hatte, war genau das, wovor ich mich fürchtete, was ich vermutete – das ich tatsächlich dabei war, den Verstand zu verlieren. Und wie das helle Licht auf die Konturen ihres Gesichts fiel und sie betonte, sah sie genau aus wie ihr Vater und klang genau wie er und stand genauso vor mir wie er und urteilte über mich, und das traf mich bis ins Mark. Ich fühlte mich verraten, mein Herz blutete, und ich fuhr die Krallen aus und setzte mich zur Wehr wie ein Tier, das in die Enge getrieben wurde.

»Ich tue nur meine Arbeit«, sagte ich mit brüchiger Stimme. Eine Arbeit, die auf tönernen Füßen stand, die mir ohnehin nur zögernd übertragen worden war von Vorgesetzten, die mich am liebsten wieder zur ehrenamtlichen Mitarbeiterin herabstufen wollten.

Ich hatte kein großes Vermögen wie Lucy, kein Zuhause, nichts außer meiner Anstellung, denn inzwischen wusste ich, dass in meinem Leben nie ein Ehemann am Horizont auftauchen und für mich sorgen würde. »Ich versuche, die Arbeit von Hunderten von Menschen zu bewahren, Typusexemplare zu schützen, die von grundlegender Bedeutung für die Wissenschaft und unser Verständnis der Natur sind.«

»Und ich bin – was? – eine Tagediebin? Zu nichts nutze?«, meinte sie, und Tränen liefen ihr über die Wangen, die ich erst am Nachmittag zuvor geküsst hatte. »Die Verrückte, die man am besten unterm Dach einsperrt?«

Ich schwieg. Sie biss sich auf die Lippe und schüttelte den Kopf. Wir starrten einander an, bis sie mit einem Schluchzen aus dem Zimmer ging, das mir die Kehle zuschnürte. Ich wandte mich wieder meinem Mittagessen zu, doch ich hatte keinen Appetit mehr und stellte den Teller mit zitternden Händen zur Seite. Stattdessen schmeckte ich das Salz der Tränen, die in meinen Mundwinkeln hängen blieben. Ich hatte sie enttäuscht, das wusste ich, aber was blieb mir anderes übrig? Warum bloß war ich gezwungen, mich zwischen meiner Verantwortung für die Tiere und meiner Liebe zu ihr zu entscheiden?

# KAPITEL 35

*Wieder allein spürte ich, wie die Wände meines Schlafzimmers, die Wände aller Zimmer, in denen ich mich gerade aufhielt, auf mich zukamen, spürte, wie das Grauen meiner nächtlichen Albträume in mir durch die Brust zog und mein Gesichtsfeld an den Rändern verdunkelte.*

*Ich begann nachts die Flure des Hauses zu durchstreifen, eine Taschenlampe in jeder zitternden Hand, als wollte ich meine Ängste herausfordern – die Augen wach und weit geöffnet, beobachtend und lauschend und wartend.*

*Erhoffte ich mir von meinen nächtlichen Wanderungen, die Frau in Weiß zu treffen, oder in meinem bleichen Morgenmantel selbst zu diesem Geist zu werden? War ich schon sie, war ich es schon immer gewesen? Hatte ich all diese Dinge getan?*

*Wie auch immer die Antwort darauf lautete, ich wusste, dass ich es gewesen war, die mir das Herz gebrochen hatte, dass es keine Schattenversion meiner Selbst gewesen war, die diese Dinge zu Hetty gesagt hatte. Ich hatte sie verrückt genannt, doch in Wahrheit hatte ich nur Angst, dass sie so ein verrücktes Wesen wie mich doch unmöglich lieben konnte.*

*Wie töricht von mir zu denken, wir könnten zusammenbleiben und eine glückliche Zukunft läge vor uns – hatte ich mir tatsächlich eingebildet, sie würde sich bereit erklären hier zu bleiben, wenn der Krieg vorüber war? Hetty hatte von einer gemeinsamen Zukunft in London geträumt, da bin ich mir ganz sicher, aber wie sollte ich dieses Haus verlassen? Allein bei dem Gedanken brach ich in Panik aus und fühlte mich wie ein dünner Chiffonschal, den der Wind forttragen würde, kaum dass ich über die Schwelle trat.*

*Ich würde hier bleiben, würde hier leben bis zu meinem Tod, wie meine Mutter und Großmutter. Und alles, was von Hetty bliebe – von unserer Beziehung –, wären unsere Initialen, die wir im Überschwang eines Nachmittags in meinen Kleiderschrank geritzt hatten, das eine oder andere verstreute Haar ihrer Schützlinge und helle Flecken, wo die großen Tiere gestanden hatten.*

*Mir ging es furchtbar nah, dass die Tiere jetzt ganz allein da unten waren, in ihren mit Brettern vernagelten Räumen. Hatte ich das Gefühl, eines von ihnen zu sein – steifgefroren, staubig, unberührt, ungeliebt? Was ich getan hatte, hatte zweifellos dazu beigetragen. Ich machte Hetty keine Vorwürfe. Es war sicher nicht ihre Absicht gewesen, mich einzusperren, und ich verstand, wie besorgt sie war. Dieses Haus war offenbar nicht in der Lage, ihre Tiere zu beschützen, so wie ich nicht in der Lage gewesen war, meine Mutter zu beschützen.*

*Meine nächtlichen Streifzüge führten mich an den schnarchenden Nachtwächtern vorbei, die hochschreckten, wenn ich sie grüßte, um dann nervös zu lächeln und mein schrulliges Verhalten als das einer exzentrischen Aristokratin zu entschuldigen, und immer wieder blieb ich an den Türen der Museumsräume stehen und horchte mit angehaltenem Atem auf Geräusche. Doch die einzigen Bewegungen, die ich wahrnahm, die einzigen Eindringlinge waren lebendige Tiere – Katzen und Mäuse und Füchse, die ich von weitem die Flure entlangflitzen und in dunklen Türrahmen verschwinden sah.*

*Ich hatte mir angewöhnt, tagsüber zu schlafen, wenn die Wintersonne in mein Zimmer schien und jeder Winkel und alle Umrisse mir wieder vertraut waren.*

*Nur wenn ich träumte, war es immer dunkel.*

*Und in meinen Träumen hetzte ich wieder dem kleinen Hasen hinterher, den ich immer noch suchte. Ich rannte die Flure entlang und die Treppen hinauf und hinunter, ich stolperte, ich fiel. Ich stütze mich im Fallen mit den Händen an Wänden ab, schürfte mir Hände und Knie auf. Und wenn ich schluchzend aufstand, um die Verfolgung wieder aufzunehmen, merkte ich, dass ich gar nicht den Hasen jagte, sondern dass ich gejagt wurde, von etwas*

*Größerem als einem Hasen, etwas Wilderem, Stärkerem, das mich durch das Haus verfolgte. Und dann wachte ich in meinem taghellen Zimmer auf und wusste, dass ich nicht entkommen würde, dass Lockwood mitsamt seinen Bewohnern in allergrößter Gefahr war und ich nichts tun konnte, sie zu retten.*

## KAPITEL

# 36

Lucy und ich hatten uns voneinander entfernt, keine von uns machte den ersten Schritt und entschuldigte sich. Wir wussten beide, wie tief wir einander mit unseren Worten verletzt hatten. Ich war untröstlich.

In den einsamen Jahren, die ich als Alleinstehende in Pensionen und trostlosen möblierten Zimmern verbracht hatte, gab es immer wieder Tage, an denen mir schmerzlich bewusst wurde, wie viel Zeit vergangen war, seit mich das letzte Mal jemand berührt hatte – sei es ein Händeschütteln, eine Hand auf meinem Unterarm oder eine einfache Umarmung –, und dann war mein ganzer Körper ein einziger Schmerz und meine Seele wurde so unendlich schwer, dass ich sofort einen Spaziergang machen musste, gleichgültig, was für ein Wetter draußen herrschte, denn wenn ich meinem sehnlichen Wunsch nachgegeben hätte, mich ins Bett zu legen und mir die Decke über den Kopf zu ziehen, wäre ich wahrscheinlich dort geblieben und nie wieder aufgestanden. Wenn Menschen Tiere sind, dann sollte man doch denken, dass sie außer Wasser und Nahrung und Luft und einem Dach über dem Kopf auch körperliche Berührung brauchen, um zu leben, zu überleben? Solche Angstattacken waren Momente völliger Überspanntheit, das wusste ich, aber ich war machtlos dagegen gewesen. Und nun, da ich wusste, wie es war, das Bett mit jemandem zu teilen, jemanden zu lieben und zu berühren und zu umarmen und umarmt zu werden, und ich die wahren Freuden von Sex kennengelernt hatte, wusste, wie es sich anfühlte, wenn einem der Kiefer vom Küssen wehtat, wenn Haut sich so lange an Haut gerieben hatte, dass sie wund wurde, die Hand des anderen fest in der seinen zu halten, war es umso unerträglicher, darauf verzichten zu müssen. Ich fühlte mich, als hätte man mich auf einer einsamen Insel ausgesetzt, auf der ich trieb, ohne jemals wieder Land zu sehen, denn wie und wo sollte ich noch einmal jemandem wie Lucy begegnen, wer sonst sollte mich lieben?

Obwohl ich mich dagegen gewappnet hatte, dass der Major bei Rückkehr von seiner Reise einen Tobsuchtsanfall bekommen würde, wenn er sein Haus mit Brettern vernagelt vorfände, erwähnte er die Fenster mit keinem Wort, er ließ nicht einmal eine spitze Bemerkung fallen. Paul sagte, er wäre im Norden nur knapp einem Bombenangriff entgangen, und womöglich hatte ihn das bewogen, seinen Standpunkt in Sachen Sicherheit neu zu überdenken. Er legte jedoch nach wie vor keinen Wert darauf, bei nächtlichen Luftangriffen gemeinsam mit uns im Keller Zuflucht zu suchen, sondern zog es vor, sich im Bett mit Sylvia, der reichen Erbin, zu vergnügen, von der Dorothy behauptete, dass er sie bald um ihre Hand bitten würde. Wir hatten uns mittlerweile an ihr heiseres Lachen gewöhnt, das regelmäßig auf dem Flur vor dem Büro des Majors zu hören war, aber unglücklicherweise beschränkten sie sich nicht auf sein Arbeitszimmer und seine Privatbibliothek – wo ich sie mir immer auf den Tierfellen am Boden ausgestreckt vorstellte, was sicher einen hübschen Kontrast zu ihrer hellen Haut abgab – und auch nicht auf seine Privaträume in den oberen Stockwerken, sondern er nutzte auch mit Vorliebe die Museumsräume, und Gott allein wusste, was er da trieb. Er hatte seinen eigenen Satz Schlüssel, mit denen er sich Zugang verschaffte. Wenn sie fertig waren, schloss er wieder ab und tat das mit enervierender Gewissenhaftigkeit, was mir jeden Vorwand nahm, ihm vorzuwerfen, dass er die Tiere gefährdete.

»Sehen Sie, ich schließe immer ab, Miss Cartwright«, rief er mir eines Tages zu, als ich in dem Augenblick mein Büro verließ, in dem er aus der Langen Galerie kam. Er beugte sich ein wenig vor, um den Schlüssel ins Schloss zu stecken – auf seiner Wange waren Spuren von Lippenstift, und Sylvia lehnte phlegmatisch an der Wand, eine dichte Haarlocke wie einen Schweif um den Hals gewickelt.

Als er abgeschlossen hatte, tätschelte er das Schloss noch einmal, nickte mir mit ironischem Grinsen zu und ging davon, mit Sylvia in seinem Kielwasser.

Ich starrte zur Tür, die auf die Lange Galerie führte, und zog unwillkürlich eine Grimasse. Ich wollte mir gar nicht vorstellen, was er dort unter den Augen meiner Tiere alles tat und wie er meinen Arbeitsplatz befleckte, indem ihn für seine peinlichen Schäferstündchen nutzte.

Die Museumsräume waren einmal Lucys und mein Zufluchtsort gewesen, wo wir uns vor dem Rest des Hauses verstecken konnten, und die Tatsache, dass ausgerechnet er sie nun in Beschlag nahm, sorgte dafür, dass ich mich nur noch elender fühlte.

In jenen Wintermonaten hatte ich nichts außer meiner Arbeit, und auch sie war mir kein besonderer Trost. Ich verlor eine Schreieule an die Motten, und weil der Befall so weit fortgeschritten war, dass ich nichts mehr für sie tun konnte, schloss ich sie in ihren Schaukasten ein, wo sie einen langsamen zweiten Tod starb, während ich ihr durch die Scheibe dabei zusah. Ich opferte sie, damit die Insekten, die sich an ihren Eingeweiden gütlich taten, nicht auf einen anderen Wirt überspringen konnten, wenn sie genug von ihr hatten. Mein Finger stanken nach Kleber und Gift, meine Arme brannten vom ständigen Fegen und Staubsaugen und meine Augen waren völlig überstrapaziert davon, dass ich unentwegt in alle Winkel und Ecken nach winzigen, zappelnden Tierchen schielte, die ich nie zu sehen bekam.

Währenddessen standen die Tiere da und warteten und beobachteten mich mit ihren stummen Augen und dem blasser werdenden Fell, mit Federn, die so trocken und steif waren, dass sie sich auch nicht im stärksten Winterwind in die Lüfte hätten erheben können, und unter ihnen knackte und verzog sich der Boden vor Kälte. Und wenn ich tatsächlich einmal in den Schlaf fand – wenn entweder die Erschöpfung oder die Einsamkeit mich übermannten –, wurde ich von so ungeheuerlichen und schrecklichen Träumen gequält, dass ich mich unentwegt von einer Seite auf die andere wälzte und dann jäh aufwachte und die Ohren spitzte, weil ich meinte, etwas gehört zu haben: die Motoren von Kampfflugzeugen, die in unseren Luftraum eindrangen; der erste verhaltene Ton der Sirene, ehe sie sich zu einem heulenden Crescendo steigerte; Lucys wimmernde Schreie, wenn sie aus einem ihrer Albträume erwachte – und wenn ich das wirklich hörte, sollte ich dann zu ihr gehen und sie trösten, fragte ich mich, oder wäre ich der letzte Mensch, den sie dann sehen wollte?; die Rufe der Füchse im Garten, die sich ihren Brüdern anschließen wollten, die es bereits ins Haus geschafft hatten; das gedämpfte Splittern von Glas, nachdem ein weiteres Fenster zerbrochen worden war, und die Stille danach, wenn der Angreifer merkte, dass das Fenster mit Brettern verstärkt worden war; oder das Geräusch, vor dem ich mich am meisten fürchtete, ein alltägliches Geräusch, das die Dunkelheit und die Stille des Ostflügels verwandelte, in dem sich keine Menschenseele außer mir befand – das Geräusch von Schritten im Gang, die sich auf mich zubewegten. Denn ich war nun felsenfest davon überzeugt, dass es kein Eindringling war, der dem Museum schaden wollte, sondern jemand, der hier im Haus war und es nun auf mich abgesehen hatte.

Gegen Ende November verkündete der Major, dass er am 18. Dezember ein großes Weihnachtsessen veranstalten wolle, das weder im Speisesaal noch im Ballsaal, sondern in der Langen Galerie abgehalten werden solle.

»Ich möchte die Exponate von ihrer besten Seite präsentieren. Einige meiner Gäste haben angedeutet, dass sie sich vorstellen könnten, dem Museum Spenden in nicht unerheblicher Höhe zukommen zu lassen«, erklärte der Major am Frühstückstisch. Wir waren allein, denn Lucy kam kaum noch zum Frühstück nach unten.

»In welchem Raum soll dann der Tisch stehen?«, wollte ich wissen.

»Oh, im großen Gang natürlich. Ich werde einige der größeren, eindrucksvolleren Standpräparate der Sammlung dorthin bringen und um den Tisch herum aufstellen lassen, dann hängen wir die Gemälde wieder an die Wände, und das Haus findet zu seiner alten Pracht und Herrlichkeit zurück.«

Offenbar war es ihm damit vollkommen ernst. Ich konnte mich wohl glücklich schätzen, dass er mich überhaupt darüber informierte, was er mit meinen Tieren vorhatte.

Er legte das Messer hin und wischte sich mit einer der Servietten aus feinstem Leinen, die auf Lockwood in täglichem Gebrauch waren, den Mund ab. »Was halten Sie von der Idee, Miss Cartwright?«, fragte er spöttisch, und ich schürzte die Lippen. »Ich wüsste nicht, was Sie dagegen haben könnten – wir werden die Tierchen keinen Moment aus den Augen lassen, und niemand wird etwas vor unserer Nase stehlen.« Er tippte sich dabei anzüglich an die Nase. »Oder haben Sie Angst, meine Gäste könnten ihnen Gewalt antun?«

Das hatte ich allerdings, nachdem ich das Benehmen seiner Offiziere auf dem ersten und einzigen Ball miterlebt hatte, den ich hier besucht hatte. »Wie viele Gäste werden denn kommen?«

»Oh, ungefähr zwanzig, denke ich. Wir finden gerade genug Platz, wenn wir die zwei Esstische aneinanderstellen. Es wird eine ausgesprochen exklusive Runde sein: alte Freunde, einige hochrangige Vertreter der Armee, ein, zwei Politiker, eine Prise Künstler, um der Gesellschaft ein wenig Farbe zu verleihen, Sie wissen schon. Ich denke, Sie werden wohl mit von der Partie sein, als Vertreterin des Museums«, sagte er und schaute mich über seinen Tassenrand hinweg an.

Als *Abteilungsleiterin* des Museums, korrigierte ich stumm und benutzte ebenfalls die Serviette, um den grimmigen Zug um meinen Mund zu verdecken.

»Sylvia findet, dass Kerzenlicht die Atmosphäre ganz wunderbar unterstreichen wird – sie sprüht nur so vor guten Ideen«, fügte er hinzu und machte eine verspielte Handbewegung, die wohl genauere Ausführungen ersetzten sollte.

»Ich glaube nicht, dass ich offenes Feuer in der Nähe der Exponate gutheißen kann, Lord Lockwood.«

»Ach, kommen Sie schon, wir werden sie ja nicht als Kerzenständer verwenden. Und sie werden nicht unmittelbar am Tisch stehen, denn wir brauchen ja auch noch Platz, um daran zu sitzen. Schließlich betreibe ich den ganzen Aufwand ja nicht, damit es nur den Tieren gut geht.« Er lachte kurz auf. »Ich sage Ihnen, Miss Cartwright, das wird ein denkwürdiger Abend werden, für Lockwood und für das Museum«, sagte er, griff zu seinem Messer und widmete sich der Wurst auf seinem Teller.

Was konnte ich schon dagegen tun? Mir fiel kein schlagkräftiges Gegenargument ein, außer dass ich jeden Schaden von den Tieren abwenden wollte. Ich war zu müde, um mit ihm zu diskutieren, meine zittrigen Hände hielten sich an der Kaffeetasse fest, und meine Gedanken bewegten sich wie zäher Sirup.

»Sie werden sich selbstverständlich zur Verfügung halten und den Transport ihrer Kreaturen aus dem Haupthaus überwachen. Wir wollen doch nicht, dass sich der Eisbär auf dem Weg an einer Wand die Nase blutig schlägt, bevor unsere Gäste sich an ihm erfreuen können, nicht wahr?«

»Wohl kaum«, antwortete ich knapp, legte das Besteck auf mein zur Hälfte verzehrtes Frühstück und verließ unter einem Vorwand den Tisch.

Am Sonntag darauf steuerte ich nach einem kurzen, stürmischen Spaziergang in den kahlen Gärten den Salon an, um ein Buch zu lesen und meine steifgefrorenen Zehen aufzuwärmen. Ich wollte einfach so tun, als wäre ich auf Urlaub in einem hochherrschaftlichen Haus und nicht die Verantwortliche für eine Sammlung, die sich wegen meiner Inkompetenz langsam auflöste. Doch als ich eintreten wollte, sah Lucy von ihrem Platz neben dem elektrischen Heizstrahler auf.

Mein Herz machte einen kleinen freudigen Sprung, wie ein dressiertes Tier, aber dann fiel mir wieder ein, dass wir ja im Streit auseinandergegangen waren.

»Guten Tag, Hetty. Brauchst du den Raum?«, fragte sie und nestelte an den Knöpfen ihrer Strickjacke.

Ich studierte sie gründlich, wie ein neues Exponat, nahm jedes Detail in mich auf. Lockiges, dunkelbraunes Haar, in Wellen gelegt, makelloser roter Lippenstift, tiefe Ringe unter den Augen, eine Hand flatterte nervös an ihrer Seite. Ich sehnte mich danach, sie in die meine zu nehmen.

»Nein, ich gehe nur ein wenig umher. Bleib nur, wo du bist, da hast du es warm.«

Sie lächelte, aber es lag ein leidender Ausdruck darin, als empfände sie meine Anwesenheit als schmerzhaft. *Deine Anwesenheit schmerzt mich auch,* hätte ich am liebsten gesagt. »Einen schönen Nachmittag noch, Lucy«, sagte ich stattdessen und ging. Meine Zunge tat mir weh von all den Dingen, die ich ihr nicht gesagt hatte.

Immer zwei Stufen auf einmal nehmend eilte ich die Treppe in den ersten Stock hoch und hielt inne. Über das andere Treppenhaus hörte ich ein Scheppern, darauf folgte ein gestöhntes *Verdammt.* Ich folgte den Geräuschen und sah, wie Paul sich am Fuß der Treppe über einen silbernen Kerzenleuchter beugte.

»Kann ich Ihnen helfen, Paul?«

»Alles in Ordnung«, erwiderte er und richtete sich auf. »Ich hole nur für seine Lordschaft ein paar Sachen vom Dach, für das Dinner.« Er hatte den Kerzenständer in der Hand. »Ganz schön rutschig, diese Dinger«, meinte er, »heute habe ich offenbar zwei linke Hände. Noch eine Woche, Miss, dann trage ich Uniform und Stiefel und los geht's mit der Grundausbildung.«

»Sie haben sich zum Kriegsdienst gemeldet?«

Er nickte begeistert. »Ich bin vor Kurzem siebzehn ein Viertel geworden, und *endlich* nehmen sie mich bei der Armee. Ich kann es gar nicht mehr erwarten, endlich etwas zu tun, anstatt die ganze Zeit hier herumzusitzen wie eine …« Er redete nicht weiter – was hatte er sagen wollen? Wie eine Frau? Wie eine Ente?

Ich nahm es ihm nicht weiter übel. »Tja, dann wünsche ich Ihnen alles Glück der Welt, Paul. Die können von Glück sagen, Sie in ihrer Truppe zu haben. Lassen Sie mich Ihnen helfen, ich weiß heute ohnehin nichts Rechtes mit mir anzufangen.«

»Da wäre ich Ihnen sehr dankbar«, sagte er und deutete die Treppe hinauf. »Da steht noch jede Menge Zeug gleich an der Tür zum Speicher, das noch nach unten muss. Sie können es gar nicht übersehen.«

Ich kletterte in die zweite Etage hinauf – die für mich Lucys Stockwerk war –, ging auf den Speicher zu und stolperte beinahe über einen Haufen Kerzenleuchter, der sich, wie Paul gesagt hatte, direkt neben der Tür auftürmte.

Doch ich ließ sie noch liegen, durchquerte stattdessen den Vorraum, der als Lager diente, und öffnete die Tür zum restlichen Dachgeschoss. Hier herrschte muffige Dunkelheit, und ich knipste das Licht an. Durch irgendeine Ritze kroch die Kälte herein, und ich musste mir die Spinnweben aus dem Gesicht wischen, als ich mich weiter zu Lucys geheimem Zimmer vorwagte, das nur eine zugemauerte Tür von dem Badezimmer trennte, in dem ich mit ihr gebadet und gelacht hatte und wo sie mich geliebt hatte.

Es war alles noch so wie an dem Tag, an dem wir die Wand

durchbrochen hatten, blau und leer – das hieß, eigentlich nicht, denn in der Ecke auf den staubigen Dielen lag etwas. Eine Taube. Eine größere, prosaischere Version der Taube, auf die Lucy vor vielen Jahren getreten war.

Wie konnte eine tote Taube ohne jegliche Spuren einer Verletzung mich derart erschrecken, dass ich die Zähne zusammenbeißen musste, als ich mich ihr näherte, mich über sie beugte und sie zitternd mit der Fingerspitze anstupste? Wieso schrak ich derartig zurück, als ich sie berührte? Wenn ich mich nicht endlich zusammenriss, ermahnte ich mich, wäre ich wirklich unfähig, für das Museum zu arbeiten. Wie konnte ich vor toten Tieren Angst haben, wenn ich das letzte Jahrzehnt mit nichts anderem zugebracht hatte?

Danach war meine Kleidung so voller Staub, dass ich sie gleich, nachdem ich Paul die Kerzenleuchter und die übrigen Sachen nach unten getragen hatte, in die Waschküche brachte. Ich hatte es aufgegeben, die Dienstboten um besondere Gefallen zu bitten, um keine schiefen Blicke zu ernten und zu vermeiden, dass sie hinter meinem Rücken über mich herzogen, aber auch weil ich ihnen zusätzliche Arbeit ersparen wollte.

Ich scheuerte mir in der Waschküche gerade die Finger in dem eisigen Wasser wund, als ich an der Hintertür jemanden hörte, dann das Geräusch einer Tasse, die auf steinigem Untergrund abgesetzt wird, und schließlich Gelächter, das ich niemandem zuordnen konnte.

Wer auch immer draußen gewesen war, war bereits spurlos verschwunden, als ich meine nassen Sachen zur Wäscheleine hinaustrug, bis auf einen Zigarettenstummel auf der Stufe zum Haus, aus dem eine dünne Rauchfahne aufstieg.

In den folgenden zwei Nächten wurde ich von den schrecklichsten Albträumen heimgesucht, die ich je gehabt hatte. Ich träumte davon, aufzuwachen und ein blutdurchtränktes Kaninchen in meinem Bett vorzufinden, für das jede Rettung zu spät kam, und auf Laken aus frisch gehäuteten Kaninchen zu liegen, die kalt und feucht von Blut waren. Während ich schlief, waren die Museumstiere in meinen Raum gekommen und umringten mein Bett, als ich erwachte und nicht fliehen konnte, weil sie sich immer dichter um mich drängten mit ihren Klauen und Pranken und Zähnen. Und ich träumte von einem schaurigen Weib, dessen Atem durch mein Haar fuhr und das sich über mein Bett beugte und die eisigen Finger nach meinem Gesicht ausstreckte.

Zehn Tage vor Weihnachten und drei Tage vor dem Galadinner schreckte ich aus einem dieser Träume auf. In der totenstillen, bitterkalten Nacht saß ich zitternd im Bett und war überzeugt davon, dass es geschneit haben musste. Ich zerrte die Verdunkelungsvorhänge ein Stück auseinander und spähte in die Nacht, während mein Atem die Scheibe beschlagen ließ.

Es hatte nicht geschneit, aber auf dem Rasen neben dem Gemüsegarten entdeckte ich etwas anderes.

Die unverwechselbare, bullige Gestalt des Gaur, des indischen Wildrinds aus der Sammlung des Museums.

Mit vom Schlaf kraftlosen Händen entriegelte ich das Fenster und lehnte mich zähneklappernd hinaus. War er auch gehäutet worden? Es war zu dunkel, um Genaueres zu erkennen. Ich blinzelte, in der Hoffnung, der Schemen würde wieder verschwinden, wie das Nachbild eines Traums, doch er verschwand nicht.

Mühsam und ungelenk zog ich mir etwas über, einen Pullover über die Schlafanzugjacke, Strümpfe und Schuhe an die Füße, und dann schloss ich die Tür hinter mir ab und rannte polternd die Stufen hinunter.

Einer der Wachleute, den der Krach aufgeschreckt hatte, erwartete mich bereits am Fuß der Treppe.

»Was ist passiert?«, fragte er und hielt seine Taschenlampe hoch. Die Polizei hatte den Major angewiesen, dass die Wachmänner keine Gewehre tragen dürften, damit sich nicht versehentlich jemanden erschossen, falls es sich bei den Eindringlingen nur um Kinder handelte, die die Schule schwänzten.

Ich lief zum Eingangsportal. »Das Wildrind aus dem Museum steht auf dem Rasen vor dem Haus«, rief ich mit vor Angst sich überschlagender Stimme.

»Du lieber Gott, sind Sie sich sicher?«

Ich riss die Eingangstür auf und zeigte auf den Rasen.

»Das Licht, denken Sie an die Verdunkelung!«, warnte er, und ich tastete hastig nach dem Lichtschalter.

»Da, sehen Sie es?« Da es jetzt dunkel war, konnte ich die Tür weit öffnen. Ich merkte, wie ich meinen eigenen Augen nicht traute, wie ich seine Bestätigung brauchte, dass er es auch sah und das Ganze nicht meiner Einbildung entsprungen war.

»Ich sehe es. Warten Sie hier.« Er rief den anderen Wachmann heran, der ihm in die Eingangshalle gefolgt war. Rasch setzte er sich seine Kappe auf und folgte mir. Ich rannte die Stufen herunter, überquerte die Auffahrt und lief über die vom Nebel feuchte Wiese, während ich mein Blut in den Ohren rauschen hörte.

*Siehst du,* sagte ich in Gedanken zu Lucy, *ich bin nicht verrückt,* und sprintete auf die Gestalt zu, deren Silhouette immer klarer wurde: der massige rechteckige Rumpf des Tiers, der wie ein aus der Nacht gehauener Felsblock wirkte, der nach unten gebeugte Kopf.

Zu zweit würden wir es nicht bewegen können, wir mussten den zweiten Nachtwächter und noch einen weiteren Mann hinzuholen. Wie viele Träger waren nötig gewesen, um es hierherzubringen? Hatte der Gaur noch sein Fell? Ich konnte es nicht erkennen.

Wir hatten gerade den Eingang zum Gemüsegarten erreicht, wo bereits die Stangen für die grünen Bohnen im Frühjahr standen, als das Tier den Kopf hob.

Ich schrie auf, und der Wachmann blieb wie angewurzelt hinter mir stehen.

Das Tier schnaubte und senkte wieder den Kopf.

»Es ist eine Kuh«, stellte ich fest. Ich hüstelte und wiederholte es noch einmal mit lauter, fester Stimme, um den Schrecken über das lebendig gewordene tote Tier zu verscheuchen. Aber meine Zähne klapperten noch.

Die Kuh schaute wieder auf und sah uns an, während sie ihr stibitztes Nachtmahl kaute.

»Ich hätte erst im Museumsraum nachsehen sollen«, meinte ich mit wild pochendem Herzen. »Indische Wildrinder haben halbmondförmig gebogene Hörner und einen Kamm, eine Art Höcker zwischen den Schulterblättern. Unser Gaur steht nicht einmal mit dem Kopf nach unten wie die Kuh vorhin. Was habe ich mir bloß dabei gedacht?« Die zwei Rinder hatten nichts gemeinsam, schließlich hatte ein Gaur völlig andere Hörner, verflucht noch mal.

Der Wachmann atmete tief aus. »Da bin ich aber erleichtert«, sagte er. »Ich konnte mir beim besten Willen nicht erklären, wie mir das hatte entgehen können – also, wenn es das tote Tier gewesen wäre, meine ich«, stellte er klar. »Dann bringen wir die Ausreißerin mal besser auf ihren Hof zurück.« Ich überließ es ihm, die Kuh mit sanft gurrenden Lauten zu umkreisen und ihren Strick zu packen – ich hatte zu viel Angst, dem Tier noch näher zu kommen, als könnte es sich in der Nacht doch noch in ein Ungeheuer verwandeln. »Mächtig große Viecher, so aus der Nähe gesehen, nicht?«, meinte er. »Ich kümmere mich schon darum, macht ja keinen Sinn, wenn wir beide durch den Matsch stapfen.«

Ich blickte auf meine Stiefel, bemerkte die dunklen Dreckspritzer auf meiner Leinenhose. »Wenn Sie sich sicher sind«, antwortete ich heiser.

»Das bin ich«, sagte er sanft, als wollte er besonders nett zu mir sein, als wüsste er, was für irre Gedanken durch meinen Kopf wirbelten. Er schnalzte mit der Zunge und führte die Kuh davon, die mit dem für Rinder typischen, leicht stolpernden Gang folgte und dabei träge hin und her schwang.

Ich legte den Kopf in den Nacken, schaute in den Sternenhimmel und spürte ein heftiges Schluchzen in der Kehle. Dann trottete ich langsam zu dem stockfinsteren Haus zurück.

In jener Nacht fand ich nicht mehr in den Schlaf, und am nächsten Tag, nachdem ich mal wieder einen Vormittag damit verbracht hatte, auf der Jagd nach Ungeziefer die Lange Galerie auf und ab zu patrouillieren, vor den Silhouetten aller möglichen Standpräparate und Schaukästen zusammenzuzucken, obwohl sie seit über einem Jahr ihren Standort nicht verändert hatten, und mir ständig die Tränen zu verbeißen, beschloss ich, dass es genug war.

Das Museum würde nicht – konnte nicht – bis zum Ende des Krieges hierbleiben. Allein aufgrund des Ungezieferbefalls, ganz zu schweigen von den Eindringlingen, die womöglich noch weitere Missetaten im Sinn hatten, war der Aufenthalt hier völlig untragbar geworden. Der eigentliche Grund war aber, dass ich es war, die hier nicht bleiben würde – nicht bleiben konnte. Was sich hier abspielte, würde mich auf Dauer in den Wahnsinn treiben, den Rest meiner beruflichen Würde vernichten und mich um das letzte bisschen Verstand bringen.

Ich wollte Lucy nicht verlassen, allein der Gedanke brach mir das Herz – und nun, da ich wirkliche Liebe erfahren hatte, wusste ich auch, wie sich ein gebrochenes Herz anfühlte. Ein Leben ohne sie, auch wenn wir gegenwärtig nur schweigend zusammen frühstückten und es uns unangenehm war, wenn wir einander auf dem Flur begegneten, würde ein freudloses Dasein werden. Nun, da ich wusste, wie es war, zu lieben und geliebt zu werden, auch wenn es nur einige Monate angedauert hatte, war ich mir darüber im Klaren, dass meine Einsamkeit noch unerträglicher werden, ja, mich vielleicht ganz auslöschen würde. Aber unsere Beziehung war beendet, das hatte ich mir selbst zuzuschreiben, und alles, was mir noch blieb, waren das Museum und meine Anstellung. Wenn ich um eine neuerliche Evakuierung bat, würde ich meine Stelle als stellvertretende Abteilungsleiterin verlieren, denn ich würde über den vollen Umfang der Schäden und die erlittenen Verluste berichten müssen, die sich in meiner Obhut ereignet hatten, aber ich war bereit, um eine untergeordnete Position zu kämpfen und dort mein Bestes zu geben.

Als ich aus meinem Büro gerufen wurde, um die Überführung der Standpräparate aus dem Haupthaus in die Lange Galerie zu überwachen (Mitglieder der örtlichen *Home Guard* waren rekrutiert worden, um die schwereren Exemplare an den Ort des festlichen Dinners zu verlegen), war ich gerade im Begriff gewesen, im Kopf den Brief zu entwerfen, den ich nach London schreiben wollte, wie ich die Geschehnisse hier schwarz auf weiß zu Papier bringen und volle Verantwortung dafür übernehmen würde, nicht schon früher eine zweite Evakuierung beantragt zu haben.

Nach einer schlaflosen Nacht am Morgen des Tages, an dem die verwünschte Weihnachtsparty des Lords stattfinden sollte und im ganzen Haus bereits ein so reges Treiben herrschte, wie ich es hier noch nie gesehen hatte, schickte ich den Brief ab.

Und während ich meine Tiere in ihrem vorübergehenden Zuhause in der Langen Galerie für das abendliche Publikum herausputzte – den Sumatra-Tiger, den Eisbären, die Tüpfelhyäne, den schwarzen Panther, das Riesenschuppentier, den jungen Elefanten, den grauen Wolf, das Wallaby, den Vielfraß, den Südlichen Spinnenaffen, die Weißschwanzmanguste, den Blessbock, die Großfleck-Ginsterkatze, den Weißhandgibbon, den Kaplöwen, das Wasserschwein, den Goldkronen-Flughund, den Jaguar und all die anderen –, stellte ich mir vor, wie der Briefträger meinen Brief zum Bahnhof brachte, wie er in einem großen Sack in den Nachtzug gehievt wurde und im ratternden Waggon von Postangestellten vorsortiert wurde. Vor meinem geistigen Auge sah ich, wie der Briefträger in London am frühen Morgen seinen Postsack holte und seine Runde begann, wie mein Brief in einem Stapel auf dem Schreibtisch der Direktionsassistentin landete, die nach einer Nacht im Luftschutzkeller gähnend an die Arbeit ging. Ich sah vor mir, wie er dem Direktor vorgelegt wurde, der an seiner Pfeife zog, und überlegte, welche Worte er wohl für meine Handlungsweise finden würde. Er würde einer weiteren Evakuierung zustimmen, da war ich mir ganz sicher, und seine Sekretärin anweisen, entsprechende Briefe aufzusetzen und eine Besprechung mit dem Arbeits- und Bauministerium zu organisieren, und dann würde der Umzug der Säugetiersammlung in die Wege geleitet.

Die Tiere wären wieder in Sicherheit, und ich ginge fort von hier, was uns retten würde – vor tyrannischen Lords, vor den Käfern und Motten, vor gierigen Dieben, vor Naturgewalten, vor dem Haus und all den unheimlichen Wesen, die nachts durch die Zimmer von Lockwood wanderten.

## KAPITEL 37

Das Tableau, das die Haushälterin und die Dienstboten nach Anweisungen von Sylvia und dem Major komponiert hatten, wirkte wie einem Theaterstück entsprungen – dekadent und atemberaubend und, in meinen Augen, absolut grotesk. Als ich am Nachmittag Dorothy gegenüber, die gerade eine Pause vom Bohnern der Eingangshalle einlegte, mein Erstaunen über so viel Prunk zum Ausdruck brachte, meinte sie nur, dass es noch gar nichts wäre im Vergleich zu einigen Partys, die sie erlebt hatte, als die Frau und die Mutter des Lords noch am Leben gewesen waren, ganz zu schweigen von den Festen, die den Erzählungen nach die Bewohner von Lockwood in der viktorianischen Zeit inszeniert hätten: Maskenbälle, bei denen die juwelenbesetzen Masken und Kostüme eines einzelnen Gastes so viel wert waren wie ein kleines Wohnhaus; indisch inspirierte Sommerbälle mit wilden Tieren, die an silbernen Leinen durch das Haus spazierten; extravagante Partyspiele, die sich über ein ganzes Wochenende erstreckten und für die eigens Regelbücher mit Goldprägung gedruckt worden waren; Nachtigallenkonzert-Partys, auf denen die Vögel von den Champagnerkorken übertönt wurden, die ein ganzes Regiment von Butlern unablässig knallen ließ. Sogar eine ganz normale Weihnachtsfeier, als das Herrenhaus noch über fünfunddreißig Dienstboten oder mehr verfügt hatte, mit etwa halb so vielen Gästen, wäre immer ein eindrucksvolles Spektakel gewesen, sagte sie.

Das Haupthaus selbst – die Eingangshalle, die Bibliothek, wo man den Aperitif nehmen würde, das Billardzimmer, in dem nach dem Essen Kaffee und Digestifs serviert würden – war über und über mit exotischen Blumen dekoriert, deren schwerer Duft durch alle Räume zog, und alle Oberflächen waren so auf Hochglanz poliert worden, dass dem Betrachter fast schwindelig werden konnte, doch der wahre Pomp begann erst an der Tür neben dem Büro des Majors, die zur Langen Galerie führte. In der weit geöffneten, festgestellten Tür hing ein schwerer Vorhang aus blutrotem Samt. Von der Decke im kurzen Flur dahinter waren geschickt geraffte, glänzende Stoffbahnen gespannt, und an den Wänden zu beiden Seiten hatte man die ausgestopften, zähnefletschenden Tierköpfe aus der Sammlung des Majors aufgereiht, an deren Hörnern und Schnauzen Damen- und Herrenhüte baumelten. Die Lange Galerie wurde ausschließlich von Kerzen in Kronleuchtern erleuchtet, die in großen Abständen angeordnet waren, um dazwischen Raum für tiefschwarze Dunkelheit zu lassen, und in Kerzenständern auf dem Esstisch und den umstehenden Beistelltischen. Bevor der Gast jedoch den Tisch erreichte, passierte er die Parade der Museumstiere, die so platziert waren, als wären sie ebenfalls auf dem Weg zum Dinner. Die Tüpfelhyäne mit ihrem wie zum Fauchen geöffneten Maul und aufgestelltem Nackenhaar führte die Kolonne an, ein paar Schritte dahinter stand ein mit schwarzem Tuch bedeckter Tisch, auf dem der junge Flachlandtapir mit herabhängender Schnauze und den seine Feinde verwirrenden weißen Tupfen und Streifen im Tarnfell thronte. Auf der linken Seite war der Blessbock, eine Antilopenart mit weißer Stirn und geringelten Hörnern, die an der Spitze steil aufstiegen; gefolgt von einem Orang-Utan zur Rechten, der im Dunkel fast wie ein Mensch aussah; dann der Eigentliche Tüpfelkuskus auf einem weiteren Tisch; das Riesenschuppentier, das sich mit seinen Hornschuppen schützte und mit dem dicken Schwanz im Gleichgewicht hielt; und schließlich die massive Gestalt des

Gaur – dem echten in diesem Fall, nicht das Tier, das meine Fantasie heraufbeschworen hatte.

Je mehr man sich der Tafel näherte, desto mehr Flora gesellte sich zur Fauna: Topfpflanzen aus dem Gewächshaus, die den Geruch von Lehm und schwülen Tagen beisteuerten; Vasen mit Gewächshausblumen, die die Luft parfümierten; Zimmerpflanzen, herbeigeschafft aus anderen Teilen des Hauses, deren wächserne Blätter in dem schwachen Licht dunkel und tropisch wirkten; Stechpalmenkränze mit leuchtend rubinroten Beeren; und vergoldete, in Bodenvasen angeordnete Schilfgarben und Zweige, die im Kerzenlicht festlich schimmerten. Die Vegetation zog sich um den gesamten Esstisch, vorausgesetzt, die Tiergemeinschaft, die sich bei dem Festessen um uns scharen sollte, ließ genügend Platz. Der Sumatra-Tiger an einem Ende der Tafel, der Jungelefant auf der gegenüberliegenden Seite und dazwischen: der Eisbär, der graue Wolf, der Jaguar, der schwarze Panther, der Kaplöwe, das Zebra, das Wallaby, der Vielfraß und der südliche Spinnenaffe, die Weißschwanzmanguste, die Großfleck-Ginsterkatze, der Weißhandgibbon, das Wasserschwein und der Goldkronen-Flughund – die kleineren Exemplare standen erhöht auf kleinen Tischen.

Die aneinandergerückten schweren antiken Tische mit den dazu passenden Stühlen standen auf einem Teppich aus Tierfellen, die sonst den Boden in der Privatbibliothek des Majors bedeckten. Ich hatte sie mir sehr genau angesehen, um sicherzugehen, dass er sich nicht bei den Fellen aus einem der verschlossenen Schränke des Museums bedient hatte und wir unsere Füße später nicht auf Typusexemplare oder seltene Arten stellten. Die Wahl des Fußbodenbelags, die der Major gewählt hatte, gefiel mir ganz und gar nicht – Köpfe und Schwänze waren sorgfältig so positioniert, dass sie gut zur Geltung kamen –, aber nun, da ich kurz davor war, diesem Ort der Verdammnis zu entkommen, wollte ich keinen Streit mehr mit ihm anfangen und verkniff mir jeglichen Kommentar.

Die Tafel selbst wirkte im Vergleich zu ihrer Umgebung geradezu schlicht – sie war geschmückt mit den silbernen Kerzenleuchtern, die Paul mit meiner Hilfe vom Dachboden geholt hatte, Efeuranken und Stechpalmenzweigen mit ihren spitzen Blättern, einem gestärkten, weißen Tischtuch, das so schwer war, dass die Dienstmädchen es zu zweit tragen mussten, nachdem sie es stundenlang gebügelt hatten, und mit dem makellos polierten Silberbesteck für besondere Anlässe, das hier einen Ehrenplatz bekam.

Und die Dienstboten, die dafür gesorgt hatten, dass das Festessen überhaupt stattfinden konnte? Sie würden, Hände auf dem Rücken, im Halbdunkel (wo man auch noch einen japanischen Paravent aus lackiertem Holz postiert hatte, hinter dem ein Servierwagen verborgen war) um den Tisch herum stehen, bis sie sich zwischen den Tieren hindurchzwängen mussten, um die Gläser mit Wasser, Champagner oder Wein aufzufüllen. Die Speisen würden sie vom anderen Ende des Gangs bringen müssen – da der direkte Zugang zum Haus wegen der ausgestopften Tierköpfe zu eng geworden war, um Platten und Servierwagen hindurchzumanövrieren –, was bedeutete, dass sie alles in der Kälte quer durch den Garten aus der Küche zur Langen Galerie tragen mussten, wo ihnen nur der Mond Licht spenden würde.

Es war zusätzliches Personal aus dem Dorf und von weiter her eingestellt worden, das in schwarz-weiße Uniformen gesteckt wurde, und man hatte sogar einen betagten Butler aufgetrieben, damit er die Gäste am Eingang in Empfang nahm und ihnen den Weg zur Garderobe und zur Bibliothek wies, wo es einen ersten Umtrunk geben würde, und später zum Billardzimmer, wo Kaffee und Zigarren angeboten würden. Weitere Aufgaben musste er nicht übernehmen, denn trotz seiner vorbildlichen Haltung war er doch schon sehr wackelig auf den Beinen. Außerdem, hatte man mich wissen lassen, würden zwei Wachmänner die Eingangstür die ganze Zeit über im Auge behalten, um zu verhindern, dass unsere unbekannten

Eindringlinge sich Zugang zum Museum verschafften und sich Exponate schnappten, während wir uns am Dinner gütlich taten.

Die Art und Weise, in der meine Tiere posieren mussten, als gehörten sie zu der privaten Menagerie der handverlesenen Personen, die sich am Tisch einfinden würden, widerstrebte mir zutiefst, und die Tatsache, dass sie alle mit ihren Gesichtern, Schnauzen und Nasen auf die Servierschüsseln und unsere gefüllten Teller ausgerichtet waren, verlieh dem Ganzen eine geradezu schaurige Atmosphäre. Das ständig flackernde Kerzenlicht tat ein Übriges. Die Kerzen waren weit genug von den Tieren entfernt, um sie nicht zu gefährden – was ich eingehend überprüft hatte –, und doch hatte ich das Gefühl, dass sie hier nicht in Sicherheit waren. Auch die Gäste würden sich vermutlich eher unbehaglich fühlen, wenn sich hinter uns die Schatten der Langen Galerie wie dunkler Nebel sammelten, um das gesamte Szenario zu verschlingen.

So unpassend ich diese Art der Zurschaustellung auch fand, mit bitterem Lächeln musste ich zugeben, dass dieses extravagante Tableau eines Galadinners ein perfekter letzter Auftritt der Sammlung des Museums darstellte. Ohne es zu wissen, würde der Major sowohl für die Sammlung als auch für mich eine Abschiedsparty geben, und bald würden wir seine Raffgier und seine primitive Art mitsamt all den Gefahren und Albträumen von Lockwood hinter uns lassen.

Allerdings würde ich auch Lucy zurücklassen, aber ich schob jeden Gedanken daran beiseite. Wenn sie und ich immer noch zusammen gewesen wären – und wenn ich nicht fortginge –, hätten wir uns vielleicht über Sylvias Dekorationen, die Gäste und die ganze lächerliche Prahlerei lustig gemacht. Wenn wir immer noch zusammen gewesen wären, hätte ich mich vielleicht in ihrem Zimmer zurechtgemacht, an einem Glas Crème de Menthe genippt, eines ihrer Kleider anprobiert und die zarte Seide – Seide, die zuvor ihren Körper geschmückt hatte – auf meiner Haut gespürt. Stattdessen spähte ich in den kleinen Spiegel in meinem Zimmer, klopfte schichtenweise Puder auf die Ringe unter meinen Augen, trug den letzten Rest meines Parfüms auf, das ich vor Ende der Rationierungen nicht würde nachkaufen können, und strich das langweilige Kleid glatt, das ich für besondere Anlässe nach Lockwood mitgebracht hatte und das neben den Kleidungsstücken in Lucys Schrank wie ein schmuddeliges Stiefkind aussah.

Lucy und der Major würden bei dem Abendessen die einzigen sein, die ich kannte, und ich nahm stark an, dass ich mit den übrigen nicht viel gemeinsam haben würde. Doch es stimmte, was der Major gesagt hatte: Ich würde als Repräsentantin des Museums anwesend sein, und wenn die Gäste eine Schenkung machen wollten und den Wunsch hatten, dass ein Raum oder gar ein ganzer Flügel nach ihnen benannt wurde, so würde ich mein Bestes geben, sie darin zu bestärken, während meine Tiere ihnen wie Mafiosi über die Schulter sehen und einen Großteil der Arbeit für mich erledigen würden.

Dass ich nervös war, als ich mein Zimmer verließ, den Gang entlangging und die Treppe nach unten stieg, wo ein intensiver Geruch von Bienenwachs und Blütenstaub mit unterschwelliger Note von Essensdüften aus der Küche über allem lag, war ausschließlich der Tatsache geschuldet, dass ich Lucy sehen würde – beim Aperitif in der Bibliothek, und auf der gegenüberliegenden Seite des Tisches während des Diners –, denn es war mir herzlich gleichgültig, was andere von mir hielten. Es zählte nur, was sie über mich dachte. Ich wollte nicht ihr Mitleid erregen, wollte nicht, dass sie bemerkte, dass zwischen mir und den anderen, eleganten Frauen Welten lagen und wie unzureichend ich im Vergleich zu deren strahlender Erscheinung war. Wenn es um Lucy ging, wurde ich plötzlich eitel. Ich wollte, dass sie mich wollte, dass sie sich um mich kümmerte – um mich, die sie so furchtbar gekränkt hatte, um mich, die nichts unternommen hatte, alles wieder ins Reine zu bringen.

Meine Absätze gerieten ins Stottern, als ich auf dem Flur vor der

Bibliothek stand und mich wappnete, denn da war sie, in einem schwarzen, bodenlangen Abendkleid, dessen Seide so zart war, dass es leicht um ihre Beine spielte, der Lippenstift rot wie Blut, das weiche Haar oberhalb der einen Schulter zusammengesteckt, eine Nerzstola über die andere gelegt und mit einer edelsteinbesetzten Abendtasche in der Hand. Hatte dieses umwerfende Wesen mich je geliebt, dachte ich, mich mit meiner bleichen Haut und den von der Arbeit im Museum rauen Händen? Aber war es richtig von mir, so zu denken? Hatten wir nicht unsere intimsten Gedanken miteinander geteilt, wusste ich etwa nicht, dass sich hinter einer glanzvollen Fassade alle möglichen Emotionen verbergen konnten, von Liebe bis zum tiefsten Schmerz?

Sie schenkte mir ein trauriges Lächeln, als ich endlich in ihre Richtung sah, und neigte den Kopf kaum wahrnehmbar zur Seite. *Hallo,* formte ich lautlos mit den Lippen, und schon war der hauchdünne Faden zwischen uns auch wieder zerrissen, denn an meinem Ellbogen tauchte ein Cocktail auf, und Sylvia, die auf das Privileg verzichtet hatte, ihren Auftritt durch zu spätes Erscheinen wirkungsvoller zu machen, eilte geschäftig auf mich zu, um mich einem ihrer Gäste vorzustellen.

Ich besann mich meiner eigentlichen Aufgabe und rühmte, ganz Leiterin einer bedeutenden Sammlung, die Schätze des Museums, machte auf Exponate aufmerksam, die zum Zwecke der Konversation in der Bibliothek aufgestellt worden waren, nippte vorsichtig an den Cocktails, die mir gereicht wurden, übte Zurückhaltung bei den Canapés – Kaviar, Lachs auf Blätterteig, mit Foie gras gefüllte Toaströllchen und Käsewindbeutel – und versuchte, keinen Gedanken an die Gäste beim Ball zu verschwenden, die mich für *verbissen* und unbrauchbar für Small Talk gehalten hatten. Ich hoffte inständig, niemand möge bemerken, wie ich vor Anspannung zitterte, was rein gar nichts mit diesem Abend zu tun hatte. Das Museum war das Wichtigste, schärfte ich mir auf dem Weg zur Toilette ein.

Es spielte keine Rolle, ob die anderen Gäste mich für armselig und gewöhnlich hielten – von einer einfachen Museumsangestellten war ja kaum ein eleganter Auftritt zu erwarten – oder sie sich wunderten, dass eine Frau die Leitung der Säugetiersammlung innehatte – *aber heutzutage tun Frauen ja alles Mögliche,* hatte ein Offizier, dessen übertrieben würdevolles Gebaren mich an ein Wallaby erinnerte, zu mir gesagt, während er auf das Dekolleté einer Dame starrte, die an uns vorbeiging.

»Entschuldigen Sie«, ertönte eine Frauenstimme, und eine Hand umklammerte meinen Arm so fest, dass ich zusammenschrak.

Es war Mary. Sie trug ein enges, glitzerndes Kleid und eine Polarfuchsstola, die fast so hell war wie ihr gebleichtes Haar, das zu dramatischen Hörnern hochgesteckt war und vom Schimmer der Diamanten an ihren Ohrläppchen und an ihrem Hals noch hervorgehoben wurde. Hatte der Major sie auch eingeladen? Hatte er für heute Nacht irgendeine unappetitliche Ménage-à-trois im Sinn?

»Kann ich Ihnen behilflich sein, Mary?«, sagte ich und zwang mich, ihr nicht meinen Arm zu entreißen und eine Szene zu machen.

»Und? Genießen Sie das Leben hier?«, fragte sie mit spitzem Lächeln, das ihre Augen nicht erreichte.

»Das Museum schätzt sich außerordentlich glücklich, für die Dauer des Krieges ein so wunderbares Zuhause gefunden zu haben«, spulte ich routiniert ab. *Keine Sorge, Sie sind uns bald los,* hätte ich am liebsten noch hinzugefügt. *Ich überlasse es Ihnen mit Kusshand – Lockwood und das Leben unter diesem Tyrannen.*

»Was für helle Haare Sie haben«, bemerkte sie und streckte die Hand nach einer meiner mithilfe von Haarnadeln mehr schlecht als recht geformten Locken aus. »Ist das Natur? So sahen meine Haare aus, als ich noch ein Kind war. Und jetzt kostet mich das so unglaublich viel Aufwand«, meinte sie vorwurfsvoll, als wäre es meine Schuld.

»Ja, aber dafür sind sie spiegelglatt.« Unter der katzenhaften Geschmeidigkeit ihrer Worte verbarg sich etwas Hartes, Rohes, das in mir instinktiv das Gefühl weckte, auf der Hut sein zu müssen und sie wie ein wildes Tier zu beruhigen. »Eine so kunstvoll gesteckte Frisur wie die Ihre würde bei mir nie halten«, fügte ich hinzu, woraufhin sie triumphierend lächelte und, nachdem sie endlich meinen Arm losgelassen hatte, davonsprang und mich verunsichert und verwirrt stehenließ.

Als ich von der Toilette zurückkam, wo ich entsetzt das müde Gesicht im Wandspiegel angestarrt und mir einmal mehr zugeraunt hatte, mich zusammenzureißen, war die Bibliothek voller Menschen – eine regelrechte Flut von Männern in Uniform oder elegantem Smoking und in Pailletten, Chiffon, Seide, Satin und Samt gehüllte Frauen, die fast ausnahmslos Pelze zu ihren Roben trugen, die ich auf der Suche nach einem ruhigen Ort neben der Okapi-Vitrine reflexhaft katalogisierte – Nerz, Hermelin, Polarfuchs in Form von Capes, Stolen oder Schals, zum großen Teil noch komplett mit Klauen, Kopf und Schwanz. Mir jagte das einen Schauer über den Rücken: Ausgerechnet ich, deren Arbeit darin bestand, Tiere wieder zusammenzusetzen und sie möglichst lebendig wirken zu lassen, mochte es lieber, wenn Pelze eine fast anonyme Form hatten, als kämen sie von einem einzigen großen amorphen Etwas – eine ausgesprochen heuchlerische Neigung.

»Ah, Miss Cartwright, Sie sind die Frau, nach der ich Ausschau gehalten habe.« Die Stimme des Majors dröhnte über das allgemeine Stimmengewirr, als ich gerade das Angebot eines weiteren Canapés abwehrte. »Kommen Sie und erläutern Sie dieser erlesenen Schar von Gästen die Tiere in diesem Raum.«

»Mit Vergnügen«, erwiderte ich, ohne ihn eines Blickes zu würdigen, und hustete, um den albernen, verzagten Schluchzer loszuwerden, der sich seit Monaten in meiner Kehle eingenistet hatte. Ich gab den Anwesenden eine überaus kundige Einführung und erläuterte die vorhandenen Exponate – das Okapi, dessen ungewöhnliche Gestalt die Gäste zu faszinieren schien; die Große Otterspitzmaus; den Mastodonschädel; den Schaukasten mit den Raubkatzenschädeln; die Arabische Oryx; den Berglemming; das Schnabeltier; die Vitrine mit den Roten Pandas, inzwischen ohne Spitzmäuse; und schließlich die Fuchssammlung, die eine angeregte Unterhaltung über die Jagd auslöste, zu der ich nur sehr wenig beizutragen hatte.

»Es liegt an diesem verdammten Krieg«, erklärte ein Mann, der eine Zigarre in der Faust hielt. »Die Armee hat meinen Wald requiriert, wissen Sie. Nichts für ungut, ihr Jungs wisst sicher, was ihr tut«, ergänzte er in Richtung des einen Uniformierten im Kreise seiner Zuhörer, »aber wenn ich da nicht reingehe und meine Fasanen schieße, werden sie von den Wilddieben geholt. Ich hätte nicht gedacht, dass noch einmal der Tag kommen würde, an dem die Wilderer wieder zunehmen. Es heißt, die Rationierungen sind schuld, aber das kann ich nicht glauben.«

»Oh, ich habe schon seit einer Ewigkeit nicht mehr geschossen«, meinte der Major, den Arm um Sylvia gelegt, die bewundernd zu ihm aufsah, die rosa geschminkten Lippen zu einem kleinen Lächeln arrangiert. »Ich hatte einfach zu viel zu tun. Vielleicht organisiere ich im nächsten Jahr ja einmal eine Jagd.«

»Das sollten Sie unbedingt«, sagte ein anderer Mann.

Ein lautes *Dong*, dessen Schwingungen mir durch Mark und Bein gingen, unterbrach glücklicherweise dieses geisttötende Gespräch, in das ich gegen meinen Willen geraten war und nicht ohne weiteres entkommen konnte – der arme alte Butler (der mich frappierend an eine Hausziege erinnerte) rief mit einem Gong zum Essen. Gehorsam verließen wir also alle die Bibliothek und machten uns auf den Weg zur Langen Galerie, wobei die meisten Frauen den Arm ihres männlichen Begleiters nahmen, während ich Lucys dunklen Haarschopf ein paar Schritte vor mir im Auge behielt. Eine diamantenbesetzte Haarnadel hielt ihre Locken zusammen und funkelte, als wollte sie mir zublinzeln. An Lucys Seite war eine Schauspielerin mit einem atemberaubend schönen herzförmigen Gesicht, die mir irgendwie bekannt vorkam und ein so schlicht geschnittenes hellrosa Kleid trug, dass es sicher sündhaft teuer sein musste, aber ich konnte nicht verstehen, worüber die beiden sprachen. An diesem Abend waren ebenso viele Frauen wie Männer anwesend, was bedeutete, dass irgendein bedauernswerter Knabe mir zugeteilt worden war, womöglich der Künstler hinter mir, der gerade versuchte, einer eher unansehnlichen älteren Frau seine avantgardistischen Werke zu erläutern.

Ich vernahm erste verzückte Ausrufe der Begeisterung, als die Gäste vor mir den kleinen Gang erreicht hatten und nun staunend die Lange Galerie betraten, und konnte nicht umhin, mich darüber zu freuen, wie die Leute ihren Schritt verlangsamten, um mit offenem Mund die Tiere anzustarren und mit aufgeregten Bemerkungen jedes neue Exponat zu kommentieren, das aus dem Dunkel vor ihnen auftauchte. Die Tiere waren viel zu lange ohne den gewohnten Andrang begeisterter Besucher ausgekommen, daher fand ich es nur gerecht, wenn ihnen an diesem Abend ein besonderes Maß an Aufmerksamkeit geschenkt wurde. Ein unwillkürliches Lächeln stahl sich auf meinen Mund, als wir zur festlichen Tafel kamen und ich sah, wie die Gäste in Ehrfurcht erstarrten und die, die sich bereits gesetzt hatten, sich den Hals verrenkten, um zu erspähen, welches Tier auserwählt war, hinter ihnen zu stehen, oder den Nebenmann an der Jacke zu zupfen, um auf ein bestimmtes Exemplar hinzuweisen. *Fabelhaft,* sagten die Leute, *ganz erstaunlich, wirklich außerordentlich,* und an diese Worte des Lobes klammerte ich mich und versuchte zugleich, das Schulterklopfen und die überschwänglichen Gratulationen zu überhören, die Lord Lockwood zuteilwurden, weil er *sich selbst übertroffen* hatte. Die Tiere gehören dem Museum und nicht ihm, hätte ich gern gesagt.

Als jedermann seinen Platz gefunden hatte, wurde Champagner ausgeschenkt, und ich studierte die eigens für diesen Anlass gedruckte Speisekarte, als hätte ich sie noch nie zuvor gesehen, während die Buchstaben vor meinen Augen tanzten und ich versuchte, mein wie wild klopfendes Herz zur Räson zu bringen. Doch meine Augen wanderten immer wieder zu Lucy, die mir schräg gegenübersaß, neben sich den Künstler, der seinen Platz genau auf der anderen Tischseite hatte.

Ich hatte einen ganzen Wildschweinkopf mit Apfel im Maul erwartet, Fasane, die der Hausherr eigenhändig geschossen hatte, oder vielleicht einen riesigen Truthahn, den man auseinandergenommen, gebraten und dann mit allem Möglichen gestopft hatte, sodass er aufrecht in der Mitte der Tafel thronte, aber der Major liebte es offenbar weltbürgerlicher.

Als Entree würde eine klare Consommé gereicht werden – eine unglaubliche Extravaganz, wenn man wusste, wie viel Fleisch verarbeitet worden war, um einen solchen Geschmack zu erzielen – mit feiner Garnitur und einem Spritzer Sherry; danach folgte *Lobster Thermidor* mit grünen Bohnen; dann als Fleischgang Kalbsnuss mit neuen Kartoffeln und makellosen Spargelspitzen. Darauf ein Salat mit erlesenem Dressing, gefolgt von einem *Croquembouche*, einer mit Karamell überzogenen Pyramide aus gefüllten Windbeuteln, nach der noch Eispralinen und exquisite Petits Fours serviert werden würden. Eine Auswahl feinster Käsesorten würde das Mahl beschließen.

Es war nur zu offensichtlich, dass ein beträchtlicher Teil des Ganzen an den offiziellen Bestimmungen vorbeigeschmuggelt worden war und ein Vermögen gekostet haben musste. War es wirklich klug, so viel Geld für ein kurzes Festessen auszugeben, wenn die Dienstboten sich ohnehin schon das Maul über sein Kapital zerrissen? So kostspielig es auch war, ich nahm kaum etwas davon wahr. So gut ich konnte, bemühte ich mich, mich auf die betont leise Stimme des lemurähnlichen Geschäftsmanns an meiner Seite zu konzentrieren (der mich andauernd fragte, ob es sich bei bestimmten Tieren um Säugetiere handelte oder nicht, obwohl ich ihm bereits eine allgemeine Beschreibung der Klasse der Säugetiere gegeben hatte, die die Kinder, die das Museum vor Kurzem besucht hatten, sofort begriffen hatten) und zugleich sowohl den Lord auf meiner anderen Seite zu ignorieren, der seltsam aufrecht auf seinem Stuhl saß und andauernd geräuschvoll schniefte, als auch meine geliebte Lucy, die so schön und so weit entfernt von mir war, dass es wehtat.

Wie viele Tage würden mir noch auf Lockwood bleiben, wie viele Stunden in ihrer Gegenwart, dachte ich und strich über die trockenen Efeublätter auf dem Tisch. Vielleicht könnte ich wie eine Wüstenpflanze sein und die gemeinsamen Monate mit ihr wären meine überaus seltenen sommerlichen Regenfälle, von denen ich für den Rest meiner Tage zehren könnte – aber ich wusste nur zu gut, dass das nicht möglich war, denn ich war ein Wesen aus Fleisch und Blut.

# KAPITEL

# 38

*Meine Mutter hätte ein Galadinner wie dieses geliebt, dachte ich und nippte an meinem Weinglas, in der vergeblichen Hoffnung, der Alkohol könnte meine aufs Äußerste gespannten Nerven beruhigen und mir die Ängste nehmen, die mein laut pochendes Herz anfachte, ein Omen für die schrecklichen Dinge, die da kommen würden.*

*Sie hätte nur so geglänzt und gestrahlt, und die Männer hätten förmlich an ihren Lippen gehangen, um jedes ihrer Worte aufzusaugen, und die Frauen wären blass vor Neid gewesen, aber auch vor Bewunderung – zumindest bis der Abend umgeschlagen und sie betrunken genug gewesen wäre, dass mein Vater ihre Eifersucht hätte provozieren können und boshafte Bemerkungen wie silberne Messer über den Tisch hin- und hergeflogen wären.*

*Wie eine Trumpfkarte hatte er in Gesellschaft anderer gern ihre Herkunft zur Sprache gebracht, sie spöttisch eine wilde Insulanerin genannt und beschrieben, wie er sie in irgendeiner weiß gekalkten Hütte ohne Elektrizität oder fließendes Wasser gefunden habe – obwohl jedermann wusste, dass sie in einem großen Haus auf einer Plantage aufgewachsen war – oder an einem Strand, wo sie wie eine kleine Wilde ohne Mieder und ohne Schuhe herumgelaufen sei.*

*Wie ich es gehasst hatte. Und wie sehr ich es gehasst hatte, wenn sie im Zimmer unter meinem ihre Streitereien fortsetzten, nachdem die Gäste gegangen waren, seine höhnische Stimme, ihre verzweifelte, und wie die Geräusche sich dann unvermittelt in Grunzen und Stöhnen und das Schwanken des Betts verwandelten.*

Meine Treibhausblume, *nannte er sie,* meine Eva aus dem Dschungel, meine unschuldige, wilde Schönheit.

Mein Name ist Heloise, *sagte sie dann immer.* Nenn mich bei meinem Namen, du Feigling.

Feigling, ich? Wo ich doch dich zur Frau genommen habe!, *antwortete er dann, und ich konnte hören, wie sie ihn ohrfeigte und er lachte und sagte,* Siehst du? Siehst du?

Du hast mich verflucht, du Hexe, *pflegte mein Vater gern zu sagen – liebevoll oder voller Hass, je nach Stimmung –, wenn die beiden ihre Wortgefechte austrugen, ihre Bühne mal das Wohnzimmer, mal das Esszimmer, mal der Ballsaal, die Türen weit aufgerissen, während die Sommersonne auf die Erde herunterbrannte.*

Nein, *fauchte meine Mutter zurück,* du bist es, der mich verflucht hat, der mich in diesem schrecklichen Haus eingesperrt hat. Warum bringst du mich nicht einfach um?, *sagte sie dann und streckte die Arme von sich.* Warum lässt du mich nicht ausstopfen wie eines deiner exotischen Tiere? Dann hast du Ruhe, dann kannst du mich in irgendeinem vergessenen Zimmer abstellen, still und ergeben und für immer jung.

Was für Verrücktheiten du immer von dir gibst, *erwiderte er dann näselnd, und sie stürzte sich daraufhin entweder auf ihn, um ihm mit ihren scharfen Nägeln das Gesicht zu zerkratzen, oder lief davon und flüchtete die Gänge entlang, die Treppe hinauf, in Zimmer hinein und wieder hinaus, auf der Suche nach einem sicheren Versteck. Heute denke ich, sie hatte die Tür gesucht, durch die sie wieder nach Hause zurückkehren konnte, zurück in die Zeit, bevor sie meinen Vater geheiratet hatte, bevor sie mich bekommen hatte, bevor sie einen Fuß über die Schwelle von Lockwood Manor gesetzt hatte.*

## KAPITEL

# 39

Kaum hatten wir den Hummergang hinter uns gebracht, da wurde unsere selige Schlemmerei von der Ankunft eines ungebetenen Gastes unterbrochen.

»Was ist das?«, rief eine Frau erschrocken aus. »Sehen Sie nur, dort – da sind Augen …«

Wir reckten die Hälse, um ihrem ausgestreckten Finger folgen zu können, und erblickten im dunklen Korridor ein Augenpaar, in dem sich das Kerzenlicht spiegelte. Im nächsten Moment war es wieder verschwunden.

»Das ist ein Fuchs«, sagte ich, erleichtert, dass meine Stimme nicht zitterte.

»Etwa ein lebendiger?«, fragte der Geschäftsmann neben mir.

»Ja.«

»Wo wir eben erst über die Jagd gesprochen haben«, bemerkte der Mann mit dem dicken Schnurrbart (Rundschwanzseekuh, Männchen) zum Major und rieb sich die Hände. »Was meinen Sie, holen wir uns ein paar Gewehre und schießen zwischen den Gängen ein bisschen herum?«

Der ganze Tisch brach in schallendes Gelächter aus, nur mir zog sich dabei der Magen zusammen, und Lucy schien es ähnlich zu gehen, denn sie blickte finster drein. Ich legte meine Serviette hin und murmelte *Verzeihung,* doch als ich aufstehen wollte, stoppte mich der Major. »Sie können auch später noch nach dem Rechten sehen, Miss Cartwright. Sie halten sonst nur den nächsten Gang auf.«

Alle Augen waren nun auf mich gerichtet, und das Gewicht ihrer Blicke drückte mich auf meinen Stuhl zurück. »Miss Cartwright kennt sich mit Häusern wie diesem und Eindringlingen aus der freien Wildbahn nicht so aus«, sagte der Major heiter zu den anderen. Wenn er sich doch nur ein wenig weiter nach hinten lehnen und seinen Kopf in die Fänge des Wolfs hinter ihm rammen würde, dachte ich. »Füchse, Katzen, Schwalben – alle statten uns hin und wieder einen Besuch ab«, fügte er hinzu, und einige Leute berichteten über Sichtungen von Tieren in ihren eigenen Anwesen oder Herrenhäusern. »Sogar winzig kleine *Mäuse* huschen hier schon mal herum.« Er kitzelte Sylvia unter dem Kinn, was sie in helles Entzücken versetzte und sie so schrill aufkreischen ließ, dass sich mir die Haare aufstellten. Der Major küsste ihr als Wiedergutmachung die Wange und warf mir dabei unter den halbgeschlossenen Lidern einen herausfordernden Blick zu, wie eine Löwin, die sich betont gleichgültig gibt.

*Nur noch wenige Tage,* sagte ich mir und versuchte, mir vor meinem geistigen Auge vorzustellen, wie sein Gesicht dunkelrot anlaufen würde, wenn er erfuhr, dass das Museum verlegt würde, und wie es sein würde, wieder in Sicherheit und weit weg von hier zu sein, wie es sein würde, wieder ich selbst zu sein.

Das Kalbfleisch, das mir recht schwer im Magen lag, war gerade wieder abgeräumt worden, als einer der Dienstboten dem Offizier, der vor dem Kaplöwen saß, eine Nachricht reichte; offenbar wurde er am Telefon verlangt – er bat um Entschuldigung und erhob sich. Mary, die neben ihm gesessen hatte, sprang auf und steuerte geradewegs auf den Major zu. Wir schauten zu, wie sie ihm die Arme um die Schultern schlang. Auf seinem schwarzen Anzug wirkten ihre rot lackierten Fingernägel wie die Krallen eines Greifvogels.

»Du fehlst mir«, gurrte sie, ohne Sylvia neben ihm zu beachten, die sich alle Mühe gab, sich ihre Empörung nicht anmerken zu lassen.

Der Major tätschelte ihre Unterarme, wie man einen kleinen Hund streichelt, doch als sie ihm den Nacken küsste, packte er sie mit festem Griff. »Du wolltest doch heute Abend brav sein, Darling.«

»Aber du magst es doch, wenn ich ein böses Mädchen bin«, säuselte sie. Eine Frau in meiner Nähe schnappte nach Luft, und ein Mann hüstelte. Auf einmal hatte ich eine Vorstellung von den Partys, die hier stattgefunden hatten, als Lucys Mutter noch lebte: Extravagante, rauschende Feste, die sich von ausgelassenem Feiern blitzartig in ein peinliches Spektakel verwandeln konnten.

»Geh deine Nase pudern, Mary«, knurrte der Major und drehte sich um. Er streifte ihre Arme ab und packte sie so fest beim Kinn, dass seine Knöchel weiß hervortraten, dann stieß er sie von sich. Sie geriet ins Stolpern und konnte sich gerade noch an dem Tisch festhalten, auf dem der Eigentliche Tüpfelkuskus hockte. »Da hat jemand wohl ein Gläschen zu viel Champagner gehabt«, erklärte er leichthin, und alle am Tisch kicherten, erleichtert, dass die Situation nicht eskaliert war. Mary verschwand in Richtung Westflügel, der weiße Pelz ein leuchtender Banner in der Dunkelheit.

»Nicht gerade die feine englische Art von Malcolm, die ehemalige Freundin des Gastgebers zum Essen mitzubringen«, bemerkte er gedehnt und deutete auf die zwei leeren Plätze am Tisch, was der Offizier, der am nächsten zu mir saß, mit einem Schnauben quittierte und eine ältere Dame anmutig die Stirn runzeln ließ. »Du würdest dich doch sicher nicht wie eine Irre benehmen, wenn wir auseinandergingen, nicht wahr, Darling?«, fragte er Sylvia.

»Von dir Abschied nehmen zu müssen, würde wohl jede um den Verstand bringen, Darling«, hauchte sie theatralisch, und der Major belohnte sie mit einem weiteren Kuss auf die Wange.

»Das Herz einer Frau ist so ein zartes Ding«, bemerkte er, und sie versetzte ihm einen leichten Hieb auf den Arm, »wie ein kleines flatterndes Vögelchen.« Er streichelte ihren Hals, und sie kicherte.

Ich nahm einen Schluck Wasser, um meinen Abscheu zu verbergen. Arme Lucy. Bei Tisch zu sitzen und dabei zuzusehen, wie der eigene Vater vor aller Augen um ein junges Ding herumscharwenzelte, das jünger war als man selbst, musste furchtbar sein. Ganz zu schweigen, wenn die Vorgängerin auch noch eine Szene machte.

Die Dienstboten in ihren makellosen Uniformen brachten den Salat, begleitet von kalter, frischer Luft von draußen, als wenn die Mauern am dunklen Ende des Korridors sich aufgelöst hätten und die Nacht ungehindert eindringen konnte. Josephine bediente mich, und ich dankte ihr verlegen.

Der Künstler mir gegenüber drehte sich nach dem Eisbären um, oder vielleicht nach einem der Porträts der Lords von Lockwood hinter dem Bären.

»Eine ganz außergewöhnliche Kulisse«, stellte die Frau vor dem Zebra fest.

Ich sah zu Marys immer noch leerem Platz und den dunklen Augen der Großfleck-Ginsterkatze hinüber, deren buschiger Schwanz sich um den Tisch ringelte, auf dem sie saß.

»Na, wenigstens haben sie diesen grässlichen Priestley vom Sender genommen«, bemerkte der Offizier, dem der Südliche Spinnenaffe über die Schulter schaute. »Gut, dass die BBC ihn abserviert hat. Wenn es nach ihm gegangen wäre, hätte er am Ende noch eine Revolution angezettelt …«

»Ich habe es aus verlässlicher Quelle, dass die Anweisung dafür von allerhöchster Stelle gekommen ist«, wusste ein anderer zu berichten und beugte sich verschwörerisch über den Tisch, aber der Offizier war noch nicht zum Ende gekommen.

»… mit seinem ewigen *nach dem Krieg, nach dem Krieg*«, schimpfte er, »das ständige Gerede über Wohnungsbau und soziale Gerechtigkeit und *Fairness* – dabei müssen wir diesen verdammten Krieg doch erst einmal gewinnen. Und dann diese Fabrikarbeiter, die nichts anderes im Kopf haben als ihre neuen Fertighäuser, die sollen erst mal bei dem mit anpacken, was jetzt wichtig ist.«

»Bravo, ganz meine Meinung. Und wenn Lord Lockwood erst anfängt, sich über die Gewerkschaften auszulassen …«, meinte einer der beiden Politiker, die Wangen rot vom starken Rotwein, der zur Kalbsnuss gereicht worden war.

Der Major wackelte mit dem Finger und schnalzte mit der Zunge.

»Sagen Sie, Lillian, Sie sind doch nicht etwa auch eine von diesen Bolschwiken?«, fragte ein Mann die rothaarige Sängerin neben ihm, die uns später noch etwas darbieten wollte.

»Guter Gott, nein«, protestierte sie und beförderte mit einem kleinen Schubser den Schwanz ihres Pelzcapes über die Schulter, aber unsere Blicke trafen sich, und ich war nicht sicher, ob sie die Wahrheit sagte.

Als die Teller abgeräumt waren und alle mit den Gedanken bereits bei den klebrigen Wonnen des Desserts waren, erhob sich der Major von seinem Platz und schlug mit dem Messer gegen sein Glas.

»Nun, ich muss gestehen, dass es in der Tat einen Grund gibt, weshalb ich Sie heute Abend eingeladen habe. Ich habe Ihnen etwas bekanntzugeben.« Er machte eine Kunstpause. »Es ist mir eine Freude, Ihnen mitzuteilen, dass das Museum, dessen fantastische Tiere Sie hier um uns versammelt sehen, mich darum gebeten hat, nach Kriegsende einen Teil seiner Sammlung dauerhaft auf Lockwood belassen zu dürfen.«

Mein Herz blieb stehen und alle Farbe wich mir aus dem Gesicht, während der ganze Tisch ihm lautstark gratulierte und bekräftigte, was für eine ganz ausgezeichnete Idee das war.

»Entschuldigen Sie, Major Lockwood, aber das kann unmöglich

stimmen«, sagte ich, und dieses Mal zitterte meine Stimme nicht vor Angst, sondern vor Wut. Was zum Teufel ging da vor sich? Das konnte doch nie und nimmer sein Ernst sein?

»Verzeihung, *Miss* Cartwright, wollen Sie damit etwa sagen, dass ich lüge?«, fragte er lächelnd.

»Der öffentliche Auftrag unseres Museums ist die Bildung. Wenn Sie hier eine separate Sammlung eröffnen, versperren Sie Wissenschaftlern und der Öffentlichkeit den freien Zugang«, erklärte ich, anstatt einfach *Ja* zu sagen. In meinem Kopf überschlugen sich die Gedanken, und die ausdruckslosen, aber vorwurfsvollen Gesichter der um den Tisch gescharten Standpräparate schienen mich anzufeuern.

»Ich habe nicht die Absicht, sie hinter Schloss und Riegel zu halten, Miss Cartwright«, erwiderte er mit einem kleinen Lachen. »Selbstverständlich werden unsere Türen jedem Besucher offen stehen.«

Das war der Grund, weshalb er um Spenden warb – nicht für uns, sondern für sich selbst.

»Dieses Haus wird einen ganz vorzüglichen Rahmen für sie abgeben«, meinte der Herr zu seiner Linken.

»Ich bedaure, aber die Sache ist völlig unverständlich. Die Säugetiersammlung des Museums kann unter keinen Umständen auf zwei Standorte verteilt werden«, protestierte ich und stand auf. Bei dem Unsinn, der da geredet wurde, konnte ich unmöglich ruhig sitzen bleiben.

»Sie kann, und sie wird«, gab er zurück, während die Leute unruhig auf ihren Stühlen hin und her rutschten und mich missbilligend ansahen.

Fieberhaft suchte ich nach Gegenargumenten, die ihn vielleicht zur Einsicht bewegen könnten – außer der Tatsache, dass er kein Recht dazu hatte und die Unwahrheit sagte und das Museum einer Aufteilung *niemals* zugestimmt hätte. »Allein die Kosten, die aufgewendet werden müssten, um das Gebäude so umzurüsten, dass die Konservierung der Exponate sichergestellt wäre …«

»Apropos Kosten«, unterbrach er und rieb sich mit dem Finger über den Mund. »Da Sie sich offenbar solche Gedanken über Kosten machen, Miss Cartwright, ist es unverständlich, dass Sie als Museumswärterin …« – Museumswärterin!, als wäre ich nichts weiter als eine Art Hausmeisterin – »meinem Eigentum derart viel Schaden zugefügt haben. Schaden, der durch das Auswechseln antiker Schlösser und das Einschlagen von Nägeln in Original-Fensterrahmen entstanden ist, als Sie in einem lächerlichen Anfall von Paranoia sämtliche Fenster mit Brettern zunageln ließen. Genau genommen ist es das Museum, das mir Geld schuldet, Miss Cartwright …«

»Vater«, warf Lucy ein, »vielleicht könnten wir damit bis nach dem Dinner warten …«

»Sei unbesorgt, mein Täubchen, ein kleiner Wortwechsel über Belanglosigkeiten, weiter nichts. Miss Cartwright ist nur peinlich berührt, weil die Museumsdirektion es nicht für nötig gehalten hat, sie zu informieren.«

»Lord Lockwood …«, rief ich empört, doch das Aufheulen des Fliegeralarms schnitt mir das Wort ab.

»Ah, der Gong ist meine Rettung«, konstatierte er mit halbem Lächeln, dann klatschte er in die Hände. »So, meine Herrschaften, wenn Sie meinen, sich verstecken zu müssen, kann ich Ihnen mein überaus komfortables Untergeschoss zur Verfügung stellen. Wenn nicht, sind Sie herzlich eingeladen, einfach an Ihrem Platz zu bleiben. Ich fürchte, unser zuständiger Luftschutzoffizier neigt ein wenig zu übertriebener Vorsicht.«

Die Sirene spiegelte die Wut, die ich im Bauch hatte: Ich stand da, die Zehen vor Anspannung in meine Schuhe gekrallt, mit bebendem Kinn, und hörte, wie der Major mit stolzgeschwellter Brust mit *seiner* neuen Sammlung prahlte. Ich war mir sicher, dass er die Vereinbarung mit dem Museum erfunden hatte. Sicher spekulierte er darauf, dass es der Direktion peinlich sein würde, es ihm ins Gesicht zu sagen, wenn er es mir und ihnen als Fait accompli präsentierte. Aber das Museum hatte Erfahrung im Umgang mit vermögenden Sammlern, mit betuchten Besuchern, die verlangten, Exponate zu kaufen. Von einem einzelnen Sonderling würden wir uns nicht einschüchtern lassen. Vielleicht könnte ich eines seiner silbernen Messer nach ihm werfen, dachte ich. Meine Finger sehnten sich danach, sich um den Messergriff zu legen.

Doch nichts dergleichen geschah, ich beherrschte mich und schloss mich der Handvoll Gäste – hauptsächlich Frauen – an, die sich auf den Weg in den Keller machten, aber meine Hände waren immer noch zu Fäusten geballt und unter meinem Kleid spürte ich den Schweiß, der mir im Zorn ausgebrochen war. Bevor ich ging, warf ich noch einen Blick zurück auf meine ausgestopften Tiere, die sich nicht aussuchen konnten, ob sie im Keller Zuflucht suchen sollten oder nicht, und malte mir wie immer sorgenvoll aus, wie ich überleben würde und sie vielleicht nicht.

Andererseits – wenn eine Bombe auf die Lange Galerie fiele, könnte der Major von einem herumfliegenden Granatsplitter getroffen werden, überlegte ich grimmig, klopfte mir aber gleich mit den Fingern an den Kopf, als könnte ich damit den Gedanken ungeschehen machen. Ich neigte nicht zu Aberglauben, aber es war nicht der Moment, in dem ich riskieren wollte, das Schicksal herauszufordern. So weit hatte das Haus mich schon gebracht – es hatte mich meines nüchternen Verstandes beraubt und ließ Worte wie *Schicksal* in meine Sprache einfließen.

Lucy ging ein Stück vor mir und unterhielt sich lebhaft mit dem Lord, der ihr Tischnachbar war, ebenjenem, dem der Major – während die ringsum sitzenden Gäste sich vielsagend angesehen hatten und Lucys Gesicht zu einem höflichen Lächeln eingefroren war – quer über die Tafel zugerufen hatte: *Ist meine Tochter heute Abend nicht schön wie ein Edelstein?*

Der Major konnte sie nicht zur Heirat zwingen, dachte ich erbost, als wir uns an den Wandpräparaten vorbeidrängten und eine Frau sich einen der Hüte schnappte und unter viel Gelächter aufsetzte. Schließlich befanden wir uns nicht mehr im achtzehnten Jahrhundert, er konnte ihr nicht befehlen, vor den Altar zu treten und Ja zu sagen. Sollte er das je versuchen, würde ich ihn daran hindern, beschloss ich. Ich konnte vielleicht nicht meine Tiere mit Einsatz von Gewalt vor ihm schützen, aber für Lucy würde ich es tun.

Denn Lucy wollte keinen Freund oder Ehemann, da war ich mir sicher. Es war sehr viel wahrscheinlicher, dass sie sich, wenn das Museum umgezogen war und Lockwood für einen anderen Verwendungszweck requiriert wurde, in eine Krankenschwester oder eine furchtlose Spionin verliebte, oder in eine von ihren Schützlingen erschöpfte Lehrerin, die Lucy unwiderstehlich finden würde. Mir stand es natürlich auch frei, eine andere Frau kennenzulernen, irgendwo in London müsste sicher jemand von meiner Sorte aufzustöbern sein, aber als ich im Keller meinen Platz auf dem Sofa einnahm und Lucy sich neben mich setzte, als mich ihr Parfüm und der warme Duft ihrer Haut einhüllte und meine Hand in dem Bemühen, nicht nach der ihren zu greifen, vor Anstrengung zitterte, wusste ich nur zu gut, dass ich nie eine andere Frau lieben würde als sie.

Die Dienstboten hatten sich auf eine Hälfte des Kellers verteilt, die Gäste auf die andere. Eine Frau erzählte, dass die großen Hotels in London ihre Luftschutzkeller mit gut bestückten Bars und Tanzflächen ausgestattet hätten und Sänger für die Unterhaltung sorgten, doch dann bemerkte sie, dass die Tochter von Lord Lockwood neben ihr saß, und beteuerte hastig, dass sie sich keineswegs beschweren, sondern nur ein wenig Konversation machen wolle. Und so hob ein angeregter Austausch von Geschichten aus Luftschutzkellern an, zu dem auch die Angestellten mit einigen schauerlichen

Erzählungen von Verwandten beitrugen, die in den Fabriken im Norden des Landes arbeiteten.

»Ich kann nicht fassen, wie dein Vater solche Lügen verbreiten kann«, sagte ich leise, den Blick auf Lucys Hände gerichtet, die ihre Abendtasche mit der schweren Taschenlampe umklammerten.

»Ich hatte keine Ahnung, wirklich nicht«, beteuerte sie und schüttelte den Kopf so energisch, dass ihr Haar meine Schulter streifte, »und es war unglaublich unverfroren von ihm, beim Dinner einfach so damit herauszurücken, ohne dich vorher zu informieren. Er hat das nicht zum ersten Mal getan – er stößt Leute vor den Kopf, um zu bekommen, was er will. Das ist seine Art, Geschäfte zu machen.«

»Wie geht es dir?«, murmelte ich, als ich sah, wie sie am ganzen Körper zitterte. Vor lauter Wut hatte ich ihre Ängste ganz vergessen, wie sehr ihr geschlossene Räume wie der Keller zusetzten. »Soll ich dir ein Glas Wein oder so holen? Die Entwarnung kommt sicher jeden Moment.«

»Ich brauche nichts, Hetty«, sagte sie und drückte ihre heiße Hand auf meinen Oberschenkel, und nun war ich es, die erschauerte. »Aber danke für das Angebot.«

»Keine Ursache.«

Das war der Augenblick, über meinen Schatten zu springen und mich bei ihr zu entschuldigen. Außerdem sollte ich ihr von dem Brief erzählen, den ich am Morgen abgeschickt hatte, aber ich war feige und fürchtete, sie damit noch mehr zu kränken und sie sagen zu hören, dass sie meine Entschuldigung nicht annahm.

Irgendwo in der Ferne war die Entwarnung zu hören, und die Gäste erhoben sich, schüttelten den Staub von der Kleidung, sichtlich froh, wieder in die Wärme und das Licht zurückkehren zu können, zurück zu einem Galadinner, das einer längst vergangenen Zeit entsprungen zu sein schien, in der das Meer zwischen Großbritannien und dem Rest der Welt noch genug Schutz bot, Kriege anderswo ausgefochten wurden und nicht den eigenen Städten und Dörfern mit ihrer unschuldigen Bevölkerung der Garaus gemacht wurde.

Wir arbeiteten uns wieder durch den Korridor zur Langen Galerie vor, und ich hielt kurz bei dem Blessbock inne. Im Kerzenlicht erschien die Tafel hinter ihm wie ein von Hand gemaltes Bühnenbild.

»Kommst du nicht wieder mit zum Tisch? Es gibt noch Dessert«, sagte Lucy und berührte leicht meinen Ellbogen.

»Gleich. Ich drehe nur schnell eine kleine Runde durch die Museumsräume, um meinem Ärger etwas Luft zu machen, damit ich deinen Vater nicht mir Petits Fours bewerfe«, erwiderte ich in dem Versuch, leichthin über meinen grenzenlosen Hass auf ihn und das tiefe Gefühl von Beunruhigung, das die Sirene in mir ausgelöst hatte, hinwegzugehen, als wäre es nicht weiter von Bedeutung. *Ich sollte jetzt lieber ins Bett gehen,* dachte ich. Ich sollte mich zurückziehen. Ich wusste, ich würde die Oberhand behalten, denn der Brief war bereits im Zug, auf dem Weg nach London. Doch ich gehörte nicht zu denen, die klein beigaben, die wegliefen, sagte ich mir – obwohl mir nur zu bewusst war, dass ich mit der Bitte um Verlegung des Museums genau das getan hatte.

Ich öffnete die Tür zum ersten Zimmer auf der linken Seite des Flurs, zog sie hinter mir wieder zu und knipste die Stehlampe in der Ecke an. Mit der Hand strich ich über die Schaukästen und Kisten und Gefäße und katalogisierte sie im Vorbeigehen leise mit zitterndem Atem: Bälge des Schnurrvogels aus dem Amazonasbecken, Beuteltierskelette, der grotesk anmutende Lammfötus mit zwei Köpfen, der in einem Glas in Spiritus schwamm, Gazellenfelle aus dem Land, das Britisch-Somaliland gewesen war, ehe es die Italiener einige Monate zuvor erobert hatten, Schädel von südamerikanischen Nagetieren, Walrosselfenbein, Schädel von asiatischen Kragenbären. Ich ging weiter in den Verbindungsraum, in den noch etwas Licht von der Stehlampe fiel, und von dort in das nächste Zimmer, das fast völlig im Dunkeln lag.

Meine Augen hatten sich noch nicht ganz an die Dunkelheit gewöhnt, als mir ein kleiner Gegenstand auffiel, der in der Mitte des Raums auf dem Boden lag. Ich ging näher heran und als ich meine Hand danach ausstreckte, merkte ich erst, wie klein er war. Ich nahm das Gefühl von trockenen Federn an meiner Handfläche wahr.

Ein Kolibri.

Und noch einer, einige Schritte weiter entfernt, und noch einer, wieder ein paar Schritte weiter. Eine ganze Spur von Kolibris führte in die finstere Nacht.

# KAPITEL 40

*Ich wollte nicht, dass mein Vater Sylvia heiratete und sie an die Stelle meiner Mutter trat, Herrin von Lockwood wurde und in Vergessenheit geraten würde, dass meine Mutter einmal hier gelebt und viele Jahre in all diesen Räumen verbracht hatte. Aber durfte ich meinem Vater sein Glück missgönnen? Warum sollte er ein so einsames Leben fristen, wie ich es jetzt tat?*

*Würde es einer anderen Frau und Ehefrau hier besser ergehen als meiner Mutter, grübelte ich, während ich Sylvia dabei beobachtete, wie sie stirnrunzelnd ihr Spiegelbild betrachtete, um ihr Make-up im Handspiegel zu überprüfen, und mein Vater sich einem anderen Gast widmete, oder würde auch sie sich von Lockwood verhexen lassen und von seinen Geistern heimgesucht werden?*

*Sechs Monate bevor sie starb, hatte ich meine Mutter im Park gefunden, durchnässt bis auf die Knochen, und sie schnell ins Haus gebracht. Ich setzte sie vor das Kaminfeuer im Morgensalon, wo ich ihr mit einem Handtuch die Haare frottierte, den tropfnassen Pullover auszog und in zwei Decken wickelte, als wäre ich die Mutter und sie das außer Rand und Band geratene Kind.*

*»Was wolltest du da draußen?«, fragte ich sie.*

*»Spazieren gehen«, antwortete sie müde mit ein wenig trotzig vorgerecktem Kinn.*

*»Nimm das nächste Mal lieber einen Schirm mit, du holst dir sonst noch den Tod.«*

*»Das habe ich nur deshalb getan, weil er mich angelogen hat«, meinte sie, zupfte einen losen Faden von der Decke und starrte ins Feuer.*

*»Wer?«, fragte ich, wohl wissend, dass der einzige ›Er‹, von dem sie je sprach, mein Vater war.*

*»Mein Mann«, erwiderte sie steif. »Er hat versprochen, mir eine Orangerie, einen Palmengarten und ein richtiges Gewächshaus für meine Blumen zu bauen. Das war eine Lüge. Schau«, sagte sie und streckte die Hand nach einem Bilderrahmen auf dem Kaminsims aus, den ich reichte. »Das bin ich. Siehst du mich?« Unbeholfen drückte sie mir den Rahmen wieder in die Hand.*

*Das vergilbte Foto zeigte ein blasses Mädchen, von Kopf bis Fuß in eine Wolke weißer Petticoats gehüllt, blank gewienerte schwarze Stiefel an den Füßen, Schleifen in den lockigen Haaren, das etwas mürrische Gesicht nur unscharf zu erkennen. Sie stand auf einem perfekt gepflegten Rasen neben einem riesigen weiß gestrichenen Haus, im Hintergrund dunkler, wild wuchernder Wald, der Dschungel. »Ich sehe dich«, sagte ich und erkannte auch mich selbst in dem kleinen Mädchen.*

*»Dieses Mädchen wollte alles, sie wollte die ganze Welt. Einen Palast, ein Palmenhaus und einen Prinzen, der ihr Herz im Sturm erobert und sie vor der Hitze und all dem Lärm und dem Leben in dem Niemandsland, das ihr Zuhause war, rettet.« Meine Mutter lachte kurz und freudlos auf. »Das kleine Mädchen hatte ja keine Ahnung.«*

*Vom Kauern neben ihrem Sessel taten mir schon die Knie weh, aber ich wagte mich nicht zu bewegen, denn ich hatte das Gefühl, dass dies einer der seltenen Momente war, in dem sie ein wenig bei Sinnen war und den ich auskosten wollte.*

*»Ich, sie …«, sie drückte den Finger auf das Glas des Bilderrahmens, » … hatte immer ganz schreckliche Träume, sie träumte ständig von der* diablesse.*«*

*»Wer war das?«, fragte ich, obwohl sie es mir schon viele Male erzählt hatte.*

*»Meine Kinderfrau nannte sie die Frau in Weiß. Sie war einmal ein Mensch, aber dann wurde sie zum Dämon. Sie verhexte die Männer – erst wartete sie im Wald auf sie und dann rannte sie weg und überließ sie ihren Bestien. Sie trug ein langes weißes Kleid mit vielen Petticoats, sodass man ih-*

*ren Klumpfuß nicht sehen konnte, und einen Hut oder einen Schleier, um ihre grässliche Fratze zu verbergen.« Meine Mutter fasste sich an die Wange. »Ich habe immerzu von ihr geträumt, dass sie im Wald auf mich wartet, dass sie Jagd auf mich macht. Ich dachte, wenn ich von zu Hause fortgehe, lasse ich auch sie zurück, aber ich habe sie falsch verstanden, verstehst du?«*

*»Was meinst du damit, du hast sie falsch verstanden?« Plötzlich konnte ich gar nicht erwarten, was sie sagen würde.*

*»Sie wollte mich warnen – die Träume waren ihr Geschenk«, erklärte sie. »An dem Tag, an dem ich nach Lockwood kam, an meinem Hochzeitstag, führte mein Mann mich durch mein neues Zuhause, von einem Zimmer zum nächsten, die alle ihm gehörten, die alle mir gehörten, bis wir zu einem Raum kamen, einem Schlafzimmer mit purpurfarbener Tapete, mit unebenem Boden und klappernden Fensterläden, und ich drehte mich um, und da stand sie und wartete auf mich. Verstehst du?«, wiederholte meine Mutter, wandte sich zu mir und umklammerte meine Hände. »Es war der Spiegel, ich habe mein eigenes Spiegelbild gesehen, ich habe sie im Spiegel gesehen, die Frau in Weiß, die ganze Zeit über war ich es selbst gewesen.«*

# KAPITEL
# 41

Wie in Trance ging ich immer weiter und folgte der Spur aus Kolibris, die regungslos auf dem Boden lagen, als wären sie auf der Flucht vor etwas Grauenvollem tot vom Himmel gefallen, und deren verblichene Farben die Dunkelheit in schmutzig schwarze Flecken verwandelte.

Ich tastete mich durch die verdunkelten Räume, und nach und nach wechselte das Licht zu einem schmierigen Dunkelgelb, das eine Kerze im allerletzten Raum warf, wo die Vitrine mit den Kolibris stand.

Die Vögel bedeckten den Boden wie ein Teppich, als hätte ein trotziges Kind damit um sich geworfen.

Neben der Vitrine mit einem Kerzenständer zu ihren Füßen stand Mary. Ihren Pelz hatte sie achtlos hinter sich geworfen, wo er zu einem weißen Gebilde zusammengesunken lag, wie der Höcker eines nicht zu identifizierenden Wesens. In dem flackernden Licht blitzten die Pailletten ihres Kleids wie kleine Funken.

»Was tun Sie da?«, schrie ich.

Erneut griff sie in die Vitrine – das Brett, mit dem wir im vergangenen Jahr die zerbrochene Scheibe ersetzt hatten, hatte sie herausgerissen – und schleuderte einen weiteren Vogel, dessen federleichter Körper lautlos zu Boden fiel.

»Stopp!«, rief ich, da drehte sie sich zu mir um. »Lassen Sie die Kolibris in Ruhe!«

»Wissen Sie, ich war noch ein Kind, als er mich zum ersten Mal nahm«, sagte sie, das Weiß ihrer Augen glänzte unnatürlich, und die Stimme brach ihr in schmerzlicher Erinnerung. »Wir hatten Verstecken gespielt, und ich hatte mich verlaufen, und er wartete in seinem Arbeitszimmer auf mich. Ich war noch klein. *Kleines Vögelchen,* nannte er mich immer, wenn wir zusammen waren, *kleiner Engel, kleines Häschen, kleines wildes Tier, kleines Püppchen.* Er wollte immer, dass ich die Pelze seiner Frau anzog, mit nichts darunter; er wollte immer, dass ich vor ihm davonrannte, damit er mich jagen konnte.«

Meine Knie gaben nach, und die Härchen in meinem Nacken sträubten sich.

Ihr Gesicht war eine einzige Qual, ihr Blick leer, als blickte sie zurück in ihre schauerliche Vergangenheit.

»*Mein kleines Häschen*, nannte er mich, wenn er mich nahm. Oder er nannte mich Vogel oder Engel, weil mein Haar so hell war und wegen der Kleider, die ich immer trug« – ihre Hand schwebte zu ihrem Kopf, als ob ihr Arm nicht mehr mit ihrem Rumpf verbunden wäre – »und er sagte, er würde mir Flügel aus Spitze kaufen, wie Engel sie im Theater tragen. Aber als wir letztes Jahr zusammen waren, war es nicht dasselbe. Er hat mit mir geschlafen, aber er hat mich nicht geliebt.« Tränen schossen ihr aus den Augen und schimmerten golden im Kerzenlicht. »Er wollte – er will mich – nicht wie früher. Er spricht nicht einmal mehr davon, als wenn das Mädchen von damals, das Kind, sein Püppchen, jemand anderes wäre, jemand, an den er sich nicht erinnert, aber *ich* erinnere mich. Ich erinnere mich sehr gut. *Mein kleines Geheimnis* nannte er mich, aber wie viele kleine Geheimnisse hatte er?« Sie schluchzte auf und griff nach dem nächsten Kolibri.

»Ich weiß nicht, wovon Sie sprechen«, sagte ich kraftlos und fixierte sie, als wäre sie jemand, der mir nahestand und nun in einem schrecklichen Inferno in Flammen aufging.

»Sie wissen sehr gut, von wem ich spreche. Vom Major. Lord

Lockwood. Sie will er auch nicht, obwohl sie so helles Haar haben. Er will Sylvia, er wird sie heiraten und nicht mich.«

»Er hat Ihnen etwas angetan, als Sie ein kleines Mädchen waren?«

»Er hat mich *geliebt,* als ich ein kleines Mädchen war.«

Ich hätte am liebsten geweint.

»Er hat mich auch gern geschlagen und gesagt, ich sei ein unartiges, wildes Ding, aber das hat mir nichts ausgemacht – danach war er immer so lieb zu mir. Es war ein Spiel.« Sie lächelte. »Direkt vor der Nase seiner Frau hat er es mit mir getrieben, immer in einem anderen Zimmer, und mich geküsst und mich geliebt, während sie durch das Haus gelaufen ist und ihn gesucht hat. Einmal hat er mich in einem Schrank versteckt, und als sie hereinkam und wissen wollte, mit wem er geredet hatte, hat er gesagt, sie hätte den Verstand verloren.«

»Hören Sie auf«, sagte ich und hob die Hände, als ob ich die grauenvollen Szenen so abwehren könnte. Was Mary da erzählte, war entsetzlich, aber ich spürte, dass sie die Wahrheit sagte. So viel Schmerz konnte man nicht vortäuschen.

»Sogar als seine Frau tot war, wollte er mich nicht heiraten. Er versprach, dass ich meine eigenen Pelze bekomme, aber das hat er nicht gehalten, ich musste immer die von seiner Frau, seinen Geliebten und seiner Tochter auftragen.«

Sie schaute den Kolibri an, den sie noch in der Hand hielt, und warf ihn. Sein kleiner Körper taumelte gegen die Wand.

»Bitte nicht!«, flehte ich. »Sie beschädigen die Vögel.«

»Die Vögel …«, wiederholte sie und drehte sich zur Vitrine um, wo die dunklen Schatten der Kolibris wie ein einziges Wesen mit gewaltigen Schwingen auf den Ästen saßen. »Die Vögel, und der Bär, und die Kaninchen, und die Füchse«, murmelte sie rhythmisch, als wäre es eine Zeile aus einem Kinderlied. »Er glaubt, dass alles ihm gehört. Er glaubt, er kann uns einfach nehmen und wieder wegwerfen, wie es ihm beliebt. Ich wollte, dass er dafür bezahlt. Und er *wird* dafür bezahlen.«

»Sie waren es, die die Vögel gestohlen und den Bär gehäutet hat«, begann ich zu begreifen, ihrer bizarren Logik folgend. »Und die Puppe, waren Sie das auch?«

»Oh, er schenkte mir gern Puppen. Ich war noch nicht alt genug für Pelze, aber Puppen konnte er mir schenken. Meine Mutter war immer sehr beeindruckt von ihnen«, erzählte sie und strich sich mit der Handfläche eine Strähne aus dem Gesicht. »Sie dachte, er würde mir vielleicht den Besuch in einer guten Schule finanzieren, mir später helfen, eine gute Anstellung zu finden. Aber dann begann ich ihn zu langweilen.«

Das reichhaltige Essen des Galadinners lag mir unendlich schwer im Magen, und ich hätte es am liebsten wieder von mir gegeben. Ich hatte gewusst, dass der Major grausam war, aber ich hatte nicht geahnt, dass er ein wirkliches Ungeheuer war. Hatte er auch anderen Mädchen, anderen Kindern so etwas angetan?

»Das Kaninchen, waren Sie das auch, und der Dieb, die Frau in Weiß, die durch das Haus spukt?«, fragte ich unwillkürlich, während ich fassungslos die Frau anstarrte, die so sehr litt, dass ihr Anblick körperlich wehtat.

Sie lachte. »Das Kaninchen ist meinem Bruder eingefallen, er wildert gern in den Wäldern des Major. Ich hatte gehofft, dass ich Sie vertreiben kann und er mich wieder zurücknimmt – denn als Sie kamen, hat alles angefangen, da hat der Major mich aus dem Haus geworfen.«

Mir fiel wieder ein, wie ich sie zum ersten Mal sah, als ich auf Lockwood Manor ankam; ihr verweintes Gesicht und der hasserfüllte Blick, den sie mir zuwarf, als ich ins Haus trat und sie es verließ. »Aber wie sind Sie in Haus gekommen?«

Wieder lachte sie. Es lief mir kalt den Rücken hinunter. »Ach, hier geschieht so vieles, von dem Sie keine Ahnung haben. Sie sind genauso blind wie seine arme Frau. Die Haushälterin hat mich hineingelassen.«

»Aber warum?«, fragte ich mit dünner Stimme.

»Weil ich über sie Bescheid weiß und sie Angst hat, dass ich etwas erzähle, dass es jemand erfährt«, erklärte Mary und beugte sich mit verschwörerisch blitzenden Augen zu mir, obwohl ihre Zähne klapperten. »Sie ist gierig, und wie! Lassen Sie sich nicht von ihrem einfachen Aufzug täuschen, ihre Privaträume sind die reinste Schatzhöhle. Sie versteht es ausgezeichnet, für sich zu sorgen, und tut, was Lord Lockwood will. Er will nur die Hübschesten, die ganz Jungen, die gerade erst die Schule verlassen haben. Es ist ihre Aufgabe, sie einzustellen und so streng zu ihnen zu sein, dass sie sich nicht trauen, jemandem zu erzählen, dass er sich im Dunkeln in ihre Zimmer schleicht, und es ist auch ihre Aufgabe, sie danach wieder bei ihren Familien abzuliefern und denen weiszumachen, ihre Töchter seien unzuverlässig und dumm und verlogen.«

»Er stellt ihnen nach?« Entgeistert dachte ich an das ständige Kommen und Gehen von frischen, jungen Gesichtern während meiner Zeit auf Lockwood und wollte schreien vor Abscheu: All die jungen Mädchen, die das Haus so schnell wieder verlassen hatten, über deren schlechte Arbeit *die Haushälterin* sich beschwert hatte. »Dann ist er der Geist«, stellte ich mit schrecklicher Gewissheit fest und erinnerte mich an Gerüchte über seltsame Schreie, die nicht immer aus Lucys Zimmer kamen, über Schatten, die in der Dunkelheit hinter einen glitten und die Hand nach einem ausstreckten. Wie viele junge Frauen, wie viele Mädchen waren in dieses Haus gekommen – als Dienstbotinnen, als Gäste, als Freundinnen seiner *Tochter*. So viele Räume, so viele Gelegenheiten, jemanden in die Enge zu treiben, der allein im Haus unterwegs war. Mir war die Aufgabe anvertraut worden, für die Sicherheit meiner Tiere zu sorgen, aber was war mit ihnen, den Mädchen, wer war für ihre Sicherheit zuständig? Wer passte auf sie auf, wer kümmerte sich um sie, wer hielt Wache vor ihrer Tür?

»Kein Raum, für den er keinen Schlüssel hat, keine Tür, die er nicht öffnen kann«, sagte Mary. »Was er will, bekommt er auch.« Es klang beinahe triumphierend, doch ihr Kinn bebte und sie schwankte leicht. »Er hat gesagt, ich könnte seine Geliebte sein, aber er würde mich nicht heiraten, weil ich nicht reich genug sei, dass er Geld für das Haus braucht, das sonst verfallen wird. *Meine erste Frau habe ich aus Liebe geheiratet, und du siehst ja, wohin das geführt hat,* hat er gesagt.« Ihr Gesicht verzog sich zu einer Grimasse. »Das Kaninchen habe ich auf den Schreibtisch gelegt, damit die Kinder sich erschrecken und nicht wiederkommen. Ich habe es *versucht.*« Schockiert sah ich zu, wie sie den nächsten Kolibri aus der Vitrine nahm und die Hände schützend um ihn hielt, ich war wie hypnotisiert. »Seine Frau war verrückt, jeder wusste das«, sagte sie, dann zerquetschte sie den Vogel in ihrer Faust und wir schrien beide auf. »Sie hielt mich für einen Geist, verstehen Sie? Und als er sagte, ich solle mich ganz in Weiß gekleidet – wie eine Braut – vor ihr Auto stellen, weil wir sie dann los wären und wir dann für immer zusammen sein könnten, sah sie wirklich aus, als sähe sie einen Geist.« Ein Wehklagen entfuhr ihrem Mund, die Zähne schlugen aneinander, und sie zitterte am ganzen Körper. »Aber dann war sie tot, und er wollte mich immer noch nicht heiraten«, schluchzte sie.

»Mary …«, sagte ich beschwörend und streckte die Hände aus, als wollte ich ein wildes Tier beruhigen.

»Dafür wird er bezahlen«, wiederholte sie mit härterer Stimme, straffte die schmalen Schultern und ging an mir vorbei hinaus in den Flur. Ihr Kleid glitzerte wie tausend Augen. Die Tür knallte hinter ihr zu, und die Kerze ging aus. Ich schrie auf, vor Schreck und vor Entsetzen über alles, was sie gesagt hatte.

Im Raum war es plötzlich pechschwarz, nichts war mehr zu erkennen, auch wenn meine Augen sich Schemen und Schatten einbildeten. Aus Angst, auf der Suche nach dem Lichtschalter den dichten Teppich von Vögeln zu zertreten, bewegte ich mich auf allen vieren und schob die herumliegenden kleinen Körper sanft beiseite, bis ich die Stehlampe erreicht hatte. Die Tränen rannen mir über das Gesicht.

*Mein kleines wildes Tier, mein Vögelchen, mein Täubchen.*

Heloise und ihre Furcht vor dem, was sich hinter geschlossenen Türen zutragen mochte; Lucy und ihre Albträume, in denen etwas durch das Haus schlich und sie unablässig den verletzten Hasen suchte; Mary, die jungen Dienstmädchen, die grausige Sammelleidenschaft des Majors – Tiere und Mädchen …

Als ich in den Flur trat und mir den Staub vom Kleid und die Tränen aus dem Gesicht wischte, hörte ich lautes Geschrei.

Mary hatte sich vor *ihm* aufgebaut und schleuderte ihm ihre Anklage ins Gesicht – alles, was er ihr angetan hatte –, während sich eine kleine Traube von Dienstboten flüsternd neben der Tür zu den gegenüberliegenden Räumen aneinanderdrängte. Die anderen Gäste hatten sich bereits zerstreut – Zigarren und Kaffee im Billardzimmer, wenn ich den Ablauf für den Abend richtig im Kopf hatte –, aber Lucy stand wie erstarrt an der Festtafel und sah zu, wie ihr Vater sich Marys Angriffe erwehrte, die offenbar versuchte, ihm die Augen auszukratzen. Ich trat zu ihr, als Mary ihn anspuckte und sich aus seinem Griff befreite und ihre Hand durch die Luft flog, um ihn zu ohrfeigen.

Lucy packte mich am Arm. »Komm mit hinaus«, sagte sie und zog mich mit sich.

Hastig stolperten wir an den Tieren vorbei, die sich immer enger um die grausige Szene zu scharen schienen. Lucy zwängte sich zwischen Esstisch und den Exponaten hindurch, wobei sie in der Eile mit ihrer Pelzstola alle möglichen Dinge vom Tisch wischte, die klappernd und klirrend zu Boden fielen, während ich vergeblich versuchte, den Wandgemälden auszuweichen und immer wieder mit der Schulter an die Rahmen stieß. Und dann begannen wir zu rennen, schlitterten und rutschten in unseren Abendschuhen auf den glatten Dielen, und Lucy warf sich gegen die Tür zum Garten, die aufsprang und die Wachleute erschreckte, die davorstanden.

Ich drehte mich um und blickte den langen Flur hinunter, an dessen Ende Licht flackerte und es einen Moment so aussah, als hätte der Eisbär einen Heiligenschein. Dann folgte ich Lucy nach draußen.

»Alles in Ordnung?«, rief einer der Wachmänner.

»Wir wollen nur ein wenig Luft schnappen«, antwortete Lucy, und wir liefen tiefer in den dunklen Park hinein, vorbei an dem von Unkraut überwucherten Knotengarten und den leblosen Rosenbeeten.

Am Rand eines kleinen Wäldchens blieben wir schließlich keuchend stehen. In der kalten Luft stieg unser Atem zu Dampfwolken auf.

»Du frierst ja«, sagte sie und wickelte die Pelzstola um uns, doch als ich bei der einst so vertrauten Berührung von Pelz auf meiner Haut erschauerte, ließ sie sie fallen und legte stattdessen beide Arme um mich.

Ich zitterte am ganzen Körper, als ich mein Gesicht an ihrer Schulter verbarg und den tröstenden Duft ihres Parfüms einatmete.

»Hast du gehört, was Mary gesagt hat?«, fragte ich. Als wir die Lange Galerie verließen, war Mary noch nicht bis zu der Rolle gekommen, die sie bei Heloises Tod gespielt hatte, aber was sie bis dahin schon offenbart hatte, war grauenvoll genug für eine Tochter.

»Ja«, sagte Lucy und grub die Hände in meine Schultern.

»Sie war in einem der Nebenräume der Galerie, und als ich hineinkam, war sie dabei, die Kolibris aus ihrer Vitrine zu nehmen und auf den Boden zu werfen. Dann hat sie diese ganzen schrecklichen Sachen gesagt …«

»Ich glaube, es stimmt, was sie sagt«, flüsterte Lucy.

Wir hielten einander im Arm, während die nächtliche Kälte uns einzuschließen begann und der Wind durch die kahlen Zweige der Bäume pfiff. Die letzten Blätter raschelten und die Sträucher in der Finsternis um uns herum schwankten hin und her. Ein abnehmender Dreiviertelmond warf schräge Schatten in den Garten und streifte unsere Haut mit seinem silbernen Licht.

»Ich hätte niemals diese schrecklichen Dinge zu dir sagen dürfen. Das war gemein von mir, bitte vergib mir«, bat ich sie unter Tränen.

»Nur, wenn du mir verzeihst, dass ich dich als verrückt bezeichnet habe.«

»Aber das stimmte doch, dieses Haus bringt mich wirklich um den Verstand.«

Sie machte einen kleinen Schritt zurück und nahm mein Gesicht in beide Hände. »Nein, du bist ganz bestimmt nicht verrückt.«

»Du aber auch nicht«, erwiderte ich. »Es liegt an Lockwood, an deiner Mutter, an deinem Vater …«

Sie schüttelte den Kopf.

»Geh mit mir von hier weg«, flehte ich und küsste ihre Wange. »Die Säugetiere werden an einen anderen Standort verlegt; hier ist es zu gefährlich für sie.« Obwohl ich nun wusste, wer die Schuldige war, war es hier dennoch nicht sicher, nicht für Lebende und nicht für Tote – auch wenn der Major und seine abscheulichen Begierden Letzteren wenigstens nichts antun konnten. »Komm mit mir, dann können wir zusammenleben, zusammen *sein.*«

Sie schloss die Augen, die zarte Haut zwischen den Augenbrauen wellte sich zu einem Stirnrunzeln, und dann küsste sie mich so leidenschaftlich, als wollte sie, dass wir miteinander verschmolzen, und ich schmeckte ihre Tränen, ihren süßen Mund, ihren säuerlichen Atem.

»Ich liebe dich, geh mit mir von hier weg«, drängte ich und

wünschte mir nichts mehr, als dass sie endlich das eine Wort sagte, dass sie Ja sagte.

Stattdessen war eine andere Stimme vom Haus her zu hören.

»Feuer!«, schrie jemand. »Es brennt!«

KAPITEL

# 42

Wir waren so mit uns selbst beschäftigt gewesen, dass wir nicht bemerkt hatten, wie es am Himmel hell geworden war und von der Langen Galerie von Lockwood Manor ein warmer, glühender Schein ausging. Am stärksten leuchtete er durch die Ritzen der zugenagelten Fenster am Ende des Flügels, dort, wo die Festtafel aufgebaut war. Und wo meine Tiere standen.

Die Säugetiersammlung des Museums, die Schaukästen, die Kisten, die Vitrinen und Gläser …

*Oh Gott.*

»Schnell! Die Kübelspritze!«, rief ich und rannte auf den Eingang zum Galerieflügel zu, wo sich die Wachleute und die Dienstboten gesammelt hatten.

»Wo ist mein Vater?«, schrie Lucy panisch und sprintete hinter mir her.

Als wir das Haus erreicht hatten, kam Mary uns entgegen, gefolgt von einem Schwall heißer Luft, die an einen schwülwarmen Sommertag erinnerte. Durch die offene Tür konnten wir das Feuer deutlich sehen – der Tisch und die Tiere, die um ihn herumstanden, brannten lichterloh, die Flammen züngelten in Richtung Decke und an den Wänden empor, aber es war noch überschaubar, dachte ich, es war noch nicht außer Kontrolle. Die übrigen Tiere konnten gerettet werden, da war ich sicher.

»Mein Vater?«, fragte Lucy und hielt Mary fest, deren Frisur sich aufgelöst hatte. Die Strähnen hingen lose von den Haarnadeln, das Gesicht hochrot und rußverschmiert.

»Ist wieder hineingegangen«, keuchte sie mit irrem Blick, »das Feuer hat ihn eingeschlossen …«

Lucy schob sie beiseite und betrat die Lange Galerie.

»Die Kübelspritze«, schrie ich wieder, die Hand am Türrahmen. Ich war hin- und hergerissen: Einerseits wollte ich hinter Lucy her, um zu verhindern, dass sie sich in Gefahr brachte, andererseits wusste ich, dass ich das Museum retten musste. Da sah ich, wie zwei Frauen aus dem Dorf, die für diesen Abend als Aushilfen eingestellt worden waren, die Spritze über den dunklen Rasen in unsere Richtung trugen. »Schaufeln und Sand und Wasser«, befahl ich und schaute mich hastig um. »Schnell!«, rief ich den Wachleuten zu.

»Es hat keinen Zweck«, sagte der, der am nächsten zu mir stand. »Das Feuer hat sich schon zu weit ausgebreitet.«

»Wir müssen es wenigstens versuchen«, beharrte ich und folgte den Frauen mit der Spritze in den Flur, ohne Lucys Silhouette vor mir aus den Augen zu lassen.

Die Flammen schossen bereits an den Wänden zu beiden Seiten des Tischs empor und hatten sich über die gesamte Breite der Langen Galerie ausgedehnt. Die heiße Luft brannte in meiner Kehle, als ich versuchte zu erkennen, ob das Feuer auch auf die Nebenräume übergegriffen hatte – deren Fenster zugenagelt waren. Die zugenagelt worden waren, weil *ich* es so gewollt hatte. Oh Gott, und wenn ich schuld daran war, dass das Feuer außer Kontrolle geriet und sich der gesamte Flügel in eine brennende Hölle verwandelte … Oh Gott …

»Wir brauchen mehr Wasser, mehr Eimer!«, rief ich, und eine der Frauen lief los.

Lucy stand genau am Rand des Feuers, hielt sich gegen die Flammen einen Arm schützend vor das Gesicht und schrie *Papa, Papa!* Ich stellte mich rechts neben sie und begann zu pumpen, während eines der Dienstmädchen den Wasserstrahl auf die untere Glut richtete, und versuchte für den Augenblick zu verdrängen, dass wir drei bald dem Feuer würden weichen müssen, das immer stärker wurde und sich auf uns zubewegte. Das Wasser war binnen Sekunden verbraucht und hatte nichts ausgerichtet.

Meine Augen brannten und meine Haut fühlte sich ganz wund an. »Lucy!« Ich zog sie rasch zurück, als in dem Inferno etwas explodierte. Meine Tiere, all die Arbeit, die in ihnen steckte. Es sah so aus, als wäre alles verloren.

»Wir müssen hier raus«, drängte die Frau aus dem Dorf, die den Wasserschlauch hielt, mit angsterfülltem Blick. »Das Ganze kann uns jeden Moment um die Ohren fliegen.«

Wie ein Raubtier, das wusste, dass seine Beute bereits geschwächt war, bewegte sich das Feuer auf uns zu. Es fraß das Teakholz von den Wänden und das Holz der Kisten und Kästen in den Räumen zu beiden Seiten der Galerie, verschlang all die Kolibrikörper, die auf dem Boden verteilt lagen, als wären es Kienspäne, und es wurde mächtiger, lauter, heißer. Die Lange Galerie knackte und ächzte und toste. Das Museum stand lichterloh in Flammen.

Die Tiere verbrannten in ihren Schaukästen, brieten hinter zerplatzenden Glasscheiben, Federn und Fell entzündeten sich wie Kerzen, ihre Rümpfe aus Zeitungspapier brannten wie Zunder, Lehmkörper schmolzen, und ihre Augen rollten zu Boden und blickten zurück auf die eigene Zerstörung.

Die Decke knirschte laut, und ein schwerer Balken fiel polternd unmittelbar neben uns herab, dass der Boden bebte, und wirbelte eine Wolke von Funken auf, die sich uns in die Haut brannten. Lucy drehte sich um und rannte los. »Vielleicht hat er es zurück ins Haus geschafft, ich sehe im Arbeitszimmer nach!«

»Zurück!«, schrie die Frau auf und zog mich am Arm. Ich packte die Kübelspritze und floh mit ihr ins Freie.

»Sind jetzt alle raus?«, rief der Wachmann, als wir aus der Tür kamen. »Lord Lockwood?«

»Wir haben ihn nicht gesehen. Ist die Feuerwehr schon da?«, fragte ich, doch bevor er antworten konnte, rannte ich schon über den Rasen zur hinteren Tür des Haupthauses, vorbei an zwei Helfern mit Eimern in der Hand.

Vielleicht gelang es uns ja, dem Feuer den Weg abzuschneiden, damit es nicht auf das Hauptgebäude übergriff. Dann konnten wir wenigstens einen Teil der Sammlung retten.

»Dorothy!«, rief ich – um ein Haar hätte ich sie in der Eingangshalle umgerannt und griff nach ihrer Schulter, um nicht den Halt zu verlieren. »Die Feuerwehr?«

»Ist unterwegs«, sagte sie. »Gehen Sie wieder nach draußen zu den anderen!«

»Ich kann nicht! Meine Tiere!« Ich sah mich um. »Wo ist Lucy?«

Dorothy blickte vielsagend in Richtung Westflügel.

»Wir müssen eine Kübelspritze herholen und das Feuer aufhalten!« Mehr schlitternd als laufend rannte ich zum Arbeitszimmer des Majors, das neben dem anderen Zugang zur Langen Galerie lag. Wenn wir die Tür geschlossen hielten und das Feuer dort abriegelten …

Die Tür stand offen, heiße Luft und Rauch quollen schon heraus.

Als ich durch den kleinen Gang kam, hörte ich jemanden husten. Ich zerrte an meinem Kleid, das sich in den Zähnen eines Löwenkopfs verfangen hatte, der von der Wand gefallen war.

»Lucy!«

»Papa!«, weinte sie. Im immer stärker werdenden Qualm waren ihre Umrisse kaum zu erkennen.

»Wir müssen die Tür schließen!«, rief ich und packte sie.

»Er ist weder im Arbeitszimmer noch in seiner Bibliothek, ich habe nachgesehen«, schluchzte sie.

»Hier ist er bestimmt auch nicht! Hörst du, hier ist er nicht! Er wird sicher schon bei den anderen vor dem Haus sein.« Ich hatte vergessen, Dorothy zu fragen, ob sie ihn gesehen hatte. Aber ich musste sie nicht fragen, ich kannte die Antwort. Sie konnte ihn nicht gesehen haben, weil er irgendwo dort im Feuer war, tot, und Mary hatte dabei ihre Finger im Spiel gehabt.

»Er ist nicht hier«, sagte ich wieder und zerrte Lucy aus dem Flur. Wir kehrten der Feuerhölle den Rücken und streiften auf unserer Flucht Schnauzen und Kiefer und Nasen und Geweihe, hasteten vorbei an Mienen, die entweder als gutmütige Beute oder als wildes Raubtier dargestellt worden waren und in deren Augen sich das flackernde Feuer spiegelte, das sich ihnen näherte, der letzte Jäger, dem sie nicht entkommen würden und der noch unbarmherziger war als der Mann mit Gewehr, Hund oder Pfeil, der sie beim ersten Mal zur Strecke gebracht hatte.

Lucy rannte durch das Haus zur Eingangstür, während ich die Tür zur Langen Galerie zuschlug und mich mit den Händen gegen ihr immer wärmer werdendes Holz stemmte, als könnte ich damit das Feuer aufhalten. Die Sammlungen, die Arbeit von Tausenden von Menschen, all die seltenen Exemplare, *einfach alles* …

Der Küchenjunge und einer der Gäste im Smoking kamen mit einer zweiten Kübelspritze und einem Eimer Wasser auf mich zugerannt. Es würde nicht reichen. Dieses Feuer konnte nur noch eine Sintflut biblischen Ausmaßes stoppen.

Das Wasser, das wir herauspumpten, verwandelte sich fast augenblicklich in Dampf, während der Rauch sich bereits durch die winzigen Ritzen zwischen Türe und Türrahmen schlängelte und die brüllende Hitze des Feuers sich über unsere erbärmlichen Anstrengungen gegen seine unersättliche Gier lustig zu machen schien.

»Miss Lucy!«, hörte ich jemanden rufen und wandte den Kopf. Dorothy kam durch den Rauch gerannt. »Sie ist nach oben gegangen«, sagte sie und rang nach Atem. Sie packte mich am Ellbogen. »Ich kann sie nicht dazu bewegen, wieder herunterzukommen. Hier ist es nicht mehr sicher, wir müssen sofort hier raus.«

Sie deutete nach oben, und ich folgte ihrer Hand mit den Augen. Die Decke hatte zu glimmen begonnen, der Putz brannte bereits. Das Feuer war von der Langen Galerie auf den ersten Stock des Haupthauses übergesprungen.

»Wir müssen die anderen Museumsräume schützen«, sagte ich und starrte zur Decke, aber ich dachte nicht an das Museum oder an die brennenden Tiere. Ich konnte an nichts anderes denken als an eine junge Frau mit dunklen Augen und einem zaghaften Lächeln.

Ich drehte mich um und rannte den Gang entlang. Ich konnte mich gerade noch mit den Händen abstützen, als ich mit Wucht eine Wand rammte, weil ich zu schnell um eine Ecke gelaufen war.

*Lucy.*

## KAPITEL

# 43

*Verzweifelt hielt ich nach meinem Vater Ausschau, suchte seine vertraute Gestalt in dem Chaos aus Rauch und Feuer. Mein Vater …*

*Die Dinge, die Mary gesagt hatte.*

*Mein Püppchen, mein Vögelchen, mein kleines Häschen.*

*Das unheimliche Wesen, das mich in meinen Träumen verfolgte. Der verlassene junge Hase, den ich zu retten versuchte. Das Ungeheuer, der Dämon, der die Flure von Lockwood durchstreifte …*

*War das hier ein Traum? War es ein Albtraum, dem ich nicht entkommen konnte? Meine Hände klammerten sich an Wände und Türrahmen, meine Füße stolperten auf dem Teppich, und die Luft wurde immer trockener, je weiter ich nach oben kam, und ich musste husten. Doch während ich durch das Haus lief, veränderte sich meine Jagd, meine Suche völlig unbewusst, ganz wie in meinen Träumen, und ich suchte auf einmal nicht mehr meinen Vater, sondern meine Mutter, immer nur meine Mutter.*

*Wie konnte ich sie hier allein zurücklassen und weiter über die Flure irren lassen, in einer Falle, aus der es kein Entkommen gab, weinend und wehklagend? Wie nur?*

*Mutter, bist du hier in den Flammen? Ist das deine Stimme, die ich im tosenden Feuer höre? Wartest du auf mich?*

*Das Haus stöhnte und ächzte, das Inferno war wie Donnergrollen, wie das Ende der Welt.*

*Wenn in jedem Zimmer von Lockwood Manor eine meiner Erinnerungen verborgen war, ein weiteres Geheimnis, das es zu ergründen galt, wie konnte ich Lockwood je verlassen? Würde ich nicht alles vergessen, wenn es bis auf die Mauern niederbrannte? Würde ich nicht den Verstand verlieren? Wie sollte ich außerhalb von Lockwood überleben?*

## KAPITEL 44

Ich stürzte die Treppe hinauf, meine Handfläche brannte von der Reibung der Hand am Geländer, und meine Zehen schrammten über den Teppich.

»Lucy!«, schrie ich.

Wo konnte sie nur sein? So schnell ich konnte, rannte ich den Gang zu den Räumen ihres Vaters hinunter. Aus den Zimmern zu meiner Linken, wo sich das Feuer schon ausgebreitet hatte, quoll Rauch hervor, und glutheiße Luft kam wie eine Wand auf mich zu. Ich riss die Tür auf. »Lucy!«

Neben dem mächtigen Kleiderschrank konnte ich die Umrisse einer Gestalt ausmachen. Ich tastete nach dem Lichtschalter, und die Lampe erleuchtete das Zimmer mit der dunklen Tapete und den schweren Mahagonimöbeln und den ausgestopften Tierköpfen an der Wand gegenüber dem riesigen Bett.

»Sie ist nicht hier«, sagte Lucy und schaute mich mit verzweifeltem Blick an.

»Nein«, antwortete ich, »sie ist nicht hier.« Ich nahm ihre Hand und zog sie aus dem Zimmer, zurück zum Treppenhaus, vorbei an den Flammen, die sich nun auf der rechten Seite des Flurs ausbreiteten und mit so viel Hitze zur Decke loderten, dass ich aufschrie und die Augen zukniff, aus Angst, dass das Feuer sie versengte.

Doch als wir zur Treppe kamen, befreite sich Lucy aus dem klammen Griff meiner Hand und lief nach oben statt nach unten.

»Nein, nicht! Lucy!«, schrie ich und rannte hinter ihr her. Ich dachte keine Sekunde an meine Tiere, ob ich sie noch bewahren könnte. Sie waren mein Lebenswerk, aber Lucy war ein lebendiges Wesen, sie war mein Herz, und ich würde alles tun, um sie zu retten.

Sie hatte den zweiten Stock erreicht. Der Rauch wurde hier dichter, braun wie Schlamm, und stieg von den warmen Dielen auf.

Ein paar Stufen unter ihr blieb ich stehen und sah hinab, in den Feuerschein auf dem Stockwerk unter uns. Wir mussten *auf der Stelle* das Haus verlassen oder wir säßen in der Falle und würden sterben.

»Lucy! Komm mit!«, flehte ich.

Ich sah, wie sie den Kopf schüttelte. Sie war ganz bleich und völlig verängstigt, und mir wurde klar, dass sie wieder das kleine Mädchen war, das von bösen Träumen und den wirklichen Albträumen ihres Lebens auf Lockwood verfolgt wurde.

»Ich kann hier nicht weg, ich kann Lockwood nicht verlassen!«, schluchzte sie. »Ich kann einfach nicht.«

»Doch, du kannst«, sagte ich und streckte die Hand aus. »Ich helfe dir. Nimm meine Hand. Du kannst es.«

Wir hörten den kreischenden Klagelaut von Metall, das sich krümmte und zu Boden stürzte, dann den dumpfen Aufprall einer eingestürzten Decke.

Lucy schrie auf und – als hätte dieses schreckliche Geräusch sie aus ihrer Schreckstarre erweckt – griff nach meiner Hand.

Wir rannten die Treppe hinunter, und nun war sie es, die mich mit sich zog, wir stolperten und verloren immer wieder fast den Halt, kämpften uns vorbei an Wänden und Zimmern und Möbeln, die vor lauter Qualm und blanker Angst nicht mehr zu erkennen waren, durch den Rauch und die Hitze und hielten uns so fest an den Händen, dass ich fühlen konnte, wie die Knochen aneinanderrieben.

Das Inferno wütete dröhnend zu unserer Linken und brüllte aus

Leibeskräften hinter uns, als wir durch die Eingangshalle rasten und uns in die klare, saubere Luft der Nacht retteten.

Wir waren im Freien, wir waren in Sicherheit. Kaum waren wir auf dem Rasen vor dem Haus, ließ ich mich auf die Knie fallen, grub die Hände in das Gras und übergab mich so heftig, als wollte sich mein Innerstes nach außen kehren.

## KAPITEL
# 45

Konnten sich alle in Sicherheit bringen?«, fragte Lucy. Wir saßen Schulter an Schulter im Gras. Ich konnte fühlen, wie ihr ganzer Körper immer noch bebte, aber sie hatte aufgehört zu weinen.

»Es konnten sich wohl alle retten, bis auf Ihren Vater, Miss Lucy. Es tut mir so leid«, sagte Dorothy, die aus dem wirren Knäuel aus Dienstboten und Gästen, das fassungslos auf das Haus starrte, zu uns herübergekommen war. Ihr Gesicht war rußverschmiert, die Stimme heiser vom Qualm und ihr schneeweißer Kragen schmutzig grau.

Die Haushälterin stand zitternd etwas abseits von den anderen. Wenn Lucy sich erst wieder erholt hatte, würde ich ihr erzählen, was ich über sie wusste, was für ein Monster sie war. Kein Wunder, dass sie mich als Eindringling betrachtet hatte und mir mit derart großem Widerwillen begegnet war, als ich mich für die ungenutzten Zimmer interessiert und dort herumgeschnüffelt hatte. Vielleicht hätte es mich mit Genugtuung erfüllt, dass sie nun vor einem Trümmerhaufen stand, wäre das Museum nicht ebenfalls ein Raub der Flammen geworden.

»Die Feuerwehr müsste bald hier sein«, meinte Dorothy zitternd, die Arme um den Körper geschlungen. »Wenn die *Luftwaffe* ihr nicht zuvorkommt«, fügte sie hinzu und schaute in den sternenklaren Himmel. »Mit dem Signalfeuer, das wir für sie entzündet haben, sitzen wir hier auf dem Präsentierteller.« Sie gestikulierte in Richtung des brennenden Gebäudes.

»Dorothy«, mahnte die Köchin und machte eine Kopfbewegung zu Lucy hin.

In diesem Moment fiel im Haus etwas krachend und mit ohrenbetäubendem Donnern in sich zusammen und schleuderte eine Wolke aus Rauch und Flammen gen Himmel. Ein hysterisches Lachen brach aus mir hervor.

Das Feuer hatte Lockwood mittlerweile vollständig erfasst, und das Haus war nur noch als Silhouette gegen die Finsternis auszumachen – als bestünde die Welt in Wirklichkeit aus Flammen und das Dunkel der Nacht, das diese Welt schützte, hätte einen Riss bekommen und offenbarte das Inferno in seinem Inneren. Die wenigen Fenster, die noch zu sehen waren, leuchteten weiß von der Gluthitze, wie Spiegel ihrer verdunkelten Vergangenheit, und wir sahen zu, wie eines nach dem anderen explodierte, wie wenn das Haus sich ausdehnte und bis an die Ränder des Anwesens ausbreiten wollte.

»Deine Tiere«, rief Lucy und ergriff meine Hand.

Meine Tiere. So hatte ich sie immer für mich und anderen gegenüber genannt, meine Tiere, *meine*. War ich im Grunde genauso egoistisch und von Habgier getrieben gewesen wie der Major? Hatte meine Anmaßung, meine Selbstsucht, zu ihrer Vernichtung geführt? Sie waren nicht mein Eigentum, sie gehörten dem Museum, den Menschen dieses Landes. Ich hatte nur die Aufgabe, sie für die nächste Generation zu bewahren, für eine bessere Generation, die keine Kriege anzetteln, ganze Städte in Schutt und Asche legen und Millionen von Menschen ermorden würden.

»Wie ist es zu dem Feuer gekommen?«, fragte uns Dorothy. Die letzten Überbleibsel von respektvoller Distanz gegenüber der Lady von Lockwood waren zusammen mit dem Herrenhaus in Rauch aufgegangen. »Sie waren doch in der Langen Galerie, nicht wahr? Haben Sie gesehen, was passiert ist?«

Ich sah zu den Gästen hinüber, die sich auf dem Rasen aneinanderdrängten. Die meisten der Frauen weinten. Sylvia lag mit vor Schmerz versteinertem Gesicht in den Armen eines Offiziers.

»Ich weiß es nicht«, antwortete ich. »Es war zu einem Streit gekommen, und als wir die Galerie verlassen haben, saß Lord Lockwood noch am Tisch.«

»Streit mit wem?«

»Mit Mary«, sagte Josephine, die zu uns herübergekommen war. »Das ist doch ihr Name, seine ehemalige Freundin, die mit dem weißen Haar, nicht wahr?«

»Wo ist sie eigentlich?«, fragte die Köchin.

Josephine zuckte die Schulter. »Gegangen«, meinte sie. »Sie und ihr Begleiter sind mit ihrem Auto weggefahren.«

Hatte Mary eines der Tiere oder das Tischtuch oder den Pelz eines Gastes in Brand gesetzt? Hatte sie es versehentlich getan oder mit Absicht? Und wenn Letzteres der Fall war – war sie sich darüber im Klaren, was sie da tat?

Oder war jemand anders für das Feuer verantwortlich?

Ich sah wieder vor mir, wie Lucy sich am Tisch vorbeigezwängt hatte, als wir die Galerie verließen; wie ihre Pelzstola Gegenstände zu Boden gefegt hatte – Efeugebinde, Besteck, *Kerzenleuchter*. Ich kannte das klirrende Geräusch, das sie machten, wenn sie mit Wucht auf Holzdielen trafen, hatte es gehört, als Paul vor einigen Wochen einer der Leuchter auf der Treppe heruntergefallen war. Mir fiel auch wieder ein, dass der Eisbär von einem Leuchten umgeben zu sein schien, als ich mich auf der Schwelle noch einmal umgedreht hatte – waren das die ersten Flammen des Feuers, das Lucy unwissentlich entfacht hatte?

Ich würde ihr nie etwas von meinem Verdacht sagen. Sie sollte nicht denken, dass sie schuld an der Zerstörung ihres Zuhauses war, so wie ich schuld an der Zerstörung der Säugetiersammlung des Museums war.

Denn ich hatte niemanden, dem ich die Schuld dafür geben konnte, außer mir selbst.

Ich hätte nie zulassen dürfen, dass der Major ein Dinner im Kerzenlicht veranstaltete. Ich hatte es in der Hand gehabt, sein Vorhaben zurückzuweisen, hätte die Hilfe des Direktors in London in Anspruch nehmen können. Ich hätte die Fenster in der Langen Galerie und im Erdgeschoss des Hauptgebäudes niemals mit Brettern vernageln lassen dürfen – damit hatte ich dafür gesorgt, dass das Innere des Hauses sich in eine Feuerfalle verwandelte. Ich hätte schon in dem Moment auf der Verlegung der Sammlung bestehen müssen, als der Ungezieferbefall außer Kontrolle geraten war, als die ersten Exponate abhandengekommen waren. Ich hätte niemals so anmaßend sein dürfen, mir einzubilden, dass ich für die Sicherheit der Sammlung sorgen, dass ich allein ihre Beschützerin sein könnte. Ich hatte nur das Gesicht wahren und voller Selbstsucht beweisen wollen, dass mein Missgeschick mit dem zerstörten Fossil eine bedauerliche Ausnahme dargestellt hatte und ich meiner Aufgabe voll und ganz gewachsen war.

Wie sehr ich mich geirrt hatte, wie töricht ich war.

Gierig schlang das Feuer Lockwood in sich hinein, seine erlesenen Hölzer und wertvollen Tapeten, seine kostbaren Orientteppiche, seine Seide, seinen Samt und sein Leinen, seine zum Bersten mit Kleidern und Anzügen und Pelzen gefüllten Kleiderschränke, seine Regale voller Bücher, seine Messingbeschläge und Kronleuchter aus Kristall, sein Tafelsilber und sein kupfernes Kochgeschirr, sein Porzellan und sein Glas, seinen Marmor und seine Steinfliesen, Schieferplatten und Kacheln, seine Daunenmatratzen und Plüschsofas, seine bestickten Kissen und Ölgemälde. Es verschlang Felle und Pelze und ausgestopfte Tiere, Vitrinen und Schaukästen und Kisten, Spiritusgläser und Schubläden, Schädel und Knochen und Zähne, konservierte Materie und trockene Federn, Bälge und Schwänze und Hufe.

In meiner feuertrunkenen, hysterischen Fantasie stellte ich mir die Frau vor, die sich ebenfalls in dem Inferno befand; wie sie lichterloh brennend und weißglühend die Flure entlangstreifte und mit den Händen Funken wie Blütenblätter verteilte, lodernde Ungeheuer im Gefolge; und wie sie ein Lied summte, als sie sich über den zu Asche gewordenen Körper eines Mannes beugte und die Mauern des in hellen Flammen stehenden Hauses dazu im Chor kreischten und wummerten.

War es möglich, dass Mary, der Major und die Haushälterin für all den Spuk verantwortlich gewesen waren? Für die Geister, die wir gesehen hatten, die Abdrücke von Händen auf den Spiegeln, die wilden Tiere, die es ins Haus gezogen hatte, der verwirrende Duft von Orchideen, der noch lange anhielt, wenn die getrockneten Blumen längst zu Staub zerfallen waren? War es möglich, dass es für alles, was sich innerhalb der Mauern von Lockwood ereignet hatte, eine völlig vernünftige Erklärung gab?

Kurz darauf drängte sich auf dem Rasen vor dem Haus eine große Traube Dorfbewohner, die gekommen waren, um das Ende des großen Hauses mitanzusehen, das schon dort gestanden hatte, als es das Dorf noch nicht gegeben hatte. Menschen schrien und weinten, Sirenen heulten und laute Rufe erschallten, letzte Balken und Mauern brachen krachend zusammen, das Feuer prasselte immer weiter, trotz aller Bemühungen der Feuerwehr, die endlich eingetroffen war, und überall liefen Leute mit Wasserschläuchen und Eimern umher.

*Gehen Sie wieder nach Hause, bringen Sie sich in Sicherheit,* mahnten die Luftschutzbeauftragten. *Das Feuer könnte den Feind anlocken; er könnte es für ein lohnendes Ziel halten – eine Fabrik oder einen Flugplatz.* Aber wir konnten nicht weggehen, konnten nicht wegsehen. Das Haus schien zu wollen, dass wir Wache hielten. Es war der letzte Dienst den wir, die wir hier versammelt waren, Lockwood erweisen konnten, ob wir nun Dienstbotenuniform trugen oder nicht.

Inzwischen hatte es sich herumgesprochen, dass der Lord des Anwesens im Feuer inmitten seiner Reichtümer, seines Besitzes umgekommen war. Ich hörte, wie die Leute Geschichten über ihn austauschten – viele glorifizierten ihn, manche verfluchten ihn, und dann wurden all die alten Gerüchte über die Lockwoods hervorgeholt, dass auf dem Haus ein Fluch lastete und es unter einem unseligen Stern stünde, dass der Wahnsinn in der Familie läge, während sie versuchten, einen Blick auf Lucy zu erhaschen. Ich schirmte sie vor den neugierigen Blicken mit der Decke ab, die mir die Sanitäter gegeben hatten. Wir saßen an den Stamm der großen Eiche gegenüber des Hauses gelehnt, die ihre kahlen Äste, in denen sich das flackernde Feuer spiegelte, in den allmählich heller werdenden Himmel streckte.

Noch lange nach Tagesanbruch übertrumpfte das Feuer das Sonnenlicht, und erst im Laufe des Tages, als die Flammen aufgaben, weil es nichts mehr gab, das noch brennen konnte, und das Wasser vom See über die Rasenflächen und den übrigen Park gesprengt worden war, damit der Brand sich nicht ausdehnen konnte, ging die Sonne als Siegerin hervor und wir begannen, in der kalten Luft des späten Dezembers zu frieren. Kaum war die Hitze des falschen Sommers vergangen, wurde uns wieder bewusst, dass es Winter war. Die Leute aus dem Dorf kehrten nach Hause zurück, die Gäste gaben den Polizisten ihre Aussagen zu Protokoll, sammelten sich in den Autos, die von umherfliegenden Brocken verschont geblieben waren, und fuhren davon.

Nur die Bewohner von Lockwood blieben zurück – die Dienstboten; die Hüterin der Säugetiere, die ihre Säugetiere verloren hatte; die Tochter des toten Lords, Erbin des Gerippes eines einst imposanten, ausgebrannten Herrenhauses –, zitterten immer noch und starrten auf den Berg aus Schutt und Geröll und geschwärztem Stein, die letzten Reste glühender Asche und den Rauch, der seine nicht entzifferbaren Zeichen in den Himmel schickte.

Ein grausiges Feuerwerk – der Scheiterhaufen eines grausamen Mannes, dessen Wunsch erfüllt worden war, denn nun gehörten die Säugetiere ihm und scharten sich um seinen Leichnam.

Irgendwo in diesem Gebäude lag die zu Asche gewordene Säugetiersammlung des Museums: der Jaguar, die Hermeline und andere Wiesel, die Füchse, der Eisbär, der schwarze Panther, das Schnabeltier, der Schädel des Mastodons, der Marder, das Okapi, die Kolibrinester, der Tiger, der Wolf, der Löwe, der Luchs, der Elefant, aber auch die von Ungeziefer zerfressene Eule, Muscheln und Federn und Schmetterlinge und Käfer.

Eine Arche Noah hatte hier Sicherheit gesucht und war dann in den Mauern verbrannt, von denen sie sich Schutz erhofft hatte. Die vielen Jahre der Arbeit Hunderter, vielleicht Tausender von Menschen, die es sich zur Aufgabe gemacht hatten, die Vergangenheit zu bewahren, die Welt der Tiere zu analysieren und zu verstehen, die Tiere zu klassifizieren, sie auszustopfen und zu konservieren – alles vernichtet in einer einzigen Nacht, in der die Natur ihre Kinder zurück in die Erde geholt hatte, dahin, wo sie gefunden oder ausgegraben worden waren, wo ein Jäger sie erschossen hatte oder sie in eine Falle gegangen waren, wo sie gestohlen worden waren, ehe sie beerdigt und betrauert werden und sich in Nahrung für neues Leben verwandeln konnten.

Was würde eines Tages aus der Asche wachsen? Welche Pflanzen würden aus Tieren entstehen, die dieses Land zu Lebzeiten nie betreten hatten, nie einen Atemzug hier gemacht hatten, sondern tot hierhergezerrt worden waren, um in staubigen Sälen zu stehen? In den nächsten Tagen und Monaten würden Mäuse und Insekten an exotischen Häuten und verkohlten, unbekannten Knochen nagen, und nach weiteren Monaten und Jahren könnten Würmer und Pilze und Bakterien, die den Weg aus dem Erdreich in das Haus gefunden hatten, ihrerseits ein wahres Festessen feiern.

In dem eigentlichen Zuhause der Sammlung in London würde

zur gleichen Zeit eine nicht zu schließende Lücke klaffen, wo eigentlich meine Sammlung hingehörte – eine Leere, die umso augenfälliger würde, wenn die anderen evakuierten Sammlungen – die Reptilien, die Vögel, die Schmetterlinge, die Wirbellosen, die Steine und die Fossilien – ins Museum zurückkehrten, im Gegensatz zu jenen Mitbewohnern, die nicht aus dem Krieg heimgekommen waren.

Mit dem Verlust der Sammlung hatte ich meine Stelle und meine berufliche Zukunft verwirkt. In meinem Spezialgebiet würde ich keine neue Anstellung finden – welche Arbeit bliebe denn noch, nachdem der Großteil der Säugetiersammlung zerstört worden war? Und wer würde eine Person einstellen, die ihre Sorgfaltspflicht vernachlässigt und zugelassen hatte, dass ihre kostbaren, unersetzlichen Schützlinge in Flammen aufgegangen waren?

Aber was war schon ein ausgebranntes Haus im Vergleich zu all den anderen in London, oder an den Küsten, im Binnenland und hoch im Norden? Was bedeutete ein einzelnes Gebäude, wenn überall in Europa ganze Städte dem Erdboden gleichgemacht und Menschen aus ihren Häusern verschleppt und wie Vieh in Lagern untergebracht worden waren? Lockwood war nichts als ein Stäubchen in den Trümmern von Europa. Sogar die Säugetiere des Museums machten nur einen kleinen Anteil an dem riesigen Schatz von historischen und naturwissenschaftlichen Sammlungen aus, die von Bomben und Panzern und Gewehren und von Menschen gelegten Bränden bedroht waren.

Ich hatte meine Säugetiersammlung verloren, und meinen Lebensunterhalt. Doch Lucy hatte alles verloren. Sie hatte nichts mehr, nur ihr Leben.

»Was wirst du jetzt tun?«, fragte ich sie, als wir mit Decken um die Schultern in unseren hochhackigen Schuhen und rußverschmierten, festlichen Kleidern die winterkalte Straße zum Dorf hinauf gingen, wo uns freundliche Menschen ein gemachtes Bett und ein warmes Bad bereiten und uns Kleidung borgen, vielleicht sogar eine Suppe an der wärmenden Feuerstelle anbieten würden. »Wirst du das Haus wieder aufbauen?« Gehörte es nun ihr, oder hatte der Major einen lang vermisst geglaubten Bruder gehabt, der plötzlich auftauchen und ihr dieses verwüstete Stück Land stehlen konnte?

»Was wirst du tun?«, erwiderte sie mit vom Rauch heiserer Stimme. »Wirst du nach London zurückgehen?«

»Ich weiß es nicht. Dort erwartet mich nichts. Außer vielleicht, dass ich wegen fahrlässigen Verhaltens verurteilt und ins Gefängnis gesteckt werde, aber dann muss ich mir wenigstens keine Gedanken machen, wo ich in Zukunft wohnen soll«, antwortete ich mit bitterem Lachen, und sie nahm meine Hand.

»Du wirst nichts ins Gefängnis gehen. Unsere Familienanwälte werden dich vertreten, oder ich bezahle dir andere. Du trägst keine Verantwortung für das, was geschehen ist. Wenn irgendjemand daran Schuld trägt, dann ist – war – es mein Vater.«

»Oh, Lucy.« Ich spürte Tränen in den Augen, die mir jeden Moment über die Wangen laufen würden. »Es tut mir so leid. Wenn ihr nur nie das Museum bei euch einquartiert hättet, dann hätte dein Vater niemals dieses Galadinner veranstaltet und die Lange Galerie wäre leer gewesen und nicht voller … voller leicht entflammbarem Material, und das Feuer hätte gelöscht werden können, ehe es das Haupthaus erreicht hätte.«

»Das ist unmöglich zu sagen«, entgegnete sie. Wir gingen gerade an der Dorfkirche mit ihrem aus Holz geschnitzten Torbogen vorbei, an der ein Schild auf den Luftschutzkeller in der Krypta hinwies und Aushänge verschiedener Gruppen angebracht waren, die Freiwillige suchten – das *Women's Institute*, die *Land Army*, die Luftschutzorganisationen. Dazwischen hingen Plakate, die uns vor Spionen warnten – überall seien Ohren, die alles hörten, und Augen, die alles sahen. »Wenn das Museum nicht nach Lockwood evakuiert worden wäre, dann wärst du auch nicht gekommen. Womit ich nicht sagen will, dass du es wert bist, dass Lockwood jetzt eine Ruine ist.« Sie hielt einen Moment inne. »Oder vielleicht doch«, fügte sie mit bebenden Lippen leise hinzu.

In der hellen Wintersonne sah sie so jammervoll aus – unter den Augen lagen tiefe Schatten, die eine Seite ihres Gesichts war rußverschmiert, die Unterlippe, die sie sich aufgebissen hatte, blutete, über ihre Nase zog sich eine Schramme, und ihr Haar war voller Staub und Asche. Ich konnte es kaum erwarten, bis wir eine Tür hinter uns zuziehen konnten, allein waren und ich sie in die Arme nehmen und an mich drücken konnte.

# KAPITEL

# 46

*Ich habe immer den gleichen Traum. Ich renne einen Flur entlang, dessen Wände aus Flammen sind. Ich laufe vor dem kleinen blauen Zimmer ganz oben unter dem Dach weg, das bis zum Bersten mit weißer Spitze und Kleidern, mit Tierhäuten und Pelzen und Köpfen und Schädeln und Knochen vollgestopft ist; in dem winzigen Raum drängt sich eine ganze Menagerie. Hinter mir höre ich das wütende Getöse von Feuer, von Tieren und Vögeln und Monstern, deren Stimmen sich zu einem gemeinsamen Geheul vereinigen. Ich bin barfuß und meine kalten Füße schlittern über den rutschigen Holzboden, während ich immer weiterrenne, den endlosen Flur entlang, und die Flammen mir das Haar versengen, an meinem Kleid zupfen, nach meinen Füßen züngeln und meine Hände festhalten wollen. In dem Inferno hinter mir ist ein Ungeheuer, das mich verfolgt, mit Schritten, die dreimal so lang sind wie meine; es stellt mir nach mit glutweißen Augen, einem Fell aus lodernden Flammen und Klauen aus glühender Kohle, und sein Schwanz schlägt aus wie Blitze, die über den Himmel jagen. Und wenn ich endlich das Ende des Korridors erreicht habe und mich hinaus in die weißen, eisbedeckten Gärten flüchte, folgt es mir über das Gras und schlägt in seinem Lauf Funken in die Erde, füllt die Luft um sich herum mit Dampf und Rauch und sein gleißendes Licht wirft meinen eigenen Schatten vor mich. Und dann bin ich am Ende des Gartens angelangt und meine Füße können nicht mehr weiter, ich bin in der Falle, keuchend hebt und senkt sich mein Brustkorb, meine Beine schlottern, und ich schreie und weine, während das Monster immer näher kommt – es reißt sein Maul auf, und ich blicke in das lodernde Feuer in seinem Schlund.*

*Doch als es vor mir steht, verschlingt es mich nicht, sondern sinkt mit einem Ächzen zu Boden, sodass ein kleiner Funkenschweif zu mir auffliegt, es rollt sich zu meinen Füßen ein, wo es meine durchgefrorenen Zehen wärmt, ohne sie zu verbrennen, und sein mächtiges Schnurren klingt in meinem ganzen Körper, und ich beuge mich hinunter, weil ich seine schimmernden Flanken anfassen will, doch ehe meine Finger auch nur die funkelnden Spitzen seines Fells berühren, schrecke ich aus dem Schlaf. Ich wache auf, und ich liege in meinem Bett, in den Armen von etwas Großem, Lebendigem, eine Hand ruht an meinem Bauch, ein sehr menschliches Gesicht schmiegt sich an meine Schulter und helles Haar kitzelt meine Wange.*

*»Hetty«, flüstere ich dann, und wenn sie im Halbschlaf ist, antwortet sie, wenn sie tief schläft, antwortet sie nicht. »Hetty, ich hatte schon wieder diesen Traum«, sage ich dann, und sie antwortet mit einem unbestimmten Geräusch, das sagt* ich bin ja da, du bist in Sicherheit, *und schlingt ihre kleinen warmen Füße um meine Beine.*

*Wir ließen die Ruine von Lockwood hinter uns und nahmen den Zug nach London. Wir fuhren vorbei an winterlich brachliegenden Feldern, verschlafenen Dörfern, geschäftigen Städten und Fabriken, deren Schornsteine Rauchsäulen ausstießen, und ich reckte den Kopf aus dem Fenster, um ihnen nachzusehen. Wir kamen an Bombenkratern vorbei und an Gebäuden, von denen nur noch Trümmer übrig waren; an namenlosen Bahnhöfen mit Sandsäcken auf den Bahnsteigen, auf denen sich Soldaten drängten, aber auch Zivilisten mit Hüten auf dem Kopf und Kartons mit Gasmasken um den Hals, die ihrem ganz normalen Alltag nachgingen; an kahlen Bäumen, die geduldig auf den Frühling warteten; an Gärten voller Matsch, in denen Kinder spielten und Schneemänner mit Schals und Armen aus Zweigen standen; und an* Land Girls *auf gewundenen Feldwegen, die bunte Tücher um das Haar trugen und wohl auf dem Weg zu ihren Farmen waren.*

*Solche* Land Girls *arbeiteten auch auf dem Bauernhof, der zu Lockwood gehörte und wie durch ein Wunder vom Feuer verschont geblieben war. Die Felder, Obst- und Gemüsegärten konnten weiter bewirtschaftet werden und dem Wohl der Nation dienen. Der Bauer und seine Frau hatten mir den Hof angeboten, aber ich wollte ihn nicht. So anheimelnd und liebevoll gepflegt er auch war – er gehörte ihnen, nicht mir. Außerdem würde ich es nicht ertragen, dort zu leben und jeden Tag die mächtige Ruine von Lockwood Manor sehen zu müssen, die sich nachts zweifellos in meine Träume drängen würde. Ich korrespondierte also mit anderen Landgütern, um die verbleibenden Dienstboten in anderen Herrenhäusern unterzubringen, wenn sie es wünschten – obwohl die meisten von ihnen sich dafür entschieden hatten, sich den Kriegsanstrengungen anzuschließen –, und sorgte dafür, dass die Haushälterin für den Rest ihrer Tage weder eine Anstellung noch Gelegenheit finden würde, das Leben schutzloser junger Mädchen zu zerstören. Und dann reiste ich mit Hetty nach London.*

*London war ein Schock – so bunt und so voller Leben und geschäftigem Treiben; mit tiefen Löchern in den Straßen, wo Bomben Gebäude dem Erdboden gleichgemacht und Menschen getötet hatten; überall Glassplitter, die zu fein waren, um weggefegt zu werden; der Geruch nach Staub und verkohltem Holz und Stein, nach gerösteten Kastanien, nach dem dampfigen Innenleben von Pubs und Bars, das sich auf die Gehsteige ergoss, nach heißer Schokolade und gutem Tabak. Anfangs wohnten Hetty und ich in einem Hotel, nachdem sie sich kurz dagegen zur Wehr zu setzen versucht hatte, dass ich für uns beide zahlte. Es galt, Ämter aufzusuchen und Formulare zu unterschreiben, in Warteschlangen zu stehen, uns Unterredungen und Befragungen zu unterziehen und viele Behördengänge zu erledigen, damit wir wieder auf die Beine kamen. Wenn es irgendwie ging, versuchten wir, alles gemeinsam zu tun, und durften dabei nicht vergessen, uns auf der Straße nicht bei den Händen zu halten, doch nichts hinderte uns daran, wie allerbeste Freundinnen Arm in Arm zu gehen.*

*Ich begleitete Hetty zum Museum und wartete auf einem wackeligen Stuhl gegenüber der Sekretärin, während Hetty ihr erstes Gespräch mit dem Direktor hinter sich brachte. Meine Hände krallten sich in den Sitz, als ich aufgebrachte Ausrufe und Hettys tränenerstickte Stimme hörte. Sie kam nicht ins Gefängnis, wie sie befürchtet hatte, aber auf Betreiben des Museums, der Re-*

*gierung und der Versicherungsunternehmen würde es eine Untersuchung geben. Wir fanden heraus, dass Lockwood nicht ausreichend versichert gewesen war, also spendete ich einen großen Teil meines Vermögens, um die unzureichende Deckung auszugleichen. Ich brauchte so viel Geld nicht, sagte ich Hetty, und ich wollte es auch nicht.*

*Mary entging einer Verurteilung, da ihr nicht nachgewiesen werden konnte, dass sie den Brand gelegt hatte, und es keine Zeugen gab, die nach ihrem Streit mit meinem Vater noch in der Nähe gewesen waren.*

*Mein Vater …*

*Meine Mutter. Hatte sie trotz ihrer Geisteskrankheit versucht, mich zu retten, mich zu schützen? Hatte sie mich weggesperrt, um mich vor Schaden zu bewahren? Ich war immer in dem Glauben gewesen, dass sie das Monster war, das durch Lockwood spukte, und obwohl das, was sie getan hatte, durch nichts zu rechtfertigen war, hatte im Haus eine viel größere Gefahr gedroht: ein Raubtier, das ganz unverhohlen auf Lauer gelegen hatte.*

*Inzwischen dachte ich kaum noch an meinen Vater oder meine Mutter, was eigenartig war, nachdem sich meine Gedanken während meiner Zeit auf Lockwood fast ausschließlich um die beiden gedreht hatten. Als ich dort, in ihrem Haus, lebte, war ich wie ein Kind gewesen, selbst als ich schon viele Jahre über das Schulalter hinaus gewesen war, und als es niederbrannte und ich wegging, ließ ich auch meine verlängerte Kindheit zurück.*

*Hetty und ich wohnten zwei Wochen in London, in denen wir wegen der Bombenangriffe die meisten Nächte in dem opulent ausgestatteten Luftschutzkeller des Hotels verbrachten, wo ich vor Angst schlotternd weinte und Mühe hatte, mich neben den abgeklärten Londonern nicht allzu lächerlich zu machen. Danach mieteten wir uns Zimmer außerhalb und fuhren mit dem Zug in die Stadt, wenn wir Termine oder Besprechungen hatten. Vergeblich versuchten wir, eine Bar oder einen Klub zu finden, in dem Frauen wie wir zusammen tanzen konnten, weil wir nicht wussten, wen wir fragen und wo wir suchen sollten, obwohl wir auf der Straße manchmal Frauen sahen, die so aussahen, als könnten sie es wissen – wegen ihrer etwas männli-*

*cheren Art sich zu kleiden oder weil sie mit anderen Frauen vertraute Blickte tauschten.*

*Und als wir in London alles Geschäftliche erledigt hatten, als ich meinen Anwalt damit beauftragt hatte, einen Käufer für Lockwood zu finden und mir dann die Papiere zur Unterschrift vorzulegen, flohen wir nach Norden, vorbei an den Midlands und dem nördlichen England, hinauf nach Schottland, wo ich einst einige glückliche Tage bei einer Tante verbracht hatte und ich nun für uns beide ein kleines Cottage außerhalb von Edinburgh kaufte.*

*Es hat zwei Schlafzimmer mit bodentiefen Fenstern, von denen eines nur dazu dient, den Schein zu wahren. In dem anderen schlafen wir unter dichten Daunen und Wolldecken eng umschlungen in einem Doppelbett, in dem seit Kurzem auch zwei schnurrende Schildpattkatzen liegen. Ich nutze die viele freie Zeit – wegen meines schwachen Nervenkostüms bin ich von Kriegsanstrengungen befreit worden – und mache mich im Haushalt nützlich, aber ich versuche nach Kräften, hin und wieder ehrenamtlich bei dem örtlichen* Women's Institute *Spenden für Soldaten zu sammeln und an den Verkaufsständen mitzuhelfen oder evakuierten Familien finanziell wieder auf die Beine zu helfen, die wie wir alles verloren haben. Ich hoffe, dass es meine Gesundheit irgendwann zulassen wird, mit dem Geld aus dem Verkauf des Anwesens Lehrerin zu werden oder eine Wohltätigkeitsorganisation für Dienstmädchen zu gründen, um wenigstens in kleinem Rahmen die schrecklichen Dinge wiedergutzumachen, die sich unter meinem Dach zutrugen, ohne dass ich etwas davon bemerkte.*

*Hetty arbeitet in der Stadt als Verwaltungsangestellte für die Regierung und übernimmt regelmäßig Nachtschichten als Luftschutzhelferin. Obwohl sie immer wieder erwähnt, dass ich alles verloren habe, und dabei die Tatsache außer Acht lässt, dass wir jetzt beide Waisen sind, scheint es ihr größere Schwierigkeiten zu bereiten, sich in unserem neuen Leben zurechtzufinden. Sie hatte immer nur für ihre Arbeit und für das Museum gelebt und hat das Gefühl, das alles vergebens war, dass die Jahre ihres Studiums vergeudet sind.*

*»Wer bin ich denn schon ohne meine Arbeit?«, fragt sie manchmal, wenn sie*

*nachts im Garten steht und raucht, den Kopf in den Nacken legt und das Mondlicht auf ihre mir so vertrauten Züge fällt. »Wofür soll das alles gut gewesen sein, all die Arbeit, wie kann ich noch irgendjemandem von Nutzen sein?«*

*Je nachdem, wie ihre Stimmung ist, ziehe ich sie dann ein wenig auf und sage ihr, sie solle sich nicht immer so wichtig nehmen, oder verhalte mich mitfühlend und erinnere sie daran, wie wertvoll sie für mich ist, dass sie wichtige Arbeit für die Regierung leistet, auch wenn sie meint, dass das jeder halbwegs Gescheite erledigen konnte, oder schlage ihr vor, sich nach dem Krieg eine Stelle zu suchen, bei der sie ihr zoologisches Wissen einbringen kann.*

*So idyllisch unsere neue Umgebung auch ist – unser Cottage mit dem gepflegten Gemüsegarten und Rosenrabatten, dem bequemen, mit Samt bezogenen Sofa vor dem Kamin im Wohnzimmer, den Bücherregalen, die von Tag zu Tag voller werden; meine allwöchentlichen Versuche, Gemüsekuchen zu backen, der aber nie so gut schmeckt wie richtiger Kuchen, und die belebenden Spaziergänge, auf denen ich die Felder um unser Haus durchstreife; die Nächte, in denen wir uns in irgendeinem unserer Zimmer bis zur Erschöpfung lieben und danach in der Badewanne vor uns hin dösen –, meine Angstzustände sind noch nicht vollständig verschwunden. Hetty musste in den ersten Monaten oft meine Hand halten und sehr fest drücken, bis ich die dunklen Schatten des Grauens abgeschüttelt hatte und wieder ruhig wurde. Die Luftangriffe sind immer schwerer zu ertragen, weil sie meine alten Ängste vor dem Eingesperrtsein immer wieder befeuern.*

*Mauern können einstürzen, aber die Zerstörung eines Gefängnisses oder Käfigs – die auch einmal ein Garten Eden, ein Zuhause waren – heilt nicht die Empfindsamkeit, mit der man schon zur Welt gekommen ist. Aber sie hat mir eine größere Freiheit verliehen und mir einen Weg zu einem neuen Ziel geschenkt, in eine Zukunft, in der das Glück stärker sein wird als meine Traurigkeit und meine Ängste, in eine Zukunft, die ich selbst bestimmen kann.*

*Eine Zukunft, die wir gemeinsam bestimmen können, geht mir gerade durch den Kopf. Das Morgenlicht stiehlt sich unter den Verdunkelungsvorhängen durch ins Schlafzimmer, wo wir träge bei einer Kanne dünnem Tee im*

*Bett liegen und einen Ausflug ans Meer planen und im Radio gesagt wird, dass ein Ende in Sicht ist, dass der Krieg in wenigen Monaten vorüber sein wird. Eine der Katzen tapst über die Bettdecke, zeigt ihre Zähne in einem ausgiebigen Gähnen und legt den Kopf in die Lücke zwischen unseren Beinen, um ein Nickerchen zu machen, während ihr Schwanz selig in der Luft hin und her schlägt.*

## DANKSAGUNG

Danke an Anna Hogarty, für die Chance, die sie mir gegeben hat, und für die erste entscheidende Bearbeitung. Danke an Madeleine Milburn, Alice Sutherland-Hawes, Liane-Louise Smith und alle anderen Mitarbeiter der Madeleine Milburn Literary Agency für ihre nie versiegende Energie und Zielstrebigkeit.

Danke an Hayley Steed, eine bessere Agentin kann man sich kaum wünschen – brillant, voller Einfühlungsvermögen, ehrgeizig und unermüdlich, ein echter Profi – ich verdanke ihr so viel und kann es kaum erwarten mitzuerleben, wie sie sich einen breiten Weg durch den Dschungel der Verlagswelt schlagen wird.

Ich danke Sam Humphreys für so viel Weitblick und Liebenswürdigkeit – sie hat das Überarbeiten des Manuskripts zu einer sehr angenehmen Erfahrung gemacht, bei der ich viele neue Einsichten gewonnen habe. Vielen Dank auch an Alice Gray, Natalie Young, Ellis Keene, Ellie Bailey, Neil Lang, Lara Borlenghi und alle anderen bei Mantle und Pan Macmillan – ich ahne wohl nicht einmal ansatzweise, wie viel Arbeit sie in diesen Roman gesteckt haben.

Danke an Helen Atsma für ihre scharfen Augen und ihre Begeisterungsfähigkeit, ich bin unendlich froh und dankbar, dass sie die Redaktion für Nordamerika übernommen hat. Vielen Dank auch an Jenny Xu, Michelle Triant, Elizabeth Anderson, Martha Kennedy und alle anderen bei Houghton Mifflin Harcourt.

Danke an Tom Avery, der der beste erste Leser war, den man sich nur wünschen kann, und der mich ermutigt hat, mein Manuskript zu vollenden und an Agenten zu schicken. Danke auch an das großartige, von Penguin Random House initiierte WriteNow-Programm, das uns zusammengebracht hat.

Danke an Josh Henkin und das Brooklyn MFA Program und die Mitstreiter meines Jahrgangs, die mich dazu gedrängt haben, etwas Neues zu schreiben (beziehungsweise etwas Altes, weil es sich ja um einen historischen Roman handelt). Ich danke den Jurys von Short-Story-Wettbewerben und den Lektoren verschiedener Zeitschriften, die sich für meine Geschichten eingesetzt haben und mich ermutigt haben, weiterzuschreiben.

Ich danke allen Lehrern und Dozenten, die mich in Englischer Literatur unterrichtet haben und mir beigebracht haben, wie man liest und wie man schreibt. Dank an meine Lehrer in Kreativem Schreiben, allen voran Viccy Adams, Darcey Steinke und Irina Reyn – jede Stunde, die ich in ihren Klassenräumen verbracht habe, ist zu einem Vielfachen an Inspiration geworden, die ich von dort mitgenommen habe.

Ich danke allen, die mit der Veröffentlichung und dem Verkauf dieses Buchs zu tun hatten und haben werden und die ich zum Zeitpunkt dieser Danksagung nicht berücksichtigen konnte.

Ich danke meinen Freunden, weil sie nicht ein einziges Mal gesagt haben, dass es eine Schnapsidee sei, Schriftstellerin werden zu wollen. Ich bedanke mich vor allem bei Iza Vermesi für so viel Enthusiasmus und bei Aude Claret für ihre leidenschaftliche Unterstützung.

Ich danke meinen Schwestern Katherine Harding und Sally Brammall für ihre Zuneigung.

Dank an Andy und Madeline für all die Ermutigung und die lustigen Abende spätabends in der Küche – ich bin sehr froh, dass ich mit diesen beiden wundervollen Spinnern zusammenwohnen durfte.

Und last not least – ganz im Gegenteil – möchte ich meinen Eltern danken, dass ich, während ich diesen Roman geschrieben habe, bei ihnen im Dachgeschoss wohnen durfte, und noch viel mehr dafür, dass sie mir eine immerwährende Liebe zu Geschichten jeder Art – in Form von bildender Kunst, als Buch, als Film, im Journalismus, im Theater, im Tanz, im Fernsehen – mitgegeben haben und sich immer für mich eingesetzt haben. Dafür werde ich ihnen immer dankbar sein.